I am Elektra

Dieses Buch setzt die Geschichte von BECOMING ELEKTRA fort und kann ohne Vorwissen gelesen werden. Wer jedoch die Ereignisse rekapitulieren will, findet eine Zusammenfassung auf S. 371.

In I AM ELEKTRA gibt es einen Moment, in dem sich die Hauptfigur mit einem Gedankengang beschäftigt, der betroffene Personen unter Umständen triggern könnte. Dabei handelt es sich nur um eine einzige Szene. Der Fokus des Buchs liegt nicht auf diesem Thema. Falls du vor dem Lesen wissen möchtest, worum es genau geht, lies bitte auf Seite 375.

1. Auflage 2021
© Ueberreuter Verlag GmbH, Berlin 2021
ISBN 978-3-7641-7112-4
Alle Rechte vorbehalten. Das Werk darf – auch teilweise –
nur mit Genehmigung des Verlages wiedergegeben werden.
Übereinstimmungen und Ähnlichkeiten mit lebenden Personen oder
Familien sind rein zufällig und nicht beabsichtigt.
Lektorat: Emily Huggins
Umschlaggestaltung: Alexander Kopainski
unter der Verwendung von Fotos von Vandathai, Svyatoslava
Vladzimirska, Irina Bg, Ironika, QtraxDzn, tomertu,
Jenov Jeonvallen, Chatchai.J, SWEviL, alle © shutterstock
Druck und Bindung: CPI books GmbH
Gedruckt auf Papier aus geprüfter nachhaltiger Forstwirtschaft.
www.ueberreuter.de

Christian Handel

I AM ELEKTRA

Dein Leben ist mein

ueberreuter

Für Janna & Julianna.
*Und für alle von euch, die sich dieses Buch gewünscht
und sich dafür eingesetzt haben.*
Danke!

Prolog

Sommer 2083
SeeYa-Chat von Elektra und Hektor Hamilton,
30. Juli 2083

[Elektra Hamilton; 21:13 Uhr]
Das kann auch nur jemand aus deiner Familie bringen: ein Interview aus dem Gefängnis zu geben.

[Hektor Hamilton; 21:26 Uhr]
Du hast es also schon gelesen?

[Elektra Hamilton; 21:31 Uhr]
Nachdem mir ein halbes Dutzend »Freundinnen« den Link geschickt hat ...

[Hektor Hamilton; 21:33 Uhr]
Dad ist beinahe ausgerastet. Wie geht's dir damit?

[Elektra Hamilton; 21:33 Uhr]
Dass Phaedre sich als Opfer darstellt? Soll sie ruhig. Sie hat es nicht geschafft, mich mit ihrem Getränk zu vergiften. Es wird ihr auch nicht mit Worten gelingen.

[Elektra Hamilton; 21:33 Uhr]
Wieso ist Priamos ausgerastet?

Urteil noch aussteht. »Die ganze Verlobung von ihr und Phillip ist eine Farce«, so die Angeklagte. »Sie lieben sich nicht.« Kavanagh behauptet, Hamilton und von Halmen hätten dem Druck ihrer jeweiligen Familien nachgegeben und die Ver-

[Hektor Hamilton; 21:35 Uhr]
lobung fingiert. Warum, darüber schweigt sie sich aus. Die Vermutung liegt nah, dass die Kandidatur von Frederic von Halmen für die kommende Legislaturperiode sowie die Gerüchten zufolge angestrebte Verschärfung der Klon-Gesetze dabei eine Rolle ge-

Elektra Hamilton ruhig geworden ist, steht außer Frage. Hat der Traumprinz die einstige Party-Queen gezähmt? Oder steckt mehr dahinter?
»Es stimmt, dass Elektra sich verändert hat«, verrät Niama

[Hektor Hamilton; 21:35 Uhr]
Goel, eine enge Freundin. »Sie ist nicht mehr die Gleiche wie noch vor ein paar Monaten. Sie geht nicht mehr aus und meldet sich kaum. Phillip ist ziemlich besitzergreifend.« Sie habe gehört, von Halmen habe in

[Elektra Hamilton; 21:37 Uhr]
Und das regt Priamos auf?!

[Hektor Hamilton; 21:38 Uhr]
Dad ist momentan wegen allem und jedem auf 180. Und dann hat er auch noch mitbekommen, dass du dich mit der OAC getroffen hast.

[Hektor Hamilton; 21:38 Uhr]
Das wird Daddy nicht gefallen!
Was haben die Tochter des CEOs von Hamilton Corp. und die Nummer drei in der Führungsriege der Organisation Against Clones miteinander zu besprechen?

[Elektra Hamilton; 21:39 Uhr]
Das tut mir aber leid.

[Hektor Hamilton; 21:40 Uhr]
Er ist eh schon stinkwütend auf dich, weil Frederic diesen Gesetzesentwurf noch nicht einreichen will.

[Elektra Hamilton; 21:41 Uhr]
Ganz ehrlich, dein Vater macht mir keine Angst mehr.

[Hektor Hamilton; 21:42 Uhr]
Nimm das nicht auf die leichte Schulter.

[Elektra Hamilton; 21:43 Uhr]
Lass uns nächste Woche persönlich darüber sprechen, okay? Ich will mir nicht meine letzten beiden Tage in Sydney vermiesen lassen.

[Hektor Hamilton; 21:44 Uhr]
Na gut. Tu nichts, was ich nicht auch tun würde.

[Elektra Hamilton; 21:45 Uhr]
Das wäre auch praktisch unmöglich.

[Elektra Hamilton; 21:46 Uhr]
Ich freu mich auf dich, du Freak.

[Hektor Hamilton; 21:47 Uhr]
Und ich mich auf dich, Hochstaplerin.

[Elektra Hamilton; 21:47 Uhr]
Gib Nestor einen Kuss von mir.

[Hektor Hamilton; 21:48 Uhr]
Mach ich. Und du Phillip.

[Elektra Hamilton; 21:48 Uhr]
Träum weiter.

***

E-Mail

Von: medea.myles@hamilton-corp.nun
An: priamos.hamilton@hamilton-corp.nun
Betreff: Re: Budget 2084

Priamos,
wenn wir die Klone zehn Jahre länger im Institut behalten sollen, kostet das nun mal Platz, Personal und Credits. Du kannst nicht einerseits von mir erwarten, dass ich das alles umsetze, und dich andererseits darüber beschweren, dass sich die Kosten erhöhen.
Vergiss bitte nicht, dass die Klone auch beschäftigt werden müssen. Wir können sie schlecht einfach zehn Jahre weiter unterrichten lassen, oder wie stellst du dir das vor?
Lass uns gegen Ende der Woche mal gemeinsam durch die Zahlen gehen, okay?
VG
Medea

E-Mail

Von: priamos.hamilton@hamilton-corp.nun
An: medea.myles@hamilton-corp.nun
Betreff: Re: Re: Budget 2084

Liebe Medea,
es ist mir egal, wie du das Institut organisierst und was du mit den Klonen anstellst, solange sie zur Verfügung stehen, wenn sie für Organentnahmen gebraucht werden, ihr Gesundheitszustand optimal ist und sie nicht rebellieren.
Vor deiner Einstellung hast du mir versichert, dass du diese Stelle willst und allen mit ihr einhergehenden Herausforderungen gewachsen bist.
Ich erwarte dein überarbeitetes Budget bis Freitag Abend.
Priamos

E-Mail

Von: priamos.hamilton@hamilton-corp.nun
An: sascha.nilsson@hamilton-corp.nun
Betreff: Vertraulich

Sascha,
können Sie mir die Bewerbungsunterlagen von Daniel Rossi noch einmal zukommen lassen?
Herzlichen Dank
Priamos

E-Mail

Von: priamos.hamilton@hamilton-corp.nun
An: kadmos.hamilton@hamilton-corp.nun
Betreff: Fwd: Vertraulich
Attachment: E-Mail »Re: Re: Budget 2084«

Hast du heute Mittag Zeit? Wir müssen uns über Medea unterhalten.
Priamos

Voicemail von Oliver Schreiber
an Priamos Hamilton
vom 1. August 2083, 14:46

Priamos,
bitte ruf mich sofort zurück, wenn du das abhörst.
Es hat funktioniert! Sie kommt langsam zu Bewusstsein.
(zögert) Und wir müssen noch über das andere Thema reden.
Die Ergebnisse sind zurückgekommen. Uns bleibt weniger Zeit als erwartet. Tut mir leid. Ruf mich zurück.

***

Kapitel 1

Mörderische Kopfschmerzen wecken mich. Fuck. Es fühlt sich an, als schneide sich ein glühender Draht direkt durch mein Gehirn. Es tut so weh, dass ich glaube, mich gleich übergeben zu müssen. Und dann ist da noch dieser schwere Geruch nach Rosen, so intensiv, dass ich kaum Luft bekomme.

Was war das denn bitte für eine Nacht? Das frage ich mich wirklich, weil ich mich gerade an nichts erinnern kann. Ich hoffe, sie war die Schmerzen wert. Kurz blinzle ich, presse aber schnell wieder die Lider zusammen und lege mir den Unterarm über das Gesicht. Das grelle Licht schmerzt in meinen Augen, und das ertrage ich gerade echt nicht. Nicht, solange dieser sägende Kopfschmerz nicht etwas nachlässt.

Wie spät mag es sein? Der Drache hat mich noch nicht nach unten beordert, also ist es vermutlich vor Mittag. Vielleicht hab ich ja Glück, und sie ist in die Stadt gefahren, mit einer Freundin essen. Welcher Tag ist heute? Samstag? Sonntag? Ich habe keine Ahnung.

Mit einem Stöhnen greife ich quer übers Bett und taste nach meinem Nachtschränkchen. In der obersten Schublade liegen noch ein paar Schmerzpflaster. Das Problem ist, dass ich den Griff der Schublade nicht finde. Meine Hände fassen immer wieder ins Leere.

Also richte ich mich auf, was krass anstrengend ist, und öffne vorsichtig die Lider. Das Licht blendet mich so sehr, dass es mir

Tränen in die Augen treibt. Mehr als Schemen kann ich nicht erkennen. Trotzdem merke ich sofort, dass etwas nicht stimmt.

Als ich die Tränen fortblinzle und meine Augen mit der Hand beschirme, gewinnen die verschwommenen Schemen um mich herum an Kontur.

What the fuck?

Ich bin nicht zu Hause.

Ich liege zwar in meinem Bett, aber nicht daheim. Das hier ist mein Zimmer in unserem Ferienhaus. Beim Anblick der pinkfarbenen Tapete dreht sich mir der Magen um. Oder würde es, wenn mir nicht ohnehin schon so schlecht wäre. Fand ich das wirklich mal schön?

Wie zur Hölle bin ich hierhergekommen?

Langsam, weil ich keinen Bock habe, die Kopfschmerzen noch zu verschlimmern, sinke ich zurück ins Kissen. Angestrengt versuche ich mich daran zu erinnern, was gestern Nacht geschehen ist. Es ergibt überhaupt keinen Sinn. *Prometheus Lodge* liegt meilenweit von der Stadt entfernt. Ich war seit über drei Jahren nicht hier.

Hab ich Scheiße gebaut?

Bin ich hierhergekommen, damit mich der Drache nicht so sieht? Aber wie soll das überhaupt gehen? Ein Magnetaxi schafft es gerade mal bis zum Waldrand und in meinem Zustand bin ich sicher nicht mit Dads Automobil gefahren.

Jedenfalls hoffe ich das.

Vielleicht hat Hektor mich gebracht.

Shit, warum fühle ich mich überhaupt so beschissen?

Marcus, fällt es mir da wieder ein und ich erinnere mich an die kleinen, kanariengelben Plättchen, die er mir in die ausgestreckte Hand hat fallen lassen.

Fuck!!

Ich hab mir geschworen, keine Drogen mehr anzurühren. Eine Nierentransplantation reicht ja wohl.

Daran sind nur meine Erzeuger Schuld. Und dieser ganze beschissene Plan.

Hab ich mir Marcus' Plättchen eingeworfen? Muss wohl, wenn ich mich so zerstört fühle. Dieser Arsch, er hat geschworen, das Zeug sei sauber. Ich drehe mich zur Seite, langsam, ganz langsam, und taste nach meinem Elastoscreen. Er ist nicht da.

Ganz toll.

Frustriert richte ich mich wieder auf, was erschreckend anstrengend ist und mir den Schweiß auf die Stirn treibt. Leider liegen meine Kleider nicht auf dem Fußboden, wie ich gehofft habe. Wo sind sie? Und was trage ich überhaupt für ein peinliches Kleinmädchen-Nachthemd?

»Hektor«, grummle ich. Vermutlich war nichts anderes im Schrank, aber bestimmt hat er sich totgelacht, als er es mir angezogen hat. Wenn er davon Fotos gemacht hat, drehe ich ihm den Hals um.

Wimmernd schiebe ich meine Beine über die Bettkante. Irgendwie sehen die so dünn aus. Mein Blick verschwimmt und ich muss mir mit beiden Händen den Kopf halten.

Klasse, Elektra, denke ich. *Ganz großartig hast du das wieder hinbekommen.*

Ich bin nur froh, dass Mom mich nicht so sehen kann.

Sobald sich mein Zimmer nicht mehr um mich dreht, stehe ich auf. Oder will es zumindest, doch meine Beine knicken unter mir weg, als wären sie Strohhalme.

Der Schreck fährt mir in die Glieder, aber ich bin zu überrascht, um laut aufzuschreien. Das schneidende Gefühl in meinem Kopf geht in ein Hämmern über.

Das ist der beschissenste Hangover ever.

Langsam stemme ich mich auf und schlurfe mit ausgestreckten Armen nach Gleichgewicht suchend hinüber zum Badezimmer.

Langsam gewöhnen sich immerhin meine Augen an das Licht. Durch die gläserne Außenwand meines Zimmers werfe ich einen Blick auf das leuchtendgrüne Laub der Bäume draußen. Wow. Wenn es mir nicht so beschissen ginge, fände ich den Anblick richtig toll. Hab vergessen, wie schön es hier draußen ist, am Arsch der Welt.

Es dauert ewig, bis ich vor dem Waschbecken stehe und mich mit beiden Händen an seinen Rändern abstütze. Meine Beine zittern leicht und ich spüre unangenehm den Schweiß unter meinen Achseln und auf meiner Stirn.

Nachdem ich einmal tief durchgeatmet habe, blicke ich in den Spiegel.

Eine Fremde starrt mir daraus entgegen.

Sie besitzt das gleiche dunkle Haar wie ich, aber es ist stumpf, fast schon strähnig. Außerdem ist es viel zu lang. Die Locken reichen mir fast bis hinunter zu den Ellenbogen.

Und mein Gesicht!? Es wirkt abgehärmt. Blass. Es ist nicht nur das Licht im Badezimmer. Meine Augen liegen tief in den Höhlen.

Das Blut rauscht mir in den Ohren, als ich, von einer dunklen Ahnung getrieben, mit zitternden Fingern nach dem Saum meines Nachthemds greife und es langsam nach oben ziehe, über die Hüfte bis unter die Brust.

Von rechts oberhalb meines Bauchnabels leuchtet mir eine hässlich gezackte Narbe entgegen.

Eine eiskalte Hand greift nach meinem Herz. Das. Bin. Nicht. Ich.

Die Fremde im Spiegel öffnet den Mund und beginnt zu schreien. Dann wird alles schwarz.

»Elektra.« Dads Stimme. »Elektra, wach auf.«

Was will Dad in meinem Zimmer? Ich bin müde, mir ist schlecht und ich will mir einfach nur die Decke über den Kopf ziehen und weiterschlafen. Ich … reiße die Augen auf. Spöttisch zwinkern mir die Glastropfen an dem albernen Kronleuchter an der Decke mit Lichtreflexen zu. Meine Hand tastet nach meiner Hüfte, nach der Narbe. »Was?!«

»Ruhig.« Dad beugt sich über mich, greift nach meinen Schultern und drückt mich sanft, aber bestimmt zurück in eine liegende Position. Ich blicke ihn ängstlich und verwirrt an. Er schenkt mir ein zuversichtliches Lächeln und streichelt mir mit dem Handrücken über die Wange. Trotzdem versteift sich mein Körper.

»Alles ist gut«, verspricht Dad. »Hab keine Angst.«

Als wäre das so einfach. »Was ist passiert?« Meine Stimme klingt furchtbar. Dünn und heiser. Als hätte ich stundenlang über laute Musik hinweggegrölt. Habe ich das? Immer, wenn ich mich an letzte Nacht zu erinnern versuche, schlägt ein Blitz in meinem Gehirn ein. Trotzdem stemme ich mich auf den Ellenbogen in die Höhe.

»Hier. Trink erst mal etwas.« Dad reicht mir ein Glas Wasser.

»Ich habe keinen Durst«, behaupte ich, aber nachdem er es an meinen Lippen angesetzt hat, ich die kühle Flüssigkeit auf meiner Zunge spüre, merke ich selbst, dass das nicht stimmt. Sie schmeckt ein bisschen bitter. Trotzdem beginne ich gierig zu trinken. Zwei Schlucke. Drei.

»Das genügt«, sagt Dad streng und nimmt mir das Glas wieder ab. »Nicht zu schnell.«

Erschöpft lasse ich mich zurück ins Kissen fallen und atme ein und aus. Anschließend konzentriere ich mich auf Dad, der auf der Bettkante sitzt. »Warum sind wir in *Prometheus Lodge*?«

Er runzelt die Stirn und greift nach meiner Hand. »Du erinnerst dich immer noch nicht? An nichts?«

»Dad …«

»Du hattest einen Unfall.«

»Was?«

»Du bist vom Pferd gestürzt.«

Das klingt so albern, dass ich beinahe laut auflache. Das letzte Mal von einem Pferd gefallen bin ich mit elf. Konstantin würde mich nie ... »Was ist mit Konstantin?«

»Deinem Pferd geht es gut.«

Erleichtert hole ich Luft. »Wie ...?« Mehr bringe ich nicht heraus.

Dad kneift sich mit zwei Fingern an der Nasenwurzel, dann nickt er und drückt einmal kurz meine Hand. »Du darfst dich nicht aufregen, Lexi, okay?«

Natürlich beschleunigt sich mein Herzschlag dadurch sofort.

»Dein Unfall. Er war sehr schwer.« Er schließt die Augen, sucht nach Worten. »Du hast ... Wir haben ...«

»Warum sehe ich aus wie eine wandelnde Leiche?« Durch meinen Kopf schießt das Bild dieses Gesichts im Spiegel: das glanzlose Haar, die Schatten unter den eingesunkenen Augen. Als wäre ich ein Vampir, den man monatelang ausgehungert hat. Die Tränen fließen wieder. »Warum habe ich eine Narbe an der Hüfte, Dad? Meine Niere?«

Marcus und seine beschissenen Drogen. War ich wirklich so dumm? Schon wieder?

Dad beruhigt mich etwas. Zunächst. »Mit deiner Niere hat es nichts zu tun.« Noch einmal kneift er sich an der Nasenwurzel. Das tut er sonst nie. »Es war ein wirklich schlimmer Unfall, Lexi.«

»Was soll das heißen?« Ich spüre meinen eigenen Herzschlag am Kehlkopf.

»Du warst schwer verletzt. Wir mussten dich in ein künstliches Koma legen.«

»Was?!« Als ich hochfahren will, hält mich Dad auf. Ich kämpfe gegen ihn an, aber er ist stärker.

»Du bist noch schwach«, erklärt er. »Du darfst dich nicht aufregen.«

Na klar! Wie bitte soll das funktionieren? Als ich mich weiter gegen seinen Griff stemme, gibt er auf und greift wieder nach dem Glas auf dem Beistelltischchen.

»Trink noch etwas.«

Den Gefallen tue ich ihm nur, weil ich einen Augenblick Zeit brauche, um mich zu sammeln. Und weil ich echt krass Durst habe. Da ist es egal, dass das Wasser abgestanden schmeckt. Fast schon brackig, wenn ich darüber nachdenke.

Nachdem ich das Glas halb geleert habe, reiche ich es ihm wieder. Neben dem Schmerz in meinem Kopf spüre ich jetzt auch noch ein Stechen oberhalb der Leiste. Bilde ich mir das nur ein?

»Warum«, meine Stimme zittert, »habe ich eine Narbe an der Hüfte?«

Dad lächelt mich an. Es soll zuversichtlich wirken, aber ich erkenne die Sorge in seinen Augen. Plötzlich wird mir so übel, dass ich kotzen möchte.

»Dein Körper … Du warst zu schwer verletzt, um dich wieder aus dem Koma zu holen. Die Drogen …«

»Ich schwöre, ich habe seit Jahren keine mehr genommen!« Ist das die Wahrheit? Kann ich mir da sicher sein? Plötzlich wird es dunkler im Raum und ich spüre, wie ich wieder müde werde.

»Lexi.« Dad hilft mir, mich hinzulegen. Er klingt nachsichtig, als ob er mit einem Kind redet. »Es ist jetzt nicht mehr wichtig, ob du … Wir konnten dich nicht mehr aus dem künstlichen Koma wecken. Dein Körper hätte das nicht mitgemacht.«

Der glühende Draht ist zurück. Ich will nicht, dass er weiterspricht. Weil ich die Wahrheit bereits kenne. »Mein Klon«, sage ich leise.

Dad nickt. »Wir mussten dir einen anderen Körper geben.«

Kapitel 2

Ich befinde mich in einem neuen Körper? *Wie*, will ich fragen, aber meine Augen beginnen zu flattern. Wenn dies der Körper eines meiner Klone war, warum sieht er dann so abgehärmt aus?

»Schlaf noch ein bisschen«, höre ich Dad sagen. Mit jedem Wort rückt seine Stimme mehr in die Ferne. »Wir können nachher weitersprechen.«

Ich will nicht schlafen. Doch noch während ich das denke, wird um mich herum erneut alles dunkel.

Über den Lärm der Musik hinweg kann ich Phaedre kaum verstehen. »Lasst uns noch mal rüber zur Bar gehen!«, brüllt sie, greift nach meiner Hand und zieht mich hinter sich her. Ich habe gerade noch Zeit, mich zu Hektor umzudrehen und ihm zu bedeuten, sich uns anzuschließen, ehe wir in einem Meer aus sich windenden Leibern versinken. Die Leute um uns herum tanzen exzessiv. Im psychedelischen Schlaglicht, das die Scheinwerfer und Laserbeamer auf die Tanzfläche abfeuern, wirken sie wie zuckende Menschenaale. Sie drehen sich wild um die eigene Achse, schmiegen sich aneinander, als wollten sie miteinander verschmelzen, oder verbiegen ihre Körper auf ganz bizarre Weise, während sie die Augen geschlossen halten und ihre Gesichter so ruhig wirken, als wären sie ganz allein auf der Welt.

Was sie nicht sind. Es ist unmöglich, sich zur Bar durchzukämpfen, ohne jeden zweiten Schritt jemanden zu streifen. Der Bass wummert so stark, dass ich ihn auf meiner Haut spüre. Der Boden vibriert unter unseren Füßen. Oh ja, *genau das habe ich gebraucht!*

»Was willst du trinken?«, fragt Phaedre, als wir uns zur Bar im Nebenraum durchgekämpft haben. Hier ist die Musik etwas leiser, aber die Scheinwerfer malen noch immer grüne, blaue und violette Lichtflecken auf die Umgebung und unsere Haut.

»Gin Tonic«, antworte ich, während Hektor sich neben uns stellt.

»Dieser Club ist so retro.« Er zwinkert der Blondine hinter dem Tresen zu.

»Ist das gut oder schlecht?«

»Das sag ich dir, wenn der Abend vorbei ist.«

Ich folge seinem Blick und mustere das Mädchen, das gerade unsere Getränke mixt.

»Hier.« Phaedre tippt mir auf die Schulter und reicht mir meinen Gin Tonic. Als ich das Glas hebe, färbt sich die klare Flüssigkeit vor meinen Augen blutrot. Geschockt lasse ich den Drink fallen. Noch ehe er auf dem Boden aufprallt, beugt sich Hektor dicht an mein Ohr und flüstert: »Ich muss dir etwas sagen.«

Aber als ich zu ihm herumfahre, ist er verschwunden. Und nicht nur er. Der ganze Club ist weg. Statt an einer Bar befinde ich mich in einem hell gestrichenen Flur, der sich endlos lang in beide Richtungen erstreckt. Keine Bilder hängen an den Wänden. Ich glaube, ich war hier schon mal. Nur wann?

»Hektor?«, rufe ich. »Phaedre?«

Wo sind sie hin? Einige Jugendliche laufen mir entgegen. Die rosafarbenen Nachthemden, die sie alle tragen, ähneln denen, die ich als kleines Mädchen so geliebt habe. Ich öffne den Mund, um sie nach dem Weg ins *Euphoria* zu fragen, doch dann bemerke ich, dass sie alle die gleichen Gesichter besitzen, Jungen wie Mädchen. What the fuck?!

Als ich mich umdrehe, läuft eines der Mädchen direkt in mich hinein.

»Pass doch auf!«, herrsche ich sie an, nachdem ich mein Gleichgewicht wiedergefunden habe. »Wieso …« Ich erstarre. Dort, wo sich ihre Augen befinden sollten, graben sich zwei vernarbte Krater in die Haut. »What. The. Fuck!«

Das Mädchen geht weiter. Es lässt mich stehen, als habe es mich gar nicht gehört. Ich will sie am Arm festhalten, aber da entdecke ich weiter hinten im Gang ein vertrautes Gesicht. Hektor!

Er blickt in meine Richtung, aber statt auf mich zuzukommen, öffnet er eine Tür und verschwindet.

Ich renne ihm hinterher. Das Zimmer hinter der Tür ist winzig. Zwei schmale Betten stehen darin, Hektor sitzt auf dem einen, ich auf dem anderen. Er lächelt mich an und wirkt dabei irgendwie verlegen?

Er weicht mir nicht mal aus, als ich ihm in die Haare greife und durch die dunkelbraunen Strähnen wuschle. »Krass«, kommentiere ich, denn ich habe ihn schon ewig nicht mehr mit einer halbwegs normalen Frisur gesehen. Ich hab schon fast vergessen, wie unschuldig er aussieht, wenn er seine Haare nicht platinblond bleicht. Ein Grinsen stiehlt sich auf meine Lippen.

»Endlich lächelst du«, sagt er.

Ich zucke mit den Schultern, beschließe, diesen seltsamen Kommentar zu ignorieren und schaue mich stattdessen im Zimmer um. Ganz schön armselig. »Was machen wir hier?«

Plötzlich spüre ich seine Berührung an meinem Kinn. Mit dem Zeigefinger dreht Hektor langsam meinen Kopf in seine Richtung.

»Ich …«, beginne ich, aber mein Bruder ist schneller. Er beugt sich zu mir herüber, schließt die Lider … und küsst mich.

Schweißgebadet fahre ich aus dem Schlaf hoch. Mein Bruder hat mir seine Zunge in den Mund gesteckt! Die Erinnerung an meinen Traum ist so lebendig, dass ich mir mit dem Ärmelstoff hektisch über die Lippen reibe. Was sollte das denn bitteschön? Wie kommt mein Unterbewusstsein auf so einen kranken Scheiß?

Es ist dunkel um mich herum. Über den Schattenrissen der Baumkronen draußen hängt ein Halbmond. Mit einem Fingerschnippen aktiviere ich das Deckenlicht und bleibe einen Augenblick lang ratlos im Bett sitzen. Dann fasse ich den Mut, die Bettdecke zurückzuschlagen und mein Nachthemd wieder hochzukrempeln, um noch mal einen Blick auf die Narbe zu werfen. Vorsichtig betaste ich die wulstige Haut. Tut nicht weh, aber trotzdem verspüre ich ein Ziehen in meinem Bauch. Fasziniert, fast schon distanziert, beobachte ich, dass meine Finger leicht zittern. Das ist jetzt also mein Körper? Großartig. Die Stelle, an der bei mir damals die Nierentransplantation vorgenommen wurde, war makellos, dafür haben die Ärzte gesorgt. Es sollte also auch möglich sein, die Narbe auf meinem neuen Körper zu entfernen, oder? Und gegen dieses strähnige Haar und die eingerissenen Nagelbetten müssen wir auch etwas unternehmen. Von dem spindeldürren Körper ganz zu schweigen. Und zwar schnell. So kann ich mich keinesfalls auf meiner eigenen Verlobungsfeier blicken lassen. Das wär's noch. Der Wievielte ist heute überhaupt?

Mein Elastoscreen bleibt weiterhin verschwunden. Also kämpfe ich mich auf die Beine und suche das Zimmer ab. Meine Knie sind etwas wackelig, aber wenn ich mich langsam bewege, geht's schon.

Der Elastoscreen liegt weder auf dem schmalen Schreibtisch noch irgendwo auf dem Boden. Ich schaue sogar nach, ob er unter das Bett gefallen sein könnte. Nichts.

Keine Spur.

Kleider finde ich auch keine. Jedenfalls keine, die mir noch passen. Der Einbauschrank ist leer bis auf ein paar Sachen, aus denen ich längst herausgewachsen bin, wie meine Sandalen mit den pinken Glitzerverschlüssen, ohne die ich vor ein paar Jahren keinen Schritt vor die Tür gemacht habe.

Dad muss mich direkt aus dem Krankenhaus hierhergebracht haben. Doch weshalb nach Prometheus Lodge? Warum nicht nach Hause?

Die Antwort auf diese Frage muss wohl bis morgen warten. Keine Ahnung, wie spät es ist. Mitten in der Nacht?

Weil ich Durst habe, blicke ich hinüber zu dem Glas neben meinem Bett. Dann erinnere ich mich an den schalen Geschmack des Wassers. Besser, ich gehe nach unten und suche in der Küche nach etwas anderem.

Leise öffne ich meine Zimmertür und trete hinaus in den Flur. Dad schläft vermutlich schon. Also schalte ich kein Licht an. Als ich klein war, kamen wir ständig hierher. Meine Füße würden den Weg auch im Stockdunkeln finden. Aber das ist gar nicht notwendig, denn der Mond scheint durch die Glaswand ins Haus. Sein Licht lässt die zitronengelbe Farbe, in der Flur und Treppenhaus gestrichen sind, blass wirken. Ich bin kein Kind mehr, aber das kunterbunte Innere von Prometheus Lodge liebe ich noch immer. Es kontrastiert so stark die unterkühlte Fassade des Hauses, ganz aus Glas und weißen Kunststoffverkleidungen. Hier drinnen leuchtet jeder Raum in einer anderen kräftigen Farbe. Es stimmt einen sofort fröhlich. Meistens jedenfalls.

Jetzt presse ich die Lippen zusammen und laufe den Flur entlang. Die Haut meiner Fußsohlen klebt unangenehm auf dem glatten Boden. Die Kinder im Flur mit den gleichen Gesichtern. Das Mädchen ohne Augen. Ich zucke zusammen, als Bilder aus meinem Traum durch meinen Kopf schießen. Kurz muss ich mich an der Wand abstützen. Nicht gut. Ich fühle mich immer noch schwach. Ich schließe die Lider, atme tief ein. Und aus.

Als ich die Augen wieder öffne, knicken die Beine fast unter mir weg, weil in den Schatten am Ende des Flurs zwei winzige Lichtbälle in der Luft schweben.

Erst, als ein rot getigertes Fellbündel von einer der Treppenstufen nach unten springt und auf mich zueilt, beruhige ich mich.

»McGonagall«, flüstere ich und beuge mich nach unten, um die Katze aufzuheben. Schnurrend rollt sie sich in meinem Arm zusammen und lässt es zu, dass ich sie streichele. »Dich gibt es ja immer noch.« Mit dem Fingerknöchel kraule ich die empfindliche Stelle an ihrem Hals. McGonagall streckt genießerisch ihr Köpfchen nach hinten und kneift die Augen zusammen. Ihr Fell ist warm und weich und ich bilde mir ein, ihren Herzschlag an meiner Brust zu spüren. Tränen treten mir in die Augen.

McGonagall ist nicht unsere Katze. Ich weiß nicht, woher sie kommt und wohin sie geht, aber sie taucht immer auf, wenn ich in Prometheus Lodge bin. Ganz so, als wolle sie mir einen Besuch abstatten und sich davon überzeugen, dass es mir gut geht. Dabei war ich es doch, die ihr das Leben gerettet hat. Damals, als ich sie aus dem Fluss gefischt habe, war sie so klein, fast noch ein Katzenbaby. Wie lange ist das her? Sechs Jahre? Sieben?

Es war der Sommer vor meinem elften Geburtstag und ich habe mir von meinen Eltern gewünscht, McGonagall behalten und mit nach Hause nehmen zu dürfen. Dad hätte ich bestimmt überzeugt, aber natürlich war der Drache dagegen.

»Sie gehört sicher jemandem«, hat sie gesagt und mir übers Haar gestrichen, als wolle sie mich trösten. »Und der wäre traurig, wenn McGonagall nicht nach Hause käme.«

Na klar. Als ob das der wahre Grund gewesen wäre. Wobei. Damals hat der Drache gar nicht so oft Feuer gespien.

McGonagall an mich gedrückt, gehe ich zur Treppe und steige ins Erdgeschoss hinunter. Die Katze hat es sich in meinen Armen gemütlich gemacht und erlaubt es mir großzügig, sie weiterzustreicheln. Ihr leises Schnurren beruhigt meine aufgekratzten Nerven. Ich habe seit ewig nicht mehr an McGonagall gedacht. Plötzlich fühle ich mich wie der schlechteste Mensch der Welt.

Auf der vorletzten Treppenstufe verharre ich in der Bewegung. Stimmen. Jemand unterhält sich. Jemand ist noch wach.

»… sagen, wie beschissen ich das finde!«

Der Drache. Die Stimme erkenne ich sofort. Und sie ist richtig mies gelaunt.

Auch wenn ich mich nicht erinnern kann, wann sie das letzte Mal das Wort *beschissen* benutzt hat. Kaum, dass ich sie höre, habe ich das Bedürfnis, zu ihr zu rennen und mich in ihre Arme zu schmeißen. Auch wenn sie ein Drache ist.

»… nicht so auf«, höre ich da Dad. »… alles gut.« Er spricht deutlich leiser, klingt aber angespannt.

»Gut?!« Mom kann ich besser verstehen als ihn. »Und wie, bitte, hast du dir das vorgestellt? Es wird ihr Leben zerstören!«

»Tu nicht so dramatisch, Sabine«, Dad hat nun ebenfalls die Stimme erhoben. »Du bist nicht deine Schwester.«

»Und du wirst immer mehr zum Arschloch.«

McGonagall maunzt auf, weil ich sie zu fest an mich drücke. Erschrocken lockere ich meinen Griff, dann streichle ich ihr noch mal kurz über das Köpfchen und setze sie vorsichtig auf dem Boden ab. Ich bewege mich langsam und achte darauf, keine unnötigen Geräusche zu machen. Seit wann sprechen meine Eltern so miteinander?

Ich lege meinen Finger auf die Lippen, als könnte McGonagall begreifen, was ich ihr damit sagen will, und schleiche den

Flur entlang zu den hinteren Zimmern. Dad und der Drache müssen sich in der Küche befinden. Oder im Wohnzimmer.

»Du musst jetzt die Nerven behalten«, höre ich ihn sagen. Ein schabendes Geräusch dringt in den Flur, vielleicht das Schnarren von Stuhlbeinen. »Du warst mit dem Plan einverstanden.«

»Da wusste ich auch nicht, dass unsere Tochter noch lebt.«

Es geht um mich!

Klar. Wenn sich meine Eltern in den vergangenen Monaten gestritten haben, ging es fast ausschließlich um mich. Aber was meint Mom mit »noch lebt«?

Bei ihren nächsten Worten gefriert mir das Blut in den Adern. »Monatelang, Priamos! Du hast mich monatelang belogen! Damit!«

Ich presse mir den Handrücken auf den Mund, aber ich bin nicht schnell genug. Ein Wimmern entsteigt meiner Kehle und ich muss mich mit der anderen Hand an der Flurwand abstützen. McGonagall miaut besorgt. Und meine Eltern verstummen.

Klappernde Schritte wie von Absatzschuhen hallen durch die Stille, dann wird die Tür zum Wohnzimmer aufgerissen – sie war nur angelehnt –, und meine Mutter stürzt in den Flur.

Der Drache.

Mom.

Ich weiß selbst nicht warum: Tränen steigen mir in die Augen und ich bin einfach nur froh, sie zu sehen.

Wir starren uns an. Hinter Mom erscheint Dad im Flur. »Lexi.«

Als er zu mir kommen will, hält sie ihn mit einer Geste zurück. Stattdessen kommt sie auf mich zu. Erst geht sie. Die letzten Schritte beginnt sie zu rennen und zieht mich in ihre Arme.

»Mein Schatz«, murmelt sie in mein Haar, wieder und wieder. »Mein armer Schatz.« Ihre Stimme klingt erstickt, sie weint.

Plötzlich klammere ich mich an sie, als hinge mein Leben davon ab. Sie duftet nach *Midnightsong*, ihrem Lieblingsparfum. Darunter liegt der leichte Geruch nach Heu und Pferden. Sie muss noch einmal in den Stallungen gewesen sein, ehe sie hierhergekommen ist.

»Konstantin ...«, stammle ich verwirrt. »Dad sagt, ich bin gestürzt.«

Mom drückt mich noch fester an sich. »Jetzt ist alles gut. Ich bin bei dir, mein Liebling.«

Wann hat sie mich das letzte Mal *Schatz* oder *Liebling* genannt? Das ist vermutlich fast so lange her, wie ich sie »Mom« genannt habe.

»Worüber habt ihr euch gestritten?« Über Moms Schulter hinweg blicke ich Dad direkt an. Er steht noch immer vor der Tür zum Wohnzimmer und mustert uns, die Stirn in Falten gelegt, als würde unser Anblick ihm wehtun. Weder er noch Mom reagieren. »Bei eurer Unterhaltung gerade«, lege ich deshalb nach, »da ging es um mich.«

»Was machst du hier unten?«, weicht Dad mir aus. »Es ist spät und du bist noch so schwach. Du solltest im Bett liegen und schlafen.«

Monatelang. Das hat Mom zu ihm gesagt. Monatelang!

Obwohl ich es eigentlich nicht wirklich will, löse ich mich aus ihrem Griff. »Ich kann nicht schlafen.«

Dads Miene bleibt ausdruckslos. »Dann solltest du dich zumindest ausruhen.«

»Ich habe Durst.«

Mom streichelt meinen Arm. »Soll ich dir Milch warm machen?«

Das letzte Mal, als wir uns gesehen haben, hätten wir uns wegen meines Verlobungskleides beinahe gegenseitig die Köpfe eingeschlagen. Warme Milch hat sie Hektor und mir früher immer gemacht, wenn wir hier in Prometheus Lodge waren. In der Villa kümmerte sich Margot um alles. Das tut sie bis heute. Hier in unserem Wochenendhaus gibt es keine Bediensteten. Es war unser kleines Zuhause. Nur für uns vier. Mom und Dad haben sich damals so gut wie nie gestritten. Im Gegenteil, sie haben sogar immer zusammen gekocht.

Warum haben wir aufgehört, hierher zu fahren? Weil wir Kinder das nicht mehr wollten? Oder weil Mom und Dad keinen Bock mehr darauf hatten, für uns heile Familie zu spielen?

»Ich bring dich nach oben.« Dad kommt zu uns herüber.

Mom funkelt ihn an, nickt jedoch. »Ich bin gleich wieder bei dir«, verspricht sie. Aber sie wendet sich nicht ab. Als sie mich anschaut, wird ihr Blick weich. Sie wartet, dass Dad seinen Arm um meine Schulter legt und mich langsam, aber bestimmt den Gang entlang und die Treppe nach oben dirigiert.

Mom blickt mir hinterher, bis ich den Treppenabsatz erreiche und um die Kurve verschwinde.

Kapitel 3

McGonagall folgt uns auf Schritt und Tritt. Sie rollt sich auf meinem Bett zusammen, nachdem ich wieder unter die Decke geschlüpft bin.

Dad setzt sich neben mich. Im gedämpften Licht der Nachttischlampe liegt sein halbes Gesicht im Schatten. »Du kannst nicht schlafen?«

Schlafen? Wenn das stimmt, was du sagst, habe ich für die nächsten Jahre wohl genug geschlafen. Monate! Koma?!

»Was ist denn genau passiert?«, frage ich.

Dad seufzt. »Das habe ich dir doch schon erzählt.«

»Nicht alles. Ich habe euch gehört gerade, dich und Mom.«

Er senkt seinen Blick auf meine Hand. Dann greift er nach ihr und nimmt sie in seine. »Dafür ist morgen noch Zeit.«

»Fuck! Dad!«

»Du sollst doch nicht so roh fluchen.«

»Scheiß drauf!« Mein Blut gerät in Wallung. Ich habe genug hiervon. Plötzlich fühle ich mich nicht mehr hilflos, sondern wütend. Das ist der gleiche Müll wie im ganzen letzten Jahr:

Denk an die Familie.

Wir wissen, was das Beste für dich ist.

Du bist eine Hamilton. Du kannst dich in der Öffentlichkeit nicht so aufführen.

Was für ein Rotz! Mein Vater ist Unternehmer und nicht der verdammte König von England.

»Lexi«, mahnt Dad, aber er lässt meine Hand nicht los.
Und dann dieser Schwachsinnsplan mit der Verlobung! Als wären wir im Mittelalter. Ich soll einen Typen heiraten, den ich im Grunde nicht kenne, weil dessen Vater vermutlich unser nächster Präsident wird. Die Familie sieht es als Investition in unsere Zukunft. Als ob Hamilton Corp. nicht ohnehin bereits Millionen scheffelt. Und was nutzt uns bitte all das Geld, wenn wir nicht wir selbst sein können? Mom, Dad, Onkel Kadmos …

Meine Großcousine Helena hat es schon richtig gemacht, als sie damals die Notbremse gezogen und sich aus dem Staub gemacht hat. Onkel Kadmos mag sie enterbt haben, aber unglücklich ist sie deshalb nicht. *Sie* hat wenigstens den Mann geheiratet, den sie liebt. Der Einzige in dieser beschissenen Familie, der halbwegs normal tickt, ist mein Bruder.

»Ich will Hektor sprechen.« Erst als ich es ausspreche, merke ich, wie sehr er mir fehlt.

»Es ist mitten in der Nacht.«

»Weiß er überhaupt, dass ich … aufgewacht bin?!«

Dad öffnet den Mund, sagt aber nichts. Muss er auch nicht. Wenn Hektor eine Ahnung hätte, dass ich aus dem Koma erwacht bin, könnte ihn nichts davon abhalten, an meiner Seite zu sein. Da bin ich mir sicher.

»Wo ist mein Elastoscreen?«

»Lexi …«

»Dad. Wo ist er? Wo sind meine ILs?«

»Die brauchst du jetzt nicht.«

Seine Worte, und die Art, wie er sie ausspricht … eine Erinnerung flammt in meinem Geist auf: Dad, der mir wütend meinen Elastoscreen aus der Hand schlägt. Der so viel Kraft in diese Bewegung legt, als sei ihm egal, ob er mir dabei wehtut.

Ich entziehe ihm die Hand.

»Lexi«, beginnt er wieder, viel sanfter.

Diese Erinnerung? War sie echt? Ist das wirklich passiert? Und warum? Als ich versuche, darüber nachzudenken, beginnt mein Kopf wieder zu pochen.

Dad steht auf. »Lass uns morgen früh alles in Ruhe besprechen. Deine Freunde schlafen doch ohnehin schon.«

»Ich kann nicht schlafen«, behaupte ich stur, obwohl ich sehr wohl bemerke, wie müde mein Körper ist.

»Vielleicht hilft dann die Milch.« Wie aufs Stichwort betritt Mom das Zimmer. In der Hand hält sie eine riesige Tasse. Sie ist aus glasiertem Ton. Wir haben sie in der kleinen Fischerhütte weiter unten am Fluss gekauft. Ich kann nicht glauben, dass der Drache mir tatsächlich eine warme Milch gekocht hat.

Dad macht Mom Platz, als sie ums Bett herumkommt und sich neben mich setzt. »Ich hab Honig hineingetan«, verrät sie, während sie mir die Tasse in die Hand drückt.

Sie liegt warm in meinen Händen und genüsslich schnuppere ich an dem Getränk. Sofort fühlt sich meine Brust nicht mehr so eng an.

»Ich lasse euch beiden mal allein«, sagt Dad, und ich halte ihn nicht auf.

Nachdem er das Zimmer verlassen hat, nippe ich an der Milch. Auf einmal bin ich wieder zehn Jahre alt.

Mom blickt mich an, während ich trinke. Sie schaut mich einfach nur an. Als könne sie nicht glauben, dass ich vor ihr sitze.

»Was ist passiert?«, frage ich, nachdem ich die Milch halb ausgetrunken habe.

»Lexi ...«, beginnt auch sie vorsichtig, aber ich unterbreche sie: »Mom. Bitte. Ich hab euch gehört.«

Sie schließt die Lider und ich stelle die Tasse auf das kleine Beistelltischchen neben dem Bett. »Du hast zu Dad gesagt, du dachtest, ich sei tot.«

Als sie die Augen wieder öffnet, glitzern Tränen darin. »Was hat dir dein Vater bereits erzählt?«

»Nicht viel. Dass ich vom Pferd gefallen bin. Und …« Ich blicke an mir herunter. »Das.«

Mom nickt. Sie sucht nach Worten, das kann ich sehen. Doch sie findet keine.

»Ich sehe furchtbar aus«, sage ich.

»Nein.«

»Schau dir diesen Körper an, Mom. Das bin doch nicht ich! Kannst du mir sagen, wo der Sinn darin liegen soll, einen Klon zu besitzen, wenn der so erbärmlich aussieht?«

Mom streicht mir eine Locke dieses strähnigen Haares hinter das Ohr und kurz wird mir schwindelig, weil ich das Gefühl habe, in mein eigenes Gesicht zu blicken.

»Das hier war nie geplant«, murmelt sie. »*Hierfür* waren die Klone nie gedacht.«

Mit meiner Rechten taste ich unter der Decke nach der Narbe auf meinem Bauch. Mom hat recht. Organtransplantationen: Ja. Ein Körpertausch? Verrückt! Klingt wie etwas aus einem Science-Fiction-Roman.

»Geht es Konstantin gut?«, will ich wissen, um mich abzulenken. »Ist ihm etwas passiert?«

Mom wendet das Gesicht ab. »Wir haben ihn verkauft.«

»Was?!« Kann dieser Tag noch beschissener werden? »Wieso?«

Als sie mich jetzt anblickt, ist ihre Miene wie versteinert. Sie erinnert mich wieder an die Marmorstatue, die im Schatten der Eingangstreppe in der Villa steht. »Weil ich seinen Anblick nicht mehr ertragen konnte, nach dem, was passiert ist.«

Der Drache ist zurück. Ich rücke von ihr ab. »Er ist mein Pferd! Wie konntest du …«

»Ich dachte, du seist tot«, antwortet sie kalt. »Glaubst du allen Ernstes, ich wollte ihn da noch um mich haben?«

»Keine Ahnung, was passiert ist. Aber es war bestimmt nicht Konstantins Schuld. Er würde mich niemals abwerfen. Niemals.«

»Das weiß ich jetzt auch!«

»Was weißt du?« Meine Augen verengen sich, aber ihre Lippen pressen sich zu einem schmalen Strich zusammen. Vier, fünf Herzschläge lang mustern wir uns. Keine ist bereit nachzugeben. Schließlich bin ich es, die die Faust auf die Matratze neben sich haut. McGonagall zuckt zusammen und springt aus dem Bett. Toll. Hab ich ja super hinbekommen.

Aber ich werde mich jetzt nicht abspeisen lassen. »Warum stecke ich in diesem beschissenen Körper?«

»Weil du *deinen eigenen* Körper zugrunde gerichtet hast!« Mom tut es McGonagall gleich und steht auf. Aber sie verschwindet nicht. Sie ballt die Hände zu Fäusten und blickt auf mich herab. Mit einer Mischung aus Wut und Enttäuschung. Wie immer also.

Ich wusste, dass die Nummer mit der Milch und »mein Liebling« nicht lange halten würde. Wem hat sie da etwas vorgemacht, mir oder sich selbst?

Das Beschissene an der Situation ist, dass sie diesmal recht hat. Jedenfalls, wenn ich Dad Glauben schenke. Trotzdem ist das nicht die ganze Wahrheit: »Von mir existiert ein halbes Dutzend Klone«, presse ich hervor, mühsam beherrscht. »Dass ihr mich nicht in den Körper eines Kindes gesteckt habt, verstehe ich ja. Aber warum musste es der Klon sein, dem bereits eine Niere fehlt?«

Mom schluckt und wendet den Kopf ab. »Der andere stand gerade nicht zur Verfügung.«

»Was soll das heißen?« Ihre Behauptung ist lächerlich. Dad hat aus dem menschlichen Klonen überhaupt erst ein Geschäft gemacht. Uns gehören die Institute, in denen die Klone leben.

»Wir reden morgen weiter.«

»Nein.«

»Es ist spät, Elektra.«

Jetzt also auch noch sie. Fassungslos – und angepisst – beobachte ich, wie sie sich wie Dad zuvor der Tür zuwendet. Ich bin es so leid, dass sie mir nie sagen, was wirklich vor sich geht. Mich mit ihrem beschissenen Politiker-Söhnchen verloben, das darf ich aber.

»Ich kann ohnehin nicht schlafen!«, rufe ich ihr hinterher, als sie bereits die Türklinke in der Hand hat. Über ihre Schulter hinweg blickt sie mich an, und wieder glaube ich, Tränen in ihren Augen schwimmen zu sehen.

»Trink die Milch. Das wird helfen.«

»Wieso? Hast du ein Beruhigungsmittel reingekippt?«

Mom schnappt nach Luft. Einen Augenblick lang wirkt sie schwach und verletzt. Dann streckt sie den Rücken durch und hebt das Kinn. »Natürlich nicht. Ich bin nicht dein Vater.«

Darauf wiederum weiß ich nichts zu antworten. Der Drache gewinnt seine alte Selbstbeherrschung zurück. »Wir reden morgen früh.«

Es klingt wie eine Drohung. Als wäre es nicht genau das, zu dem ich sie ohnehin bewegen will.

Ich starre noch ewig auf die Zimmertür, selbst nachdem sie schon längst hinter Mom ins Schloss gefallen ist. Als ich nach der Tasse Milch greife, streift mein Blick das Glas auf dem Boden. Der leicht bittere Geschmack des Wassers. Moms Bemerkung gerade. Kann es sein, dass Dad …?

Ich trinke die warme Milch aus, lösche das Licht und schließe die Augen. Aber der Schlaf will nicht kommen. Mein Herz klopft wild in meiner Brust. Mom hat von Monaten gesprochen, in denen sie geglaubt hat, ich sei tot. Wie kann das sein?

Ich habe Angst. Vor den Antworten auf meine eigenen Fragen.

Und ein bisschen sogar vor meinen Eltern.

Kapitel 4

Keine Ahnung, wann ich endlich doch eingeschlafen bin, aber die Nacht vergeht immerhin traumlos. Als ich die Augen öffne, kitzeln Sonnenstrahlen mein Gesicht. Einen Moment lang fühle ich mich sogar ganz wohl. Dann fällt mir wieder ein, wo ich mich befinde und in welchem Körper ich stecke. Und ich spüre die Anwesenheit von jemand anderem im Raum.

Hektisch drehe ich mich zur Seite und sehe meinen Bruder neben dem Bett auf dem Boden sitzen. Er hat den Rücken an die Wand gelehnt und liest in einem Buch. Seine Haare leuchten türkisfarben.

»Guten Morgen.« Hektor legt das Buch beiseite und lächelt mich an. Seine Stimme klingt warm, fast streichelnd und ich bin unheimlich glücklich, sie zu hören.

»Schlafe ich noch?«, frage ich, als er zu mir ins Bett kriecht. Meine Ohren glühen, weil mir der Traum wieder einfällt, in dem er mich geküsst hat.

Hektor lehnt sich an mich. »Das sollte vermutlich eher ich fragen.«

Thank God! Jetzt ist er wieder einfach nur mein Bruder.

»Was ist mit deinen Haaren passiert?«

»*Darüber* willst du jetzt sprechen?«

»Die Farbe ist selbst für dich extrem.«

Hektor grinst. »Vor ein paar Wochen waren sie pink. Mom hat sich so herrlich darüber aufgeregt.«

Erst grinse ich, dann sickert die Bedeutung seiner Worte in mein Bewusstsein. Vor ein paar Wochen. Mom dachte monatelang, ich sei tot …

Hektor bemerkt meinen Stimmungswechsel gar nicht. »Diesmal hat es leider nicht geklappt. Sie hat mir einfach nur ins Haar gegriffen, an den Spitzen gezupft und gesagt, dass das Färben wohl richtig gut gelungen ist.«

»Klingt nicht nach ihr«, murmle ich.

Hektors Lächeln verschwindet und er zieht mich in seine Arme. »Sie hat sich verändert.« Einen Moment lang drücken wir uns.

»Wie geht es dir?«, fragt er, ohne mich loszulassen.

»Ich weiß es nicht.« Der Kloß in meinem Hals macht es unangenehm zu sprechen.

Hektor geht es offensichtlich ähnlich. »Ich bin so froh …«, flüstert er dann. »Ich bin so froh. Ich bin so froh.«

»Und ich bin froh, dass du da bist.« Mein Blick wandert durchs Zimmer. »Prometheus Lodge.« *Es ist ewig her, dass wir zuletzt hier waren*, will ich eigentlich sagen. Da fällt mein Blick auf meinen Schreibtischstuhl. Oder besser gesagt auf das, was davon übrig ist. Umgekippt liegt er auf dem Teppich vor der Fensterfront. Eine seiner pinkfarbenen Rollen ist abgebrochen. Ich entdecke sie auf meinem Schreibtisch. Und in der gläsernen Fassade – angespannt drücke ich den Rücken durch und richte mich auf – prangt ein hässlicher, weißer Kratzer.

»Was …«

Hektor legt mir die Hand auf die Schulter »Du erinnerst dich nicht?«

Entgeistert blicke ich ihn an. »An was?«

»Du warst ziemlich … panisch.«

»Das sieht so aus, als habe ich versucht, mit meinem Schreibtischstuhl auf die Außenwand einzuprügeln.« Was natürlich nichts bringt. Das Sicherheitsglas ist absolut bruchsicher. Ich weiß das. Warum sollte ich also …? Und warum kann ich mich nicht daran erinnern? Schon wieder nicht?

»Fuck!«

»Ich bin froh, dass du ausgerastet bist.« Hektor legt sein Kinn auf meine Schulter. Hitze steigt mir in die Wangen, zum einen, weil mich das an diesen schrecklichen Albtraum erinnert, zum anderen, weil das, was er da sagt, so absurd klingt.

»Wirklich«, sagt er und schmiegt sich an mich. Wie ein Freund, wie ein Bruder. Ich entspanne mich. »Sonst hätten sie mich vermutlich gar nicht hergeholt. Ich glaub's nicht, dass sie so lange gewartet haben.«

Ich lehne mich an ihn und atme tief ein. Ich rieche seinen herben Zitrusduft. Diese Orangennote. Ich hingegen stinke vermutlich nach altem Schweiß und Dreck. Wann habe ich mich das letzte Mal gewaschen? Wann *hat man* mich das letzte Mal gewaschen? Schauderhafter Gedanke! Ich hoffe, das war nicht Dad! Ich muss an etwas anderes denken!! »Sie haben dich hergeholt?«

»Mom hat angerufen, aber Dad wollte es auch. Sie haben gehofft, das würde dich beruhigen.«

»Ich kann mich nicht erinnern«, murmle ich.

»Du hast die beiden erschreckt. In der Nacht haben sie einen dumpfen Schlag gehört und dich mit dem Stuhl in der Hand hier gefunden.«

Ich nicke, obwohl ich das nicht meine. Ich kann mich an nichts erinnern. An gar nichts! Wenn ich versuche, mich an diesen Ausritt mit Konstantin zu erinnern, daran, was geschehen ist, ist da nur ein schwarzer Fleck. Das Letzte, was ich noch weiß, sind Marcus und seine gelben Plättchen und ein heftiger Streit mit Mom und Dad. Es ging um das Kleid für meine Verlobungsfeier.

»Der Eheschließungsvertrag!«

Hektor räuspert sich, bleibt aber stumm.

»Was ist mit Phillip von Halmen? Glaubt der auch, ich sei tot?«

»Vielleicht solltest du darüber lieber mit …«

»Hektor!« Ich löse mich aus seinem Griff und verändere meine Position. Mit untergeschlagenen Beinen setze ich mich auf das Bett ihm gegenüber und greife nach seinen beiden Händen. »Wem kann ich denn vertrauen, wenn nicht dir?«

Röte überzieht sein Gesicht und seine Ohren. Es würde niedlich aussehen, wäre die Situation nicht so ernst.

»Phillip und du, ihr seid bereits miteinander verlobt. Gewissermaßen.«

»Was?! Wie …?«

»Dein Klon«, antwortet Hektor und mir wird schlecht. »Der andere. Isabel. Sie …« Er senkt den Kopf. »Sie hat …«

»Nun spuck es schon aus.«

Hektor blickt mich ernst an. »Sie hat deinen Platz eingenommen.«

Einen Augenblick lang fühle ich mich wie gelähmt. Ich habe gehört, was Hektor gesagt hat, aber ich bin weit davon entfernt, es zu verstehen. Kälte kriecht durch meinen Körper, während ich meinen Bruder mustere, die sanften Augen, die mich mitleidig ansehen, die türkisfarbenen Haare.

»Ela …«, sagt er, als ich zu zittern beginne, aber ich beiße die Zähne fest aufeinander und schüttle heftig den Kopf. Die Narbe an meiner Seite beginnt zu schmerzen. Es ist nicht meine. Ich will sie nicht!

»Was soll das heißen?«, herrsche ich ihn an, sobald ich meinen Körper wieder unter Kontrolle habe.

»Wir sollten auf Mom und Dad warten. Ich habe ihnen versprochen, dir nichts zu sagen.«

»Seit wann interessiert dich, was der Drache will?«

Hektor senkt seinen Kopf.

»Ich bin deine Schwester, verdammt! Was würdest du sagen, wenn sie dich *ersetzt* hätten?«

»Du hast recht.« Er wirft einen Blick zur Tür. »Aber leiser.« Erleichtert hole ich tief Luft und nicke. Ich krieche unter der Bettdecke hervor – ich trage noch immer dieses unmögliche Kleinmädchen-Nachthemd –, lehne mich mit dem Rücken gegen das Kopfende des Bettrahmens und ziehe die Beine an. Dann umschlinge ich sie mit den Armen. Knochendünn sind sie, mit trockener Haut, aber in dieser Haltung hört die Narbe auf zu schmerzen. So kann ich mich ganz auf das konzentrieren, was Hektor mir jetzt erzählt.

»Nach deinem ... Unfall.« Er zögert. »Konstantin kam ohne dich im Sattel zurück. Völlig aufgeschreckt. Wir haben dich gesucht. Du hast verkrümmt auf dem Boden gelegen, neben einem Stein. Du hattest ...« Er schließt die Augen, jetzt zittern seine Lippen. Die Stimme klingt erstickt, als er weiterspricht. »Dein Kopf. Du hattest dir den Kopf verletzt. Da war so viel Blut.«

Mein Herz beginnt rasend schnell zu schlagen. »Nein.«

»Dad wollte nicht auf die Medics warten. Er hat dich selbst in die Stadt gefahren. Zu Dr. Schreiber. Nach ein paar Stunden kam er mit Onkel Kadmos im Schlepptau zurück. Er war am Boden zerstört. Er hat die Familie ins Arbeitszimmer beordert, alle, außer Nestor. Und da hat er es uns gesagt: dass du tot bist.«

»Warum hat er das getan?«

»Das musst du schon ihn fragen.« Hektor blickt mich direkt an. »Ich begreif es ja selbst nicht. Und ich wollte es zunächst auch nicht glauben.«

»Was ist dann passiert?«

»Er hat uns verboten, irgendjemandem zu verraten, was geschehen ist.«

»Warum?!« Kaum habe ich gefragt, dämmert es mir bereits. »Die Verbindung zu den von Halmens.«

Hektor nickt und auf einmal verachte ich meinen Vater. Natürlich hat er daran gedacht. An seine millionenschwere politische Allianz. »Ich habe selbst nicht begriffen, was da wirklich vor sich geht. Alles ging so schnell«, verteidigt sich Hektor. »Ich wollte nicht wahrhaben, dass du … Bis *sie* kam.«

»Sie?«

»Isabel. Dein Klon.«

»Du nennst sie Isabel?«

»Das ist nun einmal ihr Name.«

»Klone besitzen keine Namen.«

»Das haben wir gedacht, aber es stimmt nicht.« Er will nach meiner Hand greifen, doch ich weiche zurück.

»Du hast einfach so zugelassen, dass ein Klon meinen Platz einnimmt?« Ich kann es nicht glauben. »Und Mom auch?«

Hektor senkt geschlagen den Kopf. »Wir dachten, du seist tot!«

»Bullshit! Das ist …« Wut kocht in mir hoch, so stark, dass ich plötzlich verstehen kann, warum ich versucht habe, die Außenwand einzuschlagen. »Willst du mir erzählen, dass alle geschluckt haben, dass *sie ich* ist? Steckt ihr alle unter einer Decke? Hat niemand etwas gemerkt?!«

Hektor kann mich nicht anblicken. »Nein.«

Seine Antwort versetzt mir einen Stich. Niemand hat gemerkt, dass ich nicht ich bin? Nicht sein Ernst!

»Doch«, korrigiert er sich dann. »Nestor.«

Tränen treten mir in die Augen. Mein kleiner Bruder.

»Sonst niemand?« *Julian*. Beim Gedanken an meinen Freund klopft mein Herz schneller. Aber Julian kann ich Hektor gegenüber natürlich nicht erwähnen. Er ist unser Stallmeister. Und mein Bruder weiß nicht, dass er und ich zusammen sind.

»Phaedre?«, frage ich stattdessen. Meine beste Freundin muss doch gemerkt haben, dass eine Hochstaplerin meinen Platz eingenommen hat.

Hektor rutscht unruhig hin und her. »Phaedre war auf Kreta, als du deinen Unfall hattest, erinnerst du dich?«

Na großartig.

»Inzwischen müsste sie zurück sein, oder?« Ich versteife mich. »Welcher Tag ist heute?«

Wie lange war ich bewusstlos?

Hektor blickt zur Tür. »Wir sollten wirklich auf …«

»Gib mir deinen Elastoscreen.« Es wurmt mich immer noch, dass Dad mir meinen weggenommen hat. Forsch strecke ich ihm die Hand entgegen, aber Hektor zögert.

»Ela …«

»Mach schon!«

Er seufzt, schließt kurz die Augen, und als er sie wieder öffnet, blickt er mich direkt an. So fest, dass mir sofort ein Schauder das Rückgrat hinunterrieselt. Was jetzt kommt, wird mir nicht gefallen.

Und tatsächlich. »Morgen ist der dritte August. Du lagst fast drei Monate im Koma.«

Kapitel 5

Drei Monate meines Lebens habe ich verschlafen. Sie sind weg, einfach so, als wären sie nie da gewesen.

Das geht mir durch den Kopf, während ich an der Außenwand meines Zimmers stehe und durch die Glasfassade auf die Baumwipfel starre.

Ich kann es nicht glauben.

Nein, ich *will* es nicht glauben. Nicht, dass ich geschlafen habe, und erst recht nicht das, was mir Hektor über Phaedre erzählt hat. Und über Julian. Und Dad.

Im Geäst einer Kiefer sitzen zwei Raben. Einer davon scheint mich aus seinen schwarzfunkelnden Augen anzustarren. Dann dreht er den Kopf weg.

Mit den Fingern fahre ich über die raue Scharte im gehärteten Glas. Seltsam, dass ich mich nicht daran erinnern kann, mit dem Schreibtischstuhl auf die Außenwand eingedroschen zu haben. Ich meine, was sollte das? Ich war nie ein Mädchen, das Teller geworfen hat. Sich anbrüllen ja. Streiten? Hallo, darin bin ich so gut, dass man das fast als mein Hobby bezeichnen könnte.

Aber was sollte diese Aktion? Selbst wenn es mir gelungen wäre, die Scheibe zu zertrümmern, was dann? Von hier oben aus geht es gut zwanzig Meter nach unten. Was wollte ich tun? In den Fluss springen? Ertrinken?

»Wie geht es dir?«

Ich zucke zusammen. Dad. Ich habe ihn gar nicht gehört. Normalerweise würde ich mich jetzt aufregen, dass er nicht angeklopft hat, aber dazu fühle ich mich zu schwach. In den letzten Monaten haben sie mich ohnehin unentwegt beobachten können, ohne, dass ich dagegen etwas hätte tun können. Krank! Als wär ich gar kein Mensch, sondern nur einer dieser beschissenen Klone. Vielleicht stecke ich in diesem Körper fest, aber das heißt nicht, dass ich einer von ihnen bin. Ich bin immer noch ich.

Doch mit Dad jetzt zu streiten? Was soll das bringen? Wenn er sauer auf mich ist, verrät er mir nie, wie es ihm gelungen ist, mein ... Bewusstsein? ... in einen neuen Körper zu transferieren. Und ich habe viele Fragen. Was mit dem Klon passiert ist, in dessen Körper ich jetzt stecke, zum Beispiel. Und was er gedenkt, gegen diese Isabel zu unternehmen.

Also drehe ich mich langsam zu ihm um und tue so, als sei nichts geschehen. Als hätte *er* nichts getan. »Es geht.«

»Du hast dich beruhigt«, stellt er fest und nickt, dann schließt er die Tür hinter sich.

Früher wäre ich bei so einer bescheuerten Behauptung ausgerastet. Jetzt fühle ich mich seltsam apathisch. Als hätte man mir mein Gehirn in Watte gepackt. Und wer weiß, vielleicht hat man das ja. Würde ich sonst nicht auf ihn zustürmen und mit meinen Fäusten auf ihn einprügeln? Vielleicht wollte ich ja *ihn* aus dem zerschlagenen Fenster stoßen.

»Wo ist Mom?«, frage ich stattdessen.

»Zu Hause. Bei Nestor.«

»Zu Hause«, murmle ich. Ist es das noch?

»Sie kommt morgen wieder und bringt dir Kleider mit.«

Wir blicken beide auf den knisternden Trainingsanzug, den ich trage. Er gehört Mom. Sie muss ihn mir hingelegt haben, gestern Nacht, jedenfalls habe ich ihn vorhin neben dem Bett gefunden.

»Ich vermisse Nestor.« Plötzlich sehne ich mich ganz stark nach meinem kleinen Bruder. Danach, dass er seine Ärmchen um mich schlingt, sich an mich kuschelt und verlangt, dass ich ihm zum tausendsten Mal die Geschichte von Humphrey, dem Walross erzähle. Schon verrückt, was für belanglose Dinge einem durch den Kopf gehen, wenn man versucht, nicht daran zu denken, dass der Mann, der vor einem steht, einen Menschen umgebracht hat.

Dad seufzt, steckt beide Hände in die Hosentaschen und lehnt sich an die Wand. Erst jetzt bemerke ich, dass er Hemd und Anzughose trägt. »Fährst du weg?«

Dad runzelt die Stirn. »Darüber haben wir doch gesprochen.«

Haben wir das? Mein Blick gleitet von ihm zurück zur Außenwand, zur Scharte im Glas.

»Du erinnerst dich nicht.« Nun kommt er doch auf mich zu. Sanft legt er mir die Hand auf die Stirn und ich muss die Lippen aufeinanderpressen, um ihm nicht zu zeigen, wie sehr mich seine Berührung erschaudern lässt. Ich sollte keine Angst vor meinem eigenen Vater haben. Was er getan hat, alles, hat er für mich getan. Um mich zu retten. Heißt das, ich muss ihm dankbar sein? Ihm verzeihen?

»Mir geht es gut«, lüge ich und drehe mich von ihm weg.

»Ich glaube nicht, dass du Temperatur hast«, gibt er nach. »Was sagt der Vita-Scan?«

Normalerweise ist das das Erste, was ich tue, wenn ich morgens aus dem Bett stolpere: auf die Toilette gehen, Zähne putzen und mich dann von der Maschine durchchecken lassen. Die KI untersucht Körper und Blut nach den kleinsten Anzeichen einer Anomalie. »Ich hab mich noch nicht scannen lassen.«

»Lexi«, mahnt Dad, aber er klingt nicht wütend.

Was wird der Scanner feststellen, wenn ich ihn benutze? Wird er erkennen, dass ich im falschen Körper stecke?

»Wie lange bist du weg?«, frage ich, um das Thema zu wechseln.

»Zwei Tage, höchstens drei«, antwortet er und ich atme erleichtert auf. Ja, ich will Antworten. Vor allem möchte ich ihn jedoch gerade nicht in meiner Nähe haben. Ich will nicht, dass er mich mit diesen Händen berührt, mit denen er Julian das Genick gebrochen hat.

Ich kann nicht glauben, dass Julian tot ist.

Ich kann nicht glauben, dass Julian versucht hat, *mich* umzubringen.

Hektor hat es mir erzählt. Wie immer ist mein Bruder der Einzige, auf den ich mich verlassen kann. Das, was mich ins Koma befördert hat, war kein Sturz vom Pferd. Julian war's. Er hat mir mit einem Stein den Schädel eingeschlagen! Das begreife ich einfach nicht. Wir wollten zusammen abhauen, wir beide. Noch vor der Verlobung. Weg aus der Neuen Union. Irgendwo untertauchen, wo uns niemand kennt. Julian hat angeblich behauptet, ich hätte es mir anders überlegt, und dann kam es zu einem schrecklichen Streit.

Zumindest ist das die Version, die diese Isabel erzählt, der Klon, der mir mein Leben gestohlen hat, durch die Welt spaziert und jetzt so tut, als sei sie ich. Hektor scheint ihr zu glauben, aber … irgendwas stimmt da nicht. Das weiß ich. Ich weiß, dass Julian das niemals getan hätte. Er ist impulsiv, ja, das sind wir beide. Aber jemanden umbringen? Das ist doch Schwachsinn.

Was mir vor allem an den Behauptungen dieses Klons missfällt, ist die Tatsache, dass ich es mir angeblich anders überlegt haben soll. Ich kann mich nicht daran erinnern, was vor meinem … Unfall geschehen ist, aber eins weiß ich sicher: Ich hatte nicht vor, Julian zu verlassen. Ich wollte mit ihm gehen. Das hätte ich mir niemals anders überlegt. Warum erzählt diese Isabel das also? Hat sie so Dad dazu gebracht, Julian aus dem Weg zu räumen? Der muss bemerkt haben, dass sie nicht ich ist.

Doch dass Dad das tatsächlich getan hat ... Wie soll ich ihn jemals wieder anblicken können, ohne dass mir schlecht wird?

»Versprich mir, dass du dich nachher scannen lässt«, verlangt er jetzt. »Ich habe den Scanner mit meinem Account gekoppelt. Wenn irgendwas nicht stimmt, schicke ich Dr. Schreiber vorbei.«

Allein die Erwähnung von Dr. Schreiber sorgt dafür, dass es mir eiskalt den Rücken herunterläuft. Was völlig irrsinnig ist, weil der immer total nett zu mir war, wenn ich ihn bisher getroffen habe.

»Was soll denn nicht stimmen?«, frage ich deshalb.

Dad blickt mich eine Weile lang an, ohne etwas zu sagen. »Deine Erinnerungslücken machen mir Sorgen.«

Meinst du, mir nicht!, möchte ich ihn anbrüllen. Stattdessen nicke ich.

Dad wirft einen Blick auf seinen Elastoscreen und legt die Stirn in Falten. »Ich muss leider gleich los. Aber Hektor wird hier übernachten. Und morgen kommt Mom auch wieder.«

»Kann ich meinen Elastoscreen haben?«

»Das hätte ich beinahe vergessen.« Aus seiner Hemdtasche holt er einen kleinen, dunkelblauen Elastoscreen und reicht ihn mir.

»Das ist nicht meiner«, murre ich, und drehe das Gerät in meiner Hand. Es ist winzig, nicht viel größer als meine Handfläche.

»Deiner liegt noch in meinem Büro.«

»Unten?«, frage ich ohne viel Hoffnung.

Dad schüttelt den Kopf. »In der Stadt. Ich habe ihn nach dem, was passiert ist, mit in die Firma genommen.«

»Hast du ihn knacken lassen?!« Blut schießt mir ins Gesicht und meine Ohren beginnen zu glühen. Ob vor Wut oder aus Scham bei der Vorstellung, dass Dad sich einige meiner privaten Vids und Fotos angeschaut hat, weiß ich nicht.

»Wir wollten herausfinden, was passiert ist!«, verteidigt er sich. Dagegen kann ich schlecht was sagen. Genau das will ich schließlich auch.

Mit einem Fingerdruck aktiviere ich den Elastoscreen. Grünlich flammt sein Menü auf. Mein Elastoscreen war auseinandergerollt fast drei Mal so groß wie dieser hier, außerdem war seine Rückseite goldfarben und die Leuchtschrift im Menü auch. Aber das ist es nicht, was mich stört. »Da ist keine App für das Netz.«

»Diesen Elastoscreen kannst du nur offline nutzen.«

»Was? Was soll das?«

»Elektra, komm schon.«

»Nein, Dad. Echt. Wieso?«

»Weil die Situation so bereits kompliziert genug ist, Liebling. Du kannst dich nicht einfach auf deinen Accounts einloggen und dich mit deinen Freundinnen unterhalten.«

Ja, fährt es mir durch den Kopf. Weil sie das jetzt macht. Diese Isabel. Eine Sekunde – haben sie der meine Passwörter gegeben?!

»Nur noch eine kleine Weile, Lexi. Dann ist wieder alles beim Alten, versprochen.«

Als er sich nach vorne beugt, um mir die Stirn zu küssen, weiche ich zurück.

Dad stutzt, spricht mich jedoch nicht darauf an. Er nickt und wendet sich ab. »Ich bin bald wieder da.«

»Okay«, murmle ich.

»Ich hab dir ein paar Filme auf den Elastoscreen runtergeladen«, sagt er, als er an der Tür steht.

Ich nicke nur, weil ich es nicht über mich bringe, ihm für irgendetwas zu danken. Dann geht er endlich und lässt mich allein.

Kein Wort über Phaedre.

Keins über Julian.

Zwei Tage ist er unterwegs, höchstens drei. Ich hoffe, die Zeit reicht aus, um herauszubekommen, was vor drei Monaten wirklich passiert ist.

Kapitel 6

Weil ich ohnehin nicht viel machen kann, spiele ich mit dem Elastoscreen. Dad hat einige meiner Lieblingsserien downgeloaded, ebenso ein paar neue Filme, die ich noch nicht kenne. Kurz muss ich schmunzeln, als ich sehe, dass er *Piratenprinzessin Drusilla* mit abgespeichert hat; einen Film, den ich als kleines Mädchen sehr geliebt habe. Dann fällt mir wieder ein, was er getan hat, und ich werfe den Elastoscreen aufs Bett.

Unruhig gehe ich im Zimmer auf und ab. Ich hätte ihn nicht gehen lassen sollen, ohne mir genau von ihm erklären zu lassen, wie zum Teufel noch mal »alles gut« werden soll? Sicher erwartet er nicht von mir, dass ich mich monatelang in unserem Ferienhaus verstecke. *Ich* bin Elektra Hamilton, nicht dieser Freak, der da draußen mit meinem Gesicht durch die Gegend läuft. Was hat er mit ihr vor? Sie umbringen? Ebenfalls?

Erst stellen sich mir die Nackenhaare auf, dann schießen mir die Tränen in die Augen. Nein, das geht nicht. Entschlossen blinzle ich sie weg. Dad hat geglaubt, Julian habe versucht, mich umzubringen. Was garantiert Quatsch ist. Warum hat er das geglaubt?

Ich wusste, dass meinen Eltern die Beziehung mit Julian nicht gefallen würde. Darum habe ich sie auch geheim gehalten. Das mit Julian und mir begann als kleines Katz-und-Maus-Spiel, bei dem wir beide ausgelotet haben, wie weit zu gehen sich der jeweils andere traut. Zunächst. Als ich gemerkt habe, dass ich mich richtig in ihn verliebt habe, war's zu spät. Auf keinen Fall hätte ich mich von ihm getrennt, auch wenn das bedeutet hätte, von Dad und Onkel Kadmos den Geldhahn zugedreht zu bekommen.

Jedenfalls möchte ich das gern glauben.

Sei nicht dumm, Mädchen.« Ich erinnere mich an Onkel Kadmos' eindringliche Stimme bei diesem Abendessen in seinem Penthouse. Das Kerzenlicht spiegelte sich in seinen Augen und das ließ ihn ein bisschen wahnsinnig wirken. Dad und der Drache haben mich damals dorthin geschleppt, wohl in der Hoffnung, dass meinem Großonkel gelingen würde, woran sie sich seit Tagen die Zähne ausgebissen hatten: mich dazu zu bringen, in ihren beknackten Plan einzuwilligen.

Klappte aber nicht. Ich war weit davon entfernt zu glauben, dass es eine gute Idee sei, mich mit einem völlig fremden Menschen zu verloben.

»Bist du verliebt? Ist es das?«

Damals habe ich nur den Kopf geschüttelt und gehofft, dass sie mir glauben.

»Was dann?«, wollte Onkel Kadmos wissen. Er ist eigentlich gar nicht mein Onkel, sondern der meines Vaters. Der Mann, der sich um ihn gekümmert hat, nachdem seine Eltern gestorben sind. Mein Dad liebt den alten Mann, ich hingegen fühle mich in seiner Gegenwart immer ein bisschen eingeschüchtert.

»Ich kenne diesen Phillip noch nicht einmal«, antwortete ich ihm. Was wahr ist. Phillip von Halmen und ich sind uns nur einmal begegnet und haben uns kaum unterhalten. »Wie soll ich jemanden heiraten, den ich nicht …« Liebe, wollte ich eigentlich sagen, aber ich beendete den Satz mit »kenne«.

Kadmos hob die Gabel und deutete in meine Richtung. Pastasoße tropfte von den Zinken auf seinen Teller. Wie wichtig ihm meine Kooperation war, konnte ich schon daran ablesen, dass er ausschließlich vegetarisch hatte kochen lassen.

»Mach nicht den Fehler, aus Liebe heiraten zu wollen«, warnte er mich, als hätte er meine Gedanken erraten. »Das ist selten eine gute Idee.«

Unsicher blickte ich zu meinen Eltern. Die beiden *hatten* aus Liebe geheiratet. Auch wenn das schwer zu glauben ist, so oft, wie sie sich streiten.

Andererseits hatte auch Helena aus Liebe geheiratet, Kadmos' eigene Tochter. Und ließ ihr komplettes Leben hinter sich, um »mit einem Niemand durchzubrennen«, wie Onkel Kadmos es gern formuliert. Soweit ich es beurteilen kann, scheint sie glücklich zu sein. Oder sie hat einfach ebenfalls das Talent perfektioniert, das jedem Hamilton im Blut zu liegen scheint: der Welt nach außen hin etwas vorzuspielen.

Wie Phaedre, Helenas Tochter, mir etwas vorgespielt hat. Ich dachte, sie sei meine beste Freundin.

War sie nicht. Ich meine, ich bin keine Idiotin: Natürlich habe ich gewusst, dass sie manchmal neidisch auf mich und mein Leben war, vielleicht sogar ab und an eifersüchtig. Das war okay, ich war's ja schließlich hin und wieder auch auf sie, auf ihr entspanntes Leben, auf ihre gelassenen Eltern, auf ihr Zahnpastalächeln und ihren perfekten Busen, weder zu groß, noch zu klein. Ist doch bei Freundinnen so, oder? Ich meine, wir waren trotzdem immer füreinander da, haben uns unsere Geheimnisse anvertraut, miteinander gelacht, gefeiert, geweint.

Freundinnen dürfen auch mal eifersüchtig aufeinander sein.

Was nicht okay ist: sich gegenseitig umzubringen.

Hektor behauptet, Phaedre hat versucht, mich zu vergiften, um meinen Platz einzunehmen. Sie wollte Phillip heiraten, anders als ich. Sie wollte die Gunst der Familie zurückgewinnen, aus der ihre eigene Mutter geflohen ist.

Warum hat sie mir das nicht verraten? Sie hat mir doch sonst alles erzählt. Jedenfalls hab ich das geglaubt.

Julian. Phaedre. Ist alles, an das ich geglaubt habe, eine Lüge? Die Tränen brennen mir in den Augen, als ich zum Schreibtisch hinübergehe und die Screenshots betrachte, die darüber aufgehängt sind: alte Videos von mir, die mich als Kind zeigen, mal mit Hektor, mal mit Freundinnen, mal mit Konstantin an dem Tag, an dem wir ihn bekommen haben.

Ein Screenshot von Phaedre hängt nicht dabei. In der Zeit, in der wir uns angefreundet haben, sind wir nur noch selten nach Prometheus Lodge gekommen. War Phaedre überhaupt jemals mit mir hier? Ich kann mich nicht erinnern. Ich glaube nicht.

Warum ich dieses dringende Bedürfnis habe, mir Bilder von ihr anzusehen, weiß ich selbst nicht so genau. Vermutlich, weil ich nicht glauben kann, dass sie tatsächlich versucht hat, mich umzubringen. Ob Dad enttäuscht ist, dass ihr das nicht gelungen ist? Auf der Verlobungsfeier, meine ich. Dann wären wir jetzt diesen unsäglichen Klon los.

Plötzlich fällt mir ein, dass ich doch noch Bilder von Phaedre hier habe. Keine Videos, die in Rahmen an der Wand hängen und darauf warten, abgespielt zu werden. Sondern Fotos, klassisch ausgedruckt, in meinem Tagebuch. Und das habe ich bereits vor Jahren nach Prometheus Lodge gebracht. Ich wollte nicht, dass einer der Angestellten darin herumschnüffelt.

Ich drehe mich zum Bücherregal um, das an der Wand zum Flur steht, aber dort ist es nicht mehr. Kurz wird mir schlecht, weil ich mir vorstelle, dass Dad es an sich genommen und gelesen hat. Als ich mich hektisch im Zimmer umblicke, entdecke ich die himmelblaue Ecke des Buches unter dem Bett. Seltsam, ich kann mir nicht erklären, was es dort zu suchen hat. Dennoch atme ich erleichtert auf. Mein pinkfarbener RecPen liegt daneben. Ich hebe beides auf, lege den Stift auf das Beistelltischchen und blättere durch die Seiten, bis ich das eingeklebte Foto von mir und Phaedre finde. Seltsam, uns so zu sehen. Wie alt waren wir damals? Dreizehn? Höchstens vierzehn. In den letzten Jahren haben wir unsere Outfits immer krass aufeinander abgestimmt. Gingen ja ohnehin fast immer gemeinsam shoppen. Das Foto ist vor dieser Zeit aufgenommen worden. Man erkennt darauf deutlich, dass wir aus unterschiedlichen Gesellschaftsschichten kommen. Sie trägt ein bunt gemustertes Kleidchen, dem man ansieht, dass es nicht viel gekostet hat; ich hingegen trage eine dunkle Jeans, die schlicht wirkt, aber nach Geld schreit. Und dennoch: trotz dieser Klamotten und unserer unterschiedlichen Haarfarben sehen wir uns ähnlich, fast wie Schwestern.

Jetzt erinnere ich mich wieder: Das Foto ist auf ihrer Geburtstagsfeier aufgenommen worden, im Garten von Phaedres Eltern. Es war ein Kampf, dass mich Mom und Dad damals überhaupt dorthin gelassen haben. Es wäre ihnen lieber gewesen, Phaedre und ich hätten uns nie kennengelernt. Sie entstammt dem Teil der Familie, den alle lieber vergessen möchten.

Nun sitze ich hier und begreife, dass es tatsächlich besser gewesen wäre, ich hätte auf sie gehört und nicht so sehr um diese Freundschaft gekämpft. Was haben wir in den vergangenen Jahren alles miteinander erlebt. Partys, Schwimmbadbesuche, Gespräche über große Träume und über Liebeskummer. Das alles ist auf einmal wertlos. Beschmutzt. In dem Moment, in dem sie versucht hat, mich zu ermorden, hat sie das auch mit unserer Freundschaft getan, mit meinen Erinnerungen: Sie sind vergiftet.

Ich merke erst, dass ich weine, als Tränen auf das Foto tropfen und von seiner metallisch schimmernden Kunststoffhaut abperlen. Fuck!

Entschlossen wische ich sie mit dem Ärmel trocken und blättere um, nach vorne. Blättere durch mein Leben. Hier ein

Foto von mir und Hektor, da ein eingeklebtes Theaterprogramm. Ein Aufkleber von *Dreams & Nightmares*. War dieser Nachmittag im Vergnügungspark der Moment, an dem mein Leben aus dem Ruder zu laufen begann? Schnell blättere ich weiter. Seite um Seite, nach vorne und weiter nach vorne.

Ich weiß nicht genau, was für Gefühle Phaedres Verrat in mir auslöst: Hass, Wut, Enttäuschung, Trauer, Angst. Ich begreife nicht, dass ich mich so sehr in einem Menschen irren konnte.

Ein bisschen fühlt es sich so an, als wäre ich in einem Albtraum gefangen und könnte einfach nicht aufwachen. Halbherzig greife ich nach dem RecPen. Vielleicht hilft es mir, Struktur in dieses Gefühlschaos zu bringen, wenn ich aufschreibe, was mir durch den Kopf geht.

Aber als ich zur letzten beschriebenen Seite blättere, entdecke ich etwas Schockierendes:

Einen einzigen Satz. In einer Handschrift, die fast wie meine aussieht, aber nicht ganz. Jemand hat mein Schriftbild nachgeahmt, die Buchstaben sind jedoch weniger stark geneigt, dafür enger gesetzt. Sie pressen sich so dicht aneinander, als hätten sie Angst davor, auf der Seite zu viel Raum einzunehmen.

Was dort steht, ist unglaublich. Ich lese den Satz, wieder und wieder, und jedes Mal zieht sich mein Magen fester zusammen:

»*Ich wette, jetzt wärst du froh, wenn du mir meine Niere gelassen hättest.*«

Kapitel 7

Etwas stimmt nicht. Das merke ich, noch ehe ich die Augen aufschlage. Es ist nicht nur der Geruch. Die Luft schmeckt frischer also sonst, und leicht süßlich. Es ist vor allem diese Stille. Sie ist fast schon absolut. Egal, wie sehr ich mich anstrenge, ich höre keine Geräusche durch die Wände. Ich bin allein. Und die Matratze unter mir ist zu weich.

Normalerweise würde ich jetzt noch einen Moment liegen bleiben, in die Decke gekuschelt und die Augen geschlossen. Ich würde mir vorstellen, Isabels Atemzüge zu hören, tief und gleichmäßig, wie jeden Morgen, mein ganzes Leben lang, bevor sie …

Ich reiße die Augen auf und setze mich kerzengerade auf. Isabel ist nicht tot! Direktorin Myles hat gelogen. Sie liegt in einem Krankenhaus. Aber nicht auf einer harten Pritsche unter einer fadenscheinigen Decke, sondern in einem weichen Bett. Sie haben ihr keine Organe gestohlen, sondern ihr Leben. Mein Kopf fängt an zu pochen, während die Erinnerungen auf mich einprasseln: Isabel. Die Hamiltons. Aubrey.

Panik steigt in mir auf und der Schmerz, der plötzlich hinter meinen Schläfen aufwallt, wird immer stärker. Ich presse die Augen zusammen und versuche, ruhig und gleichmäßig zu atmen, wie es mir Medic Theresa beigebracht hat.

Aber ich schaffe es nicht. Ich bin nicht in Sicherheit. Nichts ist gut.

Ich zwinge mich, die Augen wieder zu öffnen, um mich umzuschauen. Viel kann ich nicht erkennen. Der Raum, in dem ich mich befinde, ist in schwaches Silberlicht getaucht. Er sieht nicht aus wie ein Krankenhauszimmer. Weder wie das, in dem ich meine Schwester wiedergefunden habe, noch wie das, in dem ich nach meiner OP aufgewacht bin.

Was ist passiert, nachdem sie mich gestern zu Isabel gebracht haben? Das Letzte, an das ich mich erinnere, ist, dass wir uns in ihrem Bett aneinandergeklammert und zusammen geweint haben, nachdem sie mir auf diesem schmalen Balkon erzählt hat, was wirklich vor sich geht.

Ihre Haare waren kürzer, nur noch schulterlang.

Sie sah aus wie Elektra Hamilton. Weil sie sie gezwungen haben, deren Platz einzunehmen.

Nicht Isabel ist gestorben, wie sie mir im Institut erzählt haben, sondern unser Original.

Ich taste nach meinen Haarspitzen und bin beruhigt, als ich feststelle, dass sie genau so lang wie eh und je sind. Ich bin immer noch ich.

Aber wo bin ich?

Die weiche Matratze unter mir. Der süße Duft der Laken. Im spärlichen Licht kann ich erkennen, dass ich in einem riesigen Bett liege. Vereinzelt schälen sich die Schemen hoher Möbel aus den Schatten. Die schwarze Wand zu meiner Rechten glitzert, als hätte man Silberstaub auf Tinte verstreut. *Schön*, denke ich kurz, ehe ich mir diesen Gedanken verbieten kann.

Angestrengt lausche ich ins Dunkel. Immer noch keine Geräusche, außer meinem unruhigen Atmen.

Was haben sie diesmal mit mir gemacht?

Ängstlich schlage ich die Decke zurück und zwinge meine Finger, den Stoff des Kleides anzuheben, das ich trage. Es klebt verschwitzt an meiner Haut. Meine Hand zittert, als ich sie meinen Körper entlangschiebe, bis hinauf zum Bauch, zu meinen Hüften, wo ich nach neuen Narben taste.

Aber nein, da ist nichts. Nur der millimeterdicke Schwulst, der mich jeden Tag aufs Neue daran erinnert, was ich bin: Klon Nr. 2066-VI-002, ein menschliches Ersatzteillager.

Ein Ersatzteillager für ein Original, das es gar nicht mehr gibt. Was soll das Ganze also? Was haben sie mit mir vor? Das Gleiche wie mit Isabel? Bin ich jetzt in *ihrem* Zimmer? In der Villa der Hamiltons?

Aber das ergibt keinen Sinn. Sie haben ja bereits Isabel. Die Hamiltons, unsere Eigentümer, sind pervers. Das war uns schon immer klar, seit dem Tag, an dem wir begriffen haben, was wir sind. Oder glaubten, es begriffen zu haben. Was es wirklich bedeutet, ein Klon zu sein, habe ich erst erfahren, als sie mich aus dem Institut geholt und in den OP gerollt haben. Wie immer, wenn ich mich daran erinnere, beginnt meine Niere zu schmerzen. Eine Niere, die ich nicht mehr besitze, weil unser Klon bereits mit vierzehn Jahren eine Transplantation benötigte. Das war schlimm.

Allerdings: Bei dem Gedanken an das, was sie meiner Schwester angetan haben, steigt mir die Galle auf.

Was ist passiert, nachdem ich gestern – gestern? – das Krankenhaus verlassen habe? Je mehr ich mich zu erinnern versuche, desto stärker werden meine Kopfschmerzen.

Meine Nase beginnt zu laufen, jedenfalls denke ich das, bis ich den metallischen Geschmack von Blut bemerke. Mit dem Handrücken wische ich mir über die Nase. Mist. Dann lege ich kurz entschlossen den Kopf in den Nacken und drücke mir einen Zipfel der Bettdecke ins Gesicht, um die Blutung zu stillen. Mir doch egal, wenn ich ihnen die Laken besudele. Hätten sie mich eben nicht herbringen sollen.

Wo auch immer ich bin.

Und wer auch immer *sie* sind.

Die Hamiltons. Wem mache ich etwas vor. Das ist die einzig logische Erklärung.

Mein Puls pocht im Rhythmus mit meinen Kopfschmerzen. Ich schließe die Augen und zähle bis zwanzig. Als ich vorsichtig den Stoff von der Nase entferne und den Kopf wieder senke, warte ich zwei, drei Sekunden ab, um mich davon zu überzeugen, dass es nicht mehr blutet.

Gut.

Wie geht es jetzt weiter?

Ich könnte im Bett liegen bleiben und abwarten, was geschieht. Irgendwann werden sie nach mir sehen. Das hätte die alte Kelsey gemacht. Die Kelsey, der sie erst die Niere genommen haben und dann die Schwester.

Isabel lebt! Ich kann es noch immer nicht glauben. Dieser Gedanke bringt mich dazu, mich endgültig von den Laken zu befreien und aufzustehen. Vielleicht ist sie irgendwo hier, in einem Zimmer, das direkt an meines grenzt?

Als ich die ersten Schritte mache, bin ich erschrocken darüber, wie kraftlos ich mich fühle. Meine Beine tragen mich kaum. Ich stakse unsicher durch das Zimmer wie ein Rehkitz, das gerade erst Laufen lernt. Wenigstens fühlen sich die Teppichfasern unter meinen nackten Füßen weich und warm an. Halt suchend stütze ich mich an der schwarzen Glitzerwand ab.

Kaum berühren meine Finger die spiegelglatte Oberfläche, blutet die tintendunkle Farbe aus ihr heraus und die Wand wird durchsichtig.

Sie ist ein Fenster.

Verblüfft und fasziniert bleibe ich stehen. Draußen sind überall Bäume. Wo ich auch hinblicke, ich entdecke nur Wald. Ein grünes Meer aus Laub- und Nadelbäumen wogt in einer unsichtbaren Brise hin und her. Das Licht der aufgehenden Sonne sprenkelt das Blätterkleid von Eichen und Buchen. Ich befinde mich so hoch über dem Boden, dass ich auf ihre Kronen hinabschauen kann. Nur einige Kiefern strecken sich so weit dem Himmel entgegen, dass ich den Kopf in den Nacken legen muss, um ihre Spitzen zu sehen.

Ich schaue nach links und nach rechts, der Anblick ist überall gleich. Bäume, überall. Als befände ich mich in einem Turm mitten im Wald wie die Prinzessin in einem Märchen.

Dann blicke ich nach unten und mir wird leicht schwindelig. Die Glaswand steigt nämlich nicht in einem 90-Grad-Winkel vom Boden auf. Sie neigt sich leicht nach außen, ist schräg. Als würde der Turm, in dem ich mich befinde, schief stehen.

Ich kann mit meinen Füßen die Glaswand berühren und mich trotzdem mit dem Oberkörper leicht nach vorne beugen und nicht nur nach draußen, sondern auch nach unten sehen.

Das fühlt sich unheimlich an. Fast so, als befände sich unter meinen Füßen nur Luft. Wenn der Boden durchbräche, würde ich stürzen. Keine Ahnung, wie tief es hinabgeht, aber es sind viele Meter. Die Bäume, auf die ich geschaut habe, kommen mir nur so hoch vor, weil sie an einem Hang wachsen. Das Gebäude, in dem ich mich befinde, steht offenbar an dessen gegenüberliegender Seite. Und unter mir – direkt unter meinen Füßen! – befindet sich ein Fluss. Man kann ihn vielleicht nicht als reißend bezeichnen, aber er fließt schnell. Wo das Wasser an Felsen vorbeirauscht, schäumt es weiß.

Wo zum Teufel bin ich?

Nicht in einem Krankenhaus, so viel ist schon mal klar.

Aber auch nicht bei den Hamiltons. Ich habe Bilder von ihrer Villa gesehen. Sie liegt abseits auf dem Land, das ja. Aber doch nicht in der Wildnis.

Woraus auch immer das Glas vor mir besteht: Von außen dringt kein Geräusch zu mir durch. Weder das Plätschern des Flusses, noch Vogelgezwitscher.

Ich reiße meinen Blick vom Fenster los und drehe mich wieder um: cremefarbener Teppich, ein kitschiger Kristallleuchter an der Decke, pinkfarbene Wände. Ein kleines Beistelltischchen im Schlafbereich, auf dem eine Leselampe und eine Tasse stehen. Sonst nichts. Das Bett, in dem ich gelegen habe, besitzt einen weißen Rahmen mit verschnörkeltem Kopf- und Fußteil. Es ist riesig. Das Bett *und* das Zimmer. Auf der Fläche, die zwischen Schreibtisch, Bücherregal und Schlafstatt frei bleibt, könnte man tanzen.

Das Zimmer von Isabel und mir ist so klein, dass zwischen unseren schmalen Betten kaum Platz für unsere Schreibtische ist.

Zwei Türen führen aus diesem Raum. Die in der Wand, die der Fensterfront gegenüber liegt, ist geschlossen. Die andere, rechts neben dem Schreibtisch, steht einen Spalt offen. Dahinter scheint sich ein Badezimmer zu befinden.

Was nun?

Einfach abwarten, was als Nächstes passiert?

Ich war vierzehn, als man mir eine Niere entnahm. Bis zu dieser Operation hatte ich Träume. Ich habe gemeinsam mit Isabel Zukunftspläne geschmiedet. Wir haben uns ausgemalt, wie unser Leben aussehen würde, nachdem man uns aus dem Institut entlassen hätte.

Dann habe ich auf die harte Tour gelernt, dass nicht wir es sind, die die Kontrolle über unser Leben besitzen. Dass kein Sinn darin liegt, Pläne zu schmieden. Weil ohnehin andere Menschen darüber entscheiden, wie unsere Zukunft aussehen soll.

Das letzte Mal, dass ich – wider besseres Wissen – doch etwas gewagt habe; das letzte Mal, als ich geglaubt habe, ich hätte etwas Glück verdient und es gefunden ...

Du darfst nicht mit Aubrey schlafen, quälen mich Isabels Worte. *Weil er genetisch gesehen unser Bruder ist.*

Darüber will ich nicht nachdenken! Nicht jetzt!

Fakt ist jedoch, dass sie mir wieder etwas genommen haben, das mir wichtig ist. Weil sie uns anlügen, uns Wissen vorenthalten, uns zusammenpferchen wie Schafe. Nur dass kein Wolf die Herde dezimiert. Es sind die Schäfer selbst.

Kapitel 8

Unser Leben gehört nicht uns. Sie bestimmen, was mit uns geschieht. Das erfahre ich genau jetzt erneut am eigenen Leib. Sie konnten mich einfach irgendwo hinbringen, ohne Erklärung, ohne mich nach meinem Einverständnis zu fragen. Oder auch nur nach meiner Meinung.

Nach der Transplantation habe ich also aufgegeben: mir vorzustellen, wie mein späteres Leben aussehen könnte. Schlussendlich führen solche Gedankenexperimente doch nur zu Enttäuschungen. Isabel hat das damals nicht verstanden. Ob sie es jetzt begriffen hat?

Was würde sie tun? Sicher würde sie sich nicht einfach ins Bett legen und abwarten. Aber ich bin nicht meine Schwester.

Der leichte Druck meiner Blase nimmt mir schließlich die Entscheidung ab. Zunächst muss ich ins Bad. Es ist klein, aber luxuriös. Neben der Toilette und einer Duschkabine gibt es ein schmales, wie eine Muschelschale geformtes Waschbecken, über dem ein Spiegel hängt.

Ein weiterer, riesiger Spiegel, der vom Boden bis zur Decke reicht, ist genau gegenüber dem WC an der Wand angebracht. Zunächst halte ich das für eine exzentrische, etwas abstoßende Eigenheit reicher Menschen. Doch dann fällt mein Blick auf die rosafarbene Gummimatte vor dem Spiegel. Die Umrisse von Fußabdrücken sind darauf eingezeichnet. Ein Vital-Scanner. Mit der Klaustrophobie auslösenden Plastikbox im Institut hat der hier nichts gemein.

Beim Blick in den Spiegel stelle ich fest, dass ich schauderhaft aussehe. Getrocknete Blutspuren ziehen sich über mein Gesicht von der Nase bis zu den Lippen. Unter meinen Augen liegen Schatten und ich glaube, ich habe abgenommen. Schon wieder.

Genau überprüfen könnte ich das mit dem Vita-Scan. Nein, danke. Vorsichtig achte ich darauf, die Gummimatte nicht zu berühren. Der Scanner scheint zwar ausgeschaltet, aber ich will ihn nicht versehentlich aktivieren.

Nachdem ich mich erleichtert und mir die Hände gewaschen habe, beginne ich, mir das Blut vom Handrücken und aus dem Gesicht zu entfernen. Das kühle Wasser fühlt sich gut auf der Haut an. Ich beuge mich zum Hahn hinunter und trinke. Erst jetzt bemerke ich, wie ausgedörrt ich mich fühle. Vielleicht kommen ja daher die Kopfschmerzen. Wann habe ich das letzte Mal etwas getrunken? Vor dem Treffen mit Isabel? Wann war das? Gestern?

Das Wasser verleiht mir Kraft. Oder ist es der Gedanke an meine Schwester? Die sie gezwungen haben, die Rolle von Elektra Hamilton anzunehmen. Was also mache ich hier? Warum bin ich nicht zurück im Institut?

Und wenn ich hier bin, wo ist dann Isabel?

Ich trinke noch einen Schluck Wasser. Das scheint zu helfen. Die Kopfschmerzen hämmern zwar immer noch, aber ich kann klarer denken.

Kurz entschlossen schnappe ich mir einen der Haargummis, die auf dem schmalen Regalbrett über dem Waschbecken liegen, und wickle mir die Locken am Hinterkopf zu einem Zopfknoten zusammen.

Auf geht's.

Zurück im Schlafzimmer, drehe ich mich einmal langsam im Kreis. Mein Blick streift das Bett, ein hohes Regal, in dem hauptsächlich Bücher stehen, daneben die Türen eines Einbauschranks. Ich will schon auf ihn zulaufen, als mein Blick auf den Schreibtisch fällt, bzw. besser gesagt auf die Fotos, die darüber hängen.

Ehe ich die Entscheidung bewusst treffen kann, bin ich bei ihnen. Es sind vier Stück. Kinder sind darauf zu sehen. Eins ist ein Gruppenbild, aufgenommen an einem wilden Nachmittag am Pool. Die Gesichter der Kinder strahlen mit der Sonne um die Wette. Auf zwei weiteren sind ein Mädchen und ein Junge zu sehen. Auf dem letzten das gleiche Mädchen auf dem Rücken eines Pferdes. Ich erkenne sie sofort. Sie sieht aus wie ich, also wie das elf- oder zwölfjährige Ich von mir und Isabel. Elektra Hamilton. Das Original, aus dessen Genen man meine Schwester und mich gezüchtet hat.

Und der Junge neben ihr auf dem anderen Bild. Meine Kehle schnürt sich zu. Isabel hatte recht. Auf dem Foto muss Elektra mit ihrem Bruder Hektor sein. Als es aufgenommen wurde, trug er sein Haar noch nicht platinblond. Es ist so dunkel wie das seiner Schwester. So dunkel wie das von Aubrey. Hektor Hamilton *ist* Aubreys Original.

Auf den Fotos in Magazinen und auf Videos im Netz ist uns das nicht aufgefallen, vermutlich, weil der dürre Hektor mit seiner affektierten Frisur, den exzentrischen Klamotten und den mit Kajal umrandeten Augen so ganz anders wirkt als unser besonnener, ruhiger Aubrey, der vielleicht ein paar Kilo mehr auf den Rippen hat als dieses Hamilton-Klappergestell, aber dennoch wesentlich attraktiver und authentischer ist. Sie teilen sich die gleichen Gesichtszüge, ihre Ausstrahlung könnte aber nicht unterschiedlicher sein.

Heute jedenfalls. Auf dem Foto vor mir … ich könnte fast glauben, der Junge darauf sei Aubrey. Und das Mädchen neben ihm ich. In einer anderen Welt. Der Gedanke fühlt sich seltsam an: gut und fremd zugleich.

Vorsichtig berühre ich mit meiner Fingerspitze sein Gesicht. Da erwacht das Bild zum Leben: Der Junge schiebt seinen Arm hinter den Rücken des Mädchens und plötzlich zieht sie die Schultern nach oben und fängt an zu kichern.

»Haltet doch mal eine Sekunde still«, ruft eine Frau, die ich nicht sehen kann. Ich zucke zusammen. »So schwer kann das doch nicht sein.«

»Hektor war's!« Das Mädchen auf dem Foto gibt dem Jungen neben sich einen Schubs und der taumelt kurz. Das breite Grinsen verschwindet aber nicht aus seinem Gesicht.

Das Mädchen blickt mich direkt an. »Ich will meine Geschenke!«

Zweifellos. Elektra Hamilton. Verzogenes Balg.

»Gleich, Liebling.« Wieder die Stimme der Frau. Sie muss die Kamera halten, mit der sie das Video aufnimmt. »Nur ein Foto.«

Elektra wirft ihrem Bruder einen strengen Blick zu. Dann stellen sie sich brav nebeneinander und legen sich die Arme um die Schultern.

»Drei … zwei …«, höre ich die Frau noch sagen. Dann friert das Bild wieder ein.

Es dauert länger, bis auch ich mich aus meiner Erstarrung löse.

Im Schrank ist keine brauchbare Kleidung zu finden. Ein paar Sommerkleidchen hängen darin, zusammengelegte T-Shirts, Hosen, Unterwäsche. Aber sie sind viel zu klein für mich. Sie sehen aus, als gehörten sie einem Kind.

Schuhe finde ich auch keine, bis auf ein paar Sandalen mit glitzernden Verschlüssen. Kurz frage ich mich, ob die funkelnden Steinchen aus Glas oder irgendeinem Kunststoff gefertigt wurden, oder ob die Hamiltons die Sandalen ihrer Tochter wirklich mit Diamanten oder Kristall besetzen ließen. Zuzutrauen wäre es ihnen.

So oder so, auch die Sandalen wären mir viel zu klein. Es kommt mir vor, als wäre ich in einer Zeitkapsel gefangen. Als wäre ich mehrere Jahre in die Vergangenheit gereist, in die Welt der zwölfjährigen Elektra Hamilton.

Was bedeutet, dass sie noch keine Niere gebraucht hat.

Was wiederum bedeutet, dass ich die meine noch habe.

Mit der Hand streichle ich über die Stelle unter dem Stoff, an der meine Narbe sitzt. Das weiche Material reibt an ihr und sofort spüre ich wieder das vertraute, nur leicht schmerzhafte Ziehen.

Nein. Die Narbe ist noch da. Ich bin definitiv nicht in der Zeit zurückgereist.

Kurz spiele ich mit dem Gedanken, mich doch in die Sandalen zu zwängen. Vielleicht sind sie besser als nichts. Aber schon ihr Anblick verrät mir, wie hoffnungslos das wäre. Ich beschließe, so wie ich bin, nach Isabel zu suchen. Oder nach irgendjemandem sonst, der mir erklären kann, was vor sich geht.

Ich will nicht mehr warten.

Kapitel 9

Einmal noch hole ich tief Luft, dann öffne ich die Zimmertür. Dabei gebe ich darauf acht, leise zu sein. Die Tür schwingt auf und ich halte den Atem an; lausche. Von irgendwoher dringt leises Klappern zu mir, aber es scheint weiter weg zu sein. Vor mir liegt ein in grellem Gelb gestrichener Flur. Ich beuge mich vor und blicke in beide Richtungen, lausche wieder.

Als sich mein Herzschlag zu beruhigen beginnt, trete ich aus dem Zimmer. Leichter Schwindel erfasst mich. Ob der mit den Kopfschmerzen zusammenhängt oder damit, dass mich nervös macht, was ich gerade tue?

Zu meiner Rechten endet der Flur in einigen Metern Entfernung in einer weiteren Glaswand. Noch mehr Wald. So viel kann ich bereits von hier erkennen. Linksseitig führt der Gang tiefer ins Haus. Zwei weitere Türen gehen von ihm ab: Eine liegt meinem Zimmer schräg gegenüber, die andere befindet sich auf der gleichen Seite.

Soll ich sie öffnen oder geschlossen lassen? Wartet hinter einer dieser Türen meine Schwester? Meine Hand schwebt über einer der Klinken. Wieder höre ich ein Klappern, so, als würde man Geschirr aufeinanderstapeln. Es kommt von unten.

Entschlossen straffe ich meinen Rücken und gehe zur Treppe. Keine Ahnung, warum ich hier bin. Ich weiß noch nicht einmal, wer mich hierhergebracht hat und wo dieses hier überhaupt ist. Natürlich könnte ich versuchen, mich zu verstecken oder mich aus dem Staub zu machen. Aber was soll das bringen?

Ich lebe, und ich bin in einem bequemen Federbett aufgewacht. Wenn mir jemand etwas würde antun wollen, wäre ich schon längst tot, oder?

Als ich meinen Fuß auf die erste Treppenstufe setze, fährt mir bei einem neuen Gedanken der Schreck durch alle Glieder. Die Hamiltons haben Isabel gebraucht, weil Elektra tot ist. Wenn sie jetzt mich brauchen, bedeutet das, dass Isabel …?

Mehrere Herzschläge lang verharre ich dort, wo ich stehe, und bemühe mich, die Angst, die in mir aufsteigen will, klein zu halten. Dann, als ich das Gefühl habe, mich selbst im Griff zu haben, gehe ich weiter. Schritt für Schritt folge ich den Geräuschen nach unten, durch das gelbe Treppenhaus und einen weiteren Flur im Erdgeschoss bis hinein in eine kleine Küche. Die Kochinsel in der Mitte, die Schrankzeilen und die Geräte, die darauf stehen: Sie alle wirken, als bestünden sie aus cremefarbenem Plastik. Die Wände selbst sind apfelgrün gestrichen. Und neben dem Waschbecken steht eine schlanke Frau in einem eng geschnittenen, weißen Hosenanzug, das lange blonde Haar zu einem strengen Pferdeschwanz zusammengefasst.

Ich halte den Atem an und bleibe auf der Türschwelle stehen.

Vielleicht habe ich doch ein Geräusch gemacht, denn die Frau dreht sich um und blickt in meine Richtung. »Du bist ja schon wach.« Sie klingt überrascht.

»Ich«, beginne ich, aber ich weiß nicht weiter.

Die Frau – Mrs. Hamilton, ich erkenne sie aus den Magazinen – lächelt mir scheu zu, als sei sie sich nicht sicher, wie ich darauf reagiere. »Wie geht es dir?«

»Gut«, murmle ich, während ich versuche, Haltung zu bewahren. Ich sollte sie nach Isabel fragen, ich weiß. Eigentlich war es doch klar, dass ich bei ihnen bin. Aber sie hier vor mir zu sehen, live und in Farbe, das ist ... das ist ...

Sie ist die Frau, aus deren Erbgut ich erschaffen wurde. Zumindest zur Hälfte. Sabine Hamilton. In den Videos und auf den Fotos, die ich von ihr gesehen habe, wirkte sie immer freundlich, aber unnahbar. Die Art, wie sie mich anlächelt, bringt mich aus der Fassung. Als wäre ich keine Fremde für sie. Als wäre ich kein Klon. Aber Isabel hat im Krankenhaus kein gutes Haar an ihr gelassen. Das darf ich nicht vergessen. Was auch immer sie mir gerade vorspielt. Es ist nicht echt.

»Ist das Blut?« Geschockt stellt sie die Schüssel mit Erdbeeren ab und kommt auf mich zu. Instinktiv weiche ich vor ihr zurück. Nur einen Schritt. Sie achtet gar nicht darauf. Stattdessen legt sie mir sanft einen Finger auf das Kinn und dreht mein Gesicht etwas zur Seite, damit sie es genauer mustern kann.

»Was ist passiert?«

»Nichts«, ich muss mich räuspern, ehe ich weitersprechen kann. Es ist beängstigend, sie so nah bei mir stehen zu haben, ihre Finger auf meiner Haut zu spüren. »Nichts«, wiederhole ich. »Nur etwas Nasenbluten.«

Sie lässt mich los, mustert mich von oben bis unten und deutet dann auf den Ärmel meines Nachthemds, mit dem ich mir das Gesicht abgewischt habe.

»Etwas?« Sabine Hamilton wendet sich ab, geht zur Spüle und ich denke schon, sie lässt das Thema fallen. Stattdessen befeuchtet sie Küchenrolle, kommt zurück und wischt mir vorsichtig, fast schon sanft, das eingetrocknete Blut aus dem Gesicht, das ich vorhin übersehen habe.

Als sie fertig ist, lächelt sie mich an, dann verhärten sich ihre Züge etwas – vielleicht, weil ich nicht auf das Lächeln reagiere.

Was soll das alles?, ist das Einzige, was mir wieder und wieder durch den Kopf geht. *Ich verstehe das nicht.*

»Willst du einen Orangensaft?«, fragt sie.

Sie bemerkt gar nicht, dass ich nicht antworte. Stattdessen holt sie aus dem Kühlschrank eine große Flasche Saft und schenkt ein Glas ein.

Trau niemandem. Das hat Isabel zu mir gesagt, als ich sie das letzte Mal gesehen habe. Ich höre die Worte ganz deutlich in meinem Kopf, als würde sie neben mir stehen und sie mir zuraunen.

»Was …«, beginne ich, aber ehe ich weitersprechen kann, verlässt mich der Mut.

Sie achtet nicht darauf und drückt mir den Saft in die Hand. »Es gibt Erdbeeren zum Frühstück«, erzählt sie dann ganz gelassen, während sie sich wieder der Schüssel mit den Früchten widmet. »Und Pfannkuchen.« Sie wirft einen Blick über die Schulter und lächelt mich an. »Wie früher. Weißt du noch?«

Das Glas fällt mir aus der Hand. Mit einem lauten Klirren schlägt es auf den Fliesen auf, zerbricht. Flüssigkeit spritzt in alle Richtungen.

»Elektra!«, fährt mich Sabine Hamilton an. »Mann!«

Während sie zu mir eilt und beginnt, den Saft mit Tüchern aufzusaugen und die Scherben zusammenzukehren, kann ich nur dastehen und sie anstarren.

»Pass auf, dass du dich nicht schneidest«, sagt sie, während sie immer mehr Stofftücher auf dem Boden verteilt. Sie blickt auf meine nackten Füße. Dann schaut sie zu mir hoch. »Tut mir leid, Liebling. Ich wollte dich nicht anfahren. Du hast mich erschreckt.«

Ich öffne den Mund, um ihr zu antworten. Aber ich kann nicht. Ich begreife nicht.

»Was ist denn hier los?« Ein Mann taucht im Durchgang zum Flur auf und blickt zu Sabine Hamilton.

»Reichst du mir einen feuchten Lappen?«, bittet sie ihn, ohne seine Frage zu beantworten.

Der Mann nickt und tut, was sie sagt.

Ich kenne ihn.

Es handelt sich um Priamos Hamilton. Den Mann, der die Klontechnik, durch die ich entstanden bin, entwickelt hat.

Während seine Frau weiter das Chaos beseitigt, das ich angerichtet habe, stellt sich Priamos Hamilton neben mich und drückt mir einen Kuss auf den Scheitel. »Geht es dir besser? Wie hast du geschlafen?«

Priamos Hamilton hat sich nie für uns interessiert. Nicht für Isabel, nicht für mich, nicht für irgendeinen Klon, der in seinem Labor gezüchtet wurde. Nun, er hat sich jedenfalls nicht für irgendetwas interessiert, das über unsere Organe hinausging. Wir sind Menschen wie er, aber es scheint ganz so, als sei es ihm gelungen, das völlig auszublenden.

Dass er mich jetzt nach meinem Befinden fragt, und das Verhalten seiner Frau … Sie hat mich Elektra genannt. Das habe ich mir nicht nur eingebildet. Ist das ein Experiment? Ein neues, perverses Spiel, das sich unsere Eigentümer ausgedacht haben?

Elektra ist tot, das weiß ich. Ist jemand Fremdes mit uns hier? Müssen die Hamiltons in ihrem eigenen Zuhause jemandem etwas vorspielen? Werden wir von Kameras beobachtet?

Ich bin nicht Elektra.

Ein einziger Satz, mit dem ich das ganze Kartenhaus einstürzen lassen könnte, das sie so verzweifelt aufgebaut haben. Doch ich bringe es nicht über mich, ihn auszusprechen. Manchmal habe ich das Gefühl, dass sie mir mit meiner Niere auch meine Stimme genommen haben. Die Fähigkeit, mutig zu sein.

Kapitel 10

Nachdem Sabine Hamilton das Chaos, das ich angerichtet habe, beseitigt hat, führt sie mich in das angrenzende Esszimmer. Es ist blau gestrichen: das pinkfarbene Zimmer, in dem ich aufgewacht bin, der grellgelbe Flur, eine lindgrüne Küche und ein blaues Esszimmer. Die Hamiltons scheinen eine Vorliebe für kräftige Farben zu haben.

Dann fällt mir ein, dass ich in einem Magazin vor ein paar Jahren ein paar Fotos gesehen habe, die im Inneren ihrer Villa aufgenommen worden sind. Ich kann mich genau daran erinnern. Die Räume waren vor allem eins: weiß. Und größer. Entweder, die Fotos damals waren Fake. Oder wir befinden uns nicht in ihrer Villa. Der Wald, den ich von den Fenstern aus gesehen habe, kommt mir wieder in den Sinn.

Wo sind wir?, frage ich mich erneut. Und warum?

Aber noch immer traue ich mich nicht, etwas zu sagen. Stattdessen esse ich stumm die Pfannkuchen, die mir Sabine Hamilton vorsetzt. Sogar an ein paar Erdbeeren knabbere ich. Ihre fruchtige Süße explodiert in meinem Mund, so stark, dass ich fast glaube, mich gleich übergeben zu müssen. Ich habe Hunger, stelle ich überrascht fest. Aber statt der fettigen Speisen vor mir sehne ich mich nach dem Nährbrei aus dem Institut.

Die Operation vor drei Jahren hat mir nicht nur den Mut genommen. Seither löst kräftig schmeckendes Essen bei mir eine heftige Abneigung aus. Ich weiß nicht, warum. Es kommt mir einfach falsch vor, es zu essen. Wie Bestechung. Ich weigere mich, irgendetwas zu genießen, das von *ihnen* kommt.

Die Hamiltons sprechen miteinander, aber ich drifte ab. Es ist nicht so, als würde ich groß über Dinge nachdenken. Es fühlt sich ein wenig so an, als würde ich unter Wasser tauchen. Das Leben einen Augenblick auf stumm schalten. Mich an einen Ort in mir zurückziehen, an dem niemand etwas von mir will.

Irgendwann, als ich den goldfarbenen Ahornsirup auf meinem Teller betrachte, der mehr und mehr von dem halben Pfannkuchen aufgesaugt wird, den ich übrig gelassen habe, kommt mir in den Sinn, wie sehr meine Schwester dieses Frühstück geliebt hätte.

»Isabel ...«, flüstere ich.

Die Hamiltons unterbrechen ihre Unterhaltung.

»Schatz?« Das Wort – und der Klang seiner Stimme, mit dem Priamos Hamilton es ausspricht – lassen mich zusammenzucken.

»Was hast du gefragt?«, will seine Frau von mir wissen.

Ich schüttle den Kopf, den Blick auf den Teller vor mir gesenkt. »Nichts«, lüge ich und strenge mich an, meine Stimme kräftiger, lauter klingen zu lassen. »Mir geht es nicht gut. Kann ich mich hinlegen?«

Luft, denke ich. Ich brauche Luft.

Sobald ich den Raum betreten habe, in dem ich aufgewacht bin, atme ich auf. Mit einem beruhigenden Schnappen schließt die Tür hinter mir. Meine Knie sind so weich, das ich sofort zurück zum Bett gehe und mich hineinlege. Meine Gedanken rasen, während sich mein galoppierendes Herz beruhigt. Priamos hat versprochen, später nach mir zu schauen. Bis dahin muss ich herausgefunden haben, was hier vor sich geht. Ich bin mir nämlich keineswegs sicher, ob *ihm* das klar ist.

Wo bin ich?

Was geht hier vor?

Warum bin ich hier?

Auf der Suche nach Antworten durchkämme ich das Zimmer. Mir ist immer noch schlecht. Ob vom fettigen, überzuckerten Essen oder vor Angst, ich weiß es nicht. Im Schlafzimmer finde ich nichts, was mir Aufschluss über meine konkrete Situation gibt. Inzwischen bin ich mir sehr sicher, dass es Elektra Hamilton gehört. Gehört hat. Vor ihrem Tod.

An der Zimmerdecke entdecke ich ein kleines, graues Kästchen, von dem ich annehme, dass es einen Holoscreen entstehen lassen kann. Eine Fernbedienung zum Anschalten finde ich jedoch nirgends. In der Schreibtischschublade liegt nichts bis auf ein paar Buntstifte und ein pinkfarbener Kugelschreiber. Es handelt sich um einen RecPen, mit dem man ganz normal schreiben kann, in dessen Druckknopf jedoch auch ein Aufnahmegerät eingebaut ist, mit dem man Sprachmemos aufzeichnen kann. Einige Lehrerinnen und Lehrer im Institut benutzen sie. Nachdenklich drehe ich ihn in den Händen, drücke auf einen kleinen Knopf zum Abspielen, aber es ist nichts darauf gespeichert. Also lege ich ihn wieder weg und wende mich dem Bücherregal zu.

Kinder- und Jugendbücher stehen darin, den Titeln zufolge haben die meisten etwas mit Pferden zu tun. Ein wenig überrascht bin ich schon, dass Elektra Hamilton überhaupt gelesen hat. In den Videos, die im Netz von ihr kursieren, machte sie nicht gerade den Eindruck, als würde sie oft ein Buch in die Hand nehmen.

Plötzlich bleibt mein Blick an einem dicken Buchrücken hängen und ich erstarre. Der Band ist größer als die Pferderomane, zwischen denen er steht. Sein Titel ist in gelber Kursivschrift geprägt: *Zaubermärchen*. Ich kenne es, weil Isabel und ich als Kinder in genau dem gleichen gelesen haben.

Ungläubig ziehe ich es aus dem Regal und blättere durch die Seiten. Wenn wir darin gelesen haben, achteten meine Schwester und ich immer sorgsam darauf, die Seiten nicht schmutzig zu machen und das Buch nicht zu beschädigen. Elektras Ausgabe hingegen wirkt zerfleddert. Einige Seiten sind lose. Ich verliere mich im Anblick der Illustrationen, an die ich mich so unglaublich gut erinnern kann: die Federn der goldenen Gans, das Kleid von Aschenputtel auf ihrer Flucht vom Ball, das Knochenhaus der Baba Jaga.

Als wir klein waren, haben Isa und ich jeden Abend darin gelesen. Bis zu dem Tag, als sie mich abgeholt und ins Krankenhaus gebracht haben. Da habe ich begriffen, dass Märchen nichts als schöne Lügen sind. Oder zumindest nicht von Klonen handeln.

Trotzdem, die Bilder jetzt zu sehen, löst etwas in mir aus, ich weiß nicht was. Das Gefühl schnürt mir die Brust ab. Mit den Händen fahre ich über die Zeichnung eines Turms, aus dessen Fenster Rapunzels Zopf bis zum Waldboden fällt. Dann drehe ich mich um, schaue durch die gläserne Wand auf die Wipfel der Bäume draußen und klappe das Märchenbuch zu. Als ich es ins Regal zurückschiebe, entdecke ich noch ein Buch, das meine Neugier weckt. Es ist kleiner, mit himmelblauem Einband, ohne Titelbeschriftung auf dem Rücken. Es sieht eher aus wie ein Notizbuch als wie ein Roman. Stirnrunzelnd fische ich es aus dem Regal. Wer benutzt heutzutage noch ein Notizbuch?

Als ich es aufschlage und die schnörkelige Schreibschrift entdecke, die meiner eigenen Handschrift nicht mal unähnlich ist, begreife ich. Es ist ein Tagebuch. Elektras Leben, auf Papier gebannt in rosaglitzernder Tinte. Wobei Papier nicht ganz richtig ist. Fasziniert streiche ich über die metallisch glänzenden Seiten. Sie sehen aus, als seien sie mit einem dünnen Plastikfilm überzogen.

Liebes Tagebuch, steht auf der ersten Seite, direkt unter dem Datum 25.12.2078. *Du gehörst jetzt mir.*

Ich bin mir nicht sicher, ob ich wirklich lesen will, was mein Original aufgeschrieben hat. Nicht, weil ich ein schlechtes Gewissen hätte. Doch ich habe mir längst eine Meinung von Elektra Hamilton gebildet, und wenn ich mich in diesem Prinzessinnen-Zimmer umblicke, dann ist die auch gar nicht so falsch. Jetzt ihre Worte zu lesen …

Es klopft an der Tür.

»Lexi?«

Das ist Priamos Hamiltons Stimme.

Mit hochrotem Kopf schiebe ich das Tagebuch zurück in seine Lücke im Bücherregal und drehe mich um, gerade noch rechtzeitig, um zu sehen, wie er den Raum betritt. Mein Eigentümer. Natürlich muss er nicht abwarten, bis ich ihn hereinbitte. Ich wette, das hätte er der echten Elektra gegenüber nicht gewagt.

Wie ist er wohl mit Isabel umgegangen?

»Hast du kurz Zeit?«, fragt er und tut so, als würde er mir eine Wahl lassen.

Ich zucke unverbindlich mit den Schultern.

»Es dauert nicht lange. Ich möchte dir nur etwas zeigen.«

Mr. Hamilton tritt zur Seite und hält mir die Tür auf. Er erwartet, dass ich mit ihm komme. Und was soll ich auch sonst tun?

Ich folge meinem Eigentümer den Flur entlang und die Treppe hinunter. Statt ins Erdgeschoss führt er mich einen Stock tiefer, in den Keller des Hauses. Die Wände hier sind nicht farbig gestrichen, sondern weiß. Ich kann nicht verhindern, dass meine Hände schweißnass werden und mein Herz laut zu klopfen beginnt. Ich will nicht mit ihm allein sein. Ich … NICHT DARAN DENKEN!

Nachdem wir an einem breiten Regal mit Einmachgläsern und Vorratsbehältern aus Plastik vorbeigelaufen sind, öffnet Mr. Hamilton eine Tür und führt mich in ein geräumiges Zimmer, in dem es eine abgewetzte Ledercouch gibt, einen riesigen Tisch ohne Stühle, der über und über mit Stapeln bedeckt ist, die offenbar aus *echtem Papier* bestehen, und einen weiteren Tisch: ein Schreibtisch mit einem silbern glänzenden Flachbildschirm, ganz ähnlich denen in der Bibliothek im Institut.

Ich werfe Priamos Hamilton einen überraschten Blick zu. Von ihm hätte ich am allerwenigsten erwartet, dass er noch so ein altmodisches Gerät besitzt, ganz zu schweigen davon, dass er mit Papier arbeitet. Wobei Letzteres ein dekadenter Tick sein mag.

Was ich ebenfalls nicht erwartet habe, ist die Aussicht: der Blick auf den Wald, auf die Laubbäume am anderen Ufer des Flusses. Auch eine Wand dieses Zimmers neigt sich schräg nach außen und besteht ganz aus Glas. Wir mögen in einem Untergeschoss stehen, aber dieses Haus wurde offenbar nicht unterirdisch gebaut. Jetzt fällt mir auch wieder ein, wie tief es von dem Schlafzimmer, in dem ich aufgewacht bin, bis zum Fluss hinunterging. Natürlich befinden wir uns nicht unter der Erde.

»Schließ die Tür bitte hinter dir.« Mr. Hamilton klingt entspannt, trotzdem sorgen seine Worte dafür, dass ich mich versteife.

Widerwillig folge ich seinem Befehl.

»Wo ist …«, beginne ich, als ich mich ihm wieder zuwende, verstumme aber dann.

»Deine Mutter?«, fragt er. »Sie ist eine Runde schwimmen gegangen.«

Ich bin mit Priamos Hamilton ganz allein. Meine Nackenhaare stellen sich auf.

Schnall sie am Tisch fest, durchzuckt mich eine alte Erinnerung: die emotionslose Stimme eines Medics. *Die Betäubung wirkt noch nicht.*

Wie von selbst presst sich meine Hand auf die Narbe unter dem dünnen Stoff meines Nachthemds. Auch wenn es rosa ist, erinnert es mich jetzt viel zu sehr an das Krankenhausleibchen von damals.

Priamos Hamiltons Blick folgt meiner Hand und er runzelt die Stirn. »Hast du Schmerzen?«

Ich schüttle den Kopf. Mein Mund ist trocken. Ich kann jetzt nicht sprechen.

Er mustert mich eine Weile skeptisch, dann nickt er. »Mach dir keine Sorgen. Du hast es bald hinter dir.«

Kapitel 11

Ich war nicht immer so schweigsam. Als Kind habe ich viel gelacht. Isabel, Aubrey, Vanessa und ich sind mit den anderen durch das Institut getollt und haben uns im großen Schlafsaal Kissenschlachten geliefert. Bei Ratespielen bin ich oft als Erste mit einer Antwort herausgeplatzt.

Damals habe ich noch nicht begriffen, was es bedeutet, ein Klon zu sein. Das kam erst später, als wir älter wurden, Vanessa einen Teil ihrer Leber verlor, Tobias Knochenmark und Brittany ihr Leben. Und ich gebe zu, selbst dann noch habe ich mich halbwegs sicher gefühlt. Es waren immer die anderen, die von einem Team Medics aus dem Institut abgeholt wurden. Isabel und ich waren genetische Kopien der Tochter von Priamos Hamilton, des Erfinders des Klon-Systems. Wer über die Ressourcen und das Know-how verfügte, Menschen wie uns zu erschaffen, der war doch sicher auch in der Lage, seine Familie vor allem Unglück zu schützen und ihr die beste medizinische Versorgung zukommen zu lassen, die es gibt. Damals begriff ich nicht, dass ich ein Teil dieser besten medizinischen Versorgung war. Ich dachte, es gäbe tausenderlei andere Optionen, auch wenn ich natürlich wusste, dass alle Versuche, menschliche Organe im Labor zu züchten, sich langfristig als Fehlschläge erwiesen haben.

Also lachte ich weiter mit meinen Freunden und meiner Schwester über alberne Witze und malte mir ein Leben als Erwachsene außerhalb des Instituts aus. Mal wollte ich Politikerin werden, mal Tierschützerin und mal Schauspielerin.

Die Proben für die Aufführung von *Maria Stuart* gehören zu meinen glücklichsten Erinnerungen überhaupt. Gespielt haben wir das Stück vor Publikum nie. Eine Woche vor dem geplanten Termin tauchten die Medics auf, um *mich* zu holen. Im Stück besetzte man mich als Elisabeth von England. Auf der Fahrt ins Krankenhaus wurde mir unmissverständlich klar, dass ich eher Maria Stuart war: der Willkür einer anderen Frau ausgeliefert, die in gewisser Weise meine Schwester hätte sein sollen.

Als ich zurück ins Institut gebracht wurde, versprach mir Mrs. Gilley, die Leiterin der Theater AG, die Aufführung nach hinten zu schieben, bis es mir wieder besser gehen würde. Ich schüttelte nur den Kopf. Mit meiner Niere hatte ich auch meine Stimme verloren.

Mr. Hamilton schnippt drei Mal mit den Fingern der linken Hand und die Lampen in der Decke leuchten auf. Anschließend geht er hinüber zur gläsernen Außenwand und streicht mit den Fingern über ein kleines schwarzes Kästchen im Rahmen des riesigen Fensters. Die Scheibe färbt sich ein. Tintenschlieren kriechen von unten nach oben über das Glas, bis es die Farbe von Obsidian angenommen hat.

Renn, höre ich Isabels Stimme in meinem Kopf. *Lauf weg, ehe es zu spät ist.* Ich wünschte, sie wäre jetzt bei mir.

Aber ich bin wie versteinert. Alles, was ich kann, ist flach zu atmen. Ich schaffe es nicht, mich auch nur einen Zentimeter zu rühren, während ich Priamos Hamilton dabei beobachte, wie er einen winzigen Elastoscreen aus seiner Hosentasche zieht – er ist nicht größer als seine Handfläche.

Ernst blickt er mich an. »Ich verrate dir ein Geheimnis. Ich verlasse mich darauf, dass du das, was ich dir jetzt zeige, für dich behältst.«

Während meine Hände verkrampfen, nicke ich zögernd.

Sein Blick wird stechend. »Auch nicht deiner Mutter. Oder Hektor.«

»Ja«, würge ich hervor. Es klingt ziemlich erbärmlich, aber Priamos Hamilton gibt sich damit zufrieden und tippt auf dem Elastoscreen herum.

Die hintere Wand des Raumes flackert auf – und verschwindet. Sie war ein Hologramm!

Der Raum ist tiefer, als es zunächst den Anschein hatte. Viel tiefer.

Mein Blick streift Regale mit Papierakten, riesige Elastoscreens, die in die Wände eingelassen sind, und bleibt dann an einem monströsen Gerät hängen, das … Es kommt mir vertraut vor, als hätte ich es schon einmal gesehen. Ein Déjà-vu? Es löst Angst in mir aus: diese gewaltige Röhre aus irgendeinem durchsichtigen Material, die in einem Metallgestell aufgehängt ist; die Schläuche und Kabel, die an ihr angeschlossen sind und zu einem brusthohen, rechteckigen Pult führen, das ganz in der Nähe steht.

Ich kann das Zittern nicht länger unterdrücken.

»Wir haben es weiterentwickelt.« Priamos Hamilton geht auf das Gerät zu und winkt mich zu sich. Stolz schwingt in seiner Stimme. »Wir haben es tatsächlich geschafft.«

Er lächelt mich an, während ich meine Beine dazu zwinge, zu ihm zu laufen und mir meine Angst nicht anmerken zu lassen. Es kommt mir vor, als seien meine Gesichtszüge eingefroren.

»Jedenfalls fast«, gesteht er dann, als ich neben ihm stehe. Dann legt er mir seinen Arm um die Schultern und ich möchte am liebsten schreien. Was auch immer das hier ist, es ist ganz und gar nicht in Ordnung.

Was ist nur mit mir passiert, in den letzten Stunden? Oder eigentlich schon, seit sie Isabel abgeholt haben? Mir ist es gut gelungen, meine Gefühle wegzusperren, in den letzten drei Jahren. So gut, dass ich selbst bereits daran geglaubt habe, kaum mehr welche zu besitzen.

Keine Gefühle. Keine Emotionen. Kein Schmerz.

Allenfalls ein bisschen Herzklopfen, wenn mich Aubrey angelächelt hat. Oder ein paar Tränen, wenn Isabel zu mir ins Bett gekrochen ist, um mich in den Arm zu nehmen.

Aber die Angst war weg. Dachte ich.

Bis zu diesem Nachmittag vor ein paar Wochen, an dem sie Isabel abgeholt haben. Die Angst war nicht verschwunden, sie hat sich nur tief in mir versteckt, gelauert wie ein Tier. Und jetzt setzt es erneut zum Sprung an.

Mr. Hamilton schert sich nicht darum, dass ich nichts sage.

»Ich wollte es dir unbedingt zeigen, ehe ich aufbreche.« Er klingt fröhlich, ein bisschen aufgeregt, so als habe er mir gerade ein Geburtstagsgeschenk überreicht und warte darauf, dass ich es auspacke. »Ein paar Anpassungen müssen wir noch vornehmen. Du brauchst ein bisschen Geduld. Aber Oliver hat mir versprochen, dass es fast so weit ist.« Er führt mich zu der durchsichtigen Röhre und legt seine Hände darauf. Vermutlich spürt er meine Anspannung, denn er sagt: »Ich weiß, ich habe dir versprochen, du müsstest da nie wieder rein. Aber diesmal geht es ganz schnell, versprochen.«

Da rein? In diese Röhre soll ein Mensch?

Eine Erinnerung nagt an meinem Verstand. Kurz glaube ich, meinen eigenen Schrei in meinen Ohren widerhallen zu hören. Entschlossen beiße ich die Zähne zusammen und blinzle sie weg. Darin bin ich noch immer gut.

Ich lege die Finger auf das seltsame Konstrukt in dem Metallgestell vor mir. Das Material sieht aus wie Glas, aber es fühlt sich an wie Kunststoff.

»Die Dinge haben sich etwas verkompliziert. Dein Klon war bis vor ein paar Tagen in Australien.«

Jetzt blicke ich Mr. Hamilton doch überrascht an. Mit meinem Klon muss er Isabel meinen. Sie lebt! Aber ... Australien?!

Mr. Hamilton schnaubt. »Ich weiß. Das ist jetzt alles sicher schwer zu verdauen. Wir mussten sie dazu zwingen, übergangsweise so zu tun, als sei sie du. Der Vertrag mit den von Halmens. Du weißt, wie wichtig er ist. Und jetzt glaubt das kleine Biest, den Spieß umgedreht und die Kontrolle übernommen zu haben. Sie ist gerissen, das muss man ihr lassen.«

Ungläubig glotze ich ihn an, dann muss ich mich beherrschen, dass ich nicht glucksend auflache. Hat Isabel es geschafft, Priamos Hamilton mit seinen eigenen Waffen zu schlagen?

»Keine Sorge. In ein paar Tagen ist das alles vorbei. Die beiden sind gerade zurückgekommen und Frederic hat sie überredet, ein paar Wochen zu bleiben, ehe sie weiterfliegen. Wir haben also genug Zeit, den Austausch vorzunehmen.«

Den Austausch?

Mein Unverständnis steht mir ins Gesicht geschrieben, denn Priamos verschränkt die Arme vor der Brust und grinst triumphierend. »Du hast doch hoffentlich nicht geglaubt, ich würde zulassen, dass du diesen abgewrackten Körper behältst, Liebling.«

Eine eiserne Faust schließt sich um mein Herz.

»Oliver nimmt noch ein paar Korrekturen am Programm vor, nur um auf Nummer sicher zu gehen. Dann holen wir deinen anderen Klon hierher«, er deutet erst auf die Plastikröhre, dann auf meine Narbe, »den gesunden. Wir tauschen noch einmal die Körper.«

Mr. Hamilton hört nicht auf zu sprechen. Er erzählt mir, dass er selbst für ein paar Tage fort muss. Beruflich. Es täte ihm leid, mich allein zu lassen, aber es ginge nicht anders. *Mom* sei ja da.

In ein, höchstens zwei Wochen sei der ganze Spuk vorbei und ich könne wieder nach Hause kommen, mein normales Leben führen.

Seine Worte prallen an mir ab wie Regentropfen auf Glas. Nein, das nicht. Vielmehr sickern sie in mich ein wie in Stoff. Alles, an das ich denken kann, ist Isabel.

Sie lebt.

Sie reist mit Phillip durch die Welt?!

Sie wollen mir ihren Körper geben.

Nein, nicht mir. Elektra Hamilton.

Dabei haben sie keine Ahnung, dass es Elektra gar nicht mehr gibt. *Ich* bin Elektra.

Kapitel 12

Mir ist schlecht, das Blut pocht in meinen Ohren, die Kopfschmerzen sind zurück und ich fürchte, jeden Augenblick wieder Nasenbluten zu bekommen. Mein Hirn droht zu platzen, weil Bilder es in irrsinnigem Tempo durchzucken. Jedes einzelne von ihnen kämpft um die Vorherrschaft. Priamos Hamilton und dieses ... Gerät. Meine Schwester im Krankenhaus, mit den kürzeren Haaren. Wir beide im Institut, gemeinsam in diesem Märchenbuch lesend. Sabine Hamilton, die mit einem Lappen versucht, das Chaos zu beseitigen, das ich in der Küche angerichtet habe. Ein junger Mann, der mich küsst, die Hände auf meine Hüften gelegt. Noch mal Mrs. Hamilton, mit einer Tontasse in der Hand.

Das ist nicht meine Erinnerung! Verliere ich den Verstand?

Während ich in diesem Schlafzimmer – Elektras Schlafzimmer! – auf und ab gehe, klammere ich mich an die Fakten, die ich kenne:

Isabel lebt.

Sie befindet sich nicht mehr in dem Krankenhaus, in dem ich sie getroffen und in dem sie mir von dem verrückten Plan der Hamiltons erzählt hat.

Stattdessen ist sie mit Phillip von Halmen nach Australien gereist.

Was bedeutet, dass mehr Zeit vergangen ist als eine Nacht, seit ich sie das letzte Mal gesehen habe.

Ich bin nicht im Institut.

Ich habe immer noch keine Ahnung, wo sich das Haus befindet, in das sie mich gesperrt haben, aber ich hatte recht. Ich befinde mich bei den Hamiltons.

Mr. und Mrs. Hamilton halten mich für Elektra.

Obwohl wir – machen wir uns nichts vor: Ich bin ihr genetischer Zwilling, aber sonderlich ähnlich sehen wir uns nicht. Nicht mehr.

Mr. Hamilton hat davon gesprochen, die Körper *noch einmal* zu tauschen. Er kann damit unmöglich gemeint haben, dass … Elektra und ich … Das ist unmöglich.

Aber warum verhalten sie sich dann mir gegenüber so, als hielten sie mich für ihre Tochter?

Warum kann ich mich an nichts erinnern, seit ich mich von Isabel im Krankenhaus verabschiedet habe? Seit dieser Arzt … Der sengende Schmerz in meinem Kopf wird so stark, dass grelle Flecken in meinem Sichtfeld tanzen und ich mir beide Hände an die Schläfen pressen muss, fester und immer fester, bis die Schmerzen langsam wieder abklingen.

Keuchend lasse ich mich auf den Fußboden fallen und lehne mich gegen das Bettgestell. Ich schließe die Augen und atme langsam ein und aus, ein und aus.

Da gibt es noch einen Fakt. Es ist sogar der wichtigste: Ich bin am Leben.

Ich war vierzehn Jahre alt, als sie mich ins Krankenhaus brachten, um mir eine Niere zu entnehmen. Das ist der Zeitpunkt, an dem sich mein ganzes Leben änderte. Natürlich wusste ich auch vorher schon, dass ich ein Klon bin, und was das bedeutet. Aber mein Original, Elektra Hamilton, war jung und reich und hübsch. Nie wären Isabel und ich auf den Gedanken gekommen, dass sie schon so früh eine Organtransplantation brauchen würde.

Vielleicht waren wir naiv. Wir haben gesehen, was um uns herum vor sich ging. Wir hatten Angst um Tobias, den sie gleich mehrmals geholt haben. Wir haben gesehen, wie Alissa von ihrer OP ohne Augen zurückkam. Trotzdem haben wir wirklich geglaubt, wir wären sicher. Wir haben auf unseren zwanzigsten Geburtstag gewartet: Wenn ein Klon zwanzig Standardjahre alt wird, ist er frei von seinen Verpflichtungen. Er darf gehen, wohin er will. Er wird gezeichnet, ja, sodass ihn jeder sofort als das erkennt, was er ist. Die künstlich zum Leben erweckte Kopie eines richtigen Menschen, weniger wert als sein Original. Aber zumindest können sie uns dann nicht mehr ausschlachten.

Vor der Transplantation lagen Isabel und ich oft nachts lange wach und erzählten uns von unseren Plänen. Davon, was wir machen wollten, wenn wir das Institut hinter uns gelassen hätten. Welche Berufe wir ergreifen, welche Städte wir bereisen wollten.

Unzählige kleine Leben malten wir uns gemeinsam aus. Die einzige Konstante in jedem unserer Träume war, dass wir beide dabei zusammen waren. Gemeinsam konnten wir alles schaffen, alles überstehen. Vielleicht haben sie das gewusst. Und genau deshalb haben sie uns jetzt selbst das genommen.

Ich muss eingeschlafen sein, denn als ich die Augen wieder aufschlage, steht die Nachmittagssonne bereits hoch am Himmel. Jemand hat mich ins Bett gelegt. Jedenfalls bin ich mir ziemlich sicher, dass ich nicht selbst hineingekrochen bin.

Bei der Vorstellung von Priamos Hamiltons Händen auf meinem Körper stellen sich mir sämtliche Nackenhaare auf. Hoffentlich war es seine Frau, die mich ins Bett getragen hat. Aber wäre Sabine Hamilton dazu überhaupt stark genug?

Eine Weile lang liege ich da, unschlüssig, was ich tun soll.

Seit Jahren ist Isabel meine Beschützerin. Sie hat auf mich aufgepasst, so gut es eben ging. Hat darauf geachtet, dass ich esse, auch wenn es nur Nährbrei war, hat darauf bestanden, auf dem Freigeländer des Instituts mit mir spazieren zu gehen. Sie hat mich dazu überredet, für unsere Prüfungen zu lernen, und ist zu mir ins Bett gekrochen, wenn ich mit einem Schrei aus einem Albtraum aufgewacht bin.

Bis auf die wenigen Wochen im Institut, nachdem man sie abgeholt hat und die vier Tage im Krankenhaus, als man mir meine Niere entnahm, haben wir jeden einzelnen Tag unseres Lebens miteinander verbracht.

Sie fehlt mir.

Sie fehlt mir so sehr.

Und sie weiß immer, was zu tun ist.

Priamos hat erwähnt, dass sie bald zurück ist. Und dass er dann unsere Körper tauschen will.

Ist es nicht genau das, was er mit seiner Tochter und mir versucht hat? Und jetzt ist Elektra weg und ich bin immer noch ich.

Vorhin habe ich geglaubt, wenn ich wieder bei Isabel wäre, würde sie schon wissen, was zu tun ist. Sie hat mich immer beschützt.

Aber so einfach ist das in diesem Fall nicht.

Jetzt ist es an mir, meine Schwester zu schützen. Ich kann auf keinen Fall zulassen, dass Priamos versucht, mein Bewusstsein in den Körper von Isabel zu transplantieren. Wenn ich den Hamiltons allerdings verrate, dass ich nicht Elektra bin, was wird dann geschehen? Es ist sicher nichts, was Priamos Hamilton einfach mit einem Schulterzucken abtut.

Ich kann also nicht darauf warten, dass Isabel hierherkommt und die Lage richtet. Das schafft selbst sie nicht.

Und ich kann den Hamiltons nicht sagen, wer ich bin.

Bleibt also nur eins: Ich muss hier weg. Und zwar so schnell wie möglich.

Kapitel 13

Weil ich mir nicht vorstellen kann, barfuß und mit einem blutbesudelten Nachthemd durch den Wald zu flüchten – und weil ich höre, dass sich Priamos und Sabine Hamilton im unteren Stockwerk miteinander unterhalten –, dusche ich erst. Es fühlt sich gut an, das heiße Wasser zu spüren. Am liebsten würde ich ewig unter dem Duschstrahl stehen bleiben. Mein Geist und Körper sind jedoch zu rastlos.

Fahrig trockne ich mich ab und föhne mir die Haare, während ich versuche, meine Gedanken zu ordnen. Schuhe. Andere Kleidung.

Auf der Suche danach betrete ich das Zimmer neben meinem. Es ist nicht verschlossen. Erst bin ich überrascht, aber dann fällt mir ein, dass es für die Hamiltons keinen Grund gibt, Räume in ihrem eigenen Zuhause abzuschließen. Sie wissen schließlich nicht, dass eine Fremde hier ist.

Das Zimmer ist etwas kleiner als meines, besitzt jedoch auch eine gläserne Wand mit Blick auf Wald und Fluss. Statt rosafarben ist es hellgrau gestrichen, an der Wand zu meiner linken steht aber ein Schreibtisch, der mit dem im Zimmer nebenan identisch ist. Das Regal hier quillt über vor Büchern, ein hüfthohes mit noch mehr Büchern steht neben einem Lesesessel unter dem Hochbett.

Ich bin mir ziemlich sicher, dass dieses Zimmer Hektor Hamilton gehört, auch wenn ich überrascht davon bin, dass Elektras Bruder eine Leseratte ist. *Aubrey liest auch gern*, fährt es mir durch den Kopf, aber ich presse die Lippen zusammen und schiebe diesen Gedanken ganz weit weg. Bloß nicht an Aubrey denken. Nicht jetzt.

Nicht, wenn ich in Hektor Hamiltons Zimmer stehe.

Also lasse ich die Bücher links liegen und gehe zum Kleiderschrank, in der Hoffnung, dass ich hier mehr Glück habe.

Das trifft nur bedingt zu. Die Hemden und Hosen, die ich dort finde, sind mir alle zu klein, allerdings liegt auf dem Schrankboden ein schwarzer Rucksack, den ich mir schnappe. In seiner Seitentasche steckt ein Schweizer Taschenmesser, etwas rostig, aber immerhin. So spare ich mir zumindest einen Ausflug in die Küche.

Die Vorräte im Regal zwei Stockwerke unter mir fallen mir wieder ein. Mit angehaltenem Atem schleiche ich mich die Treppe hinunter, an meinen Eigentümern vorbei und in das Untergeschoss. Niemand bemerkt mich. Im Regal suche ich eine Weile, bis ich Lebensmittel gefunden habe, die mir zusagen: Ein Päckchen Haferflocken, Cashewkerne und drei Portionen Hering in Tomatensoße. Die mag ich zwar nicht sonderlich, aber die Verpackung ist platzsparend und gut portionierbar. Kurz entschlossen packe ich noch ein Einmachglas mit eingelegten Birnenhälften ein. Das Gefäß kann ich als Schüssel verwenden, sobald es leer ist. Nachdem ich mich im Gang noch etwas umgeschaut habe, finde ich auch Wasserflaschen. Die sind zwar schwer, aber Wasser brauche ich. Also packe ich eine der dunkelgrünen Flaschen ein, verschließe den Rucksack und schleiche mich zurück in Elektras Zimmer, wo ich den Rucksack im Kleiderschrank verstecke.

Das dritte Zimmer auf der Etage ist ein kleiner Fitnessraum, der allerdings ziemlich verstaubt aussieht. Hier hat schon lange keiner mehr irgendwelche Übungen gemacht. Als ich überlege, ob ich mich nach oben in den nächsten Stock wagen soll, um nach einem Kleiderschrank von Mrs. Hamilton zu suchen, höre ich Schritte über mir. Dort ist bereits jemand. Ob Mr. Hamilton oder seine Frau ist eigentlich egal. Ich kann da nicht hin.

Da kommt mir eine weitere Idee. Das Haus scheint ziemlich abgeschieden zu sein. Die Hamiltons besitzen eine komplett ausgestattete Küche und Vorräte. Viele Filme durften wir im Institut nicht sehen, aber eines habe ich trotzdem gelernt: Häuser wie dieses besitzen oft Waschküchen. Und vielleicht, mit etwas Glück …

Aber das ist mir nicht vergönnt, als ich ein weiteres Mal die Treppe hinunterschleiche.

»Lexi? Bist du das?« Priamos Hamilton taucht in der Tür zu einem Raum auf, in dem ich noch nicht gewesen bin. Hinter ihm erkenne ich eine gewaltige Sofalandschaft. Das Wohnzimmer also.

»Ich … hab ein bisschen Hunger«, lüge ich und gehe, den Kopf gesenkt, an ihm vorbei in die Küche. Dem Himmel sei Dank habe ich den Rucksack oben im Kleiderschrank gelassen.

Priamos nickt. »Kein Wunder. Du hast seit dem Frühstück nichts mehr gegessen.«

Ich wünschte, er würde sich ins Wohnzimmer zurückziehen und mich in Ruhe lassen, aber das tut er nicht. Stattdessen folgt er mir.

Und nun? Eigentlich habe ich keinen Hunger. Ganz zu schweigen von der Tatsache, dass ich nicht so recht weiß, was ich hier wo finde.

Erleichtert realisiere ich, dass neben der Spüle noch die Schüssel mit Erdbeeren steht, abgedeckt von einer durchsichtigen Haube. Mr Hamilton beobachtet mich dabei, wie ich einige der Früchte wasche und dann zögernd esse.

»Was hältst du von Omelette zum Abendessen?«, fragt er.

Ich drehe mich zu ihm um, obwohl ich nicht weiß, was ich darauf antworten soll.

Priamos Hamilton kratzt sich nachdenklich am Kinn. »Ich weiß aber nicht, ob wir genug Eier für uns alle im Haus haben.«

Haben wir. Ich habe einen ganzen Karton unten zwischen den Einmachgläsern gesehen. »Omelette wäre toll«, murmle ich. Wie ich es sage, klingt es aber alles andere als toll. Eher unsicher.

Priamos Hamilton achtet nicht darauf. »Ich schau mal nach«, sagt er und ich muss mich zusammenreißen, um nicht erleichtert aufzuseufzen. Sobald er weg ist, öffne ich die Schubladen in der Küche und suche nach einem Löffel und einer Gabel.

Mir gelingt es gerade noch, das Besteck in dem weit fallenden Ärmel des Nachthemds zu verstecken, als Mr. Hamilton zurückkommt. Triumphierend schwenkt er den Eierkarton in der Hand. »Hilfst du mir?«

Ich öffne den Mund, obwohl ich nicht die geringste Ahnung habe, was ich darauf antworten soll. Ich habe noch nie Omelette gemacht, im Institut erhalten wir das Essen aus dem Automaten. Und sicher will ich mir nicht von dem Mann zeigen lassen, wie man ein Omelette zubereitet, der mir ohne mit der Wimper zu zucken die Niere hat rausschneiden lassen.

Mrs. Hamilton ist es, die mich – unbewusst – rettet. »Du willst kochen?«, fragt sie ihren Mann, als sie sich an ihm vorbei in die Küche schiebt und hebt eine Augenbraue. Dann fällt ihr Blick auf mich und ihre Stirn runzelt sich noch mehr. »Du trägst ja immer noch dein Nachthemd.«

Verlegen zucke ich mit den Schultern. »Ich hab nichts anderes …« ›Gefunden‹ kann ich gerade noch verschlucken. Um es zu überspielen, spreche ich einfach weiter. »Die Sachen im Kleiderschrank in meinem Zimmer sind mir alle zu klein.«

Mrs. Hamilton erdolcht ihren Mann mit einem Blick, ganz so, als sei es seine Schuld, dass ich aus Elektras Kleidern herausgewachsen wäre. Dann winkt sie mich mit sich. »Ich geb dir was von mir.«

Mit der Ausrede, auf die Toilette zu müssen, verschwinde ich in Elektras Zimmer, während deren Mutter nach oben geht. Im letzten Moment habe ich all meinen Mut zusammengenommen und auch um ein paar Schuhe gebeten. Während Mrs. Hamilton mir ein paar Klamotten heraussucht, stecke ich Gabel und Löffel schnell neben dem Taschenmesser in den Rucksack.

Geschafft!

Der Geschmack der Erdbeeren klebt mir noch immer auf Gaumen und Zunge, so überwältigend süß, dass sich mein ganzer Magen zusammenzieht. Er verschwindet selbst dann nicht, als ich mir mehrmals den Mund ausgespült habe. Gerade will ich nach der Zahnbürste greifen, als es draußen an der Tür klopft.

Sabine Hamilton bringt mir eine Art Trainingsanzug aus einem knisternden, künstlich wirkenden Material, das sich weder wie Stoff anfühlt noch wie Plastik und papierdünn ist. Außerdem hat sie ein rosafarbenes T-Shirt für mich dabei, das farblich gut zu dem silbergrauen Anzug passt, Unterwäsche und ein Paar dicke Socken. Keine Schuhe.

»Ich bring dir ein paar deiner Sachen von zu Hause mit«, verspricht sie. »Geht das erst mal?«

Ich nicke. Alles ist besser als dieses schreckliche Nachthemd.

Eigentlich habe ich angenommen, sie würde jetzt gehen, damit ich mich umziehen kann, aber stattdessen setzt sie sich auf das Bett, neben die Kleider, die sie gerade gebracht hat. Sie klopft mit der flachen Hand auf die Seite neben sich. Obwohl ich weiß, dass ich mir nicht anmerken lassen darf, nicht Elektra zu sein, zögere ich.

Sabine Hamilton lächelt mich traurig an, als habe sie nichts anderes erwartet. Nervös suche ich nach Worten, nach einer Antwort, mich zu erklären, aber mir fällt nichts ein. Und meine Beine wollen sich einfach nicht bewegen.

»Ich habe mich heute übrigens nach Konstantin erkundigt«, sagt sie plötzlich. »Es geht ihm gut.«

Wer ist Konstantin? Plötzlich glaube ich, weiches Pferdefell unter meinen Finger zu spüren. Der Geruch nach Stall …

»Wenn du möchtest, können wir die Woche bei ihm vorbeifahren.« Mrs. Hamilton blickt mir forschend in die Augen. Sie erwartet eine Reaktion von mir, das spüre ich überdeutlich. Ich öffne den Mund, weiß aber nicht, was ich sagen soll. Mein Herz beginnt schneller zu klopfen. *Sie wird es merken*, denke ich. *Jetzt wird sie merken, wer ich wirklich bin.* Ich muss etwas sagen. Ich muss!

»Gestern«, fährt sie fort, als müsste sie die Leere zwischen uns mit Worten füllen. »Du hast so wütend reagiert, als du davon erfahren hast, dass er nicht mehr bei uns ist. Und ich verstehe das auch, wirklich. Ich werde versuchen, ihn zurückzukaufen, versprochen.«

»Gestern?« Was meint sie damit?

Ich zwinge mich dazu, den Kloß in meiner Kehle zu ignorieren. »Danke.« *Auch wenn ich keine Ahnung habe, wofür.* Warum kann sie nicht einfach gehen?

»Früher waren wir fast jedes Wochenende hier«, sagt sie stattdessen. »Erinnerst du dich?«

Ich nicke. Ungebeten spult sich ein kleiner Film in meinem Kopf ab: Priamos Hamilton, der mich – als kleines Mädchen – mit einem breiten Grinsen unter den Armen packt und in einen Swimmingpool schmeißt. Mein erfreutes Kreischen, während ich durch die Luft segle; Jungenlachen und Sabine Hamiltons mahnendes »Priamos.«

Was ist das?! Das Pferd. Jetzt das.

»Dein Vater hat oft Abendessen gemacht.« Sabine Hamilton hat gar nicht bemerkt, was in mir vorgeht. Zu sehr ist sie in ihre eigenen Gedanken versunken. Ihre Hände spielen mit dem Saum des rosafarbenen T-Shirts auf dem Bett. »Alles ist so kompliziert geworden.« Sie seufzt. »Und wir haben uns verändert.«

Ich senke den Kopf, weil ich nicht weiß, was ich darauf antworten soll. Ich mag sie nicht anschauen. Schlimm genug, dass ihre Worte Bilder in meinem Kopf heraufbeschwören, die es eigentlich nicht geben dürfte. Dumpf klopft der Schmerz wieder an der Schädeldecke an.

Sabine Hamilton steht auf und kommt zu mir. Sanft legt sie mir die Hand auf die Schulter. »Es tut mir leid, dass wir uns so viel gestritten haben in den letzten Monaten, Elektra, wirklich. Ich hätte dich niemals überreden sollen, in diesen Verlobungsvertrag einzuwilligen.«

Sie schaut mich an, das spüre ich überdeutlich, aber ich kann es einfach nicht über mich bringen, den Kopf zu heben und ihren Blick zu erwidern. Sobald sie mir in die Augen sieht, wird sie begreifen, dass ich nicht ihre Tochter bin.

Sabine wartet einen Moment, dann atmet sie tief ein und aus, nimmt die Hand von meiner Schulter und verlässt das Zimmer. »Wir sehen uns gleich beim Abendessen«, sagt sie, ehe sie die Tür hinter sich schließt. Dabei klingt sie traurig.

Gut, denke ich. Wenn es jemand verdient hat, unglücklich zu sein, dann diese Familie.

Kapitel 14

Beim Abendessen stochere ich im Omelette herum und bemühe mich, so zu tun, als würde ich etwas essen. Priamos Hamilton hat einen gewaltigen Haufen Zwiebeln mit den Eiern angebraten, keine Ahnung, ob Elektra das so mochte oder ob das ein Versehen war. Obwohl ich den Geschmack furchtbar finde, zwinge ich mich, ein paar Mundvoll glibberiges Zwiebel-Ei zu schlucken. Wenn ich von hier flüchten will, brauche ich Kraft. Deshalb trinke ich auch ein ganzes Glas Apfelsaftschorle.

»Du bist heute so schweigsam«, wirft mir Mr. Hamilton vor, obwohl er und seine Frau auch nicht viel mehr sprechen. Schnell schaufle ich mir eine weitere Gabel Omelette in den Mund, um Zeit zu gewinnen. Bisher habe ich es für die cleverste Taktik gehalten, möglichst nichts zu sagen, damit ich mich nicht irgendwie verrate. Klar würde ich gern Dinge fragen wie *Wie lange bleiben wir hier?* oder *Wo ist mein Elastoscreen?* Aber was, wenn Elektra das wissen müsste und ich mich dadurch verrate?

Wenn ich jedoch still bleibe und Elektra eine Plaudertasche war, mache ich die Hamiltons ebenfalls misstrauisch.

Also räuspere ich mich. »Wo gehst du hin?« Mr. Hamilton hat heute Morgen erwähnt, aufbrechen zu müssen.

Er kaut bedächtig, schluckt und überlegt einen Moment. »China«, sagt er dann.

»China?« Mrs. Hamilton stellt ihr Glas etwas zu fest auf dem Tisch ab und mustert ihren Mann ungläubig.

»Es geschehen noch Zeichen und Wunder. Tiānxiēzuò will nun doch mit uns sprechen.«

»Was?« Seine Frau klingt nicht begeistert, doch Mr. Hamilton geht nicht darauf ein.

»Sie sind daran interessiert, bei uns mit einzusteigen.«

»Priamos«, beginnt sie.

Der unterbricht sie. »Das ist eine Gelegenheit, die wir gerade gut gebrauchen können, Sabine. Nachdem diese kleine Miss Oberschlau dafür gesorgt hat, dass Frederic beim Vorantreiben der neuen Klongesetze immer zögerlicher wird, müssen wir uns absichern.«

Miss Oberschlau. Damit meint er Isabel.

»Aber ich dachte, die Asiaten seien nicht an unserer Technik interessiert?«, fragt Mrs. Hamilton.

So viel weiß ich aus dem Unterricht im Institut: Die Neue Union ist bislang weltweit der einzige Staatenbund, der menschliches Klonen zulässt. Was vor allem an der herausragenden Technik liegt, die Hamilton Corp. entwickelt hat.

Nicht, dass andere Staaten nicht auch daran forschen würden. China arbeitet seit Jahrzehnten an einem eigenen Klonprogramm. Ich bin mir fast sicher, dass sie, sobald es ihnen erfolgreich gelingt, menschliche Klone auf Masse zu produzieren, auch die Erlaubnis ihrer Regierung dafür erhalten. Vor rund sechzig Jahren hat man allerdings einer japanischen Universität die Erlaubnis erteilt, menschliche Stammzellen in Tierembryonen einzupflanzen und so Organe für Transplantationen »auszutragen«. Das Forschungsprojekt startete vielversprechend. Die so erzeugten Organe stellten sich allerdings in den 2040ern als extrem anfällig für einen neuen Virusstamm heraus. Leider bemerkte man das erst, als bereits viele Menschen ein solches Transplantat erhalten hatten. Seither sind die gesetzlichen Auflagen, was das Klonen angeht, strikter als zuvor.

»Polinas Arbeit ist Gold wert«, erklärt Priamos jetzt seiner Frau. »Das ist das, was uns die ganze Zeit noch gefehlt hat.«

Er wirft einen Blick auf mich, Sabine tut es ihm gleich, und ich frage mich, was sie von mir wollen.

»So gesehen war uns das kleine Biest doch noch nützlich.«

»Priamos!«, ereifert sich Sabine Hamilton und mir schießt das Blut in den Kopf, weil ich im ersten Augenblick denke, mit dem kleinen Biest meint er mich.

»Es wird allerdings Zeit, dass sie Lexis Platz räumt. Sie hat genug Unfrieden gestiftet.«

Meine Hände verkrampfen sich um mein Besteck. Es wird Zeit, dass sie meinen Platz räumt. Elektras Platz.

»Und was soll das heißen?«, spricht Sabine Hamilton aus, was ich denke.

»Dass dieses Flittchen dieses Spiel deutlich zu weit treibt.«

Sabines Stimme klingt gepresst, als müsse sie an sich halten, die Ruhe zu bewahren. »Du hast sie gezwungen, dieses Spiel zu spielen, erinnerst du dich?«

Priamos Hamilton lehnt sich in seinem Stuhl zurück und verschränkt die Arme vor seiner Brust. »Und du warst damit einverstanden, wenn ich mich recht entsinne.«

»Da habe ich auch noch geglaubt, meine Tochter sei tot!«, brüllt sie ihn an, vor Zorn zitternd. Kaum sind die Worte heraus, zuckt sie allerdings zusammen und wendet sich an mich. »Es tut mir leid …«

Hektisch steht sie auf und stürmt aus dem Esszimmer in die Küche. Priamos schnaubt, ich senke den Blick und versuche, nicht durchzudrehen.

Eine Weile lang geschieht nichts. Ich starre auf das schleimiggelbe Ei-Zwiebel-Kräutergemisch vor mir und lausche dem Klappern von Geschirr.

Als ich nach oben schiele, sehe ich, dass Priamos Hamilton mit stoischer Miene sein Omelette weiterisst.

Schließlich kommt Mrs. Hamilton in den Raum zurück, setzt sich wieder an den Tisch und trinkt ihr halbes Glas in einem Zug aus.

»Es tut mir leid«, sagt sie. »Ich habe wohl kurz die Beherrschung verloren.«

»Was ist mit dir los, Sabine?«, fragt ihr Mann sie. »In letzter Zeit bist du nicht mehr du selbst. Du verbringst zu viel Zeit mit diesem Mädchen. Deine Tochter sitzt hier, vergiss das nicht. Isabel ist nur ein Klon.«

»Ich will wissen, was du mit ihr vorhast, nachdem Lexi wieder ihren Platz eingenommen hat«, verlangt Sabine. »Sie hat alles getan, was wir von ihr verlangt haben.«

»Ich kann mich nicht daran erinnern, von ihr verlangt zu haben, mich zu erpressen.«

Isabel erpresst Priamos Hamilton? Das lässt mich lächeln.

»Findest du das etwa komisch?«, herrscht Priamos mich an. Schnell schüttle ich den Kopf.

»Sie will nur ihren Frieden«, lenkt Sabine ihn von mir ab.

»Sie will so einiges. Und Frieden will sie nicht. Gib nicht vor, so dumm zu sein, Sabine, das nimmt dir niemand ab. Das Mädchen will die Klongesetze kippen. Sie wird uns ruinieren, wenn wir nichts unternehmen.« Er trinkt einen Schluck Wasser. »Ich gebe zu, ich habe sie unterschätzt.«

»Und jetzt? Willst du sie verschwinden lassen? Was wird passieren, nachdem Lexi ihren Platz eingenommen hat? Glaubst du, das fällt Phillip nicht auf? Oder Hektor? Die beiden …«

»Ich hab dich gerade gebeten, dich nicht so dumm zu stellen. Natürlich werde ich sie nicht *verschwinden lassen*, du meine Güte. Für was hältst du mich? Ich bin kein Unmensch.«

»Was dann?«

»Ich werde ihnen ein Angebot machen, was sonst. Ihnen beiden.«

»Was für ein Angebot?« Sie lässt nicht locker.

»Das, mein Liebling«, erwidert er allerdings, »werde ich dir erzählen, wenn ich aus China zurück bin.«

Mehr lässt sich Priamos Hamilton an diesem Abend nicht entlocken. Als ich merke, dass seine Frau nicht zu ihm durchdringt, wage ich selbst auch einen Vorstoß, aber er kanzelt mich ebenso ab wie sie.

Er streicht mir liebevoll über die Schulter, ehe er sich entschuldigt, um nach oben zu gehen und für seine Reise am nächsten Morgen zu packen. Mrs. Hamilton und mich lässt er mit dem dreckigen Geschirr zurück, immerhin habe er ja gekocht.

Obwohl ich selbst verschwinden möchte – zunächst in dieses Schlafzimmer, am liebsten aber sofort so weit wie möglich weg aus diesem Haus –, helfe ich Mrs. Hamilton, den Tisch abzuräumen und sauber zu machen.

»Reichst du mir bitte eine Reinigungskapsel?«, bittet sie mich, während sie vor dem Geschirrspüler kniet.

Hilflos blicke ich mich in der Küche um.

»Lexi, wirklich«, stöhnt sie, als ich ihr nicht weiterhelfen kann. »Manchmal verhältst du dich wie eine Prinzessin.«

Sie steht auf, öffnet den Schrank unter der Spüle und kommt mit einer kleinen, leuchtend weißen Kugel zurück, die sie in den Geschirrspüler legt, ehe sie ihn schließt und aktiviert.

»Geschafft«, sagt sie dann, steht auf und wischt sich die Hände an einem Geschirrtuch ab.

»Wie ist mein Klon so?«, frage ich leise. Ich weiß selbst nicht, woher ich den Mut aufbringe. Doch bei Tisch hat sie auf eine Art und Weise über Isabel gesprochen, als läge sie ihr tatsächlich am Herzen.

Doch das kann nicht sein. Isabel hat mir im Krankenhaus erzählt, was für eine gefühlskalte Hexe Sabine Hamilton ist.

Sabine lächelt mich flüchtig an und reibt sich dann mit der Hand über die Stirn.

»Sie ... irritiert mich«, gibt sie zu und nimmt Blickkontakt zu mir auf. »Sie sieht dir so ähnlich. Ich meine, natürlich tut sie das. Ein bisschen ist sie dir sogar ähnlich.«

Bei diesen Worten verkrampft sich mein Magen. Das kann ich kaum glauben.

»Das gleiche Temperament. Sie kann aufbrausend sein.«

Wieder stiehlt sich ein Lächeln auf mein Gesicht, ohne, dass ich es verhindern kann. Oh ja, das kann sie.

»Sie ist eine Kämpferin. Und ein Sturkopf.«

Auch das stimmt.

»Nestor mag sie. Hektor auch.«

Wer ist Nestor? Von Hektor hat sie mir erzählt. Aubrey ... Mein Lächeln verschwindet. Sabine deutet das falsch.

»Natürlich ist sie nicht du, Liebling. Sie könnte dich niemals ersetzen. Nicht, was den Platz in unseren Herzen angeht. Aber sie ist ... Sie ist ein Mensch, Lexi. Sie kann einem manchmal den letzten Nerv rauben, und in den ersten Wochen hatten wir ziemliche Schwierigkeiten miteinander. Aber sie ... Manchmal frage ich mich ...«

Sie verstummt.

»Was?«, frage ich.

Sabine Hamilton schüttelt den Kopf. »Nichts.« Sie holt ihren Elastoscreen aus der Hosentasche und wirft einen Blick darauf. »Hast du Lust, noch einen Film anzusehen?«

Ich beiße mir auf die Innenseite meiner Wange, weil ich sonst beinahe überrascht losgehustet hätte. Mit diesem Vorschlag hat sie mich eiskalt erwischt.

Es war schön, ein paar halbwegs nette Worte über Isabel zu hören. Doch was mich angeht, bleibt Sabine Hamilton eine Hexe.

Sie mag ihren Mann beim Essen gerade angegangen sein, aber ich bin mir sicher, sie wird nicht zögern, in jedweden seiner Pläne einzuwilligen, wenn es so weit ist. Sie wird nicht mit der

Wimper zucken, Isabels Leben gegen das ihrer Tochter einzutauschen. Und wenn Elektra Hamilton noch mal eine Niere braucht, werden sie mir ohne Skrupel meine zweite nehmen.

»Ich bin müde«, lüge ich. »Ich glaube, ich möchte schlafen gehen.«

»Jetzt schon?«

Ich nicke und drehe mich um, um die Küche zu verlassen, ehe sie mich in eine Diskussion verwickeln kann.

»Lexi«, hält sie mich auf, als ich bereits am Durchgang bin. Ich bleibe stehen, drehe mich aber nicht um. »Ja?«

»Ich hab dich lieb.«

Wie von selbst versteifen sich meine Glieder. Zu meinem Entsetzen bemerke ich, dass meine Augen zu brennen beginnen. Es gab einmal eine Zeit, ich war noch ein kleines Mädchen, da habe ich mir so gewünscht, dass jemand wie Sabine Hamilton diese Worte zu mir sagt.

Mir ist bewusst, dass sie nicht mich meint. Sie glaubt, sie spricht zu ihrer Tochter. Ihrer richtigen Tochter. Nicht dieser genetischen Kopie, diesem Abfallprodukt, dem schon eine Niere fehlt.

Vermutlich sollte ich auf ihre Worte reagieren. Elektra Hamilton würde das schließlich, oder? Was würde sie zu ihrer Mutter sagen?

Ich weiß es nicht, und als ich loslaufe, beschließe ich, dass mich das auch nicht interessiert. Soll Sabine Hamilton doch denken, was sie will. Ich antworte nicht.

Kapitel 15

Angespannt sitze ich auf dem Boden vor der Fensterwand und versuche die Sonne mit meinem Blick dazu zu zwingen, schneller unterzugehen. Zweimal habe ich bereits meine Vorräte im Rucksack überprüft. Ein paar Mal habe ich mit dem Gedanken gespielt, mich auf die Suche nach Schuhen in meiner Größe zu machen, die Idee aber ein ums andere Mal verworfen. Sabine Hamilton mag sich im Wohnzimmer auf ihrer Couchlandschaft fläzen und einen Holo-Film schauen. Ihr Mann befindet sich aber im Stockwerk über mir und es wäre dämlich, sich jetzt auf der Suche nach Schuhen von ihm erwischen zu lassen, nachdem bisher alles so überraschend gut gegangen ist.

Im Geäst der Nadelbäume am gegenüberliegenden Ufer sitzen Raben. Einen Moment muss ich mich des Gefühls erwehren, sie würden mich beobachten. Das liegt vermutlich an meinen angespannten Nerven. Als die Sonne – endlich – fast untergegangen ist, schwingen sie sich in die Lüfte und fliegen davon: zwei kohlschwarze Schemen vor einem zornigroten Abendhimmel. Hugin und Munin, der Gedanke und die Erinnerung, die tierischen Gefährten des nordischen Gottes Odin. Ich bin über sie in einem alten Buch in der Bibliothek gestolpert. Nicht, dass ich die Existenz irgendwelcher Götter für möglich halte. Der Glaube ist mir abhandengekommen, als zwei Männer mich auf einen eiskalten Metalltisch gefesselt und mir eine Ohrfeige verpasst habe, weil ich so hysterisch sei.

Kein Gott hat mich gerettet, kein Engel über mich gewacht, als sie mir den Oberkörper aufgeschlitzt und meine Niere geklaut haben. Keine Heiligen haben die Schmerzen gelindert, die mich noch Monate nach der Operation gequält haben. Und kein übernatürliches Wesen hat meine stummen Gebete erhört, in denen ich darum gefleht habe, Elektra Hamilton möge an einer postoperativen Entzündung verrecken.

Ich war diejenige, die all diese Qualen aushalten musste. Ihr hat man sicher nur die besten Schmerzmittel verabreicht.

Eine Weile lang spiele ich mit dem Gedanken, tatsächlich ein bisschen zu schlafen, wie ich es Mrs. Hamilton gegenüber behauptet habe. Doch was, wenn ich nicht aufwache und bis zum Morgen durchschlafe? Ich will die Chance, das alles hinter mir zu lassen, nicht verpassen. Isabel werde ich schon irgendwie finden.

Um mich abzulenken, gehe ich noch mal hinüber zum Bücherregal. Mein Blick fällt sofort auf das himmelblaue Tagebuch meines Originals. Mrs. Hamiltons Worte spuken mir durch den Kopf: *Sie ist dir ähnlich.* Natürlich hat sie damit nicht mich gemeint, sondern Elektra und Isabel. Vorstellen kann ich mir das nicht.

Vielleicht möchte ich es auch einfach nicht wahrhaben, weil Isa und ich schon vor Jahren beschlossen haben, die Hamiltons allesamt zu hassen.

Unsere Leben sind so unterschiedlich: Elektra ist in einem riesigen Haus mit einer Horde Kindermädchen und Angestellter aufgewachsen, hat die Ferien vermutlich an exotischen Orten auf der ganzen Welt verbracht und jeden Wunsch von den Augen abgelesen bekommen. Isabel und ich dagegen stehen, seit ich denken kann, jeden Morgen von Montag bis Samstag um sechs Uhr auf, hocken tagsüber in der Schule, spazieren abends noch eine Runde über den Sportplatz des Instituts oder gärtnern in den kleinen Gemüsebeeten hinter der Schwimmhalle. Na ja, ich habe gegärtnert, für Isabel war das nichts, außer ich konnte sie dazu überreden, mir zu helfen.

Das Gelände unseres Zuhauses – unseres Gefängnisses – haben wir nie verlassen. Es sei denn, unsere Eigentümer ließen uns abtransportieren für eine Operation. Selbst den Birkenhain, der hinter dem Institut auf einem Hügel lag, durften wir nur durch den Zaun betrachten. So etwas wie Wandertage gab es nicht.

Dass wir so leben mussten, dafür sind die Hamiltons verantwortlich. Es reicht schon, dass ich mit ihnen diesen halben Tag verbringen musste. Ich will nicht, dass meine Schwester oder ich auf irgendeine Art und Weise unserem Original ähnlich sind.

Um mir selbst zu beweisen, wie unrecht Mrs. Hamilton hat, blättere ich durch das Tagebuch. Und ich tue gut daran. Elektras Tagebuchbeschreibungen sind nicht mehr als oberflächliche Beschreibungen eines überprivilegierten Lebens:

Liebes Tagebuch, ich habe so viel zu berichten. Seit gestern besitze ich ein eigenes Pferd!! Konstantin!!! ... gerade sind Mom und ich aus Neu-Paris zurückgekommen ... Hektor ist so ein Arschloch ... die Schule nervt ... Heute habe ich auf einer Geburtstagsfeier Phaedre Kavanagh kennengelernt. Sie ist meine Cousine. Oder jedenfalls so was Ähnliches.

Das Gesicht eines erdbeerblonden Mädchens taucht in meiner Erinnerung auf, das die schulterlangen Haare zu zwei Zöpfen geflochten hat und mich aus großen Augen anstarrt. Die Kopfschmerzen setzen wieder ein und ich kneife die Augen kurz zusammen.

Phaedre, schießt es mir durch den Kopf, während ich gleichzeitig denke: *Diesem Mädchen bin ich in meinem ganzen Leben nie begegnet.*

Schnell blättere ich weiter. Auch vier Seiten später schreibt Elektra noch von Phaedre. Vielleicht ist es besser, das Tagebuch zur Seite zu legen. In fremden Erinnerungen zu lesen gehört sich ohnehin nicht. Es sei denn, sie sind als Buch veröffentlicht worden, nehme ich an. Andererseits ist Elektra tot.

Und ich besitze ihre Erinnerungen. Vielleicht. Einen Teil davon. Mir wird abwechselnd heiß und kalt. Das war es doch gerade, oder? Das Gesicht dieses Mädchens? Eine Erinnerung, die nicht mir gehört. Liegt das an Priamos Hamilton und seinem verdammten Apparat? Es mag ihm nicht gelungen sein, unsere Körper zu tauschen, aber vielleicht hat die Maschine irgendwelche Erinnerungsfetzen übertragen. Wie furchtbar. Ich will nicht mit Schlaglichtern aus dem Leben meines Originals durch die Welt rennen.

Plötzlich kommt mir ein erschreckender Gedanke: Ist Elektra vielleicht gar nicht tot? Liegt ihr bewusstloser Körper noch immer irgendwo in einem Krankenhausbett?

Sie kann nicht wach sein. Sonst hätte ihr Vater längst bemerkt, dass etwas nicht stimmt. Dass sie nicht ich ist. Oder hat man »mich« zurück ins Institut gebracht und hält mich dort für eine Verrückte? Weil »ich« behaupte, Elektra Hamilton zu sein?

Dieser Gedanke gefällt mir schon deutlich besser. Trotzdem kann ich das Zittern nicht unterdrücken, das meinen Körper erfasst.

Ich werfe einen Blick zur Glaswand. Die Sonne ist fast untergegangen. Das ist gut. Bald kann ich fliehen. Ich gehe zur Zimmertür, öffne sie einen Spalt und lausche. Aus dem unteren Stockwerk höre ich immer noch Geräusche: das Murmeln von Stimmen und Musik. Sabine Hamiltons Film ist nicht zu Ende.

Zum x-ten Mal überprüfe ich meinen Rucksack. Dann setze ich mich mit dem Tagebuch auf das Bett. Rastlos blättere ich weiter durch die Seiten. Starre auf die Fotos, die Elektra eingeklebt hat. Mit jedem Schnappschuss, mit jeder Zeile, die ich überfliege, ohne dass wieder ein fremdes Bild in meinem Kopf entsteht, atme ich auf.

Vielleicht war das gerade nur Einbildung. Ich habe dieses Mädchen, Phaedre, vorhin auf einem der Holo-Fotos an der Wand gesehen und mein Hirn hat mir einen Streich gespielt. So einfach ist das.

Aber was war mit dieser Erinnerung an diese Szene beim Swimmingpool? Priamos Hamilton, der mich ins Wasser wirft.

Hast du Angst?, wispert eine Stimme in meinem Kopf, und einen schrecklichen Sekundenbruchteil lang frage ich mich, ob es meine eigene ist oder die meines Originals.

Entschlossen blättere ich weiter.

In der Mitte des Buches verändert sich plötzlich Elektras Schrift: Sie sieht nun entschlossener aus, weniger kindlich. Sie malt die Buchstaben mit deutlich weniger Kringeln. Sie verwendet allerdings weiterhin pinkfarbene Glitzertinte.

Die Sätze, die sie aufs Papier gebannt hat, ziehen mir den Boden unter den Füßen weg. Ich möchte sie nicht lesen, möchte nichts von ihnen wissen, aber ich kann nicht anders. Wort für Wort offenbaren sie mir die grausame Wahrheit, machen mir deutlich, was wirklich passiert ist.

Dad sagt, ich soll mir keine Sorgen machen, aber ich habe trotzdem Angst. Egal, wie sicher die OP ist. Egal, wie gut die Medics sind. Ich meine, verdammt: Sie werden mir die Seite aufschneiden und meine Niere austauschen! Klingt nicht nach Spaß. Klingt auch nicht harmlos.

Warum musste das ausgerechnet jetzt passieren und nicht erst in ein paar Jahren? Dad behauptet, sie sind so nah dran. Onkel Kadmos nennt es das Klonprogramm 2.0. Dann müsste man mich nicht mehr aufschneiden und Organe transplantieren. Ich könnte mich einfach ins Bett legen, einschlafen, und am nächsten Morgen wache ich in einem neuen, unversehrten Körper auf. Ganz einfach. Ohne Schmerzen. Aber noch sind wir leider nicht so weit …

Das kann nicht sein. Das darf nicht sein!
Ich muss hier weg.

In welchem Albtraum befinde ich mich hier? Die seltsamen Bemerkungen mit den Hamiltons, ihre Anspielungen auf Gespräche, die wir angeblich geführt haben.

Du hast gestern so wütend reagiert, hallen Mrs. Hamiltons Worte durch meinen Kopf, *als du davon erfahren hast.*

Aber ich habe mich nicht mit ihr unterhalten. Ich glaube nicht, dass ich das einfach vergessen habe. Wenn ich es allerdings nicht war …

Und dann das, was ich im Tagebuch gelesen habe. Priamos Hamiltons verrückte Maschine funktioniert inzwischen! Und er hat versucht, das Bewusstsein seiner Tochter in meinen Körper einzupflanzen.

Aber etwas ging dabei schief. Ich bin nicht verschwunden. Mein Geist, meine Seele befindet sich nicht in ihrem Körper. Er ist noch immer hier. In meinem.

Und Elektras?

Du hast gestern so wütend reagiert …

Das darf alles nicht wahr sein!

Was geschieht hier? Schläft das Bewusstsein meines Originals irgendwo tief in mir? Wartet es wie ein Raubtier darauf, die Krallen in meinen Geist zu schlagen und ihn auseinanderzufetzen, bis in dieser Hülle aus Fleisch und Blut nur noch Platz für sie ist?

Die Worte, die mir vorhin durch den Kopf gingen – *Hast du Angst?* –, war das *tatsächlich* Elektra? Was, wenn sie die Kontrolle übernimmt und ihrem Vater erzählt, dass ich nicht verschwunden bin?

Plötzlich ist mir so heiß, dass ich die silberne Trainingsjacke ausziehe. Wie gern würde ich ein Fenster öffnen, aber das ist *in diesem beschissenen Haus* natürlich nicht möglich!

Die Innenwand meiner Nase beginnt zu brennen und ich hebe die Finger zum Gesicht, um nachzusehen, ob ich wieder blute. Nein. Noch nicht?

Die Arme fest um den Oberkörper geschlungen, gehe ich auf und ab.

Nach der OP hatte ich geglaubt, keine Angst mehr vor der Zukunft zu haben. Jetzt muss ich mir eingestehen, dass es meinen Eigentümern gelungen ist, mich auf eine neue Art zu missbrauchen. Im Bad spritze ich mir kaltes Wasser ins Gesicht und mustere mich im Spiegel.

»Du schaffst das«, flüstere ich, jene Worte wiederholend, die mir Isabel jedes Mal zugeraunt hat, wenn sie mir aus dem Bett geholfen und Laufen geübt hat.

Isabel. Der Gedanken an sie gibt mir Kraft. Ihr ist es gelungen, sich der Gewalt unserer Eigentümer zu entziehen. Und ich schaffe das auch. Ich muss es schaffen, schon allein für sie. Ich kenne Isabel. Wenn die Hamiltons mich in ihrer Gewalt haben, haben sie auch sie in der Hand. Und das kann ich nicht zulassen.

Ich zwinge mich, nicht die Nerven zu verlieren. Weiter abzuwarten. Es wird dunkel draußen, aber ich schalte kein Licht an. Die Tür habe ich nur angelehnt. So höre ich endlich leise Schritte, erst im Gang, dann über mir. Das Licht im Flur erlischt. Sabine Hamilton geht zu Bett.

Es wird ruhig im Haus.

Am liebsten würde ich sofort aufstehen und gehen; davonrennen, ehe noch irgendetwas Schreckliches passieren kann.

Aber ich zwinge mich zu warten: Sekunde um Sekunde, Minuten um Minute, bis eine halbe Stunde vergangen ist, dann noch eine. Es ist wichtig, dass die Hamiltons tief und fest schlafen, wenn ich von hier fliehe.

Mit geschultertem Rucksack schleiche ich durch den Flur. Sabines Trainingsjacke knistert seltsam bei jeder Bewegung. Sosehr ich mir ordentliche Stiefel wünsche, so froh bin ich gerade, dass meine Füße in den dicken Wollsocken auf dem glatten Flurboden und im Treppenhaus keine lauten Geräusche verursachen. Im Wald wird das Fehlen von Schuhen ein Problem werden, aber daran kann ich nichts ändern. Es wäre viel zu gefährlich, kostbare Zeit darauf zu verschwenden, jetzt durch dieses Haus zu geistern und weiterzusuchen.

Am Fuß der Treppe folge ich dem Gang bis zur Haustür. Sie besteht aus einem Material, das wie der schwarze Schiefer aussieht, mit dem der Boden in der Küche gekachelt ist. Mit vor Aufregung schweißfeuchten Fingern greife ich nach der ebenfalls schwarzen Klinke, drücke sie herunter – aber die Tür geht nicht auf. Sie ist abgeschlossen.

Mist. Aber das war zu erwarten.

Ich zwinge mich, nicht in Panik zu verfallen, sondern blicke mich im Flur um. Hoffentlich benutzen die Hamiltons nicht ihre Elastoscreens als Schlüsselkarten, sondern ganz gewöhnliche. Auf dem Sideboard sehe ich keine. An den Wänden ebenfalls nicht. Da entdecke ich den kleinen Monitor, der neben der Haustür in das weiße Plastik eingelassen ist, aus der alle Teile der Fassade zu bestehen scheinen, die nicht aus Glas sind. Er ist quadratisch und ungefähr zehn auf zehn Zentimeter groß.

Nervös lecke ich mir über die Lippen, stelle mich vor den Monitor und drücke die Spitze meines Zeigefingers auf das Display. Mit einem Zischen erwacht es zum Leben und flammt blau auf. Dann verwandelt sich das Display in einen Spiegel und reflektiert mein Gesicht. Zwei grüne Leuchtkreuze erscheinen auf dem Monitor, wuseln kurz wie in einem Computerspiel hin und her und frieren dann auf jenen Stellen ein, auf denen sich bei meinem Spiegelbild die Augen befinden.

Wieder ertönt ein leises Zischen, das Bild vor mir flackert kurz auf.

Der Monitor piept.

Elektra Hamilton.

Der Name meines Originals leuchtet mir hellgrün unter der Spiegelung meines Gesichts entgegen. Erleichtert atme ich auf.

Dann färbt sich die Schrift jedoch rot und die Buchstaben verändern sich. *Access denied.*

Nein! Geschockt greife ich nach der Klinke und versuche noch einmal, die Haustür zu öffnen: erfolglos.

Das kann nicht sein.

Panik kriecht in mir hoch, als ich mit meiner Fingerspitze über das Display wische, um das Gerät zu rebooten. Der Monitor wird schwarz, dann leuchtet er wieder kurz blau auf, zischt und spiegelt mein Gesicht. Die grünen Kreuze erscheinen. Das Spiel wiederholt sich. Das Gerät registriert mich als Elektra Hamilton, verweigert jedoch das Entsperren der Tür.

Nein!

Wenn selbst dieses Sicherheitssystem mich für Elektra hält, warum … Priamos Hamilton!

Er muss beschlossen haben, dass es besser für seine Tochter ist, wenn sie das Haus nicht verlässt. Oder war es seine Frau?

Ungläubig blicke ich immer wieder vom Display zur Haustür. Hier komme ich nicht weiter. Entschlossen schleiche ich mich durch das Haus und suche nach einer Hintertür. Aber die meisten Räume besitzen keine Fenster, sondern gewaltige Glasfassaden, die allerdings jetzt schwarz eingefärbt sind.

Mehr als kleine Lüftungsspalten an ihren Seiten kann man nicht öffnen. Im unteren Stockwerk entdecke ich hinter Priamos' Arbeitszimmer einen Raum, der größer ist als der Grundriss der Etage darüber. Ein Indoor-Swimmingpool befindet sich darin. Ich habe ihn schon einmal gesehen. In dieser seltsamen Erinnerung, in der mich Priamos Hamilton als kleines

Mädchen ins Wasser geworfen hat. Gänsehaut überzieht meine Arme und den Nacken. Das kann nicht sein. Sprachlos starre ich auf die glatte Wasseroberfläche, der Geruch von Chlor brennt in meiner Nase. Eine Weile lang stehe ich nur da und weiß nicht, was ich denken soll. Dann drehe ich mich um, und schleiche mich in das Schlafzimmer zurück.

Komme ich irgendwie aufs Dach und von dort aus vom Haus? Ich bezweifle es. Und ich weiß auch nicht, wie tief es auf den anderen Seiten des Hauses hinabgeht. Ich lasse den Rucksack neben das Bett fallen und blicke hinaus in die Nacht. Wolken ziehen über den Mond. Tief unter mir glitzert das Flusswasser spöttisch auf seinem Weg durch den Wald. Fort von hier.

Fort von hier.

Egal, was es kostet. Um jeden Preis.

Mir fällt etwas ein. Der Gedanke ist gewagt.

Aber habe ich eine andere Wahl?

Kapitel 16

Das ist verrückt, flüstern mir meine Zweifel zu. *Du bist verrückt.* Oder ist es mein Verstand?

Ich beschließe, die warnende Stimme in meinem Inneren zu ignorieren, als ich die Plastiklehne des Drehstuhls packe, der vor dem Schreibtisch steht.

Es ist schließlich nicht so, als ob es viele andere Möglichkeiten gäbe. Eins ist sonnenklar: Wenn ich hierbleibe, ist das mein Untergang. Selbst, wenn es mir gelingt, die Scharade aufrechtzuerhalten und mich weiterhin als mein Original auszugeben – etwas, das höchst unwahrscheinlich ist –, wird dies spätestens zu meinem Verhängnis, wenn Priamos Hamilton mich an seinen seltsamen Bewusstseinstauscher anschließt. Und wenn dies geschieht, ist es nicht nur um mich geschehen, sondern auch um Isabel.

Entschlossen ziehe ich den Stuhl hinter mir her durch den Raum. Neben dem Bett bleibe ich stehen. Einen Augenblick lang blicke ich erst auf die Glasfront neben mir und dann hinüber zur Tür. Was ich vorhabe, wird nicht gerade leise sein.

Was wiederum bedeutet, dass mir nicht viel Zeit bleibt.

Ehe ich es mir anders überlegen kann, schließe ich den Reißverschluss der Trainingsjacke, schultere den schwarzen Rucksack und ziehe die Bänder straff, damit er gut sitzt.

Wenn das mal nicht schiefgeht …

Ich wische mir die schweißfeuchten Handflächen an meinen Hosenbeinen ab, packe den Stuhl an der Lehne und hebe ihn hoch.

Dafür, dass er so klein aussieht, ist er ganz schön schwer. Aber das ist gut.

Weil ich mehr Platz brauche, stelle ich den Stuhl noch mal ab und schiebe ihn nach vorne.

Dann ist es so weit. Ich achte auf einen festen Stand, hebe den Drehstuhl, gehe leicht in die Knie und drehe meinen Oberkörper ein wie beim Kugelstoßen. Schweiß sammelt sich unter meinen Achseln und mein Atem geht flach und schnell, dabei liegt der schwierige Teil noch vor mir.

Keine Zeit für Zweifel.

Mit einem unterdrückten Stöhnen drehe ich mich mit Schwung aus der Hüfte und schmettere das Fußkreuz des Stuhls mit aller Kraft gegen die Glasfassade. Das Stuhlgestell ist aus Metall. Ich hoffe, es genügt.

Der Stuhl prallt gegen die durchsichtige Scheibe, ich spüre die Erschütterung bis hinauf in meine Oberarme und Schultern. Mein verzweifelter Versuch, das Glas zum Zerbrechen zu bringen, geht jedoch schief.

Die Fassade dröhnt gewaltig, aber sie hält. Der Rückstoß reißt mir den Stuhl aus der Hand. Er kommt mit einem lauten Krachen auf dem Boden auf. Eine der Rollen kullert davon. Ob sie beim Aufprall an der Scheibe abgerissen wurde oder bei dem am Boden, kann ich nicht sagen. Sowohl aus Schmerz als auch aus Frustration stöhne ich laut auf; ich kann es nicht unterdrücken. Meine beiden Arme fühlen sich an, als hätte ich den Muskelkater meines Lebens, und Tränen schießen mir in die Augen.

Doch dafür ist keine Zeit. Ohne weiter darüber nachzudenken, hechte ich nach vorne, schnappe mir den Stuhl und donnere ihn ein zweites Mal an die Scheibe.

Mit dem gleichen niederschmetternden Ergebnis.

Der Bürostuhl scheint stärker in Mitleidenschaft gezogen als die Scheibe, die nicht mehr als einen schartigen Kratzer abbekommen hat.

Vielleicht ist das ein Anfang.

Hektisch wische ich mir den Schweiß aus der Stirn, bevor er mir in die Augen laufen kann. Dann lasse ich den Rucksack von den Schultern gleiten und werfe ihn neben das Bett; ich brauche mehr Bewegungsfreiheit. Habe ich ein knackendes Geräusch gehört, als ich das Fußkreuz zum zweiten Mal gegen die Scheibe geschleudert habe? Oder wünsche ich mir das nur?

Noch einmal schnappe ich mir den Stuhl. Diesmal muss es klappen.

Zur gleichen Zeit, als das Metallgestell und die Rollen gegen die Scheibe donnern und mir der Schmerz wie Feuer durch die Venen meiner Arme nach oben rast, fliegt die Tür zum Zimmer auf.

»Was zur Hölle …!«

Der Bürostuhl schlägt auf dem Boden auf und ich drehe mich entsetzt zu Priamos und Sabine Hamilton um, die mich vom Flur aus schockiert und verwirrt anblicken.

Zu spät.

»Lexi …« Sabine Hamilton kommt ins Zimmer, bleibt aber nach drei Schritten stehen und starrt abwechselnd den Stuhl, mich und die Glaswand an.

»Was tust du da?« Priamos Hamilton klingt weniger besorgt, sondern eher wütend.

Nun muss alles ganz schnell gehen, sonst bin ich verloren.

»Ich …«, beginne ich und lasse zu, dass man all die Verzweiflung aus meiner Stimme heraushört, die ich wirklich empfinde. Dabei weiß ich noch gar nicht, was ich als Nächstes sagen werde. Stattdessen stolpere ich nach vorne und schiebe mit meinem Fuß so gut wie möglich den Rucksack unter das Bett, den man dem Himmel sei Dank von der Tür aus nicht sehen kann.

»Ich …«, wiederhole ich mich und breche ab. Statt weiterzusprechen oder weiterzugehen, lasse ich mich zu Boden fallen und meinen Tränen freien Lauf.

Sabine und Priamos – das muss ich ihnen lassen: Sie beide kommen durch den Raum gestürzt, knien sich neben mich und ziehen mich in ihre Arme.

Mrs. Hamilton streichelt mir wieder und wieder über mein Haar. Ich heule ihr den Mantel voll, aber das scheint ihr egal zu sein. »Was ist los, Liebling?«, fragt sie sanft. »Was machst du denn?«

»Es hat sich angefühlt, als würde ich ersticken«, beginne ich mit der Wahrheit und suche verzweifelt nach einer glaubhaften Ausrede. Die seltsame Röhre, die mir Priamos Hamilton in seinem Büro gezeigt hat, blitzt vor meinem inneren Auge auf. »Als würde ich in einem Glassarg liegen.« Fesseln, die mich auf die Krankenhausbahre schnallen. »Ich könnte mich nicht bewegen. Plötzlich hatte ich so viel Angst. Ich wollte nur noch hier raus.«

»Du hast dich erinnert.« Priamos Hamilton klingt plötzlich ganz sanft und greift nach meiner Hand. Obwohl ich meine ganze Willenskraft aufbiete, gelingt es mir nicht, ein Zusammenzucken zu verhindern. »Keine Angst«, kommentiert er das ruhig. »Wir sind da. Mom und ich sind bei dir.«

Wieder wallen Tränen in mir auf. Das hier ist alles so falsch. »Ich hab nicht nachgedacht«, behaupte ich, obwohl ich in den letzten Stunden nichts anderes getan habe. »Ich bin aufgewacht und einfach durchgedreht. Ich weiß selbst nicht, was ich mir dabei gedacht habe.«

Meine Sicht ist verschwommen, als ich zum Drehstuhl hinüberblicke, der mit abgebrochener Fußrolle auf dem Boden liegt.

»Es war nur ein Albtraum«, erklärt Priamos Hamilton. »Du hast eine ganze Zeit lang in einem MediTank gelegen. Dein Unterbewusstsein hat sich daran erinnert.«

»Du bist jetzt sicher, Liebling«, verspricht Sabine mir ebenfalls. »Alles ist gut. Alles wird gut.«

Nichts ist gut.

»Es tut mir leid«, behaupte ich. »Ich bin müde.«

Ich möchte einfach, dass die beiden gehen und mich in Ruhe lassen. Aber es dauert eine ganze Weile, bis ich sie abschüttle. Sie warten ab, während ich im Bad bin und mir das Gesicht wasche. Meine Arme schmerzen, meine Kehle ist wie zugeschnürt und ich kann nicht aufhören zu zittern. Außerdem beginnt meine Nase wieder zu bluten, doch das kann ich stoppen, indem ich ein nasses Tuch für ein paar Sekunden auf die Wunde drücke.

Ich darf mich nicht aufregen.

Nicht allzu sehr, jedenfalls, schließlich war es doch nur ein Albtraum.

Am schlimmsten ist, dass sie beide abwarten, bis ich Mrs. Hamiltons Trainingsanzug und die Socken ausgezogen habe und in einem neuen Nachtleibchen ins Bett steige. Priamos Hamilton hat immerhin den Anstand besessen, sich währenddessen von mir wegzudrehen.

Mrs. Hamilton deckt mich zu und setzt sich auf die Bettkante. »Möchtest du noch mal eine warme Milch mit Honig?«

Ich schüttle den Kopf. *Ich möchte, dass ihr geht.*

Priamos Hamilton hebt den abgebrochenen Rollfuß auf, wiegt ihn in der Hand und betrachtet ihn nachdenklich. Dann legt er ihn auf den Schreibtisch, wendet sich mir zu und blickt mich ernst an.

»Mach dir keine Sorgen«, sagt er, aber seine versteinerte Miene verstärkt meine Angst. »Dr. Schreiber ist leider schon in China. Er ist vorgeflogen. Sobald wir zurück sind, bringe ich ihn her, damit er dich durchcheckt. Ich bin sicher, er kann etwas gegen diese Albträume tun.«

Mir wird eiskalt.

Denn plötzlich erinnere ich mich. An alles.

Kapitel 17

Dr. Schreiber, der mich im Aufzug nach unten bringt. Nicht in die Tiefgarage.
　Priamos Hamilton in diesem Raum. Der Plastiktank. Die vielen Schläuche. Diese rote, glibberige Masse!
　»Sie sieht furchtbar aus.«
　»Elektra wird ausrasten.«
　»Hör auf! Hier unten hört dich sowieso niemand …«

Was Priamos und seine Frau zu mir sagen, nehme ich nur noch wie durch einen Nebel wahr. *Du darfst dir nichts anmerken lassen*, denke ich wieder und wieder. *Sie dürfen nichts merken.*
　Also schließe ich die Augen und rolle mich auf der Seite ein, packe mein Kopfkissen fest mit beiden Armen, um mein Zittern möglichst zu unterdrücken. Es gelingt mir nicht ganz, aber offenbar gut genug. Endlich gehen die beiden. Ich lausche auf ihre Schritte, bis sie verklingen und es im Haus wieder still wird. Unruhig wälze ich mich im Bett hin und her. Und nun? Den Rucksack haben die beiden dem Himmel sei Dank nicht entdeckt. Aber was nutzt das schon: Noch mögen sie mich für ihre Tochter halten. Trotzdem behandeln sie mich wie eine Gefangene.

Wenn ich bleibe, werden sie diesen schrecklichen Menschen holen. Ich weigere mich, ihn Arzt zu nennen. Er wird versuchen, mir in den Kopf zu gucken und vermutlich schnell erkennen, dass ich nicht Elektra bin. Und dann habe ich keine Chance mehr. Sie werden noch einmal versuchen, den Geist meines Originals in meinen Körper zu verpflanzen und mich daraus zu vertreiben, wie bei einem Exorzismus. Wohin wird mein Geist gehen, wenn ihnen das gelingt?

Oder, noch schlimmer, sie merken zunächst nichts und schließen nicht nur mich, sondern auch Isabel an ihre seltsame Apparatur an und tauschen unseren Geist. Selbst wenn er dann richtig funktioniert, sind wir beide verloren.

Und das kann ich nicht zulassen.

Meine Schwester hat mich in den vergangenen drei Jahren immer beschützt. Jetzt wird es Zeit, dass ich mich dafür revanchiere.

Ich setze mich aufrecht hin und ziehe den Rucksack unter dem Bett hervor.

Einen Ausweg gibt es noch.

Das Licht im Badezimmer ist unbarmherzig. Es verstärkt die Schatten unter meinen eingesunkenen Augen und konturiert die scharfen Kanten meiner Wangenknochen. Ich sehe erbärmlich aus. Das meint Isabel also, wenn sie mich ständig drängt, mehr zu essen. Was hat Aubrey in mir gesehen, dass er mich tatsächlich geküsst hat? Ich bin ein abgemagertes, gerupftes Huhn im Vergleich zu meiner schönen Schwester.

Und meine Augen. Im Institut hat Vanessa sie einmal als stumpfe Kohlen bezeichnet, als sie glaubte, ich würde sie nicht hören. Jetzt glänzen sie so intensiv, als würden sie brennen.

Liegt das an dir, Elektra? Wo steckst du?

Ich beuge meinen Oberkörper vor, bis meine Nasenspitze fast die Spiegeloberfläche berührt. Blickt mir da jemand anderes entgegen? Richtet mein Original seinen trotzigen Blick auf mich? Oder bin da nur ich?

Der Gedanke, dass Elektra Hamilton stumm in meinem Kopf darauf lauert, mir das Bewusstsein zu stehlen, wie sie mir auch meine Niere gestohlen hat, ist …

Seltsam. Kurz zucken meine Mundwinkel, denn im ersten Moment glaubte ich, der Gedanke sei beängstigend, aber das ist er nicht. Ich empfinde keine Angst. Das Gefühl, das meinen Körper flutet und immer weiter nach oben steigt, ist kalter Hass: auf die Hamiltons für das, was sie uns antun, auf Elektra im Besonderen.

Sie hat sich nie um uns geschert. Hat sie überhaupt einen Gedanken an den Menschen verschwendet, dem sie ihre neue Niere verdankt hat? Vermutlich nicht. Alles, was sie kann, ist nehmen.

Und das muss aufhören.

Bevor sie Isabel auch noch verschlingt.

Sind wir mal ehrlich, mein Leben hat Elektra Hamilton bereits längst zerstört. In den letzten drei Jahren war ich nicht viel mehr als ein Phantom, das durch die Flure des Instituts gegeistert ist. Sieht man einmal von den letzten Wochen ab. Als sie meine Schwester abgeholt haben, ist die Angst so stark zurückgekehrt, dass ich fürchtete, darüber den Verstand zu verlieren. Und als Aubrey mich erst getröstet und dann geküsst hat …

Stopp!

Ich richte meinen Oberkörper kerzengerade auf und atme tief durch. Eine Locke ist mir in die Stirn gefallen und ich schiebe sie mir hinters Ohr. Früher hat Isabel das oft für mich gemacht.

»Ich hab dich lieb«, flüstere ich leise, als könnten diese Worte durch Raum und Zeit dringen und Isabel erreichen. »Lass dich von ihnen nicht unterkriegen.«

Und das werde ich auch nicht.

Elektra Hamilton wird weder mich, noch Isabel bekommen. Dafür werde ich sorgen.

Mein Finger zittern kein bisschen, als ich den Gegenstand, den ich mitgebracht habe, von der Ablage nehme. Das elektrische Licht gleißt auf dem Taschenmesser. Bereits vorhin habe ich es aufspringen lassen. Die zeigefingerlange Klinge sieht scharf aus.

Scharf genug jedenfalls.

Ob es schwierig sein wird, mit der Messerspitze die Haut an meinem Unterarm zu durchstechen? Wie tief und lang muss der Schnitt sein? Gleich werde ich es herausfinden. Kühl fühlt sich die Schneide auf meinem Handgelenk an, während dieses glüht.

Die Hamiltons halten sich für so klug.

Sie haben mich und Isabel als Back-up-Körper ihrer Tochter hergestellt. Sie haben eine Maschine entwickelt, die es ihnen erlaubt, auch den letzten Rest Leben in unseren Körpern auszulöschen, damit sie es sich selbst darin gemütlich machen können.

Elektra hat sich bereits in mir eingenistet, und jetzt lauert sie wie in eine Spinne auf ihr nächstes Opfer: Isabel.

»Diesmal gewinnst du nicht«, flüstere ich trotzig und blicke noch einmal auf, um im Spiegelbild meiner Augen nach ihrem Blick zu suchen.

Und da sehe ich sie: Sie lächelt mir entgegen, kühl und überheblich, wie auf zahlreichen Hochglanzfotos und Netvids, die ich und Isabel von ihr gesehen haben.

Aber das kann nicht sein.

Es ergibt keinen Sinn.

Sie muss doch sehen, was ich vorhabe, und begreifen, was das bedeutet: Wenn ich sterbe, hier und jetzt, wenn ich heute Nacht meinen Körper völlig ausbluten lasse, dann ist es für sie zu spät. Sie mag wie ein Parasit ihre Klauen in mich geschlagen haben, um meinen Geist langsam zu ersticken. Aber wenn ich schnell genug bin, hat sie dazu keine Gelegenheit. Wenn ich tot bin, ehe ihr Vater sie und Isabel an seine Maschine anschließen kann; wenn ich tot bin, ehe sie die Kontrolle über diesen Körper übernimmt, hat sie verloren. Ich bin im Haus der Hamiltons gefangen, aber jetzt, in diesem Moment, bin ich Elektras Gefängniswärterin. Ihr Geist ist eingesperrt in mir. Wenn dieser Körper stirbt, sterben wir beide. Keine Technik der Welt kann das ungeschehen machen. Sie sollte also ängstlich sein, verzweifelt.

Doch sie wirkt überlegen. Als hätte sie gewonnen.

Und da begreife ich, dass ich nicht Elektra im Spiegel sehe, sondern nur mich selbst. In diesem einen Moment, ausgerechnet jetzt, wo ich die Kraft gefunden habe, mir das Leben zu nehmen, begreife ich, dass ich meinem Original ähnlicher bin, als ich wahrhaben will.

Klon Nr. 2066-VI-002 war nicht immer ein Phantom. Kelsey, das kleine Mädchen im Institut, war früher eine Kämpferin. Es gab eine Zeit, da war sie es, die Isabel beschützt hat, nicht umgekehrt. Das alles hat sich erst mit dieser schrecklichen Operation geändert.

Und diese Kelsey blickt mir aus dem Spiegel entgegen. Sie ist bereit, zu kämpfen. Sie hat sich nur für die falsche Taktik entschieden.

Ich öffne die Finger und lasse das Taschenmesser fallen. Es kommt klappernd auf den Fliesen auf. Ich beachte es gar nicht. Ich beobachte diese alte Bekannte vor mir, die sich viel zu lange nicht mehr hat blicken lassen. Ich dachte, sie sei tot. Aber das ist sie nicht. Sie ist noch da. Sie ist noch in mir.

Und sie ist stark genug, es mit Elektra Hamilton aufzunehmen.

Die Lippen der Kelsey im Spiegel pressen sich zu einem schmalen Strich zusammen, ihre Augen verengen sich und blitzen entschlossen.

Wir nicken uns zu.

Ehe ich es mir anders überlegen kann, drehe ich mich um, gehe ins Schlafzimmer zurück und schnappe mir Elektras Tagebuch und diesen albernen Glitzerstift.

Ich blättere nach vorne, bis ich eine freie Seite finde. Die Worte schreiben sich wie von selbst:

»Ich wette, jetzt wärst du froh, wenn du mir meine Niere gelassen hättest.«

Kapitel 18

Geschockt starre ich auf die Worte vor mir.
Das kann nicht sein.
Das ist unmöglich.
Sie hat die Worte hineingeschrieben, ich weiß es. Wo versteckt sie sich?
Gehetzt blicke ich mich in meinem Zimmer um, dabei weiß ich doch schon längst, wo sie ist. Sie liegt nicht unter meinem Bett oder verbirgt sich im Schrank. Mit einem leisen Wimmern, das in meinen eigenen Ohren erbärmlich klingt, werfe ich das Buch von mir, krieche aus dem Bett und stürze ins Badezimmer.
Das ist mein Körper, höre ich ein Flüstern in meinem Kopf, und gerade bin ich mir nicht sicher, ob ich das bin oder der Klon.
Fuck!
Dieses ausgemergelte Gestell, in das Dad mich verpflanzt hat, macht nicht viel her. Trotzdem muss ich mich durch einen Blick in den Spiegel überzeugen, dass darin immer noch ich stecke; nur ich!
Weil jeder andere Gedanke unmöglich ist.
So unmöglich, wie die Übertragung eines Geistes in einen anderen Körper?
Bis zum Spiegel komme ich jedoch gar nicht. Als ich die Tür zum Badezimmer aufreiße, fällt mein Blick auf den Gegen-

stand auf dem Boden: ein Schweizer Taschenmesser, die Klinge ausgeklappt. Sie sieht scharf aus.

Ob es schwierig sein wird, mit der Messerspitze die Haut an meinem Unterarm zu durchstechen?

Ich weiche zurück, ziehe die Tür wieder zu, damit ich das Messer nicht mehr anblicken muss. Wo dieser Gedanke hergekommen ist, weiß ich nicht – *doch, du weißt es –*, aber er stammt mit Sicherheit nicht von mir. Fuck! Fuck! Fuck!

Wie eine Wahnsinnige hämmere ich mit der Faust an die Wand hinter meinem Bett.

Es dauert nur Sekunden, bis Hektor die Tür zu meinem Zimmer aufreißt. Er stolpert mehr in den Raum, als dass er läuft. Als er mich zitternd, mit um den Oberkörper umschlungenen Armen auf dem Bett kniend sieht, stürzt er auf mich zu und zieht mich an sich.

»Was ist passiert?«, fragt er leise.

»Im Bad …«, flüstere ich. Ist einfacher, als zu sagen: *In meinem Körper.*

Hektor blickt mich verwirrt an, steht auf und geht hinüber in den angrenzenden Raum.

»Ist das mein Taschenmesser?«

Ich nicke. Das habe ich bereits vermutet. Onkel Kadmos hat es ihm zu seinem zehnten Geburtstag geschenkt, ich kann mich noch gut daran erinnern.

»Was …?!« Hektor hebt das Messer auf und dreht sich zu mir um. Seine Augen verengen sich zu Schlitzen. »Was wolltest du damit?«

»Das war ich nicht.«

»Ela …«

»Wir sind nicht allein …«, flüstere ich, umklammere mit meiner Rechten das eigene Handgelenk und presse mir die linke Faust gegen die Lippen. Als würde das irgendwas nutzen.

Hektor blickt mich an, als habe ich den Verstand verloren. Und vielleicht habe ich das ja auch.

Dann zeige ich ihm das Tagebuch.

»Warst du das?«, fragt er scharf. »Das ist nicht witzig.«

Verletzt nehme ich ihm das Buch wieder ab. »Glaub mir, ich kann darüber auch nicht lachen.«

»Ela …«, beginnt er besorgt und wir schauen uns ratlos an. Mit den Fingern fährt er mir sanft über die Wangenknochen. »Wie …«

»Bei der Transplantation«, fast stolpere ich über das Wort. »Was für eine Scheiße! Etwas muss schiefgegangen sein. Ich bin in diesem Körper. Aber ich glaube, *sie* ist auch noch da.«

»Kelsey …«, murmelt er und ich versteife mich.

»Was?!«

»So heißt sie.« Mein Bruder rutscht auf der Bettdecke unruhig hin und her. »So heißt dein Klon.«

»Hast du sie auch kennengelernt?«

Er schüttelt den Kopf. »Isabel hat mir von ihr erzählt.«

Isabel. Natürlich. Wut kocht in mir hoch. Wut darauf, dass er ihren Namen auf eine Art und Weise ausspricht, als würde sie ihm etwas bedeuten. Dabei kennt er sie doch kaum. Und überhaupt. Sie ist nicht mehr als eine Kopie. *Ich* bin seine Schwester.

»Sie glaubt, Kelsey ist tot«, erzählt Hektor mir. »Dad hat behauptet, sie wäre bei einem Unfall gestorben.«

»Vielleicht ist sie das ja auch. Und deshalb …«

Hektor schnaubt. »Wenn sie tot wäre, hätte sie kaum diesen Satz in dein Tagebuch geschrieben.«

Er schaut mich ernst an. »Dieser Ausraster gestern Nacht …«

Ich nicke. »Das war nicht ich. Das Letzte, an das ich mich erinnern kann, ist, dass Mom mir eine warme Milch mit Honig gebracht hat, wie früher. Ich bin eingeschlafen und …«

Er blickt mich angespannt an und ich merke, wie auch meine Hände wieder anfangen, leicht zu zittern. »Ich glaube, gestern Nacht, das war *sie*. Der Klon. Sie ist noch da. *In mir*.«

Eigentlich hoffe ich, dass er mich in den Arm nimmt und mich tröstet, mir versichert, dass alles gut wird. Stattdessen sagt er: »Wir müssen Isabel informieren.«

»Was?!«

»Kelsey ist ihre Schwester.«

»Sie sind Klone!«

»Ela …«

»Hektor! *Ich* bin deine Schwester, schon vergessen?«

»Unsinn.«

»Sie muss verschwinden.«

»Ela …«, beginnt er noch einmal, aber ich schneide ihm das Wort ab. »Was soll das bringen, deiner Isabel Bescheid zu sagen? Diese Kelsey muss weg, und zwar so schnell wie möglich. Was ist, wenn sie noch einmal mein Bewusstsein übernimmt? Dad …«

»Der ist schon abgereist.«

»Shit. Gib mir deinen Elastoscreen.«

»Du kannst ihn nicht anrufen.« Hektor klingt unerbittlich.

»Warum nicht? Er muss mir helfen.«

»Dad hilft nur sich selbst«, herrscht er mich an. »Hast du das noch nicht begriffen? Er ist schuld an diesem ganzen Schlamassel.«

»Das ist nicht wahr. Er will nur unser Bestes.«

»Er will nur das Beste für die Firma, und das weißt du.«

Ich schüttle den Kopf. »Nein. Dad liebt uns.«

»Er liebt seine Vorstellung von uns.«

»Schwachsinn.«

Hektors Augen funkeln. »Ich weiß, es ist furchtbar, so etwas über den eigenen Vater zu sagen. Aber glaubst du wirklich, wir würden hier sitzen, wenn Dad uns lieben würde? So lieben würde, wie wir sind? Erinnerst du dich nicht daran, wie viel ihr euch gestritten habt, kurz vor … davor eben. Ich weiß nicht, wie er dich dazu gebracht hat, in diesen beschissenen Verlobungsvertrag einzuwilligen …«

Mir läuft es eiskalt den Rücken herunter.

Du wirst diesen Jungen nie wieder sehen, höre ich plötzlich Dads Stimme ganz nah an meinem Ohr. Sie klingt kalt und berechnend. Etwas blendet mich: Lichtstrahlen in Kristall. *Niemals wieder, Lexi. Verstanden?*

Es fühlt sich so an, als hätte eine gewaltige Woge Meereswasser mich unter sich begraben.

»Ela?«

Als ich die Berührung auf meiner Hand spüre, zucke ich zusammen, weil es den Bruchteil einer Sekunde dauert, bis ich begreife, dass das Hektors Finger sind, die sich nach meinen ausstrecken.

»Ich weiß es nicht …«, flüstere ich. »Ich weiß nicht, was vor meinem Unfall passiert ist.«

Und das ist die Wahrheit. Da ist nur diese kalte, undurchdringliche Schwärze, wenn ich versuche, mich zu erinnern. Keine Ahnung, ob dieses seltsame Bild der Wahrheit entspricht, das mir gerade durch den Kopf ging. Vielleicht gehört es gar nicht mir, sondern dieser Kelsey.

Plötzlich bin ich mir aber selbst nicht mehr sicher, ob es eine gute Idee ist, mit Dad zu sprechen. Etwas in mir hat Angst vor ihm. Ist es mein Klon? Oder bin ich das?

Er würde mir niemals etwas tun, da bin ich mir sicher.

Und trotzdem ist da diese Unruhe. Diese Furcht. Und die beschissenen Kopfschmerzen, die ausgerechnet jetzt zurückkommen. Argh! Meine Finger krallen sich in meine Locken.

Das. Ist Alles. So beschissen unfair!

»Es gibt noch einen weiteren Grund, weshalb wir es Isabel sagen sollten.«

»Welchen?«, fauche ich, weil ich allmählich die Schnauze voll davon habe, dass er schon wieder von meinem Klon spricht, als wäre er ein ganz normaler Mensch.

Hektor ignoriert meinen Tonfall. »Polina.«

Wovon zur Hölle spricht er? »Polina?« Im gleichen Moment, in dem ich ihren Namen ausspreche, dämmert es mir. »Von Halmen?« Phillips Mutter. Meine künftige Schwiegermutter.

Hektor nickt. »Diese Geist-zu-Geist-Transplantation ... Dass Dad dein Bewusstsein in Kelseys Körper einbetten konnte. Ich wette, das ist ihm nur mithilfe der Unterlagen von ihr gelungen.«

»Was für Unterlagen?«

»Du weißt schon. Ihre Forschungsergebnisse, die sie vor Jahren mitgenommen hat, als sie aus der Firma ausgestiegen ist.«

»Sie hat sie doch noch rausgerückt?« Das überrascht mich. Dad war überzeugt, dass er sie ihr während der Verhandlungen über den Eheschließungsvertrag aus den Rippen leiern kann. Er hat sich geirrt. In den Wochen vor der Vertragsunterzeichnung sah es ganz so aus, als bräuchte meine Familie die von Halmens dringender als die uns. Scheint so, als habe Polina jetzt doch nachgegeben.

»Phillip hat sie überzeugt«, verrät Hektor.

»Ernsthaft? Warum?«

Aber noch ehe mein Bruder antwortet, wird mir auch das klar. Als er es ausspricht, kann ich nicht anders, als mit den Augen zu rollen.

»Isabel.«

»Natürlich.«

»Sie ist kein schlechter Mensch, Ela.«

»Sie ist überhaupt kein Mensch. Jedenfalls kein richtiger.«

Hektor verschränkt die Arme. »Das glaubst du doch selbst nicht. Du bist nur ... sauer.«

»Ich bin nicht *sauer*.«

»Dabei kann sie gar nichts für das alles.«

»Denkst du vielleicht ich?!«

»Jetzt werd nicht gleich zur Kratzbürste.«

Ich schließe die Augen, hole tief Luft und zähle stumm bis fünf. »Also gut«, versuche ich es dann noch einmal, »wie, glaubst du, könnten mir Polina von Halmen und diese Isabel helfen?«

Er lächelt, vermutlich, weil er mich ihren Namen aussprechen hört. Hektor mag vom Gegenteil überzeugt sein, aber im Grunde ist er so berechenbar.

»Wenn du recht hast, dann ist diese Kelsey noch irgendwie ... in dir drin.«

Ich schaudere.

»Tut mir leid, wenn ich es so krass ausdrücke. Ich weiß nicht ...«

»Schon gut. Sprich einfach weiter.«

»Warum das der Fall sein könnte, und wie wir sie aus dir herausbekommen, dabei könnte uns vielleicht Polina helfen.«

»Und du glaubst, sie wird uns helfen.«

»Ich hoffe es.«

»Ohne Dad etwas davon zu sagen?«

»Polina kann Dad nicht ausstehen«, erinnert er mich. »Aber sie mag Isabel.«

»Weiß sie, dass sie ein Klon ist?«

»Ja«, Hektor nickt ernst. »Deshalb hat Dad die Hosen auch so gestrichen voll. Die ganze Sache ist ziemlich aus dem Ruder gelaufen. Der Eheschließungsvertrag hat zwar noch Bestand, aber im Grunde genommen haben die von Halmens Dad in der Hand.«

»Warum halten sie den Mund? Warum gehen sie mit der Geschichte nicht an die Öffentlichkeit?«

»Weil Frederic von Halmen noch immer unser Geld braucht, wenn er wirklich Präsident werden will. Außerdem haben sich Phillip und Isabel tatsächlich ineinander verliebt.«

»Jetzt verarschst du mich. Wir sind doch nicht in einem beschissenen Märchen.«

Hektor mustert mich streng. »Man kann sich nicht aussuchen, in wen man sich verliebt. Das weißt du ebenso gut wie ich.«

Zeit für einen Themawechsel. Ich will jetzt nicht über Julian sprechen. »Was passiert, wenn Polina sich weigert, mir zu helfen?«

»Das wird sie nicht.«

»Und was, wenn doch? Deine Isabel wird kaum zulassen, dass wir ihre Klon-Schwester exorzieren.«

»Zusammen fällt uns schon was ein.«

Zweifelnd blicke ich ihn an, dann beuge ich mich nach vorne und flüchte wieder in seine Arme. Hektor drückt mich an sich und streichelt mir den Rücken. »Wenn alles schiefgeht, können wir immer noch Dad kontaktieren«, verspricht er, aber ich bin mir gar nicht sicher, ob ich das noch will. Falls wir uns nämlich doch in einem Märchen befinden, dann ist Dad offenbar der Bösewicht und Isabel die Prinzessin.

Zu was macht das mich?

Kapitel 19

Der Plan sieht wie folgt aus:

Hektor spricht mit Isabel und bittet sie, nach Prometheus Lodge zu kommen.

Wir zeigen ihr das Tagebuch.

Wir hoffen, dass sie bereit ist, uns zu helfen, weil sie ihrer Schwester helfen will. Dem Ding in mir drin. Und wir hoffen, dass es ihr gelingt, Phillip und dessen Mutter zu überzeugen, das ebenfalls zu tun.

Es ist ein beschissener Plan, aber ein besserer fällt uns nicht ein.

Ich tigere im Haus auf und ab, als wäre ich McGonagall, während ich darauf warte, dass Hektor mit meinem Klon zurückkommt. Weil ich etwas müde werde, mache ich mir einen Kaffee. Auf keinen Fall will ich einschlafen. Was, wenn *sie* dann wieder die Kontrolle übernimmt? Keine Ahnung, was sie plant, aber Hektors Taschenmesser im Badezimmer zu finden hat mir gereicht. Dem Himmel sei Dank hat er es eingesteckt und mitgenommen. Was wollte die Bitch damit? Während die Maschine die Bohnen mahlt, betrachte ich mein dürres Handgelenk. Nachdenklich balle ich die Finger zur Faust, drücke sie ein paar Mal zusammen und beobachte, wie meine Adern blau hervortreten.

Als zischend Milchschaum in die Tasse läuft, zucke ich erschrocken zusammen. Der Kaffee ist so heiß, dass ich mir beinahe Lippen und Zungenspitze verbrenne, aber das ist mir egal.

Der Schmerz tut mir sogar fast gut. Wenigstens spüre ich *etwas* ...

Als mir dieser Gedanke durch den Kopf schießt, zucke ich wieder zusammen, weil ich mir fast sicher bin, dass er nicht von mir stammt.

Wenn ich Dr. Schreiber in die Finger bekomme, erwürge ich ihn. Wie konnte er die Geist-zu-Geist-Transplantation nur so versauen?

Immer wieder blicke ich auf den Elastoscreen, wenn auch nur, um die Uhrzeit zu checken. Dad hat ihn so verschlüsselt, dass ich noch nicht mal Hektor eine Nachricht schicken kann. Ganz großartig. Nur ihn, Dad, könnte ich kontaktieren. Aber erstens habe ich darauf tatsächlich keine Lust, zweitens hockt er vermutlich gerade im Flieger und hat seinen Elastoscreen ausgeschaltet.

Als ich höre, wie sich die Haustür öffnet, befinde ich mich im Wohnzimmer, liege auf unserem riesigen grauen Sofa und schaue *Piratenprinzessin Drusilla*. Nicht, dass ich mich auf die Handlung konzentrieren könnte. Die Katze hat es sich neben mir bequem gemacht und beansprucht den größten Teil des Sofas.

»Komm rein«, höre ich Hektors Stimme im Flur und erleichtert atme ich auf. Einen Moment lang hatte ich Angst, es könne der Drache sein.

Hektor behauptet zwar, Mom habe sich geändert, aber was sollen wir tun, wenn sie auftaucht?

Angespannt rapple ich mich auf. Meine Handflächen werden feucht, mein Mund wird trocken.

Soll ich in den Flur gehen, um sie zu begrüßen? Soll ich sie rufen?

Was für eine beschissene Idee, das Ganze.

Was für eine beschissene Situation!

»Bist du bereit?«, höre ich Hektor fragen, nachdem die Haustür wieder ins Schloss gefallen ist. Ich wünschte, er meinte mich, aber natürlich meint er *sie*.

Bevor sie die Treppe nach oben gehen können, gebe ich mir einen Ruck, stehe auf und laufe zur Wohnzimmertür.

»Ich bin hier.«

Noch einmal hole ich tief Luft, dann trete ich auf den Flur hinaus.

Wir starren uns an.

Neben Hektor steht mein Spiegelbild.

Nein. Neben Hektor stehe *ich*. Mein Klon sieht mir ähnlicher, als ich selbst das momentan tue. Sie trägt ein dunkelblaues Kleid, das aussieht, als habe man sie direkt aus der Oper geholt. Die Knie werden mir weich und ich muss mich am Türrahmen abstützen.

Wenn ich jedoch glaube, mir würde unser Aufeinandertreffen in die Knochen fahren, so ist das nichts gegen die Reaktion von ihr. Die Tasche, die sie in der Hand gehalten hat, fällt mit einem dumpfen Knall zu Boden.

»Das ist unmöglich«, flüstert sie. Dann stürzt sie auf mich zu und reißt mich in die Arme.

»Nicht!«, presse ich hervor und versuche, mich aus ihrem Griff zu winden.

»Das ist nicht Kelsey«, sagt Hektor zur gleichen Zeit. Mein Klon lässt mich los, als habe sie sich verbrannt, weicht einen Schritt zurück und mustert mich von oben bis unten. Ihre Züge verhärten sich, dann werden sie wieder weich, gleich darauf erneut hart. Hektor muss ihr erklärt haben, was sie hier erwartet, aber sie mustert mich, als könne sie es nicht begreifen.

Gut, ich kann es nämlich auch nicht.

»Wo ist sie?«, zischt sie und funkelt mich so angriffslustig an, als sei das Ganze meine Schuld. Als habe ich mir ausgesucht, in diesem verdammten Körper zu stecken. Das kalte Feuer in ihren Augen flößt mir Angst ein. Gleichzeitig frage ich mich, ob ich so aussehe, wenn ich zornig bin.

»Hektor …«, murmle ich, weil ich mich etwas verloren fühle. Das Ganze war seine Idee, soll er sich gefälligst darum kümmern.

Der junge Mann, der auf meinen Klon zugeht und ihm besänftigend die Hand auf die Schulter legt, ist allerdings nicht mein Bruder. Es ist Phillip von Halmen. Er sieht ganz anders aus, als ich das nach unserer ersten Begegnung und von seinem Social-Media-Profil her erwartet habe. Ist er bei öffentlichen Auftritten in eine Rolle geschlüpft? Statt Anzug und Hemd trägt er eine verwaschene Jeans und ein graublaues T-Shirt. Und bisher habe ich ihn nie mit einer Brille gesehen. Ich muss zugeben, sie steht ihm. Er erinnert mich mehr an einen Hipster als an ein Politikersöhnchen. Und er wirkt definitiv älter als 19.

Phillip dreht den Kopf nach hinten, während er meiner Doppelgängerin über die Schultern streichelt. »Können wir uns irgendwo setzen?«

»Natürlich.«

»Nicht hier unten«, entscheide ich. Meine Stimme klingt heiser und ich räuspere mich, ehe ich fortfahre. »Was, wenn der Drache auftaucht?«

»Der Drache?«, fragt mein Klon scharf. Auf meine Bemerkung geht sie ein, aber statt an mich wendet sie sich an Hektor. Dem scheint es zum ersten Mal in seinem Leben nicht zu gefallen, im Mittelpunkt der Aufmerksamkeit zu stehen. Verlegen schiebt er sich eine seiner türkisfarbenen Haarsträhnen zurück unter die Basecap. »Meine Mom«, erklärt er dann.

Ich schiele hinüber zu meinem Klon, dessen Lippen kurz zucken. »Sabine kommt her?«

»Ich hoffe, nicht jetzt gleich, sondern später.« Hektor geht auf die Treppe zu. »Gehen wir in mein Zimmer.«

Phillip und mein Klon wechseln einen Blick, dann folgen sie meinem Bruder die Treppe hinauf. Ich schleiche den dreien hinterher, unsicher, ob es wirklich eine gute Idee war, Isabel hierher einzuladen. Und warum musste sie Phillip von Halmen mitbringen?

Die beiden halten Händchen, während sie nach oben gehen. Als wären sie tatsächlich verliebt. Ist *sie* das?

Phillip mag nicht mein Typ sein, aber schlecht sieht er nicht aus. Viel über ihn weiß ich nicht, außer, dass er auch nicht sonderlich begeistert von den Plänen unserer Eltern war, uns miteinander zu verloben. Wenn mein Klon sich in ihn verliebt hat, sind wir uns vielleicht doch nicht so ähnlich, wie ich befürchtet habe.

Oder sie spielt ihm nur etwas vor? Zuzutrauen wäre es ihr. Immerhin besaß sie keine Skrupel, sich mein Leben unter den Nagel zu reißen.

Ist es wirklich eine gute Idee, ihr zu vertrauen?

Sie kann mich ebenso wenig auf dem Plan gebrauchen wie ich sie.

»Das ist deins?«, fragt Phillip von Halmen überrascht, als wir in Hektors Zimmer stehen. Ungläubig starrt er auf die überquellenden Bücherregale und den Lesesessel unter dem Hochbett.

»Ich habe dir doch gesagt, dass er ein Bücherwurm ist«, murmelt Isabel, aber sie wirkt nicht entspannt.

Hektor zieht derweil einen hellgrauen Sitzsack von den Regalen weg und schmeißt sein Kopfkissen vor unsere Füße. Dann rollt er seinen Schreibtischstuhl in die Mitte des Raumes. Seiner ist noch ganz.

»Setzt euch«, fordert er uns auf und lässt sich selbst im Schneidersitz auf dem Boden nieder.

Wir anderen betrachten uns kurz, dann setzen wir uns ebenfalls auf den Boden, ich direkt an Hektors Seite, mein Klon und ihr Verlobter uns gegenüber. Meine Hand stiehlt sich in die meines Bruders und sucht Halt zwischen seinen Fingern, ich kann es nicht verhindern. Er drückt zu und lässt nicht los. Dafür bin ich ihm dankbar. Wird auch so schwierig genug, mit diesen schrägen Turteltauben zu verhandeln.

Zu verhandeln. Das ist es wohl, was uns bevorsteht. Zeit also, die Karten auf den Tisch zu legen.

»Danke, dass ihr gekommen seid«, beginne ich, weil ich mich nicht länger hilflos fühlen will.

Erwecke den Eindruck, du hättest alles im Griff, fällt mir ein Ratschlag von Dad ein. *Ergreif die Initiative und etabliere dich als Alphatier. Lass dich keinesfalls aus der Ruhe bringen und weise Zweifler sofort und unmissverständlich in ihre Schranken. So behältst du die Oberhand.*

Damals ging es allerdings um ein Schulprojekt. Jetzt geht es um mein Leben.

Niemand antwortet. Isabel und ich mustern uns kalt. Zunächst glaube ich, dass keine von uns bereit ist, den nächsten Zug zu machen, doch dann überrascht sie mich.

»Ich will mit Kelsey sprechen«, fordert sie, kalt und hart, als sei sie nicht kompromissbereit.

Lass dich keinesfalls aus der Ruhe bringen. Ich zucke mit den Schultern. »Sie ist nicht hier.«

»Und wessen Schuld ist das?«

»Meine ist es nicht!« *Fuck!*

Mein Klon verdreht die Augen und wendet sich an Hektor. »Du hast gesagt, ich kann mit ihr sprechen.«

Hektor senkt verlegen den Kopf. »So einfach ist es nicht.«

»Ich kann es nicht steuern.« Es fällt mir schwer, mir nicht anmerken zu lassen, wie genervt ich von ihr bin. »Es gibt dafür keinen Ein- und Ausschalter. Das letzte Mal hat sie die Kontrolle übernommen, als ich geschlafen habe.«

Isabel stöhnt auf. »Es ist drei Uhr mittags. Ich nehme nicht an, dass du müde bist?«

»Glaub mir. Mir gefällt das alles hier genauso wenig wie dir.« Vermutlich sogar noch weniger. Sie läuft schließlich nicht mit einem abgewrackten Ersatzkörper herum.

Isabel holt Luft, aber ich lasse sie gar nicht erst das Wort ergreifen. »Glaubst du, ich brenne darauf, dir hier gegenüberzusitzen? Oder *sie* hier drin zu haben.« Mit dem Zeigefinger tippe ich mir an die Schläfe.

»Wie funktioniert das überhaupt?«, fragt Phillip.

Ich umfasse Hektors Hand fester. »Wir glauben ...«, beginnt er, »also ich glaube, Elas Geist muss bewusstlos sein, damit Kelsey den Körper übernehmen kann.«

Als er *übernehmen* sagt, versteife ich mich.

»Ich kann sie gern bewusstlos schlagen.« Mein Klon blickt mir angriffslustig in die Augen.

»Das würde dir gefallen, nicht wahr? Kannst es gern versuchen.«

»Isabel«, mahnt Phillip.

»Ela«, bittet Hektor. »Das bringt doch nichts.«

Aber ich kann es nicht lassen. »Bringt man euch das im Institut bei? Euch zu prügeln? Unschuldige Menschen zu schlagen?«

Mein Klon reckt das Kinn. Die Geste erinnert mich so sehr an mich selbst, dass ich zusammenzucke.

»Deiner Familie gehört das Institut, und du weißt nicht, was man uns dort beibringt? Abgesehen davon bist *du* sicher vieles, aber nicht *unschuldig*.«

»Und *du* bist kein Mensch!«, schieße ich zurück. Wäre ja noch schöner, wenn ich hier sitzen und mich in meinem eigenen Haus von einem Klon beleidigen lassen würde. Dank dieses bescheuerten Plans meines Vaters hat sie vergessen, wer sie ist.

Ich habe mich bereits aufgerichtet und meine Hand aus Hektors Griff gelöst, weil ich damit rechne, dass sie sich gleich auf mich stürzt. Doch Isabel schnaubt nur. »Das glaubst du tatsächlich, nicht wahr? Dass wir keine Menschen sind.«

Sie sagt das, als gäbe es daran auch nur den geringsten Zweifel, und ich frage mich ernsthaft, was meine Großcousine Medea unseren Klonen im Institut beibringt. Klone *sind* keine Menschen. Es ist absurd, das anzunehmen. Sie sind im Reagenzglas gezüchtete Kopien von Menschen, dazu bestimmt, einen gewissen Nutzen in der Gesellschaft zu erfüllen. Gut, sie sind keine Tiere, und sie mögen menschliche Züge haben. Aber Menschen? Mit gleichen Rechten? Allein die Annahme ist absurd.

Nicht zum ersten Mal frage ich mich, ob es eine gute Idee ist, die Klone aus den Instituten zu entlassen, damit sie ein gewöhnliches Leben führen können. Aber daran arbeitet mein Vater ja gerade.

»Das ist *ihr* Körper.« Mit ihrer Fingerspitze sticht mir mein Klon hart in den Bereich unter meinem Jochbein. »Kelseys. Nicht deiner.«

Mit mühsam unterdrückter Wut schlage ich ihre Hand weg. »Nun, genau genommen gehört ihr Körper mir, nicht wahr?«

»Genug!«, brüllt daraufhin Hektor. »Schluss jetzt damit.«

Wir funkeln uns an. Mein Bruder sieht aus, als hätte ich etwas schrecklich Verletzendes gesagt. Dabei war es nur die Wahrheit; und er weiß es. Jedenfalls beinahe. Genau genommen gehört Kelseys Körper nicht mir, sondern meinem Vater. Er hat dafür bezahlt, ihn produzieren zu lassen. Rein gesetzlich darf er darüber bestimmen, was damit geschieht. Ebenso wie über den von Isabel.

Wenn sich hier also jemand schämen sollte, dann ist es dieser Klon, der sich nicht an die Regeln hält, nach denen unsere Welt eben funktioniert. Ich habe sie nicht gemacht.

Aber deine Familie bezahlt viel Geld, um dafür zu sorgen, dass sie gemacht werden, wispert eine kleine, fiese Stimme in meinem Kopf. Ich wünschte, ich könnte behaupten, sie gehöre meinem Klon.

Ich spüre, wie mir immer kälter wird.

»Das hier bringt nichts«, bestimme ich und rapple mich auf.

Da überrascht mich mein Klon. »Geh nicht.« Mit ihren Fingern streift sie kurz meine Hand. »Bitte. Lass uns gemeinsam herausfinden, wie es weitergeht.«

Kapitel 20

Die nächsten Minuten verbringen wir damit, uns anzustarren. Immer wieder wandert mein Blick zu Hektor. Ich kann nicht glauben, wie sehr er dieser Isabel bereits vertraut. Ich muss mich bemühen, mir meine Abneigung nicht allzu stark anmerken zu lassen. Hektor hat schon immer zu leicht vertraut. Das ist ein Fehler.

Ich muss es wissen. Ich war es, die sowohl von ihrem Freund als auch von ihrer besten Freundin ermordet werden sollte.

Fast alle in meinem Umfeld haben mich verraten. Einzig Hektor hält jederzeit zu mir. Wenn ich ihn jetzt so ansehe, bin ich mir nicht sicher, was ich davon halten soll. Wie kann er auf meiner Seite stehen, wenn er für sie Partei ergreift?

»Ich wüsste nicht, dass wir eine Option haben, außer, sie aus diesem Körper zu holen«, sage ich schließlich erschöpft und nippe an meinem Wasserglas. Hektor hat Getränke für alle geholt.

Isabel blickt mich an, als wolle sie mir widersprechen, beißt sich jedoch auf die Lippen.

»Und was dann?«, fragt Phillip an ihrer Stelle.

Ich zucke mit den Schultern. »Wir müssen einen anderen Körper für sie finden, nehme ich an.«

Ehrlich gesagt ist mir egal, was mit dieser Kelsey passiert, solange dieser Albtraum nur irgendwie endet.

»Wo ist *dein* Körper?«, fragt Isabel.

»Mein alter Körper kommt nicht infrage«, stelle ich klar. »Dad sagt, er ist zu stark verletzt.«

»Wegen des Unfalls«, hakt Phillip nach und Hektor knurrt: »Es war kein Unfall, es war Mord.«

»Es war ein Mordversuch, sonst säße sie jetzt kaum hier bei uns«, korrigiert Isabel.

Ich verdrehe die Augen. »Am besten wäre einer meiner anderen Klone«, versuche ich unsere Diskussion wieder voranzutreiben.

Isabel entgleitet ihr Glas. Im letzten Moment kann sie es auffangen, aber das Wasser schwappt über den Rand und spritzt ihr über die untergeschlagenen Beine. Sie beachtet es gar nicht. »Welche anderen Klone?«

»Das weißt du nicht?«

Hektor senkt verlegen den Kopf.

»Du und *deine* Schwester, ihr seid nicht meine einzigen Klone.«

»Wie viele von ... uns gibt es?«

»Außer euch beiden? Zwei. Bisher. Nächstes Jahr kommt ein weiterer hinzu.«

»Was redest du da?«

»Dad lässt alle sechs Jahre neue Klone von uns produzieren«, erklärt Hektor leise, als würde er sich dafür schämen. »Neben Kelsey und dir gibt es noch einen elfjährigen Klon meiner Schwester und einen fünfjährigen.«

Isabel blickt ihn nur mit großen Augen an.

»Sie leben in anderen Instituten«, führt er deshalb weiter aus.

»Aber ... warum?«

Hektor nickt mit dem Kopf in meine Richtung. »Genau deshalb. Damit uns keinesfalls die Organe ausgehen, selbst wenn die Klone irgendwann in die Freiheit entlassen werden. Und damit wir mehr Möglichkeiten haben, wenn wir einen Geist in einen anderen Körper transplantieren wollen.«

»Warum solltest du dein Bewusstsein in einen Körper versetzen lassen, der genauso alt und heruntergekommen ist wie deiner?« Ich blicke an mir herab. »Oder noch heruntergekommener? Wenn du deinen Geist auch ebenso gut in eine jüngere Version deiner selbst verpflanzen könntest.«

»So lange gibt es diesen Plan schon?!«

»Der alte Traum der Menschheit«, murmelt Phillip. »Unsterblichkeit.« Er klingt gleichzeitig fasziniert und angewidert.

»Hast du davon gewusst?!« Diesmal entlädt sich Isabels Zorn auf ihren … auf meinen? … Verlobten.

»Nein«, beteuert er und ich ertappe mich dabei, dass ich für ihn hoffe, dass er die Wahrheit sagt. Auch wenn ich das kaum glauben kann. Genau das sage ich auch.

»Euer ganzes Familiengeschäft …«, verteidigt er sich. »Bis kurz vor der Kandidatur meines Vaters war das nie ein Thema bei uns zu Hause. Und als es das wurde, war ich bereits in Melbourne. Nachdem meine Mutter Hamilton Corp. verlassen hat, haben wir nicht mehr über ihre Arbeit dort geredet. Sie hat sich immer vehement gegen das Klonprogramm ausgesprochen.«

»Was schon etwas doppelmoralisch ist, wenn man bedenkt, dass deine Mutter das Programm mitentwickelt hat«, wirft Hektor ein. »Und dass sie mit meinem Dad an der Geist-zu-Geist-Transplantation gearbeitet hat.«

Isabel und Phillip wechseln Blicke. Er setzt an, etwas zu sagen, aber sie schüttelt den Kopf.

»Was wolltest du sagen?«, frage ich.

»Das ist jetzt nicht so wichtig«, antwortet er. »Wir haben dringendere Probleme.«

»Wir können Kelseys Bewusstsein nicht in einen anderen Klon übertragen«, bestimmt Isabel.

Ich runzle die Stirn. »Warum? Weil die zu jung sind?« Ich meine, ich habe eine gewisse Rolle in der Gesellschaft. Für Kelsey dürfte es aber scheißegal sein, ob sie in einem sechs Jahre jüngeren Körper steckt als jetzt, solange sie lebt. Wenn überhaupt, wäre diese Transplantation ein Fortschritt. Sie besitzt schließlich nicht gerade einen Luxuskörper.

»Nein.« Isabel betrachtet mich, als sei ich schwachsinnig. »Zum einen, weil das hier Kelseys Körper *ist*! Du bist diejenige, die darin nichts zu suchen hat. Zum anderen, weil diese Körper, von denen du sprichst, schon jemandem gehören. Und damit meine ich nicht *dich* oder *deine* Familie.«

»Tja.« Wütend blase ich mir eine Locke aus dem Gesicht. »Dann haben wir ein Problem. Als ich das letzte Mal nachgesehen habe, lagen da nämlich nirgends Körper herum, die niemandem gehören. Und ich glaube kaum, dass sich das in den vergangenen drei Monaten geändert hat.«

Erneut wechseln Phillip und Isabel diesen seltsamen, intensiven Blick, schweigen aber. Das macht mich langsam echt wütend.

»Was?!«, schnappe ich.

»Nichts!«, antwortet Isabel genauso scharf. »Es muss noch mehr Möglichkeiten geben. Deinem Vater ist es gelungen, Klone zu züchten und das menschliche Bewusstsein von einem Gehirn in ein anderes zu verpflanzen.«

»Er kann aber keine lebendigen Körper bauen.« *Wenn man mal davon absieht, dass ein Klon im Grunde genommen genau das ist.*

»Aber einen in sämtliche Einzelteile filetieren, das kann er!«

Bilder fluten mein Gehirn: eine eiskalte, silbergrau glänzende Metallplatte, auf die sie mich drücken. Hellbraune Lederfesseln um meine Handgelenke. Ein Gurt in der gleichen Farbe, den sie über meinem Bauch zusammenschnallen.

»Jetzt hör schon auf, dich zu wehren«, sagt eine Stimme, die mir seltsam vertraut vorkommt, die ich aber nicht zuordnen kann. Kalter Schweiß bricht mir aus, mein Herz beginnt zu rasen, die sengenden Kopfschmerzen kommen zurück und mir wird schwarz vor Augen.

Kapitel 21

Grelles Lampenlicht. Kaltes Metall, das sich durch den dünnen Stoff meines Krankenhausleibchens frisst. Der Gurt um meine Brust, der mich unten hält und mir die Luft abschnürt.

Der Albtraum beginnt von vorne. Ich bin zurück auf der Krankenhausliege.

»Jetzt hör schon auf, dich zu wehren.« Eine Stimme, gleichsam verhasst und vertraut. Sie gehört einem Mann, den ich nicht erkennen kann.

»NEIN!«, brülle ich, reiße an den Bandagen, die meine Handgelenke fesseln, bäume mich auf und spüre den Druck fester Hände an meinen Oberarmen.

»… gut, Ela. Ganz ruhig.« Die Stimme, die jetzt an mein Ohr dringt, scheint aus weiter Ferne zu kommen.

Ich wehre mich gegen den Griff an den Oberarmen, habe aber keine Chance.

»Es ist alles gut«, versucht die zweite Stimme mich zu beruhigen. »Du bist in Sicherheit.«

Ich weiß, dass die Stimme lügt, denn sie hält mich weiterhin fest. Ein Knurren löst sich aus meiner Kehle und ich blecke die Zähne. Wenn sie mir zu nahe kommen, werde ich zubeißen.

»Ela!«

Der Fremde schüttelt mich.

Mein Blick verschwimmt, das grelle Licht verblasst, und plötzlich befinde ich mich woanders.

Aubrey sitzt vor mir. Er hält mich fest; nicht irgendein Medic. Und er hat türkisfarbene Haare.

Das ist so absurd, dass ich aufhöre, mich zu wehren, und zwei Mal blinzle.

»Aubrey?«

Er lässt mich los und starrt mich entsetzt an.

»Kelsey?«

Die Stimme gehört jemand anderem. Jemandem, den ich noch besser kenne als Aubrey. Hektisch blicke ich mich um.

»Isabel?«

Sie sitzt neben ihm auf dem Boden, ebenfalls im Schneidersitz. Sie sieht anders aus. Ihre Gesichtszüge sind voller geworden; aber sie ist es. Isabel. Und neben ihr, der andere junge Mann. Das ist Phillip von Halmen.

Und der Junge vor mir, das ist nicht Aubrey. Das ist …

Ehe ich zu Ende denken kann, hat mich Isabel bereits in die Arme gezogen. Sie lacht und weint gleichzeitig.

Für einen kurzen, einen winzigen Augenblick versteife ich mich, dann presse ich mich an sie, vergrabe meinen Kopf in ihrer Halsbeuge und bin einfach nur froh, dass sie mich hält.

Meine Erinnerung kehrt zurück: das Glashaus. Priamos Hamilton. Ich möchte schreien.

Aber Isabel ist hier. Isabel hält mich.

»Wir müssen hier weg«, murmle ich, als ich mich langsam von ihr löse.

Wir befinden uns in einem anderen Zimmer. Statt pinkfarbener Wände und eines Kristallleuchters dominieren dunkle Farben und Bücherregale die Wände. Hier habe ich den Rucksack gefunden; das Taschenmesser.

Und der Junge, der mich geschüttelt hat, das muss Hektor Hamilton sein. Isabel hatte recht. Er sieht aus wie Aubrey. Auch wenn der sich niemals die Haare blau färben würde.

Mir wird schlecht.

»Sie hat sich in meinem Kopf eingenistet«, wispere ich dann. »Elektra.«

»Ich weiß«, Isabel zieht mich wieder an sich und drückt mich. »Hab keine Angst. Wir helfen dir.«

»Wir müssen hier weg. Sofort.«

»Nein.« Isabel klingt fest entschlossen und ich versteife mich wieder.

»Du verstehst nicht«, versuche ich es ihr zu erklären. »Priamos Hamilton. Er …« Doch dann werfe ich einen Blick hinüber zu Hektor und verstumme.

»Wir können nicht weg, Kelsey. Wir brauchen Hilfe …«

»Von den Hamiltons?« Das kann nicht ihr Ernst sein.

»Das ist kompliziert.«

Wir lassen einander los, Isabel blickt Hilfe suchend in die Runde.

»Meine Mutter kann dir helfen«, sagt der Fremde, Phillip von Halmen. Er klingt alles andere als selbst davon überzeugt.

Ich beginne zu zittern. Das hier ist mein Körper, egal, was auf dem medizinischen Datenblatt steht, das bei meiner Herstellung angelegt wurde. Alles, was ich will, ist, dass Elektra Hamilton aufhört, in meinem Geist herumzuspuken.

»Lass uns eine Weile vor die Tür gehen«, schlägt Isabel vor, als ihr auffällt, wie schlecht es mir geht. »Nur wir beide.«

Ich nicke erleichtert.

»Das geht nicht«, widerspricht Hektor und, da mag er Aubrey ähnlich sehen, wie er will, sofort kann ich ihn nicht leiden.

»Warum nicht?« Isabel klingt verwirrt.

»Wegen der Tür«, gestehe ich. »Sie öffnet sich nicht für mich. Ich hab es gestern Nacht versucht.«

»Du wolltest abhauen?« Hektor blinzelt.

»Überrascht dich das?«, fragt ihn Isabel.

»Keine gute Idee«, antwortet er ihr.

»Weil es so viel besser ist, darauf zu warten, dass Priamos weiter an ihr herumexperimentiert?« Phillip von Halmen klingt höhnisch. Ich weiß nicht, was ich von ihm halten soll. Isabel scheint ihm zu vertrauen. Aber wenn ich meine Schwester aus den Augenwinkeln mustere, muss ich mir eingestehen, dass auch sie verändert wirkt. Der Gedanke macht mir Angst.

»Nein. Aber sie würde nicht weit kommen. Sie hat einen Tracker.«

Isabel stöhnt.

»Was?«, frage ich.

»Wo ist er?« Isabel ignoriert mich. »Im Oberarm?«

»Das weiß ich nicht.«

»Was ist ein Tracker?« Nervös taste ich meinen Oberarm ab.

»Damit können sie kontrollieren, wo du dich aufhältst«, erklärt Isabel kurz angebunden. »Mir hatten sie auch so ein verdammtes Ding eingepflanzt.« Sie greift nach meinem Arm, kneift die Augen zusammen und sucht meine Haut ab.

»Ich bin mir nicht sicher«, sagt sie dann. »Sieht so aus, als könnte hier etwas sein.« Mit der Kuppe ihres Zeigefingers fährt sie über die Haut. Spüre ich etwas? Oder ist das nur ihr Nagel?

»Ihr habt doch sicher einen Vital-Scanner hier?«, fragt sie in den Raum.

»Im anderen Zimmer«, murmle ich und erinnere mich an die Gummimatte und den hohen Spiegel in *ihrem* Badezimmer.

»Elas Scanner könnt ihr nicht nehmen.« Hektor klingt so vehement, dass Isabel und ich ihn überrascht anblicken. »Er übermittelt die Daten direkt an meinen Dad.«

Isabel stöhnt.

»Ihr könnt meinen benutzen«, bietet er an. »Im Badezimmer.« Er deutet über die Schultern hinter sich.

Meine Schwester steht auf, streckt mir die Hand entgegen und zieht mich hoch.

»Was? Jetzt?« Das ist mir alles viel zu viel. Andererseits: Warum Zeit verschwenden?

Also stolpere ich hinter Isabel her ins Bad.

Beunruhigt starre ich auf die Fußmatte vor mir auf dem Boden. Isabel stellt sich hinter mich, umarmt mich und legt ihr Kinn auf meine Schulter. Wir mustern unser Bild im Spiegel. Wir sind beide nicht mehr die gleichen Mädchen wie noch vor ein paar Monaten. Isabels Gesicht ist runder geworden. Sie hat zugenommen und es steht ihr. Ihre Haare sind kürzer als früher, sie wirken noch seidiger als sonst. Der Duft nach exotischen Früchten, den sie verströmen, überwältigt mich fast.

Ich hingegen bin fast ihr genaues Gegenteil. Wir besitzen identische Körper, ja, aber ich bin so schmal im Vergleich zu ihr; noch schmaler als sonst. Mein Kinn und meine Wangenknochen wirken kantig. Meine Haare sind wirr und unter meinen Augen liegen Schatten, die so dunkel sind, dass man sie fast als schwarz bezeichnen kann.

Wir sind gleich und wir sind es auch wieder nicht.

Trotzdem lächelt Isabel glücklich, als unsere Blicke sich im Spiegel treffen. Dann wird sie ernst. »Was ist passiert?«, fragt sie.

Obwohl die beiden Jungs nicht mit ins Badezimmer gekommen sind, versteife ich mich.

»Später.« Isabel streichelt meine Arme. »Draußen.«

Sie versichert sich noch einmal, dass die Badezimmertür abgeschlossen ist, dann ziehe ich die Hose und die Trainingsjacke aus. Im Spiegel sehe ich, dass sich Isabels Gesichtszüge schmerzlich verzerren, als sie meinen dürren Körper betrachtet, die Rippenknochen, die aus der Haut herausstechen.

Ich ignoriere ihren Blick und stelle mich auf die Gummimatte. Der Vital-Scanner erwacht mit einem dunklen Surren zum Leben. Es ist so leise, dass ich es fast überhöre. Kein Vergleich zu der blechern rumpelnden Kiste im Institut. Die Silhouette meines Körpers erscheint in hellem Grün auf dem Spiegel. Sie dreht sich langsam um die eigene Achse. In Großbuchstaben erscheinen medizinische Hinweise zu meinem Gesundheitszustand.

Was den Tracker angeht, hatte Isabel wohl recht. Auf Höhe meines Oberarms leuchtet im Spiegel ein kleiner orangener Punkt grell auf. Das ist aber nicht, was uns beide entsetzt.

»Was ist das?« Isabel deutet auf das seltsame Gebilde, das grellrot dort pulsiert, wo sich bei der Simulation meiner selbst mein Kopf befindet.

»Elektra«, flüstere ich.

Mit ihrem winzigen Elastoscreen fotografiert Isabel mein VitaScan-Abbild. Dann ziehe ich mich wieder an und wir gehen zurück zu den beiden jungen Männern. Ich kann kaum abwarten, dass Isabel ihren Bericht über das, was gerade geschehen ist, abschließt. Die Worte der Unterhaltung der drei vermischen sich mehr und mehr zu einem Rauschen und ich habe das Gefühl, die Wände des Raumes rücken langsam, aber unerbittlich auf mich zu. Dann setzen die Kopfschmerzen wieder ein. Das Atmen fällt mir schwer und vor meinen Augen erscheinen schwarze Flecken. Sie werden größer und ...

»Kelsey?!«

Isabels Stimme ist wie ein Anker. Erst, als ich spüre, wie ihre Hände meinen Arm umgreifen, realisiere ich, dass ich hin- und herschwanke.

»Du blutest!«

Jetzt spüre ich das Brennen meiner Nasenscheidewand und das warme Rinnsal, das mir über die Lippen läuft. Wie in Trance hebe ich die Finger meiner rechten Hand an die Nase.

»Nimm.«

Ich blinzle und erkenne, dass mir Hektor ein Stofftaschentuch entgegenstreckt.

»Ich würde jetzt wirklich gern an die frische Luft«, sage ich.

Ich weiß nicht, wie lange es her ist, dass ich das letzte Mal unter freiem Himmel gestanden habe. Hektor und Phillip haben Isabel und mich bis zur Tür auf die Dachterrasse begleitet, sind uns aber nicht nach draußen gefolgt. Isabel hat ihnen versprochen, dass wir nicht zu lange draußen bleiben.

Die Dachterrasse der Hamiltons ist genauso dekadent wie der Rest des Hauses: Heller Kies liegt auf dunkelgrauen Schieferfliesen. In der linken Hälfte der Terrasse stehen Pflanzenkübel, in der rechten Möbel, gruppiert um eine eingemauerte Feuerstelle.

Dafür habe ich kein Auge. Alles, was ich will, ist, aus diesem Albtraum verschwinden, ein für alle Mal.

»Lass uns abhauen«, bitte ich Isabel, kaum, dass wir ein paar Schritte gegangen sind.

»Das geht nicht.« Bedauern liegt in Isabels Blick. »Der Tracker.«

»Ich habe ein Taschenmesser.«

»Hier?«

»Unten. In *ihrem* Zimmer.«

»Warum?«

»Ich wollte fliehen.« Ich knülle das Taschentuch zusammen, das ich mir bis eben an die Nase gehalten habe. »Du hättest …«, beginne ich mich zu verteidigen, doch Isabel nickt nur.

»Ich wollte auch fliehen, als ich zu den Hamiltons kam.« Sie hebt beide Hände, wie, um mich zu beschwichtigen, dabei wäre das gar nicht nötig. »Ich weiß, das ist nicht das Gleiche. War nicht das Gleiche. Aber … Ich glaube, ich möchte sagen, dass ich verstehe, dass du Angst hast.«

»Du verstehst also, wie es sich anfühlt, eine fremde Person im eigenen Kopf stecken zu haben?«

»Nein. Aber ich möchte dir helfen. Und unsere beste Chance besteht meiner Meinung nach darin, Phillips Mutter um Hilfe zu bitten.«

Zweifelnd blicke ich sie an. Was ist nur geschehen, dass sie ernsthaft in Erwägung zieht, diesen Leuten zu vertrauen?

»Und was, wenn das nur dazu führt, dass sie sich bald in *deinem* Kopf festsetzt?«

Isabel runzelt die Stirn. »Wie meinst du das?«

»Priamos Hamilton hat mich in sein Arbeitszimmer gezerrt«, bestürme ich sie. »Du hast die Maschine nicht gesehen, die darinsteht.«

Während ich Isabel die seltsame Apparatur beschreibe, die mir Priamos gezeigt hat, und ihr berichte, was er damit vorhat, werden ihre Augen größer und größer. »Wir müssen verschwinden«, schließe ich. »Bevor er die Gelegenheit hat, uns an diese Höllenmaschine anzuschließen.«

»Nein. Genau deshalb müssen wir bleiben.«

Ich weiche einen Schritt zurück, Isabel schüttelt den Kopf. »So habe ich das nicht gemeint. Verstehst du nicht, Kelsey? Mit dieser Maschine können wir dir helfen. Mit ihrer Hilfe ist es Priamos gelungen, Elektras Bewusstsein in deinen Kopf zu verpflanzen.«

»Ich verstehe sehr gut, was geschehen ist.«

»Wie sollen wir das alles wieder rückgängig machen, ohne diese Maschine?«

Ich knülle das Taschentuch in meiner Hand noch mehr zusammen und beginne dann, an seinen Enden herumzuzupfen. »Ich dachte, die Mutter deines Verlobten kann mir helfen?« Es gelingt mir nicht, die Bitterkeit aus meiner Stimme herauszuhalten.

Isabel wirkt verletzt. »Sobald Priamos mitbekommt, dass du

dich aus dem Staub gemacht hast, weiß er, dass etwas nicht stimmt. Und wir brauchen Zeit. Lass Phillip zu Polina Kontakt aufnehmen. Wir können uns inzwischen in Priamos' Arbeitszimmer umsehen.«

»Und darauf warten, dass er zurückkommt? Oder seine Frau? Wie kannst du diesen Menschen vertrauen? *Nach allem!*«

Isabel beginnt, an ihrem Daumennagel herumzunagen. Erleichterung durchströmt mich und ich entspanne mich etwas. Sie hat sich also doch nicht so sehr verändert, wie ich befürchtet habe. Ich bin mit dieser Situation nicht ganz allein.

Isabel hat sich in den vergangenen Jahren ständig um dich gekümmert, sage ich mir. *Sie hat dafür gesorgt, dass du ordentlich isst, hat darauf bestanden, dass du sie zu ihrem Lauftraining begleitest, damit du wenigstens einmal am Tag an die frische Luft kommst, und sie hat dich nachts im Arm gehalten, wenn du schreiend aus dem Schlaf aufgeschreckt bist. Sie will immer nur dein Bestes. Das ist jetzt nicht anders.*

»Wenn du Phillip und Hektor erst etwas besser kennengelernt hast ...«

»Ich will sie nicht besser kennenlernen.«

»Kelsey. Bitte.«

»Was ist passiert, seit du das Institut verlassen hast? Im Krankenhaus hast du erzählt, du traust den Hamiltons nicht. Und jetzt tauchst du auf, in diesem spektakulären Kleid.«

»Ich hatte keine Zeit, mich umzuziehen«, wirft sie verletzt ein, aber ich spreche weiter.

»Phillip von Halmen ist an deiner Seite, und du verhältst dich gegenüber Hektor Hamilton so, als sei er ein Freund. Ich verstehe das nicht!«

Tränen treten mir in die Augen. Wütend blinzele ich sie weg. Ich will nicht weinen. Nicht wegen der Hamiltons. Diese Genugtuung werde ich ihnen nicht geben.

»Ich erzähle dir alles«, verspricht Isabel und streckt mir ihre

Hand entgegen. »Alles, was geschehen ist, ich verspreche es dir. Wenn du mir erzählst, was passiert ist, nachdem du das Krankenhaus verlassen hast. Ich dachte …« Sie schluckt und ich sehe, dass auch in ihren Augen Tränen schimmern. »Ich dachte, du wärest tot.«

Ich brauche tatsächlich einen Moment, um mich zu entscheiden, was ich wirklich will. Isabel und ich waren unser Leben lang füreinander da. Die Entscheidung sollte mir einfacher fallen. Ich wünschte, sie würde nicht dieses Kleid tragen. Ich wünschte, ihre Wangen wären weniger rund, ihre Haare würden weniger leuchten. Ich wünschte, sie sähe mehr wie ein Klon aus und weniger wie eine Hamilton.

Sie ist immer noch meine Schwester, sage ich mir wieder und wieder.

Meine Anspannung entweicht mit meinem Atem in einem tiefen Seufzer. Ich strecke den Arm aus, und greife nach ihrer Hand.

Kapitel 22

»Glaubst du, dass sie uns hören kann?« Isabel senkt ihre Stimme zu einem Flüstern.
»Elektra?«
Sie nickt.
»Ich weiß es nicht. An die Zeitabschnitte, in denen sie die Kontrolle hat, kann ich mich überhaupt nicht erinnern. Ich hoffe, ihr geht es umgekehrt genauso.«
Isabel führt mich hinüber zu den Gartenmöbeln. Sie streicht ein paar Laubblätter von der Oberfläche einer breiten Bank. Dann setzen wir uns, und sie beginnt zu erzählen.
Als sie endet, blicke ich sie aus großen Augen an. Ich kann nicht glauben, was ich alles gehört habe. Das muss ich erst mal verdauen. Also stelle ich mich an die Brüstung der Dachterrasse und blicke hinunter in die Schlucht, durch die der Fluss fließt. Die Hecken an der Böschung bewegen sich in der leichten Brise, an einer freien Stelle am Wasser gräbt ein Fuchs seine Pfoten in Moos und Erdreich und trinkt. Rechts neben ihm flattern mehrere Schmetterlinge über gelben Wildblumen. Der Duft von Laub und Harz umweht mich.
Es ist seltsam, welche Details uns auffallen, selbst dann, wenn unser Leben auf der Kippe steht. Oder vielleicht gerade dann. Ich bin der Freiheit so nah wie nie zuvor. Was wäre, wenn ich springe? Jetzt. Einfach so.
Gestern Nacht hätte ich das vielleicht getan.

Jetzt ist Isabel bei mir und egal, welches Kleid sie trägt, gemeinsam haben wir vielleicht eine Chance.

»Dieser Arzt hat mich nicht zurück zum Automobil gebracht.« Mit dem Hintern lehne ich mich gegen die Brüstungsmauer, die Hände schiebe ich in die Taschen der seltsamen Trainingshose.

»Dr. Schreiber?«

Als sie den Namen ausspricht, läuft es mir kalt den Rücken hinunter. »Ja. Ich glaube, so heißt er.«

»Er ist Priamos' rechte Hand.«

»Er hat mich zu ihm gebracht. Wir sind mit dem Aufzug nach unten gefahren, in ein verlassenes Stockwerk.«

Unsere Blicke finden sich und wir starren uns an. Isabels Finger zucken. Ich ahne, dass sie überlegt, aufzustehen und zu mir zu kommen, aber sie wartet ab, will mich nicht unterbrechen.

»Als ich begriffen habe, was geschieht, war es zu spät …«

Als Dr. Schreiber nicht auf die weiß gestrichene Metalltür am Ende des Flures zugeht, sondern eine schmale Zimmertür zu seiner Linken öffnet, ahne ich, dass etwas ganz und gar nicht in Ordnung ist.

»Das ist nicht der Weg zur Tiefgarage.« Etwas Dümmeres fällt mir nicht ein.

Dr. Schreiber schüttelt den Kopf. »Es wird nicht lange dauern. Komm mit.«

Kurz bin ich versucht, Nein zu sagen, einfach um ihm mit seiner überheblichen Art einen Dämpfer zu verpassen. Mir ist klar, für was er mich hält. Für ihn bin ich nicht mehr als ein mobiler Organtransportbehälter in menschlicher Hülle. Doch hoch über mir liegt Isabel in einem Krankenhausbett, gezwungen von unseren Eigentümern, sich als unser totes Original auszugeben. Und wir können uns denken, was Priamos Hamilton mit ihr macht, wenn ihr dabei ein Fehler unterläuft. Vor vielen Jahren habe ich ihr versprochen, immer auf sie aufzupassen, und dieses Versprechen muss ich jetzt halten; und zwar nicht nur, weil sie seit meiner Operation immer für mich gekämpft hat.

Also schlucke ich meinen Kommentar mit meiner Angst herunter, folge dem Arzt in ein kleines Zimmer – und stehe meinem Eigentümer gegenüber.

Priamos Hamilton mustert mich kalt. Der hintere Teil des Raums wird eingenommen von einem seltsamen Konstrukt: Ein Gestell aus metallenen Stangen und Schläuchen, in dem auf Hüfthöhe eine Art menschengroße Plastikröhre horizontal aufgehängt ist. Sie ist mit einer grünlichen Flüssigkeit gefüllt. Im künstlichen Licht der Deckenlampe leuchtet diese, als sei sie radioaktiv. Trotzdem kann ich erkennen, dass der nackte Körper eines Mädchens darin schwimmt; der Körper einer jungen Frau mit schwarzem Haar.

Die Zeit friert ein und ich mit ihr. Ich erstarre so sehr, dass ich für einen Augenblick sogar das Atmen vergesse.

Dr. Schreiber schließt die Tür und das Geräusch des einrastenden Riegels rüttelt mich auf. Aber statt etwas zu sagen, starre ich Priamos Hamilton einfach nur an. Sorgsam achte ich darauf, dass mein Blick nicht auf die Metall- und Glaskonstruktion hinter ihm wandert.

»Sie sieht furchtbar aus«, bricht er schließlich das Schweigen und blickt über meine Schulter hinweg seinen Angestellten an.

»Ich habe ihre VitaScan-Daten noch einmal gecheckt. Körperlich ist sie völlig gesund.«

»Bis auf die fehlende Niere.«

»Ein Problem, das wir ohne Schwierigkeiten lösen könnten.«

Der Mund wird mir trocken. Was reden die beiden da? Warum behandeln sie mich, als wäre ich gar nicht im Raum. Und was soll das mit meiner Niere?

»Sie ist dürr.«

Dr. Schreiber geht auf ein kleines Pult mit Schaltknöpfen zu, das neben der Glasröhre steht. Schläuche führen von dem Kasten zu dem aufgehängten Zylinder. »In den nächsten Wochen wird sie noch mehr Gewicht verlieren.«

Er dreht uns beiden den Rücken zu und wirft einen Blick auf das Display vor sich.

»Elektra wird ausrasten«, lässt uns Priamos Hamilton wissen, und ich frage mich, was zur Hölle hier vor sich geht. Langsam, so unauffällig wie möglich, bewege ich mich rückwärts auf die Tür zu. Egal, was hier geschieht, ich will kein Teil davon sein.

»Das sollte wirklich ihre geringste Sorge sein.« Dr. Schreiber geht in die Knie, öffnet ein kleines Schränkchen und wühlt darin herum. »Und es ist ja nicht so, als ob es für immer wäre.«

Priamos blickt hinüber zur Glasröhre und ich frage mich, ob wirklich sie darin liegt. Mein Original? Isabel hat mir gerade erzählt, Elektra sei tot.

Ich schiebe mich zwei weitere Zentimeter zurück. Drei.

»Wenn wir nicht bald die Unterlagen von von Halmen bekommen, haben wir ganz andere Probleme.« Dr. Schreiber richtet sich wieder auf.

Priamos reckt das Kinn in die Höhe. »Ich bin dran.«

»Ich sag es nicht gern, Priamos. Aber wenn das hier funktionieren soll, musst du dich beeilen.«

Als er sich umdreht, sehe ich, dass er eine grellrote Folie in der Hand hält. Sie ist so groß und rund wie eine Untertasse. Er blickt direkt in meine Richtung und stutzt. »Du willst uns verlassen?«

Ich erstarre mitten in der Bewegung.

Priamos kommt auf mich zu; seine Finger graben sich in meine Schulter. »Keine Angst«, versucht er mich zu beruhigen. »Es wird nicht wehtun.« Sein fester Griff sagt jedoch etwas anderes.

Ich will mich losreißen, seine Hand abschütteln, aber ich habe keine Chance.

»Lassen Sie mich ...«, flüstere ich heiser, während er auch meine andere Schulter in seinen Schraubstockgriff nimmt.

»Ich will hier weg!«

Dr. Schreiber kommt zu uns herüber und ich beginne, mich wirklich zu wehren. »*Halt still!*«, *fährt mich Priamos Hamilton an. Was nur dazu führt, dass ich heftig zu kämpfen beginne. Er stößt mich mit dem Rücken grob an die Wand und drückt mich dagegen. Ich hole mit dem Fuß aus und trete ihm gegen das Schienbein, während ich gleichzeitig versuche, ihm meine Fingernägel in die Augen zu stechen.*

»*Bist du verrückt?*«, *faucht Priamos Hamilton und ich beginne zu schreien. So laut ich kann.*

»*Hör auf!*«, *fährt mich Dr. Schreiber an, der plötzlich neben uns steht.* »*Hier unten hört dich sowieso niemand.*«

Ich verdopple meine Anstrengungen und kämpfe, als ginge es um mein Leben. Was es vermutlich auch tut. Dann spüre ich, wie mir Dr. Schreiber die rote Folie gegen die Wange klatscht. Mit einem Schmatzen saugt sich das seltsame gelartige Material an. Es prickelt auf der Haut, als würde Strom hindurchlaufen. Ich versuche, die Folie mit den Fingern zu erreichen, um sie mir vom Gesicht zu ziehen, aber noch ehe ich den Arm heben kann, spüre ich, wie mein ganzer Körper plötzlich erschlafft. Mein Widerstand lässt nach, die Knie knicken mir ein, ich verliere die Fähigkeit zu schreien – …

In Isabels Augen spiegeln sich meine eigenen Empfindungen. Wut. Trauer. Unglaube. Zorn. Schreie, die sie unterdrückt, die sich jedoch in ihren geweiteten Pupillen bemerkbar machen, in dem Zittern, das ihren Körper schüttelt, und in den geballten Fäusten.

»Sie haben mir erzählt, du bist gestorben«, stößt sie abgehackt hervor. »Sie haben gesagt …«, ihre Augen werden glasig, »es hätte einen Autounfall gegeben.«

Alles, was ich tun kann, ist, ihr ein trauriges Lächeln zu schenken. Unsere Eigentümer belügen uns schon unser ganzes Leben lang. Es genügt ihnen nicht, uns zu dem zu zwingen, was sie von uns brauchen. Sie manipulieren uns auch noch dabei.

Im Institut läge ich bereits längst in Isabels Armen, würde es zulassen, dass sie mir über das Haar oder die Schultern streichelt oder sich an mich kuschelt. So haben wir es immer gehalten, zumindest in den letzten Jahren. Früher war ich die Stärkere von uns beiden; diejenige, die getröstet hat. Nach der Organentnahme haben Isabel und ich unsere Rollen getauscht. In den Wochen nach der Operation wollte ich nichts sehen, nichts hören, nichts spüren.

Es hat mich Kraft gekostet, zuzulassen, dass Isabel mich überhaupt berührt. Die Momente, in denen sie mich in den Arm nahm, ich habe sie durchgestanden, weil sie sie brauchte. Weil sie spüren musste, dass ich noch da bin. Natürlich habe ich ihr das nie gesagt. Und nach ein paar Monaten hat sich das tatsächlich auch geändert. Ihre Umarmungen taten mir gut. Mit ihr fühlte ich mich halbwegs ganz. So, als gäbe es für uns beide eben doch noch eine Zukunft.

Isabel hat mich gerettet, als ich unterzugehen drohte. Ich sollte sie mich auch wieder retten lassen, sollte zu ihr gehen und aus ihrer Nähe Kraft schöpfen. Ihr mit meiner Umarmung Kraft schenken. Aussprechen, was sie hören muss: dass das alles nicht ihre Schuld ist. Dass ich genauso gehandelt hätte, wenn die Hamiltons mich als Elektra-Ersatz ausgewählt hätten. Wir wissen jedoch beide, dass das nicht stimmt, und ich will Isabel nicht belügen.

Also bewege ich mich nicht von der Mauer weg und sie nicht von ihrem Platz. Und beide schweigen wir.

»Wir müssen ins Arbeitszimmer deines Vaters.« Isabel greift nach Hektor Hamiltons Hand; vielleicht, weil sie sich nicht traut, meine zu berühren.

Wieder sitzen wir im Kreis auf dem Boden von Hektors Zimmer. Der hat unsere Abwesenheit dazu genutzt, ein paar Snacks zu besorgen. In meiner Schüssel befinden sich Haferflocken mit Milch. Sie sind kein Nährbrei, aber das Beste, was ich seit langer Zeit gegessen habe. Hektor muss von Isabel wissen, dass ich die meisten anderen Speisen nicht mehr mag. Ich frage mich, was sie ihm noch von mir erzählt hat.

Auf alle Fälle hat sie den beiden gerade berichtet, was mit mir in diesem Untergeschoss von Hamilton Corp. geschehen ist; eine stark zusammengefasste Version. Beide wirken nicht sehr überrascht.

»Wenn, dann sollten wir uns beeilen«, Hektor nippt an der Tasse, die er in beiden Händen hält. Ein Fuchsgesicht mit übergroßen Augen ist auf die himmelblaue Glasur gemalt. »Bevor meine Mutter zurückkommt.«

Sabine Hamilton. Der Drache. Meine Finger verkrampfen sich und die Schale mit Haferbrei rutscht mir aus der Hand. Ich versuche, nach ihr zu greifen, doch mir wird schwarz vor Augen.

Weil der Schmerz so stark ist, greife ich mir an den Kopf und presse die Augenlider zusammen.

»Was ist los?«

Über das hohe Fiepen in meinem Ohr höre ich die Frage kaum. Ich beschließe, nicht zu antworten, sondern massiere mir die Schläfen jeweils mit Zeige- und Mittelfinger, bis der stechende Schmerz etwas nachlässt. Als ich die Lider öffne, tanzen schwarze Punkte vor meinen Augen.

Die anderen starren mich an. Irgendetwas ist anders. Ich blicke auf eine Schale mit glibberigem Brei, deren Inhalt sich vor mir auf dem Teppich ergossen hat.

Shit!

»Sie war gerade da, oder?« Ich versuche, ruhig und tief zu atmen, so als sei alles in bester Ordnung. »*Sie* hat gerade die Kontrolle übernommen.« Dabei rumort es in mir. Ist das Angst? Oder Wut? Keine Ahnung. Vielleicht auch beides.

Erinnerungen flackern durch meinen Kopf. Bilder, die ich nicht verstehe. Dad, der mich gegen die Wand drückt, grob, als wolle er mir wirklich wehtun. Ein überwältigendes Gefühl von Angst, das mich beinahe wahnsinnig macht. Ich …

»Ela?« Hektor wirkt unsicher.

Plötzlich befinde ich mich wieder in seinem Zimmer. Die anderen starren mich an. Langsam beruhigt sich mein Puls und die Kopfschmerzen werden schwächer.

Was zum Teufel war das?!, denke ich.

»Wie lang war ich weg?«, frage ich stattdessen.

Wir folgen meinem Bruder die Treppe hinunter bis ins Untergeschoss. Hektor und die anderen beiden wollen unbedingt in das Arbeitszimmer, weil es dort etwas gibt, das sie sich ansehen müssen. Mein Klon hat es ihnen verraten. Nicht Isabel, der andere, der Parasit in meinem Kopf.

Ich bilde das Schlusslicht. Etwas, das in meinem Leben noch nicht oft vorgekommen ist. Aber wenn ich die Treppe runtergehe, möchte ich diese Isabel nicht in meinem Rücken wissen. Und ich habe es auch nicht eilig, in Dads Arbeitszimmer zu kommen. Etwas an dieser Erinnerung gerade … Ich glaube nicht, dass ich das jemals erlebt habe. Das allein sollte mir schon Angst machen. Es ist jedoch die kalte, brutale Art, wie Dad sich mir gegenüber verhalten hat, die mir richtig Furcht einflößt.

Ich erinnere mich an die Scheißangst, die ich jedes Mal hatte, wenn ich glaubte, er sei mir und Julian auf die Schliche gekommen. Hinzu gesellt sich das nagende Gefühl, etwas Wichtiges vergessen zu haben. Etwas, das mit Dad zu tun hat. Kurz vor meinem Unfall. Kann ich ihm denn nicht trauen? Ich möchte nicht an ihm zweifeln, wirklich nicht. Doch manchmal lauert etwas Dunkles in Dad. Und ich glaube, in dieser Erinnerung vorhin habe ich es hervorbrechen sehen.

Ich bin nicht oft in seinem Arbeitszimmer in *Prometheus Lodge* gewesen; selbst als Kind nicht. Sieht man mal von diesem einen Sommer ab, in dem Mom mit den Pferden unterwegs war, ich den verstauchten Fuß hatte und es mir mit einem Berg Büchern auf der Couch in Dads Arbeitszimmer gemütlich gemacht habe, während er sich durch Forschungsergebnisse kämpfte. Das war der Sommer, in dem ich McGonagall aus dem Fluss gefischt habe. Als kleines Fellbündel kuschelte sie sich an meine Füße, während ich mit Yingtao Satō in das Weltall reiste und mit Lucy und Edmund nach Narnia.

Der Raum hat sich seitdem nicht stark verändert. Die durchgelegene Ledercouch steht noch immer an der Innenwand des Zimmers und der große Tisch in der Mitte des Raums ist wie damals übersät von Papierbergen. Es riecht sogar wie damals: nach Metall und Holz und Dads herbem After Shave.

Nachdem ich meinen Blick über alles habe gleiten lassen, verschränke ich die Arme und mustere Isabel skeptisch. »*Das* wolltest du uns unbedingt zeigen?«

Sie sieht verwirrt aus. »Kelsey hat gesagt ...«

»Vermutlich hat sie geträumt«, schneide ich ihr das Wort ab. Ich erinnere mich an die seltsamen Bilder, die meinen Geist heimgesucht haben: mein Körper, der auf eine Metallliege geschnallt werden sollte, und spüre, wie es mir eiskalt den Rücken hinunterläuft.

»Sicher.« Isabels Stimme trieft vor Ironie. »Und die Nierentransplantation hat sie sich auch nur eingebildet.«

Augenblicklich beginnt diese verdammte Narbe wieder zu schmerzen und ich muss mich beherrschen, nicht mit der Hand an ihr zu reiben. Ätzend. Mein Blick wandert hinüber zur Ledercouch. Vielleicht wäre es doch nicht so schlimm, in den Körper einer Zwölfjährigen zu wechseln.

»Hört auf zu streiten.« Hektor blickt uns ernst an. »Wir haben zu tun.«

»Und was?«

»Wenn wir schon einmal hier sind«, ergreift Phillip das Wort, »können wir uns genauso gut umsehen.«

Obwohl ich die Augen verdrehe, gehe ich zu dem großen Tisch und lasse meinen Blick über die Papierberge gleiten, die auf der Platte liegen. Schwarze Zahlenkolonnen sind darauf erkennbar, Formeln, und seitenweise ausgedruckte Abhandlungen, in königsblauer Tinte von meinem Vater kommentiert, durchgestrichen und ergänzt.

Isabel kommt zu mir herüber und blickt auch auf die Stapel auf dem Tisch. »Sollten wir nicht eher versuchen, seinen Elastoscreen zu knacken?«

»Klone«, kommentiere ich und beginne, einen der Papierberge durchzublättern. »Sie sehen vielleicht aus wie man selbst, haben jedoch keine Ahnung.«

»Ach ja?«

»Du hast vielleicht in seinem Haus gelebt, aber du kennst meinen Vater nicht.«

»Dafür haben wir keine Zeit.« Hektor schiebt Isabel neben mich. »Was Ela meint, ist, dass Dad seine Forschungsergebnisse handschriftlich überarbeitet. Er sagt, er kann so besser denken.«

Ich muss ein Grinsen unterdrücken, als ich ihren ungläubigen Blick sehe, der versucht, die Papierberge zu erfassen. Dann presst sie die Lippen zusammen und beginnt, die Dokumente durchzublättern. Phillip folgt ihrem Beispiel. Er stellt sich dicht neben sie, die Schultern der beiden berühren sich fast. Sie wirken so vertraut miteinander. Das ist mir vorhin schon aufgefallen.

Was wäre passiert, wenn ich nicht versucht hätte, wegzulaufen? Wenn ich nicht den Unfall gehabt hätte? Wären Phillip und ich …

»Ela«, mahnt Hektor. »Wir haben keine Zeit.«

Ich zucke zusammen und greife nach dem nächsten Papier.

»Und du?«, frage ich, weil er keine Anstalten macht, uns zu helfen.

»Ich«, Hektor läuft hinüber zum Schreibtisch und deutet auf den Elastoscreen, »versuche Dads Passwort zu knacken.«

Kapitel 23

Es fühlt sich an, als kämpften wir uns bereits Stunden durch die Papierberge. Es ist ganz schön schwer, Dads Ordnung – oder eher seine Unordnung – nicht durcheinanderzubringen. Schließlich soll er nicht auf den ersten Blick sehen, dass wir hier alles durchwühlt haben. Weil auf dem Tisch nicht genug Platz ist, sind wir dazu übergegangen, die Dokumente, die wir durchsehen, auf dem Boden zu stapeln, damit wir sie im Anschluss wieder dort hinlegen können, wo wir sie weggenommen haben.

Seitenweise medizinische Abhandlungen, Auswertungen, Dokumente in anderen Sprachen, von denen ich nur die Hälfte spreche und – am langweiligsten – Zahlen, Zahlen, Zahlen, Zahlen. Die Schriftstücke sagen mir herzlich wenig. Das Klon-Programm ist nicht die einzige Einnahmequelle von Hamilton Corp., wenn auch die lukrativste.

Das Einzige, was annähernd mit ihnen zu tun zu haben scheint, ist der Quartalsbericht aus einem Institut. Er ist fast so dick wie ein Taschenbuch. Neugierig blättere ich darin herum und schiele hinüber zu Isabel.

Der Bericht ist von einem Pedro Juan Romero unterschrieben, nicht von Dads Cousine Medea. Deshalb gehe ich davon aus, dass er zu einem anderen Institut gehört als das, aus dem Isabel stammt. Und der Klonkörper, in dem ich gerade stecke.

»Mist«, hören wir Hektor hin und wieder murmeln; vermutlich, wenn er erneut ein falsches Passwort eingibt. Mein Bruder kennt sich aus mit elektronischen Geräten, aber ein Hacker war er nie. Unwahrscheinlich, dass es ihm gelingt, sich in Dads Programm einzuloggen. Wenn er Pech hat, bekommt unser Vater sogar mit, dass er es versucht hat, und dann ist die Kacke am Dampfen.

Vielleicht sollte ich ihm doch eine Nachricht schicken, dass es Probleme mit diesem Körper gibt. Er ist schließlich mein Vater. Ich vertraue Hektor, aber Isabel und Phillip von Halmen ...

Kurz massiere ich mir die Nasenwurzel, dann schnappe ich mir entschlossen den nächsten Stapel. Jetzt habe ich mit dieser Sucherei angefangen, jetzt können wir uns auch durch den Tisch arbeiten. Wir haben ohnehin bereits mehr als die Hälfte gescreent.

»Mist!«, lässt sich Hektor wieder vernehmen.

»Soll ich dir helfen?«, fragt Phillip. Vermutlich hat er ebenso wenig Lust wie ich, sich weiter durch die Aktenberge zu wühlen. Jedenfalls wartet er Hektors Antwort gar nicht ab, sondern stellt den Papierstapel, den er durchgesehen hat, zurück auf den Tisch und geht hinüber zu meinem Bruder. Isabel und ich tauschen einen Blick.

»Männer«, wäre mir beinahe herausgerutscht, aber ich kann mich beherrschen. Ich will nicht den Eindruck erwecken, sie könnte mir sympathisch sein – das ist sie nicht –, oder, schlimmer noch, irgendetwas mit mir gemeinsam haben, außer dem Offensichtlichen.

Also konzentriere ich mich wieder auf die Arbeit, blättere durch den nächsten Report. Was für ein Krampf.

Einige Augenblicke später lässt Isabel ihren Papierstapel mit solcher Wucht auf die Tischplatte fallen, dass wir alle überrascht zu ihr blicken.

»Das ist Unsinn!«, beschwert sie sich. »Die Akten, der Elastoscreen …« Sie dreht sich um die eigene Achse, mustert den Raum.

»Du hast doch darauf bestanden, dass wir uns hier umsehen«, erwidere ich. »Ich hätte auch meinen Dad anrufen können.«

Sie mustert mich scharf. »Du weißt genau, was dann passiert wäre.«

»Mein Vater ist kein Unmensch«, widerspreche ich scharf, aber dann sehe ich Hektors ernstes, ängstliches Gesicht wieder vor mir, der mir erzählt, dass Dad Julian … dass er … dass …

Isabel macht sich nicht einmal die Mühe, mir zu widersprechen. Einen Moment lang ist es ruhig im Raum, fast totenstill.

»Ela …«, beginnt Hektor sanft.

»Schon gut!«, unterbreche ich schnell. Egal, was er zu sagen hat, ich bin mir nicht sicher, ob ich es gerade ertragen kann, das zu hören. Und ich will nicht, dass diese Opportunistin auch nur ein Wort davon hört. Entschlossen konzentriere ich mich wieder auf die Dokumente vor mir und versuche, die Tatsache zu ignorieren, dass die Worte auf dem Papier verschwimmen.

Fang jetzt bloß nicht an zu heulen, Elektra Hamilton.

Ich wünschte, Hektor zu vertrauen sei der einzige Grund, warum ich Dad nicht anrufe. Aber unsere Begegnungen, seit ich aufgewacht bin … Er liebt mich, das weiß ich, er sorgt sich um mich. Er würde alles für mich tun. Trotzdem ist da etwas, das mich … beunruhigt ist fast noch zu milde ausgedrückt. Und ich werde das Gefühl nicht los, dass ich etwas vergessen habe. Dass ich mich an etwas nicht erinnern kann, was vor meinem Unfall passiert ist.

Das Beschissene an dieser Situation ist: Ich *will* keine Angst vor ihm haben. Nicht vor Dad.

Obwohl ich kaum etwas lesen kann, halte ich meinen Blick auf das Papier gerichtet, auch, als Isabel noch einmal ansetzt: »Was ich sagen will, ist, dass Kelsey davon gesprochen hat, dass sich irgendwo hier in diesem Zimmer ein medizinisches Gerät befindet. Aber hier ist nirgendwo etwas.«

Zunächst halte ich ihre Vermutung für Unsinn. In der Firma steht Dad ein ganzer medizinischer Flügel zur Verfügung. Weshalb sollte er hier in der Einöde etwas verstecken? Hauptsächlich, weil es mich davon befreit, mich weiter durch die Aktenstapel zu wühlen, schließe ich mich den anderen bei ihrer Suche nach einer geheimen Wand oder etwas in der Art an.

Zunächst finden wir nichts. Doch als ich meine Hand auf die hintere Wand lege, spüre ich es sofort: Die Kuppen meiner Finger sinken ein, als würde ich sie auf weiches Gummi pressen. Außerdem beginnt meine Haut zu prickeln, leicht nur, aber doch stark genug, dass sich die Härchen auf meinen Armen aufrichten.

»Was ist?«, fragt Hektor neugierig, der offenbar bemerkt hat, dass ich erstarrt bin.

Ich drücke die Finger fester an – in! – die Wand. Das Prickeln wird stärker. »Hier ist etwas!« Aufgeregt drehe ich mich zu ihm um. Sobald meine Haut nicht mehr die Fläche berührt, verschwindet das seltsame Gefühl. Hektor, Isabel und Phillip betasten ebenfalls die Wand, dann blicken wir uns fragend an.

»Ein Hologramm?«, fragt Phillip.

»Könnte sein.« Hektor zuckt mit den Schultern. »Auch wenn mir das neu wäre.«

»Warum sollte Dad hier ein Hologramm schalten?«, frage ich, obwohl ich das Prickeln ja selbst gespürt habe.

»Weil er etwas zu verbergen hat.« Die Miene meines Bruders verfinstert sich erst, dann hellt sie sich wieder auf. »Wartet ihr hier?«

Er dreht sich um und eilt aus dem Raum.

»Was hast du vor?«, ruft ihm Isabel hinterher, aber er ignoriert sie.

Ich drehe mich wieder zur Wand um und betrachte sie nachdenklich. Ein Hologramm? Der Raum sieht aus wie immer. Wenn das seltsame Prickeln tatsächlich von einem Hologramm ausgeht, dann war das schon immer da. Warum weiß ich das dann nicht? Was hat Dad vor Hektor und mir versteckt; selbst damals? Gott, hoffentlich sind es keine Pornos! Die Vorstellung von Dad, der sich in seiner gut versteckten Männerhöhle von Holo-Stripperinnen umtanzen lässt, während Mom mit uns ein Stockwerk weiter oben Kekse backt, lässt mich schaudern.

Zur Zeit lässt mich alles irgendwie erschaudern. Ganz toll.

»Alles in Ordnung?«, fragt Phillip von Halmen und es dauert einen Moment, bis ich begreife, dass er mich meint. Sein Blick wirkt aufrichtig. Vorhin habe ich mich noch gefragt, warum er sich seine Sehschwäche nicht hat weglasern lassen oder weshalb er keine IntelliLenses trägt. Jetzt muss ich zugeben, dass ihm diese Brille steht. Er ist echt so was von nicht mein Typ, aber gut, ich geb's zu, schlecht sieht er nicht aus.

Gerade, als ich antworten will, zischt es laut. Gleichzeitig erlöschen die Lampen im Raum und es wird stockdunkel. Nicht mal durch die rabenschwarz eingefärbte Glaswand fällt Licht.

»Keine Panik!«, hören wir Hektors Stimme aus dem Flur. »Das war ich.«

Ein blauer Lichtkegel hüpft auf uns zu. Hektor hat seinen Elastoscreen eingeschaltet. »Ich hab die Sicherung rausgedreht.«

Neben mir leuchten zwei weitere blauweiße Lichtquellen auf. Phillips und Isabels Elastoscreens. Nur ich hab natürlich keinen. Halt doch! Dad hat mir ja einen gegeben – aber der liegt blöderweise oben. Großartig.

Mit ihren Screens erhellen Isabel, Phillip und mein Bruder unsere Umgebung. Die Lichtkegel flackern über die Papierberge am Tisch. Einige Blätter leuchten neonblau auf; mindestens auf einem der drei Elastoscreens ist ein UV-Filter eingeschaltet. Einen Sekundenbruchteil, bevor ich es sehe, weiß ich, was ich gleich zu Gesicht bekomme: eine menschengroße Röhre aus Plexiglas oder einem anderen durchsichtigen Material, mit Kabeln und Schläuchen an einen kastenartigen Rollschrank angeschlossen. Die Röhre befindet sich inmitten einer seltsamen Konstruktion aus Metallstangen.

Ich schnappe nach Luft, als sich dieser Anblick in der Realität und das Bild in meinem Kopf überlagern. Hektor hatte recht. Es gibt ein Hologramm. Dads Arbeitszimmer ist viel größer, als ich jemals gedacht hätte. Seine Ecken verlieren sich im Dunkeln, aber die Elastoscreen-Lichter geistern über das komplizierte Konstrukt vor uns, bei dessen Anblick sich mir die Nackenhaare aufstellen.

Im Schwarzlicht leuchten Flecken auf der Plexiglasröhre dunkelviolett auf. Wie Hämatome. Der Anblick verursacht mir Bauchschmerzen.

»Was ist das ...«, murmelt Phillip.

»Das ist es«, flüstert Isabel und tritt tiefer in den Raum.

»Isabel«, warnt Phillip, aber sie achtet nicht auf ihn. Während wir anderen wie Salzsäulen erstarrt zu sein scheinen, geht sie bis hinüber zur seltsamen Konstruktion und legt ihre Finger auf die Röhre.

»Dieses Arschloch!«, flucht sie dann und fährt zu uns herum. Ihr Gefühlsausbruch bricht den Bann. Wir laufen zu ihr hinüber.

»So etwas habe ich noch nie gesehen«, murmelt Hektor, der das wuchtige Gebilde von den Metallfüßen bis zur Gerüstspitze ableuchtet. Mit jeder Sekunde zieht sich der Knoten in meinem Bauch stärker zusammen.

»Ich schon.«

Es ist verrückt. Im ersten Augenblick habe ich geglaubt, *ich selbst* hätte geantwortet. Aber das war ich nicht. Es war Isabel. Ich sehe, wie Phillip und sie sich lange anschauen. Dann schüttelt sie leicht den Kopf.

»Wo?«, will Hektor wissen, der den Blickwechsel gar nicht mitbekommen hat.

»Im Institut«, antwortet mein Klon ausweichend.

Im Institut?

»Das ist unmöglich.« Jetzt konzentriert sich Hektor ganz auf Isabel.

»Nicht das ganze Zeug hier. Nicht die Metallstangen und dieses Pult. Diese Röhre. Dort gab es mehrere.«

»Was haben sie dort damit gemacht?«

»Ich …« Isabels Stimme klingt angespannt und sie wendet den Blick ab. »Sie standen dort in einem Kellerraum. Mehr weiß ich nicht.«

Sie erzählt nicht die ganze Wahrheit, ein Blinder kann das sehen. Trotzdem lässt Hektor ihr das durchgehen. Mir wäre es lieber, wir würden das alles oben besprechen, in Hektors Zimmer, meinem, in der Küche – überall, nur nicht hier. Ich will weg von diesem abgefuckten Ort.

Plötzlich spüre ich die Saugnäpfe der Elektroden, die an meinen Schläfen kleben, den riesigen Plastikschlauch in meinem Hals, der mich beatmet …

… atmen …

… ich kriege keine Luft mehr!

Mein Magen krampft sich zusammen, ich versuche verzweifelt, Luft in meine Lunge zu saugen, aber es geht nicht, es geht nicht, meine Sicht beginnt zu flackern, ich …

Schwarz.

»Geht's wieder?«, fragt Hektor sanft.

Wir sitzen auf der Couch in Dads Arbeitszimmer, und er hält mich im Arm.

»Was?«, frage ich verwirrt, und bereue, den Mund aufgemacht zu haben. Denn sofort sind die stechenden Kopfschmerzen zurück, die mir zwar immer mal wieder eine Weile Ruhe gönnen, aber einfach nicht verschwinden wollen. »Was ist passiert?«, mühe ich mich dennoch zu fragen.

Phillip und Isabel hocken ein paar Meter vor mir, sie mustern mich besorgt.

»Du bist umgekippt«, erklärt mir Hektor.

»Was?!« Ich kann mich nicht daran erinnern. Ein anderer, schrecklicher Gedanke kommt mir. »War *sie* wieder da?« Kelsey.

Hektor schüttelt den Kopf. »Nein. Du warst nur kurz bewusstlos. Nur ein paar Minuten.«

Ein paar Minuten bewusstlos. Klingt gar nicht gut.

»Vielleicht sollten wir doch Dad kontaktieren.« Meine Stimme klingt klein und flehend. Furchtbar!

»Nein«, bescheidet Isabel fest, als hätte sie irgendetwas zu sagen. Das sorgt dafür, dass meine Lebensgeister zurückkehren. Ächzend richte ich mich auf.

»Mir ist schon klar, worauf du aus bist«, lasse ich sie wissen. »Du hoffst, dass diese kleine Schlampe das Steuer hier übernimmt und ich verschwinde, nicht wahr? Aber so einfach ist das nicht. Gut möglich, dass dieser Körper streikt und wir beide hopsgehen, sie und ich.«

Eigentlich dachte ich, das würde ihr Angst einjagen. Mir macht es Angst! Isabel verschränkt jedoch nur die Arme vor der Brust und mustert mich kalt. »*Die Schlampe?* Wenn du ehrlich zu dir selbst bist, dann bist das doch eigentlich du.«

»Jetzt reicht's mir aber!«

Als ich mich aus dem weichen Leder hochstemmen will, tanzen mir sofort wieder schwarze Flecken vor den Augen. Und im kalten Licht der Elastoscreens ist ohnehin kaum etwas zu sehen.

»So«, sagt Hektor fest. »Und jetzt fahren wir alle unsere Krallen wieder ein, Ladys, und unterhalten uns über das Wesentliche.«

Als ob das Wesentliche nicht wäre, dass ich im falschen Körper stecke und mein Klon sich als mich ausgibt.

»Dein Vater wird uns in dieser Situation kaum helfen, Elektra«, mischt sich nun Phillip von Halmen in das Gespräch ein. »Jedenfalls nicht uns allen.«

Ich verschränke die Arme und lehne mich an Hektor, sorgsam darauf bedacht, die anderen nicht merken zu lassen, wie schlecht es mir gerade geht. »Und was dann?«

»Was haltet ihr davon«, Phillip blickt kurz hinüber in den Teil des Raums, in dem das Röhren-Metall-Schlauch-Monstrum steht, »wenn wir meine Mutter holen?«

Polina von Halmen? Ich setze gerade zu einer Antwort an, als in der Eingangstür des Zimmers ein weiterer Elastoscreen aufleuchtet. All unsere Köpfe fliegen in diese Richtung. Aber ich erkenne nichts, das Licht blendet mich.

Die Gestalt, die den Elastoscreen hält, tritt in den Raum. »Was, zur Hölle, ist hier los?«

Kapitel 24

»*Was, zur Hölle, treibst du?*«

Die Erinnerung ist plötzlich da: Dad, der mich grob am Handgelenk packt und zu sich herumwirbelt.

»*Au! Du tust mir weh!*« *Mit einem Ruck reiße ich mich los und funkle ihn an.* »*Was soll das?*«

»*In mein Büro. Sofort.*« *Dad klingt furchtbar wütend. So aufgebracht kenne ich ihn gar nicht. Normalerweise hat er sich gut im Griff.*

»*Was ist los?*«

Am liebsten würde ich mich jetzt in meinem Zimmer verkriechen, aber ich reiße mich zusammen und folge ihm zu seinem Arbeitszimmer. Kurz bevor ich die Eingangshalle verlasse, blicke ich hinauf zum zweiten Stock, und sehe den Drachen oben am Geländer der Galerie stehen. Einen Moment lang hoffe ich, dass sie den Mund aufmacht und etwas sagt, das Dad zurückpfeift. Doch sie reckt nur das Kinn, dreht sich um und verschwindet in die Schatten, ohne mir zu helfen.

Vielen Dank, Mom. Für nichts.

Im Arbeitszimmer nimmt Dad in seinen XChair hinter dem Schreibtisch Platz und deutet auf den lederbezogenen Besucherstuhl auf dessen anderer Seite. »*Hinsetzen.*«

Langsam verraucht meine Wut, und ich bekomme Angst. Er hat es herausbekommen, *schießt es mir durch den Kopf.* Das mit Julian und mir.

Allerdings bin ich entschlossen, mir meine Unsicherheit nicht anmerken zu lassen. Mehr Selbstbewusstsein vortäuschend, als ich tatsächlich empfinde, verschränke ich die Arme vor meiner Brust und lehne mich im Stuhl zurück.

»Was ist?«

Befriedigt stelle ich fest, dass meine Stimme nicht zittert.

»Wo warst du gerade?«

»In der Stadt.«

»Und was hast du dort gemacht?«

»Ich war bei der Massage«, lüge ich, und Dad durchschaut mich offenbar sofort, denn er hebt die Augenbraue.

»War's das?«, frage ich, in der Hoffnung, so vom Haken zu kommen. Ist natürlich Blödsinn.

Dad kratzt sich am Hals, mustert mich nachdenklich und schweigt. Gut. Dieses Spiel kann ich auch spielen.

Sekundenlang geschieht nichts.

Als ich fast dazu bereit bin, doch nachzugeben, greift Dad nach einem zusammengerollten Elastoscreen vor sich, breitet ihn aus, schaltet ihn an und schiebt ihn mir über den Schreibtisch hinweg zu.

Ich hebe eine Augenbraue und behalte die Arme verschränkt.

»Nur zu. Schau es dir an.«

Ich sauge Luft durch die Nase ein, tief, aber möglichst unauffällig. Dad darf nicht sehen, wie nervös ich bin. Was, wenn auf dem Elastoscreen Vids von mir und Julian zu sehen sind? Ist es uns doch nicht gelungen, alle Überwachungskameras in den Ställen zu manipulieren? Der Nachmittag vorgestern fällt mir ein: Julian und ich in der Sattelkammer.

Meine Finger zittern leicht, während ich nach dem Elastoscreen greife. Als ich das Foto deutlich erkennen kann, sinkt mir das Herz in die Hose – vor Erleichterung.

Auf dem Bild bin ich zu sehen: ich trage ein himbeerfarbenes Top und meine dunkle Lieblingsjeans. Die Haare sind zu einem Knoten am Hinterkopf aufgesteckt, so wie jetzt. Dieses Foto ist heute aufgenommen worden, erst vor ein paar Stunden.

Und der Junge auf dem Foto, das ist nicht Julian.

Obwohl ich sein Gesicht nicht sehen kann, erkenne ich ihn sofort: Es ist Marcus. Er umarmt mich, drückt mich an sich, ich habe die Augen geschlossen und lächle. Wenn ich es nicht besser wüsste, würde ich sagen, ich sehe verliebt aus. Dabei habe ich mich nur gefreut, weil es seiner Schwester besser geht. Doch das weiß Dad nicht.

»Es ist nicht das, wonach es aussieht«, sage ich schließlich, als ich den Elastoscreen wieder auf den Tisch lege.

Dad schnaubt. »Was ist es dann?«

»Wir sind nur Freunde.«

»Freunde?!« Die Schärfe in seiner Stimme nimmt zu. »Seinetwegen wärst du beinahe gestorben.«

Der Schlag sitzt, weil es die Wahrheit ist. Jedenfalls habe ich das selbst eine ganze Weile lang geglaubt. Ich habe Marcus an all dem, was vor drei Jahren geschehen ist, die Schuld gegeben. Dabei war ich es, die schlechte Entscheidungen getroffen hat. Er hat mich nie dazu gezwungen, sein Zeug zu kaufen, ganz zu schweigen davon, es zu nehmen.

»Gib mir deine Tasche«, verlangt Dad.

»Was?«

»Du hast mich schon verstanden.«

»Dad...«, versuche ich es, aber er lässt keine Diskussion zu.

»Ich bin kein Idiot, Elektra. Ich weiß, warum du bei ihm warst. Also los.«

Widerwillig streife ich mir den Riemen der Tasche von der Schulter und strecke sie ihm entgegen.

»Öffnen«, verlangt er.

Mit genervtem Blick presse ich meinen Daumen auf die goldene Platine am Verschluss. Sie vibriert kurz, öffnet sich und ich ziehe meine Hand zurück.

»Danke.« Ohne mit der Wimper zu zucken, dreht Dad die Tasche auf den Kopf und schüttet ihren Inhalt auf den Schreibtisch. Neben Taschentüchern, meinem Elastoscreen, zwei Lippenstiften, Zopfgummis und dem weißen Plastikbehälter mit meinen ILs fallen auch ein Tampon und Kondome heraus. Sie sind es nicht, an denen Dad sich stört. Mit Eisesmiene betrachtet er die daumennagelgroßen, kanarienfarbenen Plättchen, die ich in das Seitenfach der Tasche gesteckt hatte und die jetzt zuoberst auf dem Haufen liegen.
»Ich ...«, beginne ich kleinlaut, aber Dad will es nicht hören.
»Lüg mich nicht an.«
»Das wollte ich auch nicht.« Meine Stimme klingt dünn.
Dad haut mit der Faust fest auf den Tisch. »Was wolltest du dann?! Dich umbringen?!«
»Nein! Ich ...«
»Muss ich dich daran erinnern, was vor drei Jahren passiert ist?«
»Nein.«
»Warum, Lexi? Warum dann?«
»Weil ich nicht mehr kann!« Ich stehe so schnell vom Stuhl auf, dass dieser nach hinten umkippt. »Weil du diesen bescheuerten Plan verfolgst und mich mit jemandem verheiraten willst, den ich nicht kenne!«
Tränen schießen mir in die Augen und ich drehe den Kopf schnell zur Seite, damit er das nicht sieht. Wie oft hatten wir diese Diskussion bereits?
»Und das ist ein Grund, Drogen zu nehmen?«
»Es ist nicht das gleiche Zeug wie damals.«
»Und deshalb ist alles in Ordnung?« Er greift nach vorne und hebt eines der Plättchen auf. »Du weißt nicht, was dieser Junkie zusammengepantscht hat. Seine Mischung hat dir schon einmal den Rest gegeben. Nichts im Leben ist das wert.«
»Du musst ja auch nicht dieses Politikersöhnchen heiraten.«
Dad wird ernst, sehr ernst. »Wir haben alle bereits Dinge für diese Familie geopfert, Elektra. Jetzt bist du an der Reihe.«

»*Es ist* mein *Leben.*«

»*Und niemand verlangt, dass du es aufgibst.*« *Dad steht auf und kommt hinter dem Schreibtisch hervor. Am liebsten würde ich davonrennen, aber ich beiße die Zähne zusammen und lasse zu, dass er mir die Hände auf die Schultern legt.* »*Du musst Phillip nicht heiraten, Lexi. Es ist ein Verlobungsvertrag. Niemand erwartet, dass ihr euer Leben miteinander verbringt.*«

Ich weiß, dass er lügt. Und er weiß, dass ich es weiß. Du musst nur Durchhalten bis zur nächsten Wahl. Wenn Frederik von Halmen in eineinhalb Jahren Senator wird und die Gesetzesreformen zum menschlichen Klonen unterschrieben sind, könnt ihr euch trennen.

Das haben mir sowohl Dad als auch Onkel Kadmos versprochen. Aber ich weiß, dass es nicht so einfach werden wird. Was, wenn Phillips Vater nicht Senator wird? Muss ich dann weitere vier Jahre bis zur nächsten Wahl an dieser Zweck-Verlobung festhalten? Was, wenn Frederik Senator wird, aber keine Mehrheit für die Gesetzesreform bekommt? Wie Dad spielt von Halmen sein eigenes Spiel. Im Moment mögen sie glauben, dass sie beide gemeinsam als Sieger aus dieser Partie hervorgehen können, aber was, wenn sie sich irren? Er braucht unser Geld und wir brauchen seinen Einfluss in der Politik. Was, wenn das niemals aufhört? Ich will nicht das Bauernopfer für die größenwahnsinnigen Pläne meines Vaters und dessen Onkel sein.

»*Hast du dir die Drogen besorgt, um dich wegzuknallen, weil du endlich bereit bist, den Vertrag zu unterzeichnen?*«

Ich verdrehe die Augen. Was ist das schon wieder für eine Logik? Ich schiele hinüber zu den gelben Plättchen auf dem Schreibtisch. Ja, sie sind gefährlich. Ich habe geglaubt, einen Ausweg aus dieser ganzen Misere gefunden zu haben, aber um ihn zu gehen, brauche ich Mut. Mehr Mut, als ich derzeit habe. Ich dachte, die Plättchen könnten mir dabei helfen. Früher haben sie das.

Das kann ich freilich Dad nicht sagen. »*Hat Phillip denn inzwischen unterschrieben?*«

Dads Miene verfinstert sich. »Das wird er schon noch.«

Der Typ, mit dem sie mich verloben wollen, verschanzt sich in Australien und weigert sich, in die Neue Union zu kommen. Warum also sollte ich diesen dämlichen Vertrag unterschreiben?

»Was ist, wenn ich mich in jemand anderes verliebt habe?«, *frage ich herausfordernd. Die Worte sind noch nicht ganz heraus, da bereue ich sie schon. Ganz dünnes Eis, Elektra, ganz dünnes Eis.*

Dads Augen verengen sich zu Schlitzen. »Meinst du das hypothetisch?«

Ich überlege einen Tick zu lang.

»Wer ist es? Dieser Marcus?«

»Was ist, wenn es gar kein Mann ist?«

Dad verdreht die Augen. »Bist du jetzt auch bi? Wie dein Bruder?«

»Und wenn?«

Dad geht zurück zu seinem Schreibtischstuhl und setzt sich wieder. Gelassen blickt er zu mir. »Mir ist egal, in wen du dich verliebst, solange du den Verlobungsvertrag mit Phillip von Halmen nicht gefährdest. Du weißt, wie wichtig das alles für uns ist. Wer auch immer dir gerade den Kopf verdreht, halt dich fern von ihm. Oder ihr.« *Kurz überlegt er, dann setzt er hinzu.* »Und falls es Marcus ist: Sag ihm, er soll seine Finger von dir lassen. Weil ich ihm sonst seine breche.«

Geschockt starre ich ihn an. Ich weiß, wie kompromisslos mein Vater sein kann. Mit einer solchen Drohung hätte ich jedoch nie gerechnet. Seine Worte machen mich so wütend, dass ich endgültig genug von dieser Diskussion habe. Ohne auf Dad zu reagieren, gehe ich zurück zum Schreibtisch, schnappe mir meine Tasche und packe meine Sachen wieder ein. Bis auf die Plättchen von Marcus. Ich bin keine Idiotin, die wird er mir nicht lassen.

»Was tust du da?«, *fragt Dad.*

»Wonach sieht es denn aus?«

»Wir sind noch nicht fertig, Elektra!«, *donnert er, als ich die Tür zum Flur aufreiße.*

Ich drehe mich nicht um. »Doch, das sind wir«, lasse ich ihn wissen, als ich auf den Flur hinausstürme und die Tür mit voller Wucht hinter mir zuwerfe. Mir doch egal, wenn uns die Angestellten hören. Ehe ich es mir anders überlegen kann, sprinte ich den Gang entlang, durch die Eingangshalle, die Treppe hinauf und in mein Zimmer.

Dad wird nicht gewinnen, schwöre ich mir. Ich werde ihm nicht seinen Willen lassen. Nicht, wenn das bedeutet, nicht mehr ich selbst sein zu können. Das wird er schon sehen!

Kapitel 25

»Was, zur Hölle, ist hier los?«

Die Gestalt an der Tür senkt ihren Elastoscreen etwas und die Lichtkegel der unseren erfassen ihr Gesicht. Ich habe mich nicht verhört.

»Dad?!«, fragt Hektor fassungslos.

»Mist«, flüstert Isabel.

»Dad!«, rufe ich und will auf ihn zugehen, aber ich kann nicht. Da ist wieder diese Angst, dieses schreckliche, unbestimmte Gefühl, dass etwas ganz und gar nicht in Ordnung ist. Ich will das nicht fühlen!

Dennoch bleibe ich wie die anderen zur Salzsäule erstarrt stehen, während er auf uns zukommt. Mit dem Unterarm schirmt er sein Sichtfeld ab. Phillip, Isabel und Hektor senken ihre Elastoscreens, damit sie ihn nicht mehr blenden.

Ich überlege kurz, ob ich zu ihm aufschließen soll. »Ich dachte, du bist in Asien?«

»Was geht hier vor?«, will er wissen.

»Ich hab den Strom abgestellt«, erklärt ihm Hektor, obwohl unser Vater sicher etwas ganz anderes meint.

Der blickt ihn ernst an, dann mustert er mich, meinen Klon, Phillip von Halmen und wieder Hektor.

»Stell ihn wieder an«, verlangt er.

Ein Widerspruch liegt meinem Bruder auf der Zunge, ich erkenne es an seiner Haltung. Deshalb streichle ich kurz mit den Fingern über seinen Handrücken. Hektor nickt und geht an Dad vorbei nach draußen.

Von uns anderen sagt keiner ein Wort.

Mein Klon hat Angst vor meinem Vater. Sie wirkt völlig verspannt. Phillip stellt sich dicht neben sie.

»Wir …« Mein Hals fühlt sich extrem trocken an und ich räuspere mich. »Wir haben …« Mehr will mir nicht einfallen.

»Ja, Elektra?«

Ein Schauer läuft mir über den Rücken. »Nichts.«

Wieder ertönt dieses Zischen, dann flammt grell das Licht auf. Ich muss die Augen zusammenkneifen und zwei Mal blinzeln. Als ich mich umblicke, ist es hell im Raum und die Holowand hat sich aufgebaut. Das Metallgestell mit der Plastikröhre ist verschwunden; das Arbeitszimmer wirkt wieder kleiner.

»Setzt euch.« Dad deutet auf die Ledercouch, von der ich gerade erst aufgestanden bin. Ich schiele hinüber zu Phillip und Isabel und sehe, wie er ihre Hand drückt. Die beiden gehen hinüber und setzen sich, zögernd schließe ich mich ihnen an, lasse jedoch zwischen mir und meinem Klon eine Lücke, in die sich Hektor platzieren könnte, der gerade zurückkommt.

Der bleibt jedoch neben der Couch stehen und mustert unseren Vater wachsam.

»Geht es dir gut?« Dad blickt mich ernst an.

Zögernd nicke ich.

Er hebt den Elastoscreen. »Wir müssen dich in die Firma bringen. Ich will, dass ein Medic dich untersucht.«

»Warum?«

»Deine Hirnmuster …« Dad hebt seinen Elastoscreen, obwohl dessen Bildschirm jetzt, wo er die Lampe ausgeschaltet hat, schwarz ist.

»Der VitaScan«, vermutet Isabel und ich blicke sie verwirrt an.

»Du lässt die Daten meines VitaScans an deinen Elastoscreen übertragen?«, fragt Hektor aufgebracht. »Dein Ernst?!«
Dad blickt ihn ungerührt an. »Nur hier in Prometheus Lodge.«
»Warum nicht zu Hause?«
»Du warst ein kleiner Junge, als du dich das letzte Mal hier hast scannen lassen, Hektor. Natürlich haben deine Mutter und ich uns damals eure Ergebnisse angesehen. Du warst Jahre nicht hier. Ich habe einfach vergessen, den Link zu deaktivieren. Was offensichtlich besser war. Sonst hätte ich diese beunruhigenden Ergebnisse nicht erhalten.« Er wendet sich Isabel zu. »Ich nehme an, dass es nicht deine waren.«
Mein Klon schüttelt den Kopf.
»Was machst du dann hier?«, fragt Dad forsch.
Sie zögert. Phillip will ihr zu Hilfe eilen, überraschenderweise höre ich jedoch mich selbst antworten. »Ich habe Hektor gebeten, sie herzubringen.«
Dad runzelt die Stirn. »Warum.«
Ja, warum?
»Ich nehme an, ich wollte sie kennenlernen«, überlege ich. »Und Phillip.«
Isabel rutscht unruhig hin und her. »Du hast gesagt, Kelsey wäre bei einem Autounfall gestorben«, sagt sie dann. Phillip legt ihr die Hand auf die Schulter, aber sie schüttelt sie ab und steht auf. Sie baut sich vor meinem Vater auf. »Mörder.«
Ich zucke zusammen, auch wenn ich keine Ahnung habe, von was sie redet. Doch ich denke an Julian. Hat er es wirklich getan? Hat er ihm wirklich kaltblütig das Genick gebrochen?
»Du redest Unsinn«, behauptet Dad. Er lässt sich von Isabel nicht einschüchtern; natürlich nicht. Bedächtig legt er seinen Elastoscreen auf einem der Papierberge auf dem Tisch hinter sich ab. »Deine Schwester ist bei einem Autounfall gestorben. Ich habe nur eine günstige Gelegenheit genutzt.«

»Lüge!«

Überrascht hebe ich eine Augenbraue. So viel Kampfgeist hätte ich Isabel gar nicht zugetraut.

Auch Dad scheint überrascht. »Ist das so?«

Isabel streckt den Arm aus und deutet mit dem Finger auf mich. »Du lügst ständig. Du hast behauptet, *sie* wäre tot. Der Polizei hast du gesagt, Julian hätte seine Sachen zusammengepackt und wäre verschwunden!«

»Ich habe dir das Leben gerettet.« Dads Stimme klingt frostig.

»Und das ist auch eine Lüge!«

»Ich habe dir das Leben geschenkt! Zwei Mal sogar.«

»Und was für ein Leben soll das sein?«

Er mustert sie von oben bis unten. »Es scheint dir nicht so schlecht zu gefallen.«

»Priamos«, mischt sich Phillip ein. »Lassen Sie uns das alles in Ruhe besprechen.«

»Glaubst du, das ist überhaupt möglich?« Sein Blick wandert von Isabel zu mir. Was er wohl denkt? Dass wir beide Heißsporne sind?

Falls ja, gibt ihm Isabel mit ihren nächsten Worten recht. »Wir haben die Geräte und Schläuche gesehen.« Sie ist nicht bereit, klein beizugeben. »Was planst du?«

Dad leckt sich kurz über die Lippen und schiebt die Hände in die Hosentaschen. »Ich möchte dir ein Angebot machen.«

»Schon wieder?«

Dad lässt sich nicht aus der Ruhe bringen. »Euch beiden, eigentlich.« Er blickt Phillip an. »Aber erst muss ich mich um meine Tochter kümmern.«

Dad und ich blicken uns an.

»Mir geht es gut«, murmle ich, obwohl die Kopfschmerzen wieder zurückkehren. »Ich habe nur Durst.«

Also gehen wir nach oben. Dad schließt die Tür zu seinem Arbeitszimmer, dann geht er voran und führt uns ins Wohnzimmer. Wo wir uns auf die Couch setzen, als seien wir eine ganz normale Familie.

Dankbar nippe ich an der Fruchtsaftschorle, die Hektor mir aus der Küche bringt. Ich sitze direkt unter einem der schwebenden Holo-Lightbulbs, die Dad aktiviert hat, weil es draußen dunkel geworden ist, und ihr Licht sticht in meinen Augen und verschlimmert meine Kopfschmerzen noch. Mir fällt es schwer zu denken, aber das Glas in der Hand zu halten, hilft mir dabei, mich zu konzentrieren.

»Du wolltest mir ein Angebot machen«, erinnert Isabel Dad, als wir alle halbwegs zur Ruhe gekommen sind. Wobei »zur Ruhe gekommen« wirklich der falsche Ausdruck ist. Selbst Hektor rutscht nervös auf seinem Platz hin und her.

Dad lässt sich Zeit mit seiner Antwort. Gut möglich, dass er es genießt, uns im Unklaren zu lassen. Auch so eine Seite an ihm, die ich so von ihm nicht kenne. Die die Frage aufwirft, was er alles noch vor mir verborgen gehalten hat. Andererseits war ich im vergangenen Jahr auch nicht ganz ehrlich zu ihm. Und er hat seine Reise unterbrochen, um zurückzukommen, weil er sich Sorgen um mich macht. Ich wechsle einen Blick mit Hektor. Wäre es nicht doch das Beste, Dad um Hilfe zu bitten?

Mein Bruder schüttelt unmerklich den Kopf. Vermutlich ahnt er, was in mir vorgeht. Wir haben uns immer den Rücken gestärkt. Abgesehen von Phaedre – kurz durchzuckt mich Schmerz, als ich an sie denke – ist er mein allerbester Freund. Doch kann ich mich wirklich hundertprozentig auf ihn verlassen, wenn er auch zu *ihr* hält, zu Isabel?

»Mit der Situation, wie sie jetzt ist, sind wir alle nicht glücklich«, beginnt Dad schließlich. »Mir passt es nicht, dass du herumläufst und dich als meine Tochter ausgibst« – er nickt Isabel zu –, »und du hast von der ganzen Öffentlichkeit ohnehin bereits die Nase voll, wenn ich deinen Vater richtig verstanden habe.« Jetzt schaut er zu Phillip. »Lexi … ich denke, das muss ich gar nicht erst aussprechen.«

Einen Augenblick lang lassen wir alle Dads Worte sacken und hängen unseren Gedanken nach.

»Ich tausche bestimmt nicht mit *ihr* den Platz und lasse mich in diesem Haus einsperren.« Isabel streckt ihren Rücken durch. »Und ich gehe auch nicht zurück in ein Institut.«

»Das kommt nicht infrage!«, bestärkt Phillip sie sofort.

Dad winkt ab. »Das wollte ich auch gar nicht vorschlagen. Es gibt eine Möglichkeit, wie wir alle bekommen, was wir uns wünschen.«

Das bezweifle ich stark.

»Das bezweifle ich stark«, sagt Isabel und ich zucke zusammen.

»Und die wäre?« Phillip klingt misstrauisch, spitzt aber die Ohren.

»Ihr tauscht die Körper.«

Isabel versteift sich. »Warum sollte ich das tun?«

»Weil das dir und deinem Verlobten«, er nickt Phillip zu, »eine Menge Freiraum einbringt.«

Isabel und ich starren uns einen Augenblick an. Dads Plan überrascht mich nicht, ich begreife aber nicht, was er glaubt, dass für meinen Klon dabei herausspringt. Eine Menge Freiraum?

»Dir gefällt es, durch die Welt zu reisen.« Dad beugt sich nach vorne und schenkt sich noch etwas Schorle nach. »Und warum auch nicht? Es ist sicher schön, neue Länder kennenzulernen, nach all der Zeit an einem Ort.«

Hat er auf das Institut angespielt, um ihr zu drohen? Falls er merkt, dass Isabel sich versteift, geht er nicht darauf ein.

»Wenn Elektra wieder ihren rechtmäßigen Platz einnimmt, könnt ihr beide verschwinden.« Jetzt blickt er in Phillips Richtung. »Ihr könnt nach Australien ziehen, irgendwohin außerhalb der Neuen Union, wo euch niemand kennt. Keine Sorge, Geld soll nicht euer Problem sein.«

Phillip und Isabel blicken sich an. Dann deutet er auf mich. »Was ist mit ihr? Mit der Verlobung.«

»Wir werden sagen, ihr habt sie gelöst. Es hat einfach nicht geklappt mit euch beiden.«

»Und meine Eltern?« Jetzt beugt sich Phillip nach vorne. Er wirkt angespannt, aber nicht so, als würde er Dads Vorschlag per se ablehnen.

»Denen werden wir natürlich die Wahrheit sagen. Ihr könnt euch weiterhin besuchen, wenn ihr vorsichtig seid. Wir brauchen immer noch die Unterstützung deiner Familie. Und dein Vater braucht meine.«

»Was ist mit meinen Freunden?«, will Isabel wissen. »Den anderen Klonen. Wenn ich mich auf den Deal einlasse, wirst du sie freilassen?«

»Nein.«

»Nein?!«

»Das ist ein Angebot, Isabel, keine Verhandlung. Ich werde das Klonprogramm nicht aufgeben, und das weißt du genau.« Er deutet hinüber zu Phillip. »Sein Vater wäre damit auch nicht einverstanden. Er braucht das Geld von Hamilton Corp., um seinen Wahlkampf zu finanzieren. Und unsere lukrativste Einnahmequelle ist nun mal das Klonprogramm.«

»Das muss nicht so bleiben«, wendet Hektor ein.

Vater nickt ihm zu, aber sein Gesichtsausdruck dabei erinnert mich eher an das Grinsen eines Wolfes als an ein anerkennendes Lächeln. »Das muss es nicht, in der Tat. Doch Veränderungen brauchen Zeit. Etwas, das uns gerade fehlt.«

»Warum …«, will Hektor wissen.

Dad schneidet ihm scharf das Wort ab. »Weil deine Schwester sich nicht ewig hier im Wald verstecken kann. Und weil deine *neue Freundin* ohnehin keine Lust darauf hat, ihr Leben lang meine Tochter zu spielen. Habe ich nicht recht?«

Jetzt konzentriert er sich wieder auf Isabel. Sie hält seinem Blick stand. »Du wirst die Klone freilassen?«

»Sicher.« Dad gibt sich gelassen. »Ich habe nicht vor, das Gesetz zu brechen.«

»Nein, das würdest du natürlich *nie* tun.« Sie räuspert sich. »Du lässt sie frei. Mit Vollendung ihres *zwanzigsten* Lebensjahrs.«

»Mit Vollendung ihres Dreißigsten. Das Gesetz wird bald eingereicht.«

»Zwanzigsten! Das sind genug Jahre!«

Er seufzt.

»Dad«, bittet Hektor.

»Mein Vater hat den Gesetzesentwurf noch nicht vorangetrieben«, mischt sich nun auch Phillip ein.

»Bis zu ihrem fünfundzwanzigsten Lebensjahr«, schlägt Dad vor.

»Dreiundzwanzigsten.«

Dad überrascht mich. »Also gut!« Er streckt Isabel die Hand über den Tisch hinweg entgegen. Also doch eine Verhandlung.

Sie ignoriert sie und blickt demonstrativ zu mir. »Was ist mit der Geist-zu-Geist-Transplantation?«

Wie ernst es ihm ist, erkenne ich daran, dass er sich noch nicht einmal bemüht, sie anzulügen. »Der nächste große Schritt. Unmöglich, den noch aufzuhalten. Wenn wir es nicht patentieren, machen es die Asiaten vor uns.«

»Inakzeptabel. Was nutzt es, den Klonen zuzusichern, ihnen die Freiheit zu geben, sobald sie 23 sind, wenn du ihr Bewusstsein vorher auslöschst?«

»Ihr Bewusstsein wird nicht ausgelöscht. Sie tauschen lediglich den Körper.«

»Du meinst, du steckst es in einen alten oder einen kranken.«

Ihre Worte treffen mich mehr, als sie es sollten. Vermutlich liegt das an den verdammten Kopfschmerzen. Sie werden wieder so stark, dass ich kurz die Augen zusammenkneifen muss.

Jetzt nicht, mahne ich mich selbst im Stillen. *Jetzt nicht!* Falls die Kopfschmerzen ein Anzeichen dafür sind, dass mein Klon versucht, die Kontrolle über diesen Körper zu übernehmen, hat sie sich einen denkbar schlechten Zeitpunkt ausgewählt. Wenn sie stärker ist als ich, schaufelt sie sich damit ihr eigenes Grab.

»Du kannst nicht die Welt retten, Isabel«, höre ich Dad sagen. »Aber dich selbst.«

»Das ist nicht genug.«

Ich blinzle und sehe, dass Phillip nervös Isabels Hand ergreift. Sie bleibt hart. »Priamos?«

Dad schmunzelt. Als sei das alles ein Spiel. Als ginge es nicht um Menschenleben. Schnell balle ich meine Hände zu Fäusten, damit niemand sieht, dass ich zittere; ich bin erschrocken über mich selbst. Seit wann bezeichne ich die Klone als Menschen? Sie sind Menschen, ja. Doch künstlich erzeugte. Sie sind Kopien, keine Individuen. Das sind sie! Meine Kopfschmerzen werden stärker. Als ich nach dem Getränk vor mir greife, stoße ich das Glas beinahe um.

Die anderen konzentrieren sich allerdings so sehr auf meinen Dad und Isabel, dass sie es gar nicht bemerken.

»Du hast Freunde im Institut, nicht wahr?«

»Versuchst du wieder, mir mit ihnen zu drohen?«

»Ganz im Gegenteil. Was wäre, wenn sie schon früher gehen könnten?«

»Wann?«

»Sobald Elektra wieder ihren richtigen Platz eingenommen hat.«

»Was willst du den Eigentümern sagen?«, fragt Hektor. »Den Investoren?«

»Das lass meine Sorge sein«, antwortet Dad kalt. »Seit wann interessierst du dich überhaupt für die Firma?«

»Was ist mit den anderen Klonen?« Isabel lässt nicht locker. »Die, mit denen ich nicht befreundet bin?«

»Überspann den Bogen nicht.«

Dad geht zu einem Sideboard, zieht die Schublade auf, und holt einen kleinen Block und einen Stift heraus. Beides wirft er vor Isabel auf den Tisch. »Zehn Namen«, erklärt er. »Zehn Namen kannst du aufschreiben. Keinen mehr. Das ist mein letztes Angebot.«

Ich halte den Atem an und beobachte meinen Klon. Die pochenden Schmerzen hinter meiner Stirn machen es mir schwer, mich zu konzentrieren.

Was wird Isabel tun? Sie scheint Dad gut einschätzen zu können. Vielleicht möchte er den Eindruck erwecken, dass er ihr eine Wahl lässt, aber wir alle wissen, dass er seinen Willen durchsetzen wird, auf die eine oder andere Weise. Es wird mit Isabels Einverständnis geschehen – oder dagegen.

Isabel zieht den Block zu sich heran, nimmt den Stift, beginnt zu schreiben und hört wieder auf. »Du hast das alles von Anfang an geplant, nicht wahr?« Ihre Stimme trieft vor Verachtung. »Du hast nicht mal deiner eigenen Frau verraten, dass eure Tochter noch lebt. Die Pläne von Polina! Du hast sie nicht nur wegen der Firma gebraucht, sondern wegen Elektra. Weil du für *sie* die Geist-zu-Geist-Transplantation entwickeln wolltest. Kelsey ...« Isabel unterbricht sich und blickt in meine Richtung. »Kelsey ...«, setzt sie dann erneut an, doch Dad unterbricht sie. »Zehn Namen!«

Ich kann sehen, wie egal es ihm ist, was ein Klon von ihm hält. Obwohl es das nicht sollte, überläuft mich ein Schauder.

»Ich muss darüber nachdenken«, behauptet Isabel schließlich.

Dad nickt. »Aber nicht zu lange.«

Er dreht sich um, um das Zimmer zu verlassen – und ausgerechnet diesen Augenblick sucht sich dieser verdammte Parasit in meinem Kopf aus, mich in die Knie zu zwingen.

Kapitel 26

Die Kopfschmerzen bringen mich fast um. Ich versuche gar nicht, die Haferbreischale, die meinen Fingern entglitten ist, noch zu fassen zu bekommen. Stattdessen greife ich mir mit beiden Händen ins Haar, drücke meine Handflächen an meine Schläfen, um den Schmerz zu übertönen. Mein Oberkörper krümmt sich wie von selbst nach vorne und ich kann ein gequältes Stöhnen nicht unterdrücken.

»Lexi!«

Verschwommen erkenne ich, dass jemand vor mir in die Hocke geht, mir die Hand auf das Knie legt.

Wieso sitze ich? Wo sitze ich?

»Lexi?«

Ich blinzle. Wir sind in einem ganz anderen Zimmer. Und vor mir ... das ist Priamos Hamilton!

Ich kann es nicht verhindern, ich weiche vor ihm zurück, versuche, in den Polstern der Couch, auf der ich sitze, zu verschwinden.

Ich war weg, begreife ich da plötzlich. Sie hat die Kontrolle übernommen und war wieder da. Wie viel Zeit ist vergangen?

»Isabel?« Ich klinge schwach und ängstlich.

Priamos' besorgte Miene verfinstert sich.

»Ich bin hier!«, höre ich die Stimme meiner Schwester. Eine Gestalt kommt von links auf mich zu, aber Priamos Hamilton ist schneller.

»Unmöglich.« Er packt mein Kinn und hält mich in einem schraubstockartigen Griff, sodass ich nicht ausweichen kann. Dann beugt er sich vor, bis sein Gesicht direkt vor dem meinen schwebt. Seine Augen sind stechend, suchend.

Er weiß es, fährt es mir durch den Kopf. *Er ahnt es. Er hat es begriffen!*

Plötzlich stehen auch die anderen um uns herum. Isabel, Hektor und Phillip.

»Lass sie los!«, zischt meine Schwester.

Überraschenderweise gehorcht Priamos ihr und richtet sich auf. »Ich wusste, dass etwas nicht stimmt.« Er dreht sich zu Hektor um. »Warum hast du mir nichts gesagt?«

Der wirkt angespannt. »Sie ist ja hier.«

Isabel ist jetzt bei mir und nimmt mich in den Arm, drückt mich an sich. Augenblicklich scheinen meine Kopfschmerzen weniger zu werden. Schweigend beobachten wir den Schlagabtausch zwischen Priamos und Hektor Hamilton.

»Sie ist deine Schwester, verdammt! Deine *richtige* Schwester!« Priamos' Gelassenheit ist verschwunden.

Die von Hektor allerdings auch. »Das ist mir klar! Und wenn sie es ist, dann sind die beiden das auch.« Er deutet auf Isabel und mich. »Sie sind genetisch identisch, oder etwa nicht?«

Priamos seufzt tief. »So siehst du das also. Du begreifst nichts.«

»Sie besitzen die gleiche DNA wie deine Tochter!«, legt Hektor nach. »Zu was macht sie das?«

»Du wirst nie in der Lage sein, Hamilton Corp. zu führen. Das hätte mir von Anfang an klar sein sollen.«

»Es geht hier nicht um deine Firma, *Dad*«, Hektor spuckt das Wort mehr aus, als dass er es spricht. »Sondern um deine Familie.«

»Wir wollen alle das Gleiche«, unterbricht Isabel das Gespräch der beiden. Tatsächlich drehen sich Vater und Sohn zu uns um, Phillip setzt sich neben sie. »Unsere Pläne haben sich nur um eine weitere Komponente erweitert.«

Priamos verschränkt die Arme. »Ist das so? Was schlägst du vor?«

Isabel steht auf. »Ist das nicht offensichtlich? Ich habe meine Schwester zurück. Und ich bin nicht bereit, sie wieder herzugeben.«

»Dann hast du sicher Verständnis dafür, dass es mir mit meiner Tochter genauso geht.«

»Vielleicht überrascht dich das, aber in gewisser Weise habe ich das sogar. Wo ist ihr Körper?«

»Ihr Körper …?«

»Momentan teilen sich Kelsey und Elektra einen Körper. Das …«

»Elektras Körper steht nicht zur Verfügung«, unterbricht mich Priamos ruppig. »Er ist … nicht lebensfähig.«

»Was redest du da?« Hektor klingt genauso überrascht wie ich.

»Es waren die verdammten Drogen.« Die Adern an Priamos' Hals treten deutlich hervor und sinken in die Haut zurück. »Sie hat die Finger nicht von ihnen lassen können. Und jetzt sorgt dieser ganze Dreck noch Jahre später dafür, dass ihr Körper nie wieder aufwachen wird.«

»Drogen?«, frage ich leise. Die letzten drei Jahre habe ich mich gefragt, warum Elektra Hamilton bereits mit vierzehn Jahren eine Organtransplantation benötigt hat. Ich habe mich gefragt, ob sie eine Krankheit in sich trägt, die genetisch bedingt ist und auch bei Isabel und mir eines Tages ausbrechen könnte. Ich hatte Angst davor, meine zweite Niere zu verlieren. Oder dass Isabel eine Transplantation brauchen würde, und niemand wäre mehr da, um ihr zu helfen.

Und dann erfahre ich, dass diese blöde Kuh Drogen genommen hat? Warum, bitte schön?! Sie hatte doch ohnehin alles. Wozu braucht jemand wie Elektra Hamilton Rauschgift?

»Die letzte Einnahme hat ihr den Rest gegeben. Als wir ihren Körper ins Krankenhaus gebracht haben ... Ich hätte diesen Marcus umbringen können!«

»Du willst meiner Schwester ihren Körper wegnehmen, weil deine Tochter ein Junkie war?« Isabel klingt angeekelt. Ich stelle mich hinter sie. Sie wird das nicht zulassen. Das wird sie nicht.

»Mr. Hamilton ...«, beginnt Phillip von Halmen, doch Priamos hat sich wieder gefasst. Er verschränkt die Arme vor der Brust und mustert Isabel kalt. »Das Gesetz ist auf meiner Seite. Diese Körper« – er deutet auf Isabel und mich – »gehören mir. Sie sind mein Eigentum, über das ich verfügen kann, wie es mir beliebt. Wenn du deine ›Schwester‹ retten willst, steht es dir natürlich frei, mir statt dem ihren deinen Körper anzubieten.«

»Wenn Elektras Körper nicht geeignet ist, welche Optionen haben wir dann?«

Wie gesittete Menschen haben wir alle wieder unsere Plätze eingenommen und sprechen über Geist-zu-Geist-Übertragung und Besitzverhältnisse von menschlichen Körpern, als sei das das Normalste auf der Welt. Ich fühle mich von den seltsamen Holzstatuen beobachtet, die ebenso wie Pflanzenkübel scheinbar wahllos im Raum verteilt stehen. Sie sind menschengroß, aber schlank wie Birken. Im Schein der künstlichen Lichtkugeln, die unter der Wohnzimmerdecke schweben, wirken sie fast, als würden sie sich bewegen.

Isabel weicht nicht von meiner Seite und hält meine Hand. Phillip hat sich nicht neben sie, sondern auf meine andere Seite gesetzt.

Priamos hat mir gegenüber Platz genommen und Hektor versinkt in einem mit grauem Samt bezogenen Ohrensessel am

Kopf des Tisches. Er liebt seine Schwester, nehme ich an, aber ich glaube, er mag auch Isabel. Sehr. Keine Ahnung, was ich von diesem Kerl halten soll. Momentan habe ich jedoch zu viel Angst, um mir darüber viele Gedanken zu machen. Er war es, der seinen Vater gefragt hat, welche Optionen uns bleiben.

»Wir brauchen einen weiteren Körper«, spricht Phillip schließlich das Offensichtliche aus.

Priamos nickt, blickt jedoch Hektor an. »Ich rufe Medea an. Du fährst hin und holst jemanden ab.«

»Was?«

»Ich werde die beiden hier sicher nicht noch einmal allein lassen.«

»Moment«, unterbricht Isabel die Diskussion. »Ihr könnt doch nicht irgendeinen … Das geht nicht. Das sind unsere Schulkameraden. Unsere Freunde.«

»Was sonst?« Priamos Hamilton klingt kalt, emotionslos. Als niemand antwortet, fährt er fort. »Ihr haltet mich für einen schlechten Menschen, ein Monster.«

Isabel murmelt etwas Unverständliches.

»Wolltest du etwas sagen?«

»Du bist ein Monster«, sagt sie.

»Weil ich alles tun werde, um das Leben meiner Tochter zu retten? Tu doch nicht so, als würdest du nicht das Gleiche tun.«

»Ich bin überhaupt nicht wie du.«

»Als ich dir angeboten habe, Kelsey medizinisch versorgen zu lassen, wenn du dafür deine komplette Identität aufgibst und dich als Elektra ausgibst, hast du kaum eine Minute gezögert.«

Isabel stutzt, hinter ihrer Stirn arbeitet es. Dann blickt sie hinüber zu Phillip, öffnet den Mund, überlegt es sich jedoch im letzten Moment anders und wendet sich wieder Priamos zu. »Du bist ein Lügner, sonst nichts. Du hast behauptet, Kelsey sei gestorben! Du hast mich in dem Glauben gelassen, ich hätte meine Schwester verloren.«

»Du musstest begreifen, dass dein Handeln Konsequenzen hat.«

»Lass es, Priamos. Lass es einfach.«

»So kommen wir nicht weiter«, mischt sich Phillip ein. »Was wir brauchen, ist eine Lösung.«

»Was ist mit jemandem aus dem Krankenhaus?«, fragt Hektor vorsichtig. Offensichtlich ist es ihm unangenehm, das vorzuschlagen. »Jemand, der gerade verstorben ist?«

Priamos kneift sich mit Daumen und Zeigefinger in die Nasenwurzel. »Und wie sollen wir an so einen Körper herankommen? Nicht mal Phillips Vater hätte so viel Einfluss, das schnell zu bewerkstelligen. Und viel Zeit haben wir nicht.«

Mir wird kalt.

»Warum?«, fragt Isabel.

Priamos wendet sich mir zu. »Du spürst es, nicht wahr? Dir geht es nicht gut. Du hast Kopfschmerzen, nehme ich an. Ist dir auch schwindelig?«

Ich überlege, ob es etwas bringt, ihn anzulügen. Schließlich nicke ich einfach nur.

»Ich wusste es.« Priamos ballt die Hände zu Fäusten, dann steht er auf. »Wagt euch nicht vom Fleck«, warnt er uns, ehe er den Raum verlässt.

»Das ist verrückt«, murmelt Phillip.

»Lasst uns verschwinden.« Isabel steht auf und zieht mich hoch.

»Wir können jetzt nicht gehen!«, warnt Hektor. »Dad hat recht. Wir brauchen seine Hilfe.«

Phillip steht ebenfalls auf. »Meine Mutter kann uns sicher auch helfen.«

»Und was, wenn nicht? Ich glaube nicht, dass mein Vater gelogen hat, als er den Faktor Zeit gerade erwähnt hat. Abgesehen davon, wie weit würden wir kommen, wenn wir jetzt abhauen?«

»Wir müssen es wenigstens versuchen!« Isabel blickt mich an. »Wie geht es dir?«

»Besser.« Es ist nicht gelogen. Die Kopfschmerzen sind viel schwächer als vorhin.

»Du verstehst nicht.« Hektor stellt sich vor uns. »Polina von Halmen kann uns nicht helfen. Wir kommen nicht weit. Ob es uns gefällt oder nicht: Dad hat das Gesetz auf seiner Seite.«

»Indem er das Bewusstsein eines Menschen in einen anderen Körper transferiert?!«

»Nein. Aber was das andere angeht.« Er unterbricht den Blickkontakt mit meiner Schwester. Seine Ohren beginnen zu glühen. »Was die Eigentumsverhältnisse eurer Körper angeht.«

Er schämt sich für das, was er ausspricht, man hört es seiner Stimme an.

Welche Chance wir auch immer hatten, wir haben sie vertan: Priamos Hamilton kommt ins Wohnzimmer zurück. Er mustert uns mit hochgezogenen Augenbrauen. Ohne die Situation zu kommentieren, hält er mir eine kleine Ampulle mit einer rosafarbenen Flüssigkeit entgegen.

»Was ist das?«, fragt Isabel misstrauisch.

Er ignoriert sie und konzentriert sich ganz auf mich. »Etwas, das dir helfen wird. Die Kopfschmerzen, das Schwindelgefühl – sie werden schlimmer, nicht wahr? Trink das, dann wird es dir besser gehen.«

»Medizin?« Schüchtern greife ich nach der Plastikampulle. Sie ist nicht länger als mein kleiner Finger und so dünn wie ein Strohhalm. Die Flüssigkeit darin erinnert mich an Erdbeerlimonade. Als Kind hätte ich ihrem Glitzern nicht widerstehen können. Inzwischen weiß ich es besser. Ich traue Priamos Hamilton nicht. Trotzdem hat er recht. Die Kopfschmerzen *werden* schlimmer. Und er will seine Tochter retten, deshalb braucht er diesen Körper. Das Problem ist: Ich bin ihm scheißegal.

Meine Finger schließen sich um das Gefäß.

»Kelsey, nicht«, warnt mich Isabel.

»Sei keine Idiotin«, rügt Priamos sie kalt. »Wenn ich wollte, dass sie tot wäre, wäre sie das bereits.«

Es stimmt, und trotzdem ist es eine Lüge.

»Danke«, murmle ich, doch anstatt die Ampulle aufzubrechen und die Medizin zu trinken, stecke ich sie in meine Hosentasche. Für den Moment sind die Kopfschmerzen fast abgeklungen, noch habe ich Zeit, mich zu entscheiden.

Als ich in Priamos Hamiltons Richtung blicke, hat er die Stirn gerunzelt.

»Danke für das Medikament, aber Kelsey kommt jetzt erst einmal mit uns.« Isabel greift nach meiner Hand.

Mit angehaltenem Atem blicke ich hinüber zu Priamos. Wird er uns gehen lassen? Der spöttische Ausdruck in seinem Gesicht bestätigt uns, was wir eigentlich ohnehin wissen. »Das geht leider nicht.«

»Es geht sogar sehr gut.«

»Auf keinen Fall!« Priamos' Miene versteinert.

»Isabel«, fleht Hektor.

Meine Hände beginnen zu schwitzen. Ich will hier weg. Ich muss hier raus.

Phillip streichelt Isabels Schulter. »Meine Mutter …«

Priamos' Lachen klingt nicht amüsiert. »Deine Mutter konnte ja nicht einmal das Leben ihres Sohnes retten. Ihres *richtigen* Sohnes, heißt das.«

»Das muss ich mir nicht anhören!«

»Nein. Das musst du nicht. Du kannst gern gehen, Phillip. Allein.«

»Kommt schon«, bittet Hektor eindringlich. »Lasst uns gemeinsam eine Lösung finden.«

»Mit ihm?« Isabel kann sich nur noch schwer im Zaum halten. »Auf keinen Fall. Nicht mal …«

Sie unterbricht sich, als das Klacken ertönt.

Es ist ein seltsames Geräusch, bei dem sich mir sofort sämtliche Härchen aufstellen. Ich weiß nicht, was es verursacht hat, aber es kommt aus Priamos' Richtung und das kann nichts Gutes bedeuten.

»Scheiße«, bestätigt Isabel diese Vermutung.

Langsam wende ich den Kopf und blicke hinüber zu Mr. Hamilton. Hoch aufgerichtet steht er da, die Schultern gestrafft, die Gesichtszüge angespannt.

Seine Finger umklammern den Griff einer Pistole, die er direkt auf uns richtet.

Kapitel 27

»Wir werden die Geist-zu-Geist-Transplantation jetzt vornehmen. Sofort.« Priamos Hamiltons Stimme klingt kalt. »Alles, was wir dazu brauchen, befindet sich in meinem Arbeitszimmer.«

Wir erstarren. Vielleicht bin ich am meisten darüber verwundert, dass Mr. Hamilton mich noch überraschen kann. Er hat mich gefangen gehalten, mein Leben lang kontrolliert, mich ausgeweidet und versucht, mein Bewusstsein zu zerstören. Und trotzdem bin ich schockiert, dass er jetzt eine Waffe auf uns richtet. Nein, nicht auf uns, auch nicht auf mich. Er richtet sie auf Isabel.

Das macht mir fast noch mehr Angst, als würde ich in den dunklen Lauf der Pistole blicken.

»Dad«, flüstert Hektor leise, dann weiß er offenbar nicht weiter. Er klingt, als sei auch er erschrocken darüber, wozu sein Vater fähig ist.

»Keine Sorge, das wird alles ganz schnell gehen«, erklärt Mr. Hamilton ungerührt. »Ich habe mein Medic-Team bereits informiert, schon auf dem Weg vom Flughafen hierher. Sie werden jeden Moment hier sein. Zwar hätte ich lieber auf Dr. Schreiber gewartet, aber den Tausch noch länger hinauszuzögern, wäre zu gefährlich.«

Er klingt jetzt entspannt. Ich zweifle nicht am Wahrheitsgehalt seiner Worte. Doch wird er abdrücken?

»Priamos ...«, beginnt Phillip, aber Mr. Hamilton unterbricht ihn sofort. »Keiner rührt sich, verstanden?«

Wäre es überhaupt Mord, wenn er einen Klon erschießt? Rein rechtlich meine ich.

Phillip verstummt; aus den Augenwinkeln sehe ich, wie er nickt.

»Gut«, lobt das Monster mit der Pistole. »Ich wünschte, das wäre nicht nötig. Ich wünschte, wir hätten uns alle wie zivilisierte Menschen verhalten.«

Isabel lacht freudlos auf und sofort beginnt mein Herz noch schneller zu schlagen.

Priamos wirkt unbeeindruckt. Die Waffe in seiner Hand zittert nicht einmal. Doch Isabel ist ein Hitzkopf. Und wenn sie ihn weiter reizt ... Kurz entschlossen balle ich die Hände zu Fäusten und bewege mich auf sie zu, um mich vor sie zu stellen. Mich wird Priamos Hamilton nicht abknallen, nicht, solange seine Tochter in mir steckt.

»Stopp!«, versucht er mich aufzuhalten und tatsächlich erstarre ich. »Ich hab gesagt: Keine Bewegung.«

»Du wirst uns nicht erschießen.« Isabel streckt die Hand aus, greift nach meiner und drückt sie fest. »Du brauchst uns beide. Unversehrt.«

»Brauchen? Ja. Unversehrt? Nein. Du liebst doch deine Jogging-Runden. Wie leicht, glaubst du, werden dir die fallen, wenn ich dir ins Bein geschossen habe?«

»Dad!«

Alles geschieht gleichzeitig.

Phillip und Hektor stürzen sich auf Mr. Hamilton.

Ein Schuss löst sich.

Und mir rutscht das Herz in die Hose.

Die Menschen um mich herum schreien. Schreie ich auch? Ich weiß es gar nicht. Ich zittere so stark, dass ich mich kaum auf den Beinen halten kann, und ich glaube, ich habe mich eingenässt. Die Kopfschmerzen sind zurück, so heftig, dass ich glaube, die Kugel habe mich getroffen. Als ich jedoch panisch meine nassen Schläfen streiche und danach meine Handflächen betrachte, sehe ich, dass nur Angstschweiß auf ihnen klebt.

Priamos, Hektor und Phillip umkreisen einander. Er hält sie mit seiner Pistole auf Abstand. Aber er schießt nicht. Nicht noch einmal. Jetzt sehe ich den zertrümmerten Blumenkübel auf dem Boden liegen. Erde und Pflanzenfetzen quellen zwischen Keramikscherben hervor. Die Kugel hat uns nur knapp verfehlt. Priamos Hamilton hat tatsächlich geschossen!

Es klingelt an der Tür und gleich mehrere Leute schreien erschrocken auf.

Priamos hingegen verzieht seine Lippen zu einem Grinsen. »Das Medic-Team.«

Er sieht sich nach dem Durchgang zum Flur um, aber Hektor verstellt ihm den Weg.

»Weg da«, herrscht der Vater den Sohn an.

Der schüttelt stoisch den Kopf.

»Hektor!«

Aber Hektor weicht nicht vom Fleck.

»Du weißt, ich muss nicht zur Tür.«

»Dazu müsstest du die Hand von der Waffe nehmen.«

Sie starren sich an, Vater und Sohn, und die Sekunden dehnen sich aus, weiter und weiter …

Plötzlich sprintet Phillip nach vorne und stürzt sich auf Priamos.

»Nein!«, brüllt Isabel.

»Hau ab!« ruft er ihr zu, ehe er mit Mr. Hamilton zusammenknallt und die beiden durch den Raum stolpern. Noch in der Bewegung richtet er sich an Hektor. »Bring sie hier weg! Jetzt!«

Die beiden prallen neben dem Holobildschirm gegen die Wand. Die Türklingel erklingt zum zweiten Mal.

Ich erwarte, einen weiteren Schuss zu hören.

Der bleibt jedoch aus. Priamos heult wütend auf und verpasst Phillip mit seinem Schienbein einen Tritt in den Unterleib, weil dieser ihn mit dem ganzen Gewicht seines Körpers an die Wand pinnt und versucht, ihm die Waffe aus den Fingern zu pressen. Was ihm nicht gelingt.

Isabel will ihrem Verlobten zu Hilfe eilen, aber ich lasse ihre Hand nicht los. Ich verstärke meinen Griff und halte sie zurück. Vor meinem inneren Auge sehe ich wieder und wieder, wie sich ein Schuss aus der Pistole löst und sie durchbohrt. Keinesfalls werde ich das zulassen.

Phillip mag ein netter Kerl sein. Aber ich kenne ihn nicht und er ist mir egal.

Er rettet dir gerade das Leben, fährt es mir durch den Kopf. Aber wenn ich zwischen Isabel und Phillip wählen muss, wird es immer meine Schwester sein, für die ich mich entscheide.

Und sie?

»Wir müssen hier weg!«, sage ich fest und blicke Hektor an. Das Medic-Team klopft an die Haustür. Wie lange wird es dauern, bis sie um das Haus herumlaufen und durch die Glaswand blicken?

Phillip und Priamos haben sich inzwischen voneinander gelöst und starren sich an. Mr. Hamilton umkrampft seine Waffe, hinter seiner Stirn arbeitet es. Wenn es ihm gelingt, die Haustür zu öffnen, sind wir verloren. Und dazu braucht er nur seinen Elastoscreen. Der allerdings auf dem Wohnzimmertisch liegt.

Ich blicke hinüber zu Hektor, der mit weit aufgerissenen Augen zu seinem Vater starrt.

»Haut ab!«, fordert Phillip erneut. »Sofort.«

Das Klopfen an der Haustür wird vehement.

»Ihr kommt nicht weit!«, höhnt Priamos Hamilton.

Das gibt den Ausschlag. Unser Eigentümer hat keine Ahnung, zu was ein Klon alles in der Lage ist.

»Hilf uns!«, herrsche ich Hektor an, als ich vor ihm stehe. Isabel versucht sich loszureißen, aber ich lasse das nicht zu. Es stimmt schon, Angst verleiht einem zusätzliche Kräfte.

Wieder dehnen sich die Sekunden. Hektor und ich wechseln einen Blick. Dann er und Isabel. Dann sie und ich.

Als sie aufschluchzt, weiß ich, dass ich gewonnen habe.

Sie ist also immer noch meine Isabel, meine Schwester. Auch sie entscheidet sich für mich.

»Mitkommen«, zischt Hektor, dreht sich um und rennt aus dem Zimmer.

»Was …«, beginnt Isabel, unterbricht sich aber selbst. Es ist unwichtig.

Sie vertraut Hektor. Also tue ich das auch.

Vom Flur aus sehe ich, wie Priamos hinter uns herstürzen will, Phillip ihm jedoch beherzt beide Arme um den Bauch legt, als sei er ein Ringer. Dann fliegt die Tür ins Schloss. Hektor hat sie zugezogen.

»Phillip!«, schreit Isabel panisch und will sich losreißen. Im gleichen Moment fährt Hektor mit einem Elastoscreen über einen in die Wand eingelassenen Monitor, der piept und kurz rot aufleuchtet.

Hinter meinem Rücken erschallt ein gewaltiger Knall und ich drehe mich geschockt um. Wer auch immer jetzt vor der Haustür steht, gibt sich nicht mehr mit Klopfen zufrieden.

»Öffnen!«, höre ich gedämpftes Gebrüll von draußen, während aus dem verschlossenen Wohnzimmer Kampfgeräusche ertönen.

Es kracht wieder. Bilde ich es mir ein, oder zittert die Haustür in ihren Angeln?

Mein Körper verkrampft sich und Isabel heult kurz auf, als ich ihre Finger zu fest drücke. Doch ich lasse nicht los. »Sie brechen ein«, flüstere ich panisch.

Hektor achtet nicht auf mich. Er greift nach der Kristallvase vom Sideboard. Ohne auf das Wasser und die Blumen zu achten, die er auf dem Flurboden und über seinen Kleidern verteilt, schmettert er den Boden des Gefäßes brutal gegen den Monitor in der Wand, der noch einmal piept, schriller diesmal, aber nur kurz. Das Geräusch bricht ab, als würde es absaufen. Hektor tritt einen Schritt zurück, seufzt erleichtert auf und ich sehe, dass das Display in der Wand einen Sprung hat.

Wieder bebt die Haustür in den Angeln. Das krachende Geräusch sendet Schockwellen durch meinen Körper.

»Wir müssen los«, dränge ich.

Doch Isabel ist zur Salzsäule erstarrt und Hektor rennt zur Küchentür, schließt sie mit dem Elastoscreen und zerschmettert auch das Display, das zu ihr gehört, vermutlich, um die Durchgänge zu verriegeln.

Dann lässt er die Kristallvase achtlos zu den Rosen auf den Boden fallen und hetzt die Treppe ins Untergeschoss hinunter, Richtung Arbeitszimmer.

Isabel scheint noch immer zu geschockt, um etwas zu erwidern, aber dem Himmel sei Dank lässt sie sich mit sich ziehen, als ich ihm folge.

Hektor rennt vor uns einen dunklen Gang entlang, am Arbeitszimmer seines Vaters vorbei. Meine Finger sind mit Isabels verschränkt und ich halte sie, so fest ich kann. Fast schon ziehe ich sie hinter mir her. Ich kann spüren, wie ihre Schritte zögerlicher werden, ihre Bewegungen unsicherer. Vielleicht bereut sie bereits, Phillip zurückgelassen zu haben.

Über uns donnern weiter Schläge gegen die Haustür. Wie gut ist dieses Haus tatsächlich gesichert? Mit dem Schreibtischstuhl konnte ich gegen die Scheibe in Elektras Zimmer nicht viel ausrichten. Was ist mit der Eingangstür?

»Schnell«, drängt Hektor, öffnet eine Tür und schiebt uns in einen dunklen Raum. Normalerweise wäre ich vorsichtig, würde mich weigern, als Erstes ein Zimmer zu betreten, das im Dunkeln liegt. Vor allem in diesem Haus. Doch bleibt mir eine Wahl?

Ja, vielleicht zum ersten Mal seit langer Zeit habe ich die. Ich kann mich entscheiden. Hierbleiben und hoffen? Weitergehen und kämpfen?

Hoffen oder kämpfen? Beides Dinge, die ich aufgegeben habe, schon vor langer Zeit.

Dunkelheit verschluckt uns, als wir in den Raum stolpern.

»Das ist ein Fehler«, murmelt meine Schwester neben mir. Panik kriecht in ihre Stimme. »Ich muss zurück.«

Mein Fuß bleibt an irgendetwas hängen, das auf dem Boden steht, und ich stürze mit einem erschrockenen Keuchen nach vorn. Obwohl sie sich sicher Sorgen um Phillip macht, ist Isabel sofort da und stützt mich.

Über unseren Köpfen flammt kaltes Licht auf. Wir befinden uns in einer Abstellkammer. Vollbepackte Holzregale nehmen eine Wand komplett ein, an der anderen sind Kisten übereinandergestapelt. Über einen Umzugskarton aus Pappe, der mitten im Raum steht, bin ich gerade gestolpert.

In der rechten hinteren Ecke des Raums stehen Holzböcke, auf denen ein längliches Boot liegt; ich glaube, es ist ein Kanu.

Hektor kommt in den Raum und schließt die Tür hinter sich. »Beeilung«, befiehlt er und tritt an eines der Holzregale. Er wühlt zwischen einigen schwarzen Kisten herum, dann zerrt er mehrere Gegenstände hervor und lässt sie achtlos auf den Boden fallen, darunter drei goldfarbene Rollkoffer. »Nimm«, weist er Isabel über die Schulter hinweg an.

»Phillip …«, stottert sie.

»Dafür ist keine Zeit. Wir müssen hier weg.« Er fischt schwarze, abgetragene Turnschuhe aus dem Regal und wirft sie mir zu. »Zieh die an.«

Mechanisch beuge ich mich nach unten und tue, was er sagt.

»Ich kann nicht …«, beginnt Isabel und Hektor dreht sich zu ihr um. »Du musst!«

Unschlüssig stehe ich da und blicke zwischen den beiden hin und her.

»Was ist, wenn Priamos Phillip …«

»Er wird ihn nicht umbringen«, widerspricht Hektor.

»Er hat Julian das Genick gebrochen!«

Ich versteife mich. »Er hat wirklich jemanden ermordet?«

Weder Isabel, noch Hektor achten auf mich. »Das war etwas anderes«, erklärt er. »Er hat geglaubt, das Schwein hat versucht, Ela umzubringen. Mein Vater ist ein Arschloch, aber auch machtgeil. Er wird einem von Halmen nichts tun.«

Er zerrt einen kleinen grauen Kasten hervor und weil Isabel ebenso wie ich keine Anstalten macht, irgendetwas zu tun, herrscht er sie an: »Du musst dich entscheiden. Für Phillip. Oder für Kelsey.«

Isabel reißt die Augen auf. Das sitzt.

Ich halte den Atem an, als meine Schwester erst zur Tür blickt, dann zu mir. »Gut«, sagt sie und ich atme erleichtert auf. »Was machen wir jetzt?«

»Wir hauen ab«, erklärt Hektor. »Aber nicht über den Waldweg. Da finden sie uns zu schnell.«

»Wie dann?«

Hektor reicht mir das graue Kästchen und schnappt sich zwei der goldenen Koffer. »Wir müssen zum Fluss.«

Hektisch stolpern wir hintereinander eine steile Treppe hinunter, die vom Haus bis zum Flussufer führt. Die Stufen sind winzig und von Gestrüpp gesäumt.

Isabel, hinter Hektor und vor mir, wirft immer wieder Blicke zurück zum Haus. Bereut sie bereits, dass sie sich für mich entschieden hat? Sie trägt einen der Rollkoffer an dessen Griff.

Hektor zerrt die zwei anderen goldenen Koffer hinter sich her. Es sieht lächerlich aus, wie er in seinen engen grauen Jeans und diesen unpassenden Gepäckstücken durch die Wildnis stakst. Trotzdem beneide ich ihn um seine knöchelhohen Stiefel. Die Turnschuhe, die ich trage, sind ein ganzes Stück zu groß und ich finde in ihnen auf dem schlüpfrigen Weg schlecht Halt.

Ich habe keine Ahnung, was Hektor vorhat, aber ich habe beschlossen, ihm zu vertrauen.

Er hat noch einmal kurz den Raum verlassen und ist mit der Wildlederaktentasche seines Vaters zurückgekommen, die der vorhin an der Tür des Arbeitszimmers fallen gelassen hat. Kurz, bevor er die Tür schließen konnte, ertönte ein gewaltiges Krachen und ein Gewirr von Stimmen. Ich glaube, Priamos' Leute haben es geschafft, ins Haus einzudringen. Um unseren Vorsprung zu retten, hat Hektor wieder hinter sich »abgeschlossen«. Diesmal zerschmetterte er das Display der Tür mit einem Golfschläger.

Während wir flüchten, muss ich mich zwingen, nicht immer wieder panisch einen Blick über meine Schulter zurückzuwerfen. Die Sonne ist inzwischen ganz untergegangen. Am Nachthimmel leuchten der Mond und die Sterne.

»Was jetzt?«, fragt Isabel, als wir am Flussufer anhalten. Das Wasser wirkt kalt und bricht sich schäumend an glatt geschliffenen Steinen. *Ich bin keine sonderlich gute Schwimmerin*, schießt es mir durch den Kopf.

Als ich doch einen Blick den Hang hinauf werfe, zum Haus, das wie ein Würfel aus weißem Plastik und durchsichtigem Glas über uns thront, weiß ich aber, dass ich es darauf ankommen lassen werde. Ich will hier weg. Nur weg. So schnell wie möglich.

»Wir flüchten über den Fluss«, bestätigt Hektor. »Sie werden glauben, dass wir versuchen, uns durch den Wald in die Stadt durchzuschlagen. Jedenfalls nehme ich es an. Der Fluss fließt von der Stadt weg.«

»Und dann?«, fragt Isabel.

»Das sehen wir dann.«

»Hektor hat recht«, höre ich mich selbst sagen. Überrascht blicken mich die beiden an.

»Schaut euch die Strömung an«, fordert uns Isabel auf. »Das schaffen wir nie.«

»Müssen wir auch nicht.« Hektor deutet auf die goldenen Koffer. Zu meiner Überraschung packt er zwei davon und wirft sie mit aller Kraft ein Stück hinaus in den Fluss, wo sie langsam untergehen.

Mit einem Knopfdruck verwandelt er den dritten in einen riesigen Plastikschwan. Er hat mindestens zwei Meter Durchmesser, den Kopf reckt das Kunststofftier elegant über uns in die Höhe.

»Was ist das?«, frage ich gleichsam angewidert und fasziniert.

»Kennt ihr diese Plastiktiere, die ihr mit auf einen See oder in einen Pool nehmen könnt?«, fragt Hektor.

Ich schüttle den Kopf, aber er fährt trotzdem fort. »Das hier ist so etwas Ähnliches, nur für mehrere Personen ausgelegt. Stell es dir wie eine Mischung aus Luftmatratze und Boot vor. Helft mir, es ins Wasser zu hieven.«

Weil wir ohnehin keine Wahl haben, packen wir den Goldschwan alle an unterschiedlichen Enden an und heben ihn in den Fluss. An seinem Hals ist ein schillerndes Seil befestigt, wie eine Hundeleine, und Hektor hält das … Boot? … daran fest, damit es nicht davongetrieben wird.

Plötzlich hören wir ein Maunzen zu unseren Füßen. Die Katze, der ich schon im Haus begegnet bin, sitzt auf der untersten Treppenstufe und mustert uns mit schiefgelegtem Kopf.

Ihre Augen leuchten im Dunkeln und sie scheint mich zu mustern, als ob sie nicht wüsste, was sie von mir halten soll.

»McGonagall.« Hektor geht auf das Tier zu und krault es hinter den Ohren. Die Katze beginnt zu schnurren. »Du kannst leider nicht mit.« Er dreht sich zu uns um und nimmt Isabel die Aktentasche ab. »Rein mit euch.«

Isabel und ich wechseln einen Blick. Dann schaut sie wieder hinauf zum Haus. »Versprich mir, dass er Phillip nichts tut.«

Ich beiße mir auf die Unterlippe. Wenn Hektor sich irrt und Mr. Hamilton keine Skrupel hat, dann ist Phillip von Halmen vielleicht bereits tot. Das kann ich jedoch unmöglich sagen.

Also schweige ich und überlasse es Hektor, Isabel zu beruhigen. Endlich steigen wir in den goldenen Schwan. Sein Boden ist dicker, als ich das zunächst geglaubt habe, auch wenn sich die Kälte des Wassers schnell durch das Material frisst; ich kann es bereits am Hintern spüren. Das ist allerdings immer noch besser, als selbst in den Fluss zu steigen. Nachdem ich ein bisschen hin und her gerutscht bin und meinen Rücken an die mit Luft aufgepumpte Außenwand des Plastikboots gelehnt habe, ist es sogar überraschend bequem.

Hektor stößt das seltsame Boot vom Ufer ab und hechtet zu uns. Der Schwan dreht sich langsam um sich selbst und treibt immer weiter in den Fluss hinein, während die Strömung uns erfasst und mit sich zieht. Die Katze maunzt noch einmal und sieht uns vom Ufer her nach. Plötzlich fühle ich den starken Wunsch, sie in den Schoß zu nehmen und ihr Fell zu streicheln. Ist es so seidenweich, wie es aussieht? Im Institut hat man uns nie Haustiere erlaubt.

Langsam verlagere ich mein Gewicht, lasse das graue Kästchen los, das Hektor mir im Abstellraum in die Hand gedrückt hat, und verändere meine Haltung. Ich bin überrascht, wie schnell wir uns tatsächlich vorwärtsbewegen.

»Wir haben ihn einfach im Stich gelassen ...«, murmelt Isabel. Sie wirkt, als könne sie es immer noch nicht glauben.

Aber wir sitzen hier, und ich bin dankbar für jeden Zentimeter, den der Fluss uns weiter davonträgt. Nervös blicke ich zur Uferböschung und zum Weg zum Haus. Das Herz klopft mir viel zu schnell in der Brust. Ich habe Angst vor dem Moment, an dem die Balkontür auffliegt und Priamos' Männer uns verfolgen. Oder mein Erschaffer selbst.

Doch niemand scheint uns zu folgen. Das Waldhaus der Hamiltons thront über uns auf dem Hügelkamm. Sein Anblick erinnert vom Fluss aus an drei durchsichtige, weiß eingefasste Bauklötze mit abgerundeten Ecken. Sie sehen aus, als habe ein Kind sie übereinandergestapelt, ohne darauf zu achten, dass die Ränder des einen Bauklotzes mit denen des nächsten abschließen. Nur im mittleren Bauklotz brennt Licht. Ein moderner Palast aus Glas und Plastik, schimmernd im Mondlicht, und doch ein Fremdkörper hier inmitten des Waldes.

»Werft eure Elastoscreens ins Wasser«, drängt Hektor. In der Dunkelheit kann ich ihn nur schemenhaft erkennen, doch ich sehe, wie er mit dem Arm ausholt und als kurz darauf ein platschendes Geräusch ertönt, ahne ich, was er getan hat.

»Trägst du ILs?«

Isabel zuckt bei seiner Frage zusammen.

»Du musst sie rausnehmen, sofort.«

Er hat gesprochen, aber mich sieht sie aus weit aufgerissenen Augen an. Als könne sie nicht glauben, nicht begreifen, was gerade passiert. Als ich näher an sie heranrücken will, um ihr Trost zu spenden, bleibt der Ärmel meines Jogginganzugs an einer Erhebung im Plastikrand des Goldschwans hängen. Unsere Umgebung explodiert.

Der Goldschwan verwandelt sich in einen Phönix. Er scheint von innen heraus zu brennen, das Plastik leuchtet so grell auf, dass ich kurz die Augen zusammenkneifen muss. Gleichzeitig schallen die ersten Töne eines Popsongs in ohrenbetäubender Lautstärke über das Wasser.

»Fuck!« Hektor hechtet zu mir, während der Schwan sich um sich selbst zu drehen beginnt und aus den Augen grüne und purpurfarbene Lichtstrahlen in die Luft verschießt.

Eine Frau fängt an zu singen, die Stimme ein bisschen zu hoch, zu schrill, aber noch lauter als die Gitarrenklänge und der wummernde Beat, der unser Gefährt zum Erzittern bringt.

Hektor schiebt mich etwas zur Seite und drückt einen perlmuttfarbenen Knopf, der in der Innenwand unseres Gefährts eingelassen ist. Das kreischende Leuchtfeuer, in dem wir sitzen, verwandelt sich zurück in den Plastikschwan; immer noch geschmacklos, aber schockierenderweise weniger auffällig.

»Entschuldigung«, murmle ich, weil ich weiß, dass die ganze Diskoeinlage meine Schuld war.

»Schon gut.« Hektor seufzt schwer. »Du konntest es ja nicht wissen. Mit unserer unentdeckten Flucht über den Fluss ist es jetzt allerdings vorbei.«

»Es tut mir leid.«

»Du musst dich nicht entschuldigen«, er schaut mir in die Augen. »Wenn hier jemandem etwas leidtun muss, dann meiner Familie und mir.«

Im Mondlicht sieht sein türkisfarbenes Haar fast schwarz aus. Seine Augen glitzern verdächtig. Jetzt, wo die Dunkelheit seine kantigen Gesichtszüge weicher zeichnet und die Schatten seine Ohrenpiercings verstecken, erkenne ich überdeutlich Hektors Ähnlichkeit mit Aubrey.

»Deine ILs. Schnell«, drängt er dann.

In der Dunkelheit fischt Isabel ihre IntelliLenses aus den Augen und gemeinsam mit sämtlichen Devises, durch die man uns tracken könnte, schmeißen wir sie ins Wasser. Mit jedem Meter, den wir uns vom Haus der Hamiltons wegbewegen, weitet sich mein Brustkorb ein bisschen. Ich bin schon versucht, erleichtert aufzuatmen, als ein lauter Knall die nächtliche Stille zerreißt. Isabel schreit auf. Die Pistole wurde ein zweites Mal abgefeuert.

Kapitel 28

Seit zwanzig Minuten laufen Isabel Tränen übers Gesicht und ich kann sie nicht trösten. Ich wüsste nicht wie. Ich bin der Grund, warum sie jetzt nicht bei Phillip ist. Im Haus hat sie gezögert, hat sich gefragt, ob sie zu ihm gehen soll, um ihn zu retten. Stattdessen hat sie sich für mich entschieden.

Ich fühle mich schlecht. Nicht nur wegen ihr, sondern auch, weil ich Angst habe, dass jeden Moment das Heulen eines Motorboots über das Wasser hallt, und uns unsere Feinde einholen.

Da wir keine Elektroscreens und IntelliLenses mehr haben, können wir niemanden um Hilfe rufen. Und wer sollte das auch schon sein? Direktorin Myles? Ja klar.

Die einzigen Motorengeräusche stammen allerdings von unserem ... Boot? Ja, dieses seltsame Ding besitzt einen Motorantrieb. Und man kann es lenken.

»Was ist das für ein Teil?« Ich deute auf den goldenen Schwanenkopf.

»Das PartyAnimal?«, fragt Hektor.

»Es heißt nicht wirklich so?«

Er zuckt nur mit den Schultern. »Wir haben drei davon: einen Pfau, ein Seepferdchen und diesen Schwan.«

»Geschmacklos.«

Hektor brummt nur etwas Unverständliches. Dann verschwindet das Haus der Hamiltons hinter der Biegung des Flusses und uns gehen die Worte aus.

Der Pistolenschuss hallt mir wieder und wieder in den Ohren. Ich frage mich, ob Priamos uns ins Visier genommen hat? Oder sein Medic-Team. Wie soll man diese schwimmende Diskokugel übersehen haben können?

Falls das so ist, haben weder sie, noch er die Verfolgung aufgenommen. Zumindest entdecke ich niemanden – weder hinter uns auf dem Wasser, noch am Ufer. Warten sie aber bereits an irgendeiner Anlegestelle, von der ich gar nichts weiß, um uns in Gewahrsam zu nehmen?

Warum lassen sie sich nicht blicken?

Ich wünschte, ich könnte mir einreden, wir seien bereits vom Haken, aber so einfach ist das nicht.

Und was ist mit Phillip passiert?

Er hat wirklich sein Leben für uns riskiert. Vielleicht nicht für mich, sondern für Isabel. Aber er weiß, dass sie ein Klon ist. Und Hektor ... Damit hätte ich nicht gerechnet. Niemals.

»Okay, Planänderung«, murmelt Hektor irgendwann, stellt den Motor des PartyAnimals ab und streckt mir die Hand entgegen. »Das MediSet bitte.«

Kurz muss ich überlegen, dann wird mir klar, dass er das graue Kästchen meint. Ich reiche es ihm.

»Isabel«, Hektor klingt sanft, aber bestimmt. »Ich brauche deine Hilfe.«

»Bei was?«

Hektor öffnet das Kästchen und holt einen Gegenstand heraus, der wie ein überdimensionierter Kugelschreiber aussieht. »Beim Wundeverschließen.«

»Was?!«

Wie Isabel blicke ich alarmiert zu Hektor. Ist er verletzt? Es ist zu dunkel, um das zu erkennen.

»Nicht mich«, antwortet er. »Kelsey.«

Dann greift er in die Hosentasche und zieht sein Taschenmesser.

»Was zur Hölle …?!«

Während ich nach hinten ausweiche, schiebt sich Isabel vor mich. Habe ich mich doch in Hektor Hamilton geirrt? Wäre es besser, mich jetzt in den Fluss zu stürzen und loszuschwimmen, bevor es zu spät ist? Warum hat er mir überhaupt geholfen, aus dem Haus seines Vaters wegzukommen? Und warum will er, dass Isabel eine Wunde verbindet, die er mir erst noch zufügen will?

Isabel begreift schneller als ich. »Der Tracker.«

Ich erinnere mich an den orangeglühenden Punkt, am Oberarm meines Abbilds im VitaScan. Sie haben mir einen Chip verpasst wie einem Hund.

Hektors Taschenmesser schimmert im Mondlicht. Ich erinnere mich an die Nacht zuvor, an das Gefühl der kalten Klinge an meiner Haut. Gestern wollte ich spüren, wie das Metall in mein Fleisch schneidet. Heute …

… will ich von Priamos Hamilton wegkommen. Entschlossen öffne ich den Reißverschluss der hässlichen Joggingjacke und ziehe diese aus. Dann drehe ich mich so, dass Hektor und Isabel freien Blick – und freie Bahn – auf meine rechte Schulter und den Arm haben. »Dann los.«

Isabel lächelt mich entschuldigend an, versucht jedoch gar nicht, zu widersprechen. Sie weiß ebenso gut wie ich, dass dieser Tracker weg muss; vielleicht sogar besser als ich. Also hört sie Hektor zu, der ihr erklärt, wie sie den medizinischen Stift benutzen muss. Anschließend lässt Hektor die Klinge des Taschenmessers aufspringen und reibt sie mit einem der Desinfektionstücher ab, die sich ebenfalls in dem grauen Kästchen befinden.

»Gut. Streck den Arm aus und mach eine Faust.«

»Blutet es dann nicht stärker?« Ich meine, mich an so etwas zu erinnern, bin mir aber nicht sicher. Trotzdem strecke ich Hektor meinen Arm entgegen.

»Keine Ahnung«, gibt der zu. »Lass das mit der Faust, wenn du dich wohler damit fühlst. Und keine Angst. Mit dem RescueStift ist die Wunde in null Komma nichts verschlossen.« So selbstsicher er sich auch gibt, seine Finger zittern leicht, als er mir mit einem zweiten Desinfektionstuch die Haut an meinem Oberarm abwischt.

»Er ist hier?«, fragt er und deutet auf die Stelle, an der der Tracker auf meinem Scannerbild angezeigt wurde.

Isabel und ich nicken gleichzeitig. Sie greift nach meiner Hand, drückt sie fest. »Alles in Ordnung?«, flüstert sie mir zu. »Ich habe meinen auch entfernen lassen. Sie stecken nicht sonderlich tief. Okay?«

Ich nicke noch einmal.

»Gut.«

Er holt tief Luft, nimmt das Messer erst in die Faust, als wolle er mich damit erdolchen, wechselt dann aber den Griff und hält es wie einen Stift, den Zeigefinger auf die stumpfe Seite der Klinge gedrückt.

Ich presse die Lippen zusammen, als er näher kommt, immer näher, bis die Messerspitze mich fast erreicht.

Hektor weicht zurück. »So eine abgefuckte Scheiße!«

Ich zucke zurück.

»Alles okay?«, fragt Isabel.

»Nein!«, beschwert sich Hektor.

Er lässt den Kopf im Nacken kreisen, bis es knackt. Dann blickt er uns wieder an, nickt und holt noch einmal tief Luft.

Diesmal zieht er es durch.

Die Spitze der Messerklinge berührt meine Haut, so sanft, als wolle das Metall mich nur küssen. Dann übt Hektor mehr Druck aus, deutlich mehr Druck, und auf einmal spüre ich, wie meine Haut nachgibt und das Metall in meinen Arm eindringt. Es dauert den Bruchteil einer Sekunde, dann wallt Blut hervor. Mir wird schwindelig, richtig schwindelig und ich greife nach

Isabel, damit sie mich stützt. Ob mein Kopf sich so wild dreht wegen des Anblicks des dunklen Blutes oder wegen des seltsamen Gefühls der Messerklinge in meinem Oberarm, weiß ich nicht.

Als Hektor mit der Klinge zu schneiden beginnt, muss ich mich beinahe übergeben. Schmerz spüre ich allerdings keinen. Ob das am Adrenalin liegt?

Seltsam entrückt betrachte ich das dunkle Blut, das warm meinen Arm herunterrinnt, während Hektor weiter mit der Taschenmesserklinge herumfuhrwerkt.

»Verdammte Scheiße«, regt er sich auf. »Wo ist das beschissene Teil?«

Als ich schon glaube, dass es mir wirklich hochkommt, grunzt Hektor endlich zufrieden. »Halt dich bereit«, bittet er Isabel. Dann blickt er mich an. Zunächst weiß ich nicht, warum ihm das schlechte Gewissen so sehr ins Gesicht geschrieben steht, doch dann fängt er an, die Messerklinge wie einen Hebel zu benutzen. Feuer rast die Nervenbahnen meines Armes entlang, plötzlich spüre ich den Schmerz, ich öffne den Mund, um geschockt loszuschreien und …

… schwarz.

Ich wache auf und glaube, ich muss kotzen, so schlecht ist mir.

Außerdem ist mir scheißkalt.

Und es ist dunkel.

Und wir sind nicht mehr im Wohnzimmer, sondern … Hektor beugt sich über mich, ein blutiges Taschenmesser in der Hand. Seine Augen glühen wie die eines Irren. So habe ich ihn noch nie gesehen.

Die Kehle schnürt sich mir zu und ich versuche, vor ihm davonzukriechen. Als ich meinen rechten Ellenbogen belaste, spüre ich einen stechenden Schmerz im Oberarm, als habe mir jemand eine verdammte glühende Nadel ins Fleisch getrieben.

Mit den Fingern greife ich in eine warme, klebrige Flüssigkeit. Um mich herum stinkt es nach Blut.

What. The. Fuck?!

»Schon gut.« In der anderen Hand hält Hektor zwischen Daumen und Zeigefinger einen winzigen Gegenstand. »Du hast es geschafft.« Als er ihn näher an mein Gesicht heranführt, löst sich ein Tropfen und zerplatzt mir warm auf der Lippe.

»Fuck!«

Der Tropfen schmeckt salzig.

»Das ist wieder Elektra. Nicht Kelsey.« Ich drehe den Kopf, als ich die schrecklich nervtötende Stimme meines Klons neben mir höre. Isabel. Was will sie hier? Wo ist hier überhaupt?

»Ela?« Hektor legt Messer und das kleine Ding zur Seite und beugt sich über mich.

»Was ist passiert?«

Er hilft mir, mich aufzurichten und ich blicke mich um. Wir befinden uns in einem Boot mitten auf dem Wasser. Nein. Nicht in einem Boot. In einem unserer PartyAnimals.

»Was machen wir in der goldenen Gans?«, frage ich schwach und versuche mich noch mal aufzurichten. Mein Arm tut weh.

Ohne mich zu fragen, schiebt der Klon seine Arme unter meinen Achseln durch und zieht mich in eine sitzende Position. Klasse.

»Es ist ein Schwan«, korrigiert mich Hektor, als ob ich das nicht selbst wüsste. Für unsere alten Kinderspiele habe ich keine Zeit. »Wo ist Dad? Wir sind abgehauen, habe ich recht? Was sollte das mit dem Taschenmesser?«

Hektor sinkt in sich zusammen und schaut sich im PartyAnimal um. Das letzte Mal, dass wir in diesem Teil saßen, waren meine beiden Cousinen Rosalind und Juliet bei uns, die Sonne hat geschienen und wir vier haben uns über Jungs unterhalten. Das ist 'ne Weile her. Definitiv.

Als er den kleinen, blutigen Gegenstand aufhebt, den er mir vorhin schon zeigen wollte, und ihn mir in die Hand fallen lässt, starre ich ihn nur ratlos an.

»Tracker«, erklärt Hektor. »War in deinem Arm.«

Ich blicke in die Richtung meiner rechten Schulter – und bereue es sofort. Selbst im schwachen Mondlicht kann ich erkennen, dass mein ganzer Arm blutverschmiert ist. Wieder wallt Schwindel in mir auf. Zunächst kann ich keine Austrittswunde erkennen, dann entdecke ich einen weißen Wulst, der sich wie Schnee von der blutverschmierten Haut abhebt. Es sieht aus, als habe mir jemand Dichtungsschaum auf den Oberarm gesprüht.

»Fuck!«

»Ich hab's nicht besser hinbekommen«, entschuldigt sich Isabel, und jetzt sehe ich, dass sie einen RescueStift in der Hand hält. Großartig! Ausgerechnet …

Wahrscheinlich hat sie's nicht für mich getan, sondern für Kelsey.

Um mich abzulenken und Zeit zu gewinnen, greife ich mit den Fingern der linken Hand nach dem Tracker. Er ist winzig, nicht größer als zwei oder drei Millimeter. Das Blut hat ihn glitschig werden lassen. Mein Blut. Ich schließe die Faust um den Peilsender. Wenn Dad mir – oder besser: diesem Klon – einen Tracker verpasst hat, kann er mich darüber finden. Warum bin ich hier, in einem Boot mit Hektor und mit ihr? Was ist mit Dad? Und mit Phillip von Halmen?

»Warum hast du mir den Tracker herausgeschnitten, ihn aber nicht weggeworfen?«

»Weil wir ihn gleich brauchen«, erklärt er mir und streckt die Hand aus, damit ich ihm das Teil zurückgebe.

Ich schüttle den Kopf. »Erst will ich wissen, was passiert ist, als ich weg war?«

Kapitel 29

Mein Klon und ich mustern uns misstrauisch, während Hektor die goldene Gans aufs Ufer zusteuert. Wind ist aufgekommen und lässt mich in dem dünnen T-Shirt frösteln. Wenigstens schiebe ich es auf den Wind.

Schwer zu verdauen, was Hektor gerade alles erzählt hat. Dad soll eine Waffe gezogen haben? Und er hat damit geschossen? Das ist so verrückt, so dämlich, dass ich es kaum glauben kann. Zumal es überhaupt nicht zu ihm passt.

Genauso wenig wie ein Mord. Und trotzdem hat er Julian umgebracht. Dass er dazu fähig war?

Ich habe getan, was nötig war, flüstert er plötzlich mit Grabesstimme in mein Ohr. Ich zucke zusammen. *Er wird uns keinen Ärger mehr machen. Mir nicht und dir auch nicht.*

Meine Brust schnürt sich zu. Dad. Ich versuche, mich zu erinnern, wann er das zu mir gesagt hat. Doch je mehr ich mich anstrenge, desto stärker schmerzt mir der Schädel.

Was ist nur los? Was auch immer Dad getan hat, er wollte mir damit helfen. Wenn Hektor mich nicht angelogen hat, dann hält dieser Körper die Belastung, dass zwei Menschen ihn sich teilen, nicht mehr lange aus. Liegt Hektor richtig, wenn er glaubt, er könne uns beide retten: mich und den Klon? Wenn Dad seinen Willen bekommen hätte, wäre dieser Albtraum vermutlich schon vorbei.

Ich wäre in Sicherheit.

Dad hilft nur sich selbst, erinnere ich mich nun an Hektors Worte. *Hast du das noch nicht begriffen? Er ist schuld an diesem ganzen Schlamassel.*

Ich presse die Lippen aufeinander. Was ist, wenn er damit recht hat? Was ist, wenn diese beschissene Geist-zu-Geist-Transplantation noch einmal schiefgeht und ich dann ganz verschwunden bin?! Nur weil Dad einen Messiaskomplex entwickelt? Fuck!

All das hier wäre leichter zu ertragen, wenn Hektor bereits einen Plan hätte. Klingt aber nicht so.

Das Einzige, worüber ich froh bin, ist, dass Nestor und Mom das alles nicht mitbekommen. Plötzlich sehne ich mich so sehr nach meinem kleinen Bruder, selbst nach dem Drachen, dass ich mich selbst umarme, obwohl meine Wunde noch schmerzt. Mein Klon mag sie versorgt haben, bis sie unter dem Medi-Schaum ganz verheilt sein wird, dauert es trotzdem noch. Wetten, es bleibt eine Narbe zurück?

Das ist doch alles kacke.

Am Ufer springen wir aus der goldenen Gans.

»Wenn ihr jetzt noch irgendwelche elektronischen Geräte dabeihabt«, stößt Hektor zwischen zwei Atemzügen hervor. »Jetzt ist die Gelegenheit.«

»Alles weg, es sei denn, der Drache hat einen Tracker in ihren Trainingsanzug eingenäht«, gebe ich bissig zurück.

Einen Augenblick lang erstarren wir alle und mustern den silbernen Stoff, den ich trage.

»Oh nein.« Entschlossen verschränke ich die Arme vor der Brust. »Ich werde auf keinen Fall nur in Unterwäsche durchs Unterholz kraxeln.« Schlimm genug, dass Hektor will, dass wir uns quer durch den Wald schlagen.

Nicht, dass wir eine Wahl hätten. Vermutlich warten bereits an sämtlichen Anlegestellen Beschäftigte von Hamilton Corp. darauf, dass wir angeschippert kommen. Wehmütig blicke ich auf die goldene Gans und frage mich, ob ich zurück ins Boot springen und mich aus dem Staub machen soll. Sind meine Chancen mit meinem Bruder und Fake-Elektra wirklich besser als mit Dad? Wenn ich mir nur sicher sein könnte, dass alles gut wird, wenn ich ihm vertraue. Dann wäre ich schneller hier weg, als die beiden »Elektra« rufen könnten.

Stattdessen helfe ich meinem Bruder und dem Klon dabei, sich zu versichern, dass sich weder in unseren Taschen noch im MediSet etwas befindet, das verwanzt worden ist. Hektor wirft den Tracker in die goldene Gans und gibt ihr einen Stoß, damit sie wieder in die Mitte des Flusses treibt und von der Strömung erfasst wird. Sie sollen glauben, wir fliehen noch immer über Wasser.

Hinter meinem Klon krieche ich die Uferböschung nach oben. Meine Hände und Knie sinken mit schmatzenden Geräuschen im sumpfigen Erdreich ein. Echt, ich hasse mein Leben.

Oben angekommen versuche ich, Schlamm und Schneckenschleim und sonst noch was an der Rinde eines knorrigen Baumes abzuwischen. Gelingt natürlich nur semigut. Zwischen den Bäumen ist es so dunkel, dass es sich noch nicht einmal lohnt, Hektor einen bösen Blick zuzuwerfen.

»Was jetzt?«, fauche ich.

»Jetzt sollten wir hier schleunigst verschwinden. Schlagen wir uns zur Stadt durch.«

»Das sind sieben Meilen oder mehr!«

»Hast du eine bessere Idee?«

Die habe ich natürlich nicht. Trotzdem will ich nicht klein beigeben. »Und dann? Willst du zur Polizei gehen oder was? Die wird uns nicht helfen.«

»Die von Halmens«, drängt Isabel. »Polina wird uns helfen. Außerdem müssen wir herausfinden, wie es Phillip geht.«
»Nein.«
»Aber ...«
»Das geht nicht.« Hektor klingt unerbittlich. »Ich weiß, du machst dir Sorgen, Isabel. Aber Phillip wird es schon gut gehen.«
»Und was, wenn nicht?«, fragt sie angriffslustig.
Sie trägt Feuer in sich. Kurz zucken meine Lippen, bis ich mir ins Gedächtnis rufe, dass ich sie eigentlich hasse.
»Wir finden es heraus«, verspricht Hektor ihr. »Aber wir können nicht einfach bei den von Halmens aufkreuzen. Dad lässt ihr Haus bestimmt überwachen. Und jetzt kommt. Wir müssen hier weg.«
Wir ignorieren ihn.
»Und was dann?«, will ich wissen.
»Ich kenne da jemanden, bei dem wir Unterschlupf finden.«
»Boyd.«
Hektor schüttelt den Kopf.
»Wohin dann?«
»Sonnenheim.«
Im ersten Moment glaube ich, mich verhört zu haben. »Das ist nicht dein Ernst?«

Doch Hektor scherzt nicht.
Obwohl wir durchs Unterholz hetzen, habe ich das Gefühl, wir kommen nur im Schneckentempo voran. Die eineinhalb Nummern, die mir die Sneax zu groß sind, rächen sich gerade fürchterlich. Ich muss anhalten und sie enger schnüren, damit sie mir nicht von den Füßen rutschen, während ich über Wurzeln steige oder über feuchtes Laub flüchte. Meine Augen gewöhnen sich nur schlecht an die Dunkelheit. Ich vermisse meine ILs mit ihrer Nachtsichtfunktion. Überhaupt fühle ich mich

total hilflos. Die beiden anderen bewegen sich so schnell voran, dass ich mich anstrengen muss, um mit ihnen mitzuhalten. Immer wieder frage ich mich, ob ich mich doch einfach zurückfallen lassen und auf Dads Leute warten soll. Doch dann spüre ich plötzlich den festen Griff seiner Finger an meinem Unterarm. *Keine Angst, es wird nicht wehtun.* Ich weiß nicht, woran ich mich da erinnere, aber es jagt mir Schauer über den Rücken.

Überall um uns herum raschelt es und ich frage mich, was sich vor uns im Unterholz verbirgt. Oder auf uns lauert. Die einzige Waffe, die wir dabeihaben, ist Hektors Taschenmesser.

»Wenn mir gleich eine Wildsau den Bauch aufreißt«, warne ich ihn, während ich mir mit dem Handrücken Schweiß von der Stirn wische, »bring ich dich um.«

»Immer noch besser, als an einen OP-Tisch gefesselt ausgeweidet zu werden.«

Es fühlt sich an, als hätte Isabel mir einen Schlag versetzt. Wir *weiden* Klone nicht *aus*, möchte ich eigentlich zu ihr sagen. Wir … Klone sind keine Menschen. Keine *richtigen* Menschen jedenfalls. Sie sind im Labor gezüchtete und herangezogene Kopien. Wir sorgen für sie, ernähren sie, geben ihnen Unterkunft, Kleidung … Sie sind keine Haustiere, das nicht, natürlich nicht. Aber sie sind keine echten Menschen. Sie sind dazu erschaffen worden, uns zu unterstützen. Uns zu helfen. Uns zu heilen.

Und das auch nur im Notfall. Wie viele Klone gibt es, die nie etwas geben mussten für ihr Original? Trotzdem werden auch diese Exemplare fürstlich entlohnt werden, wenn wir sie an ihrem zwanzigsten Geburtstag in die Freiheit entlassen, damit sie autonome Leben leben. Das ist jedenfalls der Plan. Das Klonprogramm existiert noch nicht lange genug, als dass bereits eine Generation so alt geworden wäre. Und natürlich weiß ich, was Dad vorhat. Die Produktion einer medizinischen Kopie ist teuer. Viele können sie sich nur ein- oder zweimal in ihrem Leben leisten. Die Altersgrenze heraufzusetzen, macht das Programm für viele Investoren erschwinglicher, weil sie dann mehr für ihr Geld bekommen. Und es ist ja nicht so, als ob die Klone in den Instituten schlecht behandelt würden. Im Gegenteil. Was die Transplantationen angeht, übertreibt Isabel. Ich weiß von keinem Klon, der auf dem OP-Tisch gestorben ist. Bis auf einen. Doch das lag an einer Verkettung tragischer Ereignisse. Alle OPs bergen gewisse Risiken, das weiß wirklich jeder. Es war nicht unsere Schuld, nicht die Schuld der Ärztin, nicht die Schuld des Originals des Klons und sicher nicht die Schuld von Hamilton Corp., Onkel Kadmos, Dad oder gar Hektor und mir.

Sie sind keine Menschen, halte ich mir vor Augen. Trotzdem breitet sich ein bitterer Geschmack in meinem Mund aus.

Keine Ahnung, wie lange wir uns bereits zwischen den Bäumen hindurchschlagen, als Hektor vor mir plötzlich stolpert und zu Boden geht.

»Shit!« Besorgt knie ich mich neben ihn. »Hast du dir wehgetan?«

Hektor brummt und rappelt sich auf. Neben mir geht auch Isabel in die Hocke. »Alles klar?«

»Ja«, murmelt mein Bruder und pflückt sich mit den Fingern Laub aus dem Gesicht, das an seiner feuchten Haut hängen geblieben ist.

»Wir sollten Rast machen.« Isabel zupft ein weiteres Blatt aus seinem Haar. Am liebsten würde ich widersprechen, einfach, weil der Vorschlag von ihr kommt, aber das wäre dämlich. Wir sind alle fertig. Wie viel Uhr mag es inzwischen sein? Ist ja nicht so, als ob ich einen Elastoscreen hätte, auf dem ich nachsehen könnte. Hektors Türkislocken leuchten im Mondlicht, das durch die Kronen der Bäume fällt, geisterhaft blau. Seine Stirn glänzt.

Schweiß läuft auch mir über den Kopf und brennt mir in den Augen. Und ich habe Durst. Wer ist bitte so blöd und flüchtet ohne Wasser und Vorräte?

Damit uns Hektor nicht aus falsch verstandenem Heldenmut erklären kann, dass wir auf ihn keine Rücksicht nehmen müssen, lasse ich mich ganz zu Boden gleiten und lehne mich gegen den Stamm einer alten Eiche.

Kälte kriecht durch den dünnen Stoff meiner Hose in meinen Hintern und ich spüre jeden Ast und jeden Stein, aber ich lasse mir nicht anmerken, wie sehr ich diese Situation hasse. Immerhin hält Moms Sportanzug die Feuchte des Waldbodens ab.

Die anderen beiden setzen sich neben mich.

»Nur kurz«, bestimmt Hektor.

Mein Klon und ich murmeln etwas Zustimmendes. Vermutlich hat sie ebenso wenig wie ich Bock auf eine weitere Diskussion. Oder die Energie dazu.

»Sind wir überhaupt in die richtige Richtung gelaufen?«, frage ich müde, als sich das Schweigen zwischen uns auszudehnen droht.

»Die Stadt liegt im Süden, oder?«, versichert sich Isabel und ich brumme zustimmend.

»Dann laufen wir richtig.«

»Woher weißt du das?« Sie klingt so, als sei sie sich sicher, und ich frage mich, wie sie das bei der Dunkelheit sein kann.

»Schau dir den Stamm der Buche dort drüben an.«

Sie deutet auf einen hohen Baum am gegenüberliegenden Rand der Lichtung, der etwas weiter vorne steht als die anderen.

Ich zucke die Schultern. »Alles, was ich sehe, ist ... Moos.«

»Eben.«

Ihre Worte beschwören eine alte Erinnerung herauf.

»Ihr könnt es am Moos und an den Flechten erkennen«, sagt ein Fremder. Er steht vor uns in einem Klassenzimmer und deutet auf das 3D-Holo eines Baumstamms, der der Buche sehr ähnlich sieht. Vermutlich ist er ein Lehrer.

Mr. Dinawari, fährt es mir durch den Kopf.

Ich kenne keinen Mr. Dinawari!

»Sie wachsen an der Nordseite vieler freistehender Bäume«, fährt er fort, »weil sie dort nie direkter Sonneneinstrahlung ausgesetzt sind.«

Das ist seltsam. Alles fühlt sich gleichzeitig fremd und vertraut an. Als hätte ich das schon einmal erlebt. Aber ich habe nie in einem richtigen Klassenzimmer gesessen. Seit meiner Einschulung besuche ich virtuelle Unterrichtsräume. Meine Lehrer befanden sich in Neu-Paris, New York und Basel, meine Mitschüler lebten auf der ganzen Welt verstreut.

Das hier hingegen ist eine echte Schule. Ich drehe den Kopf, blicke zu dem Mädchen neben mir und erkenne … mich. Ich bin elf oder vielleicht auch zwölf Jahre alt. Nein, das bin ich nicht. Es ist Isabel.

Das ist nicht meine Erinnerung. Sie gehört Kelsey!

Die Erkenntnis katapultiert mich in die Wirklichkeit zurück. Ich sitze im Wald, Steine bohren sich mir in den Hintern, ich habe gleichzeitig Schiss davor, entdeckt zu werden, und sehne mich danach – und ich bin müde und durstig.

»Man merkt, dass du nicht viel in freier Natur warst«, lasse ich Isabel wissen, auch wenn mir klar ist, dass das nicht ihr Versäumnis ist. »Die Sache mit dem Moos und der Himmelsrichtung ist totaler Schwachsinn. Stimmt so überhaupt nicht.« Warum haben sie einen solchen Aberglauben den Klonen im Institut beigebracht?

»Ach ja?«, erwidert Isabel scharf.

»Ja.«

»Und du bist die große Wildlife-Expertin?«

»Ich …«

Ein grunzendes Geräusch ertönt. Ich zucke zusammen und Isabel ist fast wieder auf den Beinen. Sie haben uns gefunden, fährt es mir durch den Kopf, und ich bin mir nicht sicher, ob ich darüber erleichtert oder unglücklich bin.

Ich erwarte, dass jeden Moment Dad oder einer seiner Mitarbeiter aus dem Unterholz bricht, doch nichts geschieht.

Dann ertönt das Geräusch wieder und wir begreifen, dass es von Hektor kommt, der schnarcht. Sein Kopf ist nach vorne gesunken, er ist tatsächlich eingeschlafen. Ich muss auch gähnen.

»Bist du müde?«, fragt Isabel. »Ich kann die Umgebung im Blick behalten, wenn du auch eine Runde schlafen willst.« Ihre Stimme klingt fast schon mitfühlend.

Das gefällt mir deutlich weniger, als der scharfe Ton, den sie mir gegenüber im Haus angeschlagen hat. Egal, was passiert, das Dümmste, was uns passieren könnte, wäre, wenn ich anfangen würde, sie zu mögen.

»Geht schon«, lüge ich deshalb und bemühe mich, möglichst kalt zu klingen. »Schlaf du von mir aus eine Runde. Ich kann wach bleiben.«

Die Wahrheit ist: Ich will nicht einschlafen.

Nicht, wenn die Möglichkeit besteht, nicht mehr aufzuwachen.

Kapitel 30

Ich wünschte, ich hätte in der Kindheit gelernt, wie man Feuer macht. Aber weder in meinen, noch in *ihren* Erinnerungen findet sich ein Hinweis darauf, wie das genau geht. Ganz toll.

Minute um Minute verstreicht, während ich versuche, weder wegzudösen, noch in Panik zu verfallen. Immer wieder spiele ich im Kopf durch, was in den letzten Stunden geschehen ist. Völliger Unsinn, denke ich im einen Moment, mein Dad ist ein Held. Dann erinnere ich mich an etwas, das Phaedre mal zu mir gesagt hat: »Meine Mom behauptet, dein Dad geht über Leichen.«

Tja, ich nehme an, wir wissen jetzt, dass *sie* durchaus über Leichen geht.

Der Einzige, der mir niemals wehgetan hat, war mein Bruder. Auf ihn konnte ich mich immer verlassen, egal, was war. Und das ist auch der Grund, warum ich hier sitze, nicht abhaue und ihn beim Schlafen beobachte.

Hektor schnarcht weiter vor sich hin. Immer wieder raschelt es im Blätterwerk um uns herum. Äste knacken, aber da uns bisher weder eine Wildsau über den Haufen gerannt, ein Wolf gefressen, noch Dads Leute uns eingesackt haben, entspanne ich mich etwas. Wir lassen die Waldtiere in Ruhe und sie uns. Nur ein pummeliger Feldhase hoppelt irgendwann auf die Lichtung. Er wagt sich bis zum schlafenden Hektor vor und schnüffelt an dessen Schuhen. Offenbar gefällt ihm nicht, was er vorfindet, denn kurz darauf verkriecht er sich unter einer Brombeerhecke.

Ich muss lächeln und fange einen Blick von Isabel auf; sie grinst. Dann schlingt sie die Arme um ihren Oberkörper und zieht die Knie an. Es ist Sommer, aber sie trägt nur ein dünnes Kleid. Das bei unserer Flucht ziemlich in Mitleidenschaft gezogen wurde.

»Ist dir kalt?«, frage ich.

»Geht schon«, antwortet sie spröde. Von der Fürsorge in ihrer Stimme ist nichts mehr zu hören. Vielleicht hat sie vorhin kurz vergessen, dass ich nicht ihre Schwester bin.

Schwester. Diese Bezeichnung überhaupt. Sie sehen sich nur so ähnlich – sie sehen mir so ähnlich – weil sie aus Blutzellen, die direkt aus meiner Nabelschnur stammen, gezüchtet wurden.

Der Mensch mag ein Wunder der Schöpfung sein. Ein Klon ist nur ein künstliches Wesen.

Und doch strahlt sie eine gewisse Anmut aus. Selbst in dem Kleid, das hier mitten im Wald ziemlich lächerlich wirkt. Gern gebe ich es nicht zu, aber tatsächlich erinnert sie in diesem Moment ein wenig an mich.

»Vor ein paar Monaten wäre vermutlich ich diejenige gewesen, die in einem Ballkleid durch den Wald stolpert.«

Ich weiß selbst nicht, warum ich das zu ihr sage. Vielleicht liegt es einfach daran, dass ich die Stille nicht mehr länger ertrage. Diese Ungewissheit. Ich wollte mich nie über meinen Familiennamen definieren lassen. Nun frage ich mich, wer ich ohne ihn bin.

»Deines wäre kürzer gewesen«, antwortet mir Isabel endlich.

Gegen meinen Willen muss ich schmunzeln. »Stimmt.«

»Und ich in dem Jogginganzug.« Sie legt den Kopf schief. »Wenn auch vermutlich keinen silbernen.«

Wir mustern uns, blicken uns direkt in die Augen. Es ist seltsam. Sie trägt mein Gesicht. Sie ist wie ein lebendiges Spiegelbild, auch wenn irgendetwas an ihrem Anblick mich stört. Ist es die Art, wie sie den Kopf hält? Wie sie das Kinn vorreckt? Nein, vermutlich nicht.

Irgendwo habe ich einmal gelesen, dass wir uns auf Holografien oft seltsam fremd vorkommen. Sonst sehen wir uns nur spiegelverkehrt. Uns als Hologramm zu sehen, wirkt seltsam. Vielleicht ist es das.

Vielleicht liegt es aber auch einfach nur daran, dass sie wie ich aussieht, aber anders ist.

Haben Onkel Kadmos und Dad jemals darüber nachgedacht, Klone ohne menschliche Gesichter zu züchten? Das würde so manches leichter machen. Allerdings würde es den großen Plänen von Hamilton Corp. zuwiderlaufen.

»Machst du Sport?«, frage ich, um auf andere Gedanken zu kommen.

Sie nickt.

»Was für welchen?«

»Laufen«, gibt sie zu. »Irgendwie fühle ich mich dann frei.«

Ich nicke, obwohl ich nicht glaube, dass ich sie ganz verstehe. »Deshalb kommst du so gut damit klar, hier durch den Wald zu stiefeln.«

Sie seufzt. »Ich bin nicht recht in Form. In den letzten Monaten ...« Plötzlich verstummt sie.

Das ist ein Thema, das auch ich nicht anreißen will.

»Hat ... deine Schwester ...«, frage ich zögerlich. »Kelsey. Hat sie auch Sport gemacht?«

Isabel schüttelt den Kopf.

Ich blicke an mir herunter, auf die spindeldürren Gliedmaßen, die schwachen Muskeln, und nicke. Das wundert mich nicht.

»Sport ist Mord, was?«, sage ich. »Ich reite gern. Ansonsten ...«

»Ich weiß«, unterbricht Isabel mich.

»Du weißt?«

»Von deiner Mutter.«

Der Drache. Er hat mit meinem Klon über mich geredet. Eine ätzende Vorstellung. Musste aber natürlich sein, wenn sie erwartet haben, dass sie der Welt vorspielt, ich zu sein. Sofort spüre ich, wie mein Magen wieder rebelliert.

Was hat der Drache ihr alles von mir erzählt?

»Das ist wie in *Atalantes Flucht*«, murmelt Isabel. »Ein altes Buch.«

Überrascht mustere ich sie. »Du liest gern?«

Isabel nickt. »Du auch.« Es ist keine Frage.

Was würde ich jetzt dafür geben, mit einem Roman in meinem Bett daheim zu liegen, eingekuschelt in meine warme Decke, statt hier mitten in der Nacht im Wald zu hocken.

»Was ist dein Lieblingsbuch?«, frage ich sie plötzlich. Dabei interessiert mich das doch gar nicht. Sie interessiert mich nicht. Vielleicht liegt es einfach daran, weil ich diese Frage immer jedem stelle, von dem ich erfahre, dass er viel liest. Damit können die meisten meiner Freunde nämlich leider nichts anfangen.

»Anne auf Green Gables«, antwortet Isabel, ohne zu zögern.

»Nie davon gehört.«

»Es ist schon ziemlich alt.«

»Klingt auch ziemlich angestaubt. Worum geht es?«

»Um ein Mädchen, das ...«, setzt sie an, verstummt aber.

»Was?« Jetzt bin ich neugierig.

»Ach, vergiss es.«

»Nein, wieso? Jetzt will ich es wissen.«

»Es ist ein Kinderbuch.«

»Na und?«

»Ich hab deinen Bücherschrank gesehen. Die Bücher darin sind definitiv nichts für Kinder.«

Leicht angesäuert zucke ich mit den Schultern. »Ich mag Liebesromane. Und?«

»Liebesromane? Soso.«

»Ja. Und okay, es darf beim Lesen gern ein bisschen prickeln.«

»So wie in *Goldglanz unserer Gefühle*.«

»Dieser Film! Hat Tante Mira dich gezwungen, ihn anzusehen? Ihre erste große Rolle?«

»Ich meinte das Buch.«

Es raschelt in den Büschen links von uns und wir zucken zusammen. Mit angehaltenem Atem versuchen wir, in der Dunkelheit etwas zu erkennen. Vergeblich.

Die Zeit vergeht quälend langsam. Zwei Herzschläge. Drei. Vier.

Das Rascheln verklingt, doch ich halte weiter die Luft an, solange es meine Lunge mitmacht. Dann ringe ich nach Atem, so leise wie möglich. Erst, als sich nach ein paar weiteren Atemzügen immer noch niemand auf mich stürzt, entspanne ich mich etwas.

»Hab ich nie gelesen. Der Film hat mir gereicht«, nehme ich unser Gespräch wieder auf, als wäre nichts geschehen. »Das Buch besitze ich nicht einmal.«

»Doch, tust du.« Sie klingt immer noch angespannt.

»Nein.«

»Doch. Seit ein paar Monaten. Deine Tante hat es mir geschenkt. Beziehungsweise dir. Wie auch immer.«

»Was?«

»Nach dem Reitunfall. Sie hat mir gute Besserung gewünscht. Und mich vor Phillip gewarnt.«

Ich ziehe die Beine an meinen Oberkörper, schlinge meine Arme um sie und mustere Isabel ungläubig. »Tante Mira ist schon der Hammer. Aber du darfst nicht vergessen, dass Phillip und ihre Tochter …«

»Ich weiß«, unterbricht sie mich sofort. »Die beiden hatten sich bereits getrennt, bevor ich ihn kennengelernt habe.«

Nur, dass Phillip damals dachte, er habe mich kennengelernt. Wann hat Isabel *ihm* reinen Wein eingeschenkt?

Und wie wäre das Ganze gelaufen, wenn ich nicht ... Wenn Julian nicht ... Wären jetzt Phillip und ich verlobt?

Krasse Scheiße: Erst macht Phillip mit meiner Cousine Schluss, um in den Eheschließungsvertrag mit mir einzuwilligen. Dann lernt er mich kennen und erfährt, dass ich nicht ich bin, sondern mein eigener Klon. Und jetzt bin ich wieder da. Wie verrückt ist das bitte schön?

»Deine Tante war auf Phillips und meiner Verlobungsfeier. Deine Cousine allerdings nicht.«

»Hast du Rosalind schon kennengelernt? Oder Juliet?« Nur meine Tante hat den Nerv, ihre Zwillingstöchter nach Figuren aus einem Shakespeare-Stück zu nennen. Hätte sie mal lieber nicht tun sollen. Vielleicht hätte dann unsere Rosalind nicht ihren Romeo ebenfalls verloren.

»Noch nicht«, beantwortet Isabel meine Frage. »Aber bald. Miranda hat uns alle auf eine Gala eingeladen. Deshalb dieses Kleid. Anprobe.«

Sie zupft an dem dunklen Stoff.

»In dem kannst du jedenfalls nicht mehr dort auftauchen«, sage ich und erstarre. Was rede ich da? Mein Klon sollte gar nicht auf einer Gala meiner Tante auftauchen. Jedenfalls nicht als ich. »Und was für eine Gala überhaupt?«

Erst, als Isabel darauf antwortet, begreife ich, dass ich diese Frage laut gestellt habe.

»Eine Wohltätigkeitsfeier zugunsten des Stadttheaters. Übermorgen.«

»Ah ... Und sie geht davon aus, dass es eine gute Idee ist, euch alle zur Feier einzuladen: dich und Phillip und sogar Mom? Respekt.«

»Nicht nur das. Sie hat mich sogar gebeten, eine kurze Ansprache zu halten. Natürlich habe ich abgelehnt. Kommen:

Ja. Sprechen: Nein. Deine Tante ist …«, Isabel legt den Kopf schief, »schon speziell.«

»Allerdings. Der Drache lässt sich nicht so leicht einschüchtern, aber wenn Tante Mira auftaucht …«

»Der Drache?«

»Das weißt du nicht?« Jetzt muss ich doch grinsen. Offensichtlich weiß mein Klon doch nicht *alles* über mich. »Mom.«

»Sabine …« Isabel wirkt nachdenklich. Dann zuckt sie mit den Schultern. »Bei Mirandas Besuch hat sie sich nicht die Butter vom Brot nehmen lassen.«

»Echt?« Das überrascht mich. »Gut für sie.«

Stille droht sich auf uns herabzusenken, und vielleicht sollte ich schlafen, aber mir graut es davor, hier im Wald, zwischen Mardern und Füchsen und wer weiß was die Augen zu schließen. Jedenfalls rede ich mir ein, dass das der Grund ist. In Wahrheit habe ich Angst davor, dass *sie* dann wieder das Ruder übernimmt. Da ist es leichter, sich über Krabbelzeug Gedanken zu machen. Gibt es Ratten im Wald? Im Gebüsch auf der anderen Seite der Lichtung raschelt es schon wieder verdächtig. Sicher nur der Hase.

»Tante Mira und Mom sind total anstrengend miteinander«, sage ich schnell. »Ehrlich, ich bin froh, dass ich nur Brüder habe und keine Schwester.«

Kaum sind die Worte heraus, beiße ich mir auf die Zunge. Ehrlich, das hab ich nicht gesagt, um Isabel zu verletzten. Ausnahmsweise nicht.

Ich hab begriffen, dass sie … Kelsey (selbst in Gedanken fällt es mir schwer, sie beim Namen zu nennen) wie eine Schwester sieht. Falls sie sich jedoch an meiner Bemerkung stört, lässt sie sich das nicht anmerken. Statt wieder zu streiten, lassen wir es zu, dass sich erneut Schweigen auf uns herabsenkt.

»Was ist Sonnenheim?«

Ich bin doch beinahe weggenickt, als Isabels Stimme mich auf die Lichtung zurückholt. Zweimal blinzle ich; anschließend massiere ich mir mit Daumen und Zeigefinger die Nasenwurzel und dann die Schläfen, um die Müdigkeit zu vertreiben. Die werde ich allerdings ebenso wenig los wie den pelzigen Geschmack in meinem Mund. Habe ich mir heute Morgen die Zähne geputzt? Ich kann mich nicht erinnern? Und wie ernst hat eigentlich Kelsey unsere Zahnhygiene genommen?

»Hab ich dich geweckt?«, fragt Isabel.

»Schon gut«, murmle ich, während ich Hektor einen neidischen Blick zuwerfe, der noch immer schläft. »Was wolltest du wissen?«

»Sonnenheim. Was ist das?«

»Eine Art ... alternatives Stadtviertel, könnte man sagen.« Ächzend rapple ich mich hoch und strecke meine Glieder. Dann gehe ich hinüber zu Isabel und setze mich neben sie.

Kurz versteift sie sich, als unsere Arme sich berühren, dann wird sie lockerer. Gut, blöd ist sie nicht. Für August ist die Nacht überraschend kalt und gegenseitig können wir uns ein bisschen Wärme spenden.

Dafür sind Klone schließlich da: um dafür zu sorgen, dass es ihren Originalen besser geht. Der Gedanke schmeckt so schal wie der Geschmack in meinem Mund. Was denk ich mir bloß? Was geschieht hier eigentlich?

»Es ist ein ehemaliges Zoogelände.«

»Was?«

»Inzwischen leben hauptsächlich Künstler dort. Und Nerds. Ist so 'ne Art Kommune, könnte man sagen. Alles ziemlich alternativ.«

Sonnenheim war nie meine Welt. Hektor war früher öfter dort, und ich hab ihn ein-, zweimal begleitet. Ist aber auch schon wieder über ein Jahr her. Dass er ausgerechnet dorthin will …

Erneut muss ich gähnen.

»Schlaf ruhig«, wiederholt Isabel ihr Angebot.

»Nein«, antworte ich stur.

»Hast du Angst, einzuschlafen?«

Weil meine Kehle wie zugeschnürt ist, nicke ich nur.

»Du hast Angst, die Kontrolle zu verlieren.«

»Ja«, krächze ich. »Aber nicht nur.«

Unsere Blicke treffen sich und ihre Pupillen, die vor ein paar Stunden hart wie Glas gewirkt haben, scheinen weicher, durchlässiger, als sei sie bereit, sich auf mich einzulassen. Sich auf das einzulassen, was ich zu sagen habe, ohne mich sofort vorzuverurteilen.

Das Schlucken fällt mir schwer. Trotzdem zwinge ich mich, zu sprechen. »Ich habe Angst davor, die Kontrolle ganz zu verlieren. Für immer. Dass …« *Kelsey. Deine Schwester* »… *sie* diesen Körper übernimmt. Und ich verschwinde.«

Wir starren uns an, Isabel und ich, und ich weiß, dass die Situation unmöglich ist. Blöd von mir zu erwarten, dass ausgerechnet mein Klon mich beruhigt, mir sagt, dass sie auf mich aufpasst und mich nicht einschlafen lässt, ich weiß. Trotzdem bin ich enttäuscht, als sich die Fenster in ihren Augen wieder in Spiegel verwandeln, als ihre Züge zu einer Maske erstarren und sie den Kopf senkt, um nicht antworten zu müssen.

Wenn ich gewinne, verliert sie, und umgekehrt. Das weiß ich. Wir stehen nur temporär auf derselben Seite.

Obwohl Hektor nur ein paar Schritte von mir entfernt auf dem Waldboden sitzt und schläft, fühle ich mich unendlich allein.

Kapitel 31

Ich bin immer noch ich, als wir in der Morgendämmerung aus dem Unterholz stolpern und den Wald hinter uns lassen. Zwei- oder dreimal bin ich eingenickt. Lange kann ich allerdings nie geschlafen haben, denn ich fühle mich noch genauso müde und gerädert wie Stunden zuvor.

Bis auf das Austauschen einiger Höflichkeitsfloskeln haben Isabel und ich uns nicht mehr unterhalten. Wir sprechen überhaupt sehr wenig. Wir brauchen all unsere Kraft, um die Reststrecke nach Sonnenheim zu bewältigen. Und die Nerven nicht zu verlieren.

Wie ich es drehe und wende: Über Nacht hat sich mein Leben in einen Albtraum verwandelt. Hektor flieht mit mir und meinem Klon. Dad schießt auf mich. Die einzig Normale scheint Mom zu sein, und diese Tatsache für sich ist schon verrückt. Was denkt sie wohl, wenn sie nach Prometheus Lodge zurückkommt? Hoffentlich passt sie auf, dass Nestor nicht in dies alles hineingezogen wird. Zum ersten Mal seit Jahren wünsche ich mir, mich in ihre Arme zu flüchten.

Was eine schrecklich schlechte Idee wäre. Die beiden mögen ihre Differenzen haben, aber im Endeffekt hat Mom immer zu Dad gehalten. Den Eheschließungsvertrag mit Phillip von Halmen konnte ich ihr jedenfalls nicht ausreden.

Phillip.

Ob Dad ihn wirklich erschossen hat?

Noch vor ein paar Tagen – nein, da lag ich ja im Koma –, noch vor ein paar Wochen, Monaten, hätte ich sofort gewusst, was geschehen ist. Ich glaube nicht, dass Dad Phillip umgebracht hat, er braucht die von Halmens. Aber angeschossen, das mag sein. Die NewsFeeds wären voll davon. Ein paar Blinzler, um meine ILs zu aktivieren oder ein Blick auf meinen Elastoscreen hätten genügt, um Bescheid zu wissen. Beides habe ich nicht mehr, haben wir nicht mehr.

Als wir endlich am Stadtrand ankommen und ich begreife, dass wir kein Magnetaxi nehmen können, um bis nach Sonnenheim zu fahren, möchte ich aus lauter Frust am liebsten heulen. Ohne unsere Elastoscreens können wir uns weder ausweisen, noch zahlen. Die beschissenen Fahrzeuge gleiten auf ihren Magnetschienen an uns vorbei ohne anzuhalten. Ich hab die Dinger noch nie übermäßig geliebt, aber jetzt könnte ich ihrem Designer den Hals umdrehen.

»Vielleicht besser so.« Hektor nimmt mich kurz in den Arm und drückt mich. »Wenn wir die Elastoscreens nicht benutzen, kann man unsere Bewegungen auch nicht tracken.«

Er ist immer noch total nervös. Ständig blickt er sich um, als erwarte er, dass hinter der nächsten Ecke einer von Dads Angestellten lauert. Ich hingegen bin einfach nur kaputt. Nicht mal eine Flasche Wasser oder ein beschissenes Brötchen können wir kaufen. Früher hat es sogenanntes Bargeld gegeben: Papier und Münzen, mit denen man Kauftransaktionen abwickeln konnte. Wenn ich in alten Filmen Leute ihren Kaffee damit zahlen gesehen habe, kam mir das unglaublich steinzeitlich vor. Jetzt frage ich mich, ob das nicht auch Vorteile hatte?

Mit knurrendem Magen und Lippen, die so trocken sind, dass sie aufzuspringen drohen, kämpfen wir uns Schritt für Schritt weiter. Wir bewegen uns am Stadtrand entlang, dort, wo wenig Leute unterwegs sind und vor allem kaum Sicherheitskameras.

»Was glaubst du, was Dad gerade macht?«

Eigentlich habe ich Hektor gefragt, aber es ist Isabel, die antwortet. »Ein halbes Vermögen dafür ausgeben, uns zu jagen.«

»*Zu jagen*«, spotte ich. »Geht's auch noch dramatischer?«

Hektor wirft mir einen warnenden Blick zu. Schon klar, er will nicht, dass Isabel sich Sorgen um Phillip macht.

»Dein Vater ist skrupellos.«

»Er macht das alles für mich.« Ich muss ihn verteidigen, ich kann nicht anders. Es ist eine Sache, wenn ich mir selbst Sorgen wegen ihm mache. Aber dieser Klon verdankt ihm sein Leben. Sie hat kein Recht dazu, so etwas über ihn zu sagen.

»Was macht er für dich? Über Leichen gehen?«

»Nimm das zurück.«

»Mädels«, stöhnt Hektor. »Muss das jetzt sein?«

»Ja«, antworten Isabel und ich wie aus einem Mund.

Kurz herrscht Stille, dann räuspert Isabel sich. »Was, glaubst du, ist mit Nadja geschehen?«

»Nadja?« Meint sie Nestors Kindermädchen? »Was soll mit ihr sein?«

»Dad hat sie entlassen«, murmelt Hektor. Er sieht nicht so aus, als ob es ihm Spaß macht, über dieses Thema zu sprechen. »Nach deinem Unfall.«

»Jedenfalls erzählt er das«, stichelt Isabel.

Ich verdrehe die Augen. »Und was glaubst du, was geschehen ist?«

»Sie ist wie vom Erdboden verschluckt«, antwortet sie kalt. »Seit deinem Unfall.«

Ich liebe meinen Dad. Er treibt mich manchmal in den Wahnsinn, aber er ist mein Dad. Und trotzdem rieselt mir bei den Worten meines Klons ein Schauer über den Rücken. Ich wünschte, ich könnte ihr sagen, sie soll ihr dreckiges Lügenmaul halten. Doch was ist, fragt eine kleine, fiese Stimme in meinem Kopf, wenn sie recht hat?

Ja, Dad tut das alles für mich. Warum werde ich das Gefühl nicht los, dass er von mir erwartet, für seine schrecklichen Taten ebenfalls einen Preis zu bezahlen?

Keine Ahnung, was die Menschen denken, denen wir begegnen. Die müssen uns für ziemliche Freaks halten, nehme ich an: Hektor mit den türkisblauen Haaren, ich in Moms schrecklichem Trainingsanzug und Isabel in dem dunklen Kleid. Ich bete zu Gott, dass uns niemand erkennt. Nicht nur, dass Dad uns sofort aufspüren würde. Mein Ruf wäre in Nullkommanichts im Eimer.

Natürlich ist mir klar, dass das meine geringste Sorge sein sollte, ich bin ja nicht bescheuert. Trotzdem regt es mich auf. Und das ist es auch, was mich vorantreibt. Das verhindert, dass ich mich einfach in irgendeiner Ecke auf den Boden kauere und darauf warte, bis mir entweder jemand hilft oder die Polizei mich aufliest. Wenn ich etwas nicht will, dann, dass ich das Bild meines abgefuckten Selbst morgen überall im Netz finden kann.

Also quäle ich mich weiter.

Als wir in Sonnenheim ankommen, ist es fast Mittag. Seit bestimmt zwölf Stunden habe ich nichts mehr gegessen oder getrunken, ich habe nicht geschlafen und es fühlt sich an, als hätte jemand meinen Schädel mit einer Axt gespalten.

Wir betreten unser Ziel durch das Elefantentor, als die Sonne den Zenit bereits überschritten hat. Unsere verdreckte Kleidung klebt an uns und meine Kehle fühlt sich an, als habe ich Staub geschluckt. Für Isabels begeisterte Reaktion auf unsere Umgebung kann ich wenig Verständnis aufbringen. Ich will nur zum Baumhaus.

Ein paar ältere Frauen sitzen vor einem Bauwagen, dessen Dach komplett mit Kräutern bepflanzt ist und der Kaffee und Kuchen verkauft. Sie unterbrechen ihr Gespräch kurz, um uns zu mustern, wenden sich dann aber wieder einander zu, ehe ich meinem Impuls nachgeben kann, mein Gesicht hinter meinen Haaren zu verstecken, wie Isabel es tut. Zwischen einer Brücke und dem ehemaligen Affenhaus hat ein Mädchen ein Seil gespannt, auf dem es balanciert, die Arme weit von sich gestreckt. Es sieht fast so aus, als könne sie fliegen. Sie beachtet uns nicht. Ebenso wenig wie der Mann, der unter dem Seil sitzt und an den Saiten einer Gitarre herumzupft.

Das ist vielleicht der einzige Vorteil an Sonnenheim: Hier kannst du sein, wer du willst, und niemand kümmert sich darum, was du treibst, solange du keinem anderen auf die Füße trittst. Künstler und Aussteiger haben sich hier niedergelassen, seit vor vierzig Jahren Zoologische Gärten in der Neuen Union verboten und geschlossen wurden. Das Halten und Pflegen von Tieren ist nur noch in Auffangstationen und Pflegeheimen erlaubt. Menschen dürfen mit den Tieren interagieren, wenn sie bei der Versorgung helfen. Nicht, um sie anzugaffen.

Wie es wohl gewesen sein muss, hinter diesen Gitterstäben auf und ab zu tigern und tagein, tagaus von Fremden angestarrt zu werden?

Ähnlich grausam, wie gegen seinen Willen ein Organ entnommen zu bekommen?

Der Gedanke überfällt mich ungewollt und meine Ohrenspitzen beginnen zu glühen. Kelseys Geist in mir zu tragen, tut mir nicht gut.

Aayanas Baumhaus liegt im hinteren Teil des Geländes, schräg gegenüber des Seehundgeheges, in dem im Sommer die wildesten Open-Air-Partys gefeiert werden. Wobei Baumhaus die Untertreibung des Jahrhunderts ist. Es hat nichts mit der winzigen Bretterbude gemein, die Onkel Alexander für Rosalind und Juliet in ihrem Garten zusammengezimmert hat. Aayanas Zuhause ist sicher an die vierzig Quadratmeter groß. Es ist zwischen drei Bäume gebaut. Getragen wird es nicht nur von deren Ästen, sondern auch von einer massiven Holzstelzenkonstruktion. Es ist an das Strom- und Wassernetz angeschlossen und besitzt sogar eine schmale Veranda. Statt einer Strickleiter führt eine einziehbare Holztreppe die zweieinhalb Meter zur Eingangstür nach oben.

Aayana trägt eine locker sitzende Jeans, regenbogenfarbene Socken und ein hellgraues T-Shirt, das so weit fällt, dass es fast schon ein Poncho sein könnte. Ein Bambusstäbchen und ein schlanker Malerpinsel halten das Haarnest an ihrem Hinterkopf notdürftig zusammen, zu dem sie ihre straßenköterblond gefärbten Dreadlocks gerafft hat. Kurz gesagt: Sie sieht genauso verwahrlost aus wie immer.

Andererseits: Wer im Glashaus sitzt …

Ich zwinge mich, meine Hände zu Fäusten zu ballen, um nicht meinem Drang nachzugeben, mir mit den Fingern die Haare zu richten. Stattdessen konzentriere ich mich auf Aayana, die erst Hektor, dann mich und Isabel mit gerunzelter Stirn anblickt. In keiner Weise kommentiert sie, dass ich einen Klon im Schlepptau habe.

»Was willst du?«, fragt sie stattdessen meinen Bruder, verschränkt die Arme und lehnt sich an den Türrahmen. Sie klingt schroff, was mich überrascht.

»Ich brauche deine Hilfe.«

Aayana setzt zu einer scharfen Erwiderung an, doch Hektor redet erst gar nicht um den heißen Brei herum. »Es geht um Leben oder Tod. Und das ist keine Übertreibung.«

Für den Bruchteil einer Sekunde mustert Hektors Ex uns ungläubig, dann tritt sie zur Seite – sie scheint fast nach innen in ihre Wohnung zu kippen – und macht uns Platz. »Kommt rein.«

Ich war erst einmal in Aayanas Wohnung. Sie besteht nur aus einem einzigen Zimmer. Nein, das stimmt nicht ganz: Es gibt eine Kochnische, ein winziges Badezimmer und eine eingezogene Zwischendecke, auf der Aayana ihren Schlafplatz eingerichtet hat.

Womit man zunächst nicht rechnet, wenn man das Baumhaus erstmals betritt, sind die zahlreichen Computerkabel, die sich auf dem Boden und zwischen Zimmerpflanzen ringeln wie Schlangen. Aayana ist Neo-Künstlerin und Hackerin, wobei sie Letzteres nicht zugeben würde. Die Kunst ist ihre Leidenschaft, mit dem Hacken verdient sie ihr Geld. Und das beruhigt mich. Wenn Aayana noch nichts von unserer Flucht mitbekommen hat, sind wir vermutlich sicher.

Verlegen stehen wir drei direkt hinter der Zimmertür, während Aayana zu einem Regal geht, sich eine Halbliter-Glasflasche Excited schnappt und sich einen großen Schluck genehmigt. Der Energydrink leuchtet giftgrün im Sonnenlicht und kurz habe ich einen Flashback zu jener Nacht im *Discord*, in der Hektor und Aayana sich kennengelernt haben. Bereits damals war sie süchtig nach dem Zeug.

Ich fand den Geschmack von Excited schon immer eklig, ob mit Wodka oder ohne, doch gerade habe ich so einen Durst, dass ich die Flasche vermutlich in einem Zug leeren könnte. Nicht, dass Aayana uns etwas anbieten würde. Sie mustert uns mit zusammengekniffenen Augen. Hektor hingegen bekommt den Mund nicht auf. Was ist los mit den beiden?

»Also«, will sie wissen. »Was ist los? Und warum hast du *sie* mitgebracht?« Sie deutet auf Isabel.

»Du meinst nicht *sie*.« Entschlossen trete ich einen Schritt in ihre Richtung. »Du meinst mich. Ich bin Elektra.«

Das überrascht Aayana so sehr, dass ihr beinahe die Excited aus der Hand fällt. Aber ich bin noch nicht fertig. »Das hier ist mein Klon. ›Überraschung.‹«

Ich weiß, ich sollte sie nicht reizen. Wir brauchen ihre Hilfe. Aber *es ist Aayana.*

Ich muss ihr zugutehalten, dass sie sich schnell wieder fängt. »Ernsthaft?«

»Ernsthaft«, antwortet Hektor gleichzeitig mit mir.

Aayana seufzt, kommt zu uns herüber und bietet mir die Excited an. »Du siehst beschissen aus«, lässt sie mich wissen. »Und dein Klon hat offensichtlich den gleichen furchtbaren Kleidergeschmack wie du.«

»Lange Geschichte.« Bevor Aayana es sich anders überlegen kann, greife ich nach der Flasche, setze sie an und trinke. Das Zeug ist so eklig süß, dass es fast schon auf der Zunge brennt. Als würde man Säure schlucken. Abnormal. Aber die Flüssigkeit und der Zucker … Ja, das hab ich gebraucht!

Ich muss mich zwingen, die Flasche nicht auszutrinken, sondern sie an Hektor und Isabel weiterzugeben.

»Hast du auch was zu essen da?«, frage ich ohne Umschweife.

»Ela«, mahnt mich mein Bruder, trinkt dann jedoch.

Aayana schüttelt nur ungläubig den Kopf. »Du hast Nerven.«

»Ich hab vor allem seit gestern Mittag nichts mehr gegessen. Und nichts getrunken«, verrate ich.

»Nimm's mir nicht übel, aber du siehst aus, als hättest du eine Woche lang nichts mehr gegessen. Oder getrunken.«

Ich öffne den Mund, um ihr zu antworten, aber sie dreht sich einfach um, achtet nicht weiter auf mich. »Hektor. Kommst du bitte mal?«

Sie wartet nicht darauf, was er antwortet.

Und mein Bruder, das Schaf, das er manchmal ist, gibt Isabel die *Excited* und läuft ihr hinterher, wie er das auch gemacht hat, als sie noch zusammen waren.

Nur, dass ich diesmal ehrlich gesagt nichts dagegen habe, sondern froh darüber bin. Aayana und ich werden nie beste Freundinnen werden. Aber, wie sie gerade unter Beweis stellt, ist sie kein Unmensch und ich glaube tatsächlich, dass sie uns helfen wird.

»Das schmeckt widerlich.« Isabel wischt sich mit dem Handrücken den Mund ab, nachdem sie die Flasche geleert hat und Aayana und Hektor in der Küche verschwunden sind.

»Tut es«, stimme ich ihr zu und lasse mich auf einem der orientalisch gemusterten Sitzkissen nieder, die vor dem großen Panoramafenster liegen. »Ich hoffe, sie hat noch mehr davon.«

Wasser wäre mir natürlich lieber. Oder Tee. Aber momentan ist mir ganz egal, was Aayana herbeischleppt, solange man es nur trinken kann.

Isabel lässt sich auf einem Kissen neben mir nieder. Sie sieht wirklich verdammt fertig aus. Und ich vermutlich auch. Großartig.

»Wer ist Aayana?«, fragt sie.

»Hat dir Hektor nie von ihr erzählt?« Es ist der falsche Zeitpunkt dafür, aber dieser Umstand freut mich. »Die beiden waren mal zusammen. Ein halbes Jahr nur, aber das war ganz schön intensiv.«

Isabel blickt hinüber zur Tür, die Aayana hinter sich und Hektor geschlossen hat.

»Überrascht?«, frage ich, während mein Blick im Zimmer herumgleitet. Ein gutes Viertel des Raums wird eingenommen von einem gläsernen Schreibtisch, auf dem gleich mehrere Laptops, Holo-Projektoren und sogar ein altmodischer Bildschirm stehen. Sie sind mit neonfarbenen Kabeln miteinander verbunden, deren andere Enden teilweise in der Wand verschwinden. Schon als ich das erste Mal hier war, hab ich nicht verstanden, warum Aayana immer noch Lan-Kabel benutzt, statt mit WLAN zu arbeiten. Ich meine, im Internet ist sie doch so oder so.

»Ich hätte nicht gedacht, dass Aayana Hektors Typ ist.« Isabel klingt nachdenklich.

»Weil sie eine Frau ist?«, hake ich nach.

»Nein. Das nicht. Sie ist … speziell.«

Ich seufze, weil ich Isabel zustimme. Mehr ist zu Aayana eigentlich nicht zu sagen. Jedenfalls denke ich das. Dann kann ich meine Klappe doch nicht mehr halten.

»Sie ist schon in Ordnung. Und sie kennt sich wahnsinnig gut mit Programmen aus. Vermutlich wollte Hektor deshalb hierher. Und weil sie in Sonnenheim wohnt. Trotzdem frage ich mich, warum wir nicht zu Boyd sind?«

»Sie haben sich getrennt.«

»Was?!« Boyd und Hektor haben viel gestritten in letzter Zeit, das ja. Hauptsächlich wegen meinen Eltern. Indirekt wegen mir. Wegen diesem beschissenen Eheschließungsvertrag. Und wegen den Klonen. Ich schiele hinüber zu Isabel. Das schlechte Gewissen zupft am Rand meines Bewusstseins.

Oder kommt das schlechte Gewissen von Kelsey? Ich brauche mehr von diesem Energydrink. Wenn ich etwas nicht will, dann ist das, einzuschlafen.

»Was ist passiert?«, will ich wissen.

»Boyd hat Schluss gemacht.« Nervös blickt Isabel zur Tür, als wolle sie nicht, dass Hektor aus der Küche kommt und uns dabei erwischt, wie wir über ihn sprechen. Ein bisschen fühle ich mich verletzt, dass sie mir das mit Boyd erzählt und nicht er. Auch wenn ich rational weiß, dass dafür in den letzten Stunden kaum Zeit war.

Warum hat Boyd sich von Hektor getrennt? Ich bin mir ziemlich sicher, dass er bis über beide Ohren verknallt in meinen Bruder ist, ihn vielleicht sogar liebt.

»Meine Eltern?«, vermute ich schließlich. Haben der Drache und Onkel Kadmos doch noch ihren Willen bekommen? Sie waren nicht begeistert von der Beziehung der beiden, weder von Boyd im Speziellen, noch davon, dass Hektor sich als bi geoutet hat. Das hat Dad einen ziemlichen Strich durch seine

Rechnungen gemacht. Er ist immer davon ausgegangen, dass Hektor eines Tages Hamilton Corp. übernimmt – und an seine Kinder weitergibt. Der ganze patriarchale Scheiß, von dem wir glaubten, ihn schon Anfang des Jahrtausends hinter uns gelassen zu haben.

Ich war gerade mal dazu gut, durch meine Verbindung mit den von Halmens das politische Umfeld zugunsten des Familiengeschäftes zu beeinflussen.

Tausend Sachen will ich Aayana und Hektor fragen, als sie endlich – beladen mit einem Tablett voller Getränke, belegter Brote und Süßigkeiten – zurückkommen, aber Isabel ist schneller als ich.

»Kannst du mir helfen, meinen Verlobten anzurufen, ohne dass jemand etwas davon mitbekommt?«

Kapitel 32

Während Aayana und Isabel nach einer kleinen Stärkung versuchen, Phillip von Halmens SeeYa-Account zu hacken, nehmen Hektor und ich endlich die Unterlagen aus Dads Aktentasche auseinander, die mein Bruder aus Prometheus Lodge hat mitgehen lassen. Viel finden wir nicht darin. Eine Packung Halsbonbons und – ungewöhnlich – eine Loseblattsammlung unbeschriebener Papiere. Als Hektor einen Elastoscreen aus der Tasche zieht, auf dem das Logo von Hamilton Corp. aufgedruckt ist, lässt er ihn fallen, als habe er sich verbrannt.
»Shit.«
»Was ist?«, fragt Isabel.
Hektor deutet auf das Gerät.
»Sind wir darüber zu orten?«, frage ich.
»Oh nein!« Isabel verfällt natürlich sofort wieder in Panik.
»Jetzt nicht mehr«, beruhigt sie Aayana und lässt den Elastoscreen in einem kleinen, silbergrauen Metallkästchen verschwinden.
Ich atme erleichtert auf. Nicht nur, weil das Kästchen verhindert, dass irgendjemand den Elastoscreen aufspürt, sondern auch, weil ich mir kurz – ganz kurz nur – gewünscht habe, Dad *würde* mich finden.
»Wenn er wüsste, wo wir sind, wäre er längst hier.« Hektors Stimme klingt kratzig. Ich bin mir nicht sicher, ob er selbst an das glaubt, was er gerade sagt.

»Wir sollten weiter«, bestimmt Isabel.

»Ihr solltet duschen und schlafen«, widerspricht Aayana.

Nein, bloß nicht schlafen!

Wir alle schauen uns an. Weiterziehen? Oder bleiben? Mir klopft das Herz vor Aufregung in der Brust. Wenn es mir schon so geht, wie ist das dann für die anderen?

»Wir holen die Leiter ein«, schlägt Aayana vor. »So ohne Weiteres kommt dann niemand hier hoch. Und wenn es doch jemand versucht, schalte ich sämtliche Webcams hier im Haus ein und übertrage live. Mal sehen, was die sich trauen, wenn alles, was sie tun, im Netz nachverfolgt werden kann.«

Mit *die* meint sie meinen Dad und seine Leute.

»Wir bleiben«, bestimmt Hektor schließlich. Was vermutlich vor allem daran liegt, dass es keinen anderen Ort gibt, an den wir gehen könnten.

Danach untersuchen Hektor und ich weiter Dads Unterlagen, während Aayana und Isabel sich wieder mit Phillips SeeYa-Account beschäftigen. Unsere Gastgeberin löchert meinen Klon mit Fragen: Wie ist der Name von Phillips Haustier? In welcher Stadt wurde er geboren? Wie lautet der Mädchenname seiner Mutter? Jede Antwort hämmert sie unerbittlich in die virtuelle Tastatur vor sich, danach schiebt sie an einem Holoscreen grüne Zeichenkombinationen hin und her und brummt unzufrieden vor sich hin, während Isabel neben ihr nervös auf ihrem Daumennagel kaut. Aayana unterbricht sich nur einmal kurz, um uns einen länglichen Stab zuzuwerfen, der aussieht wie das asiatische Essstäbchen, mit dem sie ihre Haare aufgesteckt hat. »Probiert's mal hiermit.«

»Was ist das?«, will Hektor wissen, in dessen Schoß das Essstäbchen gelandet ist. Aayana ignoriert ihn allerdings und ehe er noch einmal nachfragen muss, haben wir es herausgefunden. Der weiße Stab besitzt einen Knopf am Ende. Als Hektor daraufdrückt, beginnt das ganze Teil violett zu leuchten. Schwarzlicht!

Wo es auf die Blätter vor uns fällt, tauchen wie von Zauberhand auf dem blütenweißen Papier dunkelgraue Buchstaben auf. Megakrass.

Meine Schulter berührt die von Hektor, während wir uns beide nach vorne beugen und zu lesen beginnen. Was dort steht, sorgt dafür, dass mir die Galle in der Kehle aufsteigt.

Bei den Dokumenten handelt es sich, soweit wir das einschätzen können, um medizinische Datenblätter. Das von Kelsey – besser gesagt, von Klon Nr. 2066-VI-002 – ist auch dabei. Unter dem Namen reihen sich Zahlenkolonnen und kryptische Abkürzungen. Sie erinnern mich an Formeln aus dem Geometrie- oder Chemieunterricht.

Hektor, der für diese Fächer leidlich mehr Interesse aufbringt als ich, runzelt verwirrt die Stirn. Auch er wird aus dem Kauderwelsch nicht schlau.

Die anderen Datenblätter gehören wohl anderen Personen. Von Probant 1.3 ist die Rede, ebenso wie von Patient 2.1.

»Hast du eine Idee, was er damit wollte?« Schnell wische ich einen Krümel der mit Tomatencreme beschmierten Stulle vom Papier, der mir darauf gefallen ist.

Hektor zuckt nur mit den Schultern. »Dad wollte eigentlich nach Asien zu einem Geschäftspartner. Ich nehme an, es sind irgendwelche Untersuchungsergebnisse.«

»Von *ihr*?«, flüstere ich möglichst leise und deute auf mich.

»Er wollte das Klonprogramm verkaufen.«

Drei Stullen später haben wir den ganzen Papierberg einmal durchgewühlt, ohne einen Deut schlauer geworden zu sein. Wir beobachten Aayana und Isabel dabei, die weiter stoisch versuchen, Phillip zu kontaktieren.

Hektor ist beinahe erneut wieder eingeschlafen, als Aayana einen triumphierenden Schrei ausstößt.

»Hat es geklappt?«, fragt Isabel nervös. Nachdem sie die letzten Minuten im Zimmer auf und ab gegangen ist, scheint sie jetzt zur Salzsäule erstarrt. Es ist immer noch seltsam, ihr gegenüberzustehen: eine schlammverschmierte Kopie von mir mit billigem Kleidergeschmack, die immer noch mehr nach mir aussieht als ich selbst.

»Jepp.« Aayana lehnt sich im Bürostuhl zurück und streckt triumphierend ihre Arme in die Luft. »Ich bin drin.«

»Kann ich mit ihm sprechen?«

»Das nicht. Aber du kannst ihm eine Nachricht hinterlassen.«

Gebannt zieht es Hektor und mich hinüber zu Aayanas Schreibtisch, wo auf einem der Bildschirme Phillip von Halmens SeeYa-Profil aufgerufen ist. Es ist ultra-langweilig. Bilder von seiner Studienzeit in Melbourne. Er auf dem Siegertreppchen bei irgendeiner Sportveranstaltung. Gähn! Noch nicht einmal Videos hat er hochgeladen. Das Profil wirkt eher wie eine Visitenkarte auf einem der zahlreichen Karriereportale und plötzlich wird mir klar, dass eine Verlobung zwischen ihm und mir niemals gut gegangen wäre.

Isabels Augen allerdings leuchten verdächtig, als sie sich an Aayanas Stelle auf den Bürostuhl setzt und eine Nachricht eingibt, die, wie uns Aayana erklärt, als Pop-up-Fenster eingeblendet wird, sobald sich Phillip das nächste Mal auf SeeYa einloggt.

Isabel deutet auf den Zeitstempel, der zeigt, wann sich Phillip das letzte Mal eingeloggt hat. Das ist gerade mal drei Stunden her. »Er lebt«, schluchzt sie erleichtert.

Entweder das, denke ich, *oder Dad ist es ebenfalls gelungen, Phillips SeeYa-Profil zu hacken.*

Im Nachrichtenverlauf sehen wir, dass Phillip versucht hat, über SeeYa »Elektra Hamilton« zu kontaktieren und danach Hektor. Beide können sich natürlich nicht in ihre Profile einloggen, da wir Angst haben, dass Dad bzw. seine ITler uns sonst aufspüren. Wir können aber im Postausgang lesen, was Phillip geschrieben hat.

Viel ist es nicht. Er bittet beide, sich schnellstmöglich bei ihm zu melden. »Ich bin zu Hause«, schreibt er. »Nicht in der Stadtwohnung, sondern bei meinen Eltern.«

Man sieht Isabel an, dass sie am liebsten sofort zu ihm eilen würde, aber das geht natürlich auf keinen Fall. Also heißt es warten.

Um uns abzulenken, gehen Hektor und ich noch einmal vor die Tür. Ich trage einen dunkelroten Hoodie von Aayana, der mir – ebenso wie ihr – natürlich viel zu weit ist, unter dessen Kapuze ich aber meine Haare und einen Großteil meines Gesichts verstecken kann. Hektor verbirgt seinen türkisfarbenen Schopf unter einer Wollmütze. Ich halte die Aufmachung für albern. Zum einen laufen hier in Sonnenheim so schräge Figuren rum, dass Hektors Frisur gar nicht weiter auffallen würde. Und außerdem sind wir bei unserer Ankunft durch die halbe Siedlung gestolpert. Kaum anzunehmen, dass uns niemand erkannt hat.

Wir setzen uns in den Schatten unter dem Baumhaus und blicken hinüber zu den stillgelegten U-Bahn-Tunneln, in denen die Sonnenheimer Gemüse anpflanzen, um nicht von den großen Foodfirmen mit ihren Skyfarms abhängig zu sein. Angeblich gibt es dort unten auch einige Insektenfarmen, weil sie mit Kakerlaken und Käfern ihren Proteinbedarf decken. Schauder!

Mein Kopf schmerzt wieder ziemlich.

Hektor blickt sich ständig in alle Richtungen um, als erwarte er, dass ein Überfallkommando von Hamilton Corp. sich jeden Augenblick auf uns stürzt.

Als ich die Hände in die Hosentasche des Trainingsanzugs stecke, spüre ich plötzlich etwas Kleines, Festes an meine Fingerspitzen stoßen. Ich ziehe es heraus und erkenne eine Ampulle. Nachdenklich betrachte ich sie. Das Sonnenlicht bricht sich in der erdbeerfarbenen Flüssigkeit.

»Was ist das?«, frage ich verwirrt.

Mein Bruder wendet sich mir zu, öffnet den Mund, zögert jedoch.

»Hektor!«

»Medizin«, antwortet er dann. »Vielleicht.«

Ich kann die Augen nicht von der Ampulle nehmen, nachdem Hektor mir alles erzählt hat. *Trink mich*, scheint die Flüssigkeit mir zuzuraunen. *Wenn du mich trinkst, wird alles gut. Auf die eine oder andere Weise.*

Ich kenne diesen Drang. Dieses Locken, das von solchen bonbonfarbenen Flüssigkeiten oder Pülverchen ausgeht. Sie versprechen, mich in eine Superheldin zu verwandeln und alle Sorgen für eine Weile in den Hintergrund treten zu lassen. Bei der Hälfte davon fühle ich mich, nachdem ihre Wirkung nachgelassen hat, noch beschissener als zuvor.

Und dann sind da diese fliederfarbenen Tabletten, die mich früher erst schweben ließen und mich dann ins Krankenhaus beförderten. Weil ich eine neue Niere brauchte.

Zu welcher Hälfte gehört das Gebräu von Dad?

»Du denkst nicht ernsthaft darüber nach, das Zeug zu nehmen?« Hektor greift nach der Ampulle, aber ich bin schneller. Ich schließe die Finger zur Faust und weigere mich, ihm das Röhrchen zu überlassen.

»Was ist, wenn es mir hilft?« Kann das nicht sein? Die Medizin kommt vom Dad.

»Was ist, wenn sie dich umbringt?«, kontert Hektor.

Ich kenne diesen Ton. Hektor schlägt ihn immer an, wenn er enttäuscht von mir ist. Wenn er sich sicher ist, dass ich im Begriff bin, etwas ganz und gar Unvernünftiges zu tun.

Dabei ist er auch nicht gerade ein Musterkind. Plötzlich frage ich mich, was wir hier gerade tun. Verstecken wir uns ernsthaft vor Dad? Vor Dad! Der mich mein Leben lang beschützt hat. Was, wenn dieses seltsame Gefühl, das mich überfällt, wenn ich an ihn denke, gar nicht von mir kommt, sondern von *ihr*? Dass *Kelsey* Angst vor Dad hat, ist schließlich nachvollziehbar.

Wenn ich die ganze Ampulle trinke, wird Kelsey vielleicht verschwinden. Am liebsten würde ich Dad anrufen und ihn fragen.

Scheiß auf Kelsey. Scheiß auf Isabel. Scheiß auf die Klone. Alles, was ich will, ist mein Leben zurück.

Ich blicke Hektor an und möchte ihm genau das so gerne sagen, möchte hören, dass er mir zustimmt, so wie er es früher getan hat. Dass er »Scheiß auf sie alle« sagt und meine Hand hält.

Aber an seinen Augen kann ich erkennen, dass es so einfach nicht mehr ist. Jetzt sind es nicht mehr wir zwei gegen all die anderen. Irgendwie ist ausgerechnet mein Klon ein Teil seiner Welt geworden.

Ich will ihn gerade fragen, wie es so weit kommen konnte, als über unseren Köpfen Aayanas Stimme erschallt. »Schwingt eure Ärsche hoch«, ruft sie uns zu. »Der Traumprinz hat geantwortet.«

Ohne auf unsere Reaktion zu warten, verschwindet sie wieder in ihrem albernen Baumhaus.

Hektor und ich blicken uns an, nachdenklich. Und weil das Einzige, vor dem ich noch mehr Angst habe, als von Kelsey übertölpelt zu werden, ist, Hektor zu verlieren, atme ich tief ein und stecke die Ampulle in die Hosentasche zurück. Dann gehen wir zurück nach oben.

Isabel wirkt wie ausgewechselt. Sie stakst noch immer wie ein aufgescheuchtes Huhn im Zimmer auf und ab, aber diesmal hält sie aufgeregt einen Elastoscreen vor sich in die Luft. Auf dem Bildschirm erkenne ich das Gesicht meines Beinahe-Verlobten. Er sieht erleichtert aus, es scheint ihm nicht schlecht zu gehen.

»Alles in Ordnung mit ihm?«, frage ich Aayana, die vor dem Panoramafenster sitzt und sich endlich selbst ein Brot genehmigt. Die nickt nur. Hektor und ich setzen uns zu ihr, bis Isabel sich halbwegs beruhigt hat. Dann schmieden wir gemeinsam mit meinem Fast-Verlobten einen Plan.

Von Phillip erfahren wir, dass Dad nicht auf ihn geschossen hat, sondern auf uns. »Er wollte keinen von euch verletzen«, versichert er uns. »Er hat auf das PartyAnimal gezielt, um euch an der Flucht zu hindern.«

Weil sie die anderen beiden PartyAnimals nicht finden konnten und sie mit den Ruderbooten viel zu langsam gewesen wären, haben seine Leute versucht, uns am Flussufer entlang zu verfolgen. Da waren wir zum Glück schon zu weit entfernt, als dass sie uns hätten einholen können.

Phillip war geistesgegenwärtig genug, in der Zeit, in der Dad herumtobte und seine Leute versuchten, uns aufzuhalten, seine Mutter anzurufen. Die dem Himmel sei Dank ranging und ein Magnetaxi zum Waldrand geschickt hat. Vor laufender Kamera hatte Dad keine Möglichkeit, Phillip abzuknallen. Und ich möchte hoffen, dass er das auch gar nicht vorhatte.

»Was macht er jetzt?«, will Isabel wissen. Sie meint Dad damit.

»Er ist nach China geflogen.«

Phillips Worte versetzen mir einen Stich. Ernsthaft? Er ist vom Flughafen zurückgekommen, um mir das Leben zu retten. Und jetzt ... das? Ist er wütend auf mich, weil ich abgehauen bin? Das war ich doch gar nicht! Das war *sie*.

Diese widerstreitenden Gefühle meinem Vater gegenüber treiben mich noch in den Wahnsinn.

»Ernsthaft?«, fragt Hektor. »Er ist geflogen?«
»Bist du dir sicher?« Isabel klingt auch nicht überzeugt.
Phillip nickt. »Ich habe mit Sabine gesprochen.«
»Was?!«
»Sie macht sich Sorgen um euch. Sie hat mir auch verraten, dass Priamos euch suchen lässt«, verteidigt er sich. »Nur eben nicht selbst. Aber er musste wohl nach China.«

Ich frage mich, welches Spiel der Drache spielt. Klar, Dad und sie haben seit ein paar Jahren Differenzen. Wenn's um mich und meine Zukunft ging, waren sie sich aber immer frustrierend einig.

»Ich hab in der Firma angerufen«, fährt Phillip fort. »Die Assistentin von Priamos hat bestätigt, dass er gerade geschäftlich in Asien unterwegs ist.«

»Wenn das wahr ist, sind wir ein paar Tage relativ sicher.« Hektor klingt erleichtert.

»Das ergibt keinen Sinn.« Isabel stützt ihren Kopf in die Hände. »Warum sollte er jetzt gehen?«

Das zumindest kann ich beantworten. »Meinem Dad war die Firma schon immer wichtiger als seine Kinder.«

Als ich es ausspreche, begreife ich, dass das stimmt. Tatsächlich stimmt, meine ich. Bei Hektor zu bleiben, vielleicht war das das Richtige.

»Wo seid ihr?«, wechselt Phillip das Thema.

Isabel will antworten, aber Hektor ist schneller. »Besser, wenn du das nicht weißt, dann kannst du dich auch nicht verplappern.«

Dad muss klar sein, dass wir versuchen werden, mit Phillip Kontakt aufzunehmen. Craig, sein IT-Spezialist, könnte dazu in der Lage sein, sich in Phillips SeeYa-Profil einzumorphen, ohne dass wir es merken. Aber Aayana ist besser. Und schneller.

Die Frage ist, wann Dad Craig auf Phillip angesetzt hat, falls er das getan hat.

»Die Leitung ist sicher«, verspricht Aayana uns. »Aber wir müssen uns beeilen. Wir haben ein paar Minuten.«

»Ich komme euch abholen«, schlägt Phillip noch einmal vor. »Wenn ihr bei uns zu Hause seid, können Priamos' Leute euch nichts mehr tun.«

»Zu gefährlich«, widerspricht ausgerechnet Aayana. »Rein rechtlich gesehen sind sowohl Isabel als auch … Elektras neuer Körper … immer noch sein Eigentum. Wenn ihr sie nicht an ihn herausgebt, seid ihr die Verbrecher.«

»Das ist doch verrückt!«, protestiert Phillip.

»Ich bin niemandes Eigentum«, widerspreche auch ich. Und plötzlich wird es still im Raum. Da wird mir bewusst, was ich gesagt habe.

»Priamos wird nicht wollen, dass das alles publik wird«, gibt Isabel schließlich zu bedenken. »Wir könnten bei Polina und Frederic sicher sein.«

»Zu gefährlich«, wiederholt Hektor. »Und wenn Phillip recht hat und Dad weggeflogen ist, sind wir zumindest ein paar Tage hier in Sicherheit.«

»Aber wir brauchen Polinas Hilfe«, gebe ich zu bedenken.

Zu meiner Überraschung nickt Isabel. »Du hast recht. Am wichtigsten ist es jetzt, herauszufinden, was mit eurem Körper nicht stimmt.«

Dads Warnung fällt mir ein. Und das Bild eines VitaScans taucht in meinem Kopf auf: leuchtende Brandherde in meinem Kopf.

Schließlich einigen wir uns darauf, erst mal in Sonnenheim zu bleiben und unseren Kontakt mit Phillip auf das Nötigste zu beschränken. Polina wird uns aus der Ferne helfen. Sie ist eine brillante Wissenschaftlerin und hat lange für und mit meinem Vater gearbeitet. Wir mögen aus den Unterlagen aus seiner Aktentasche nicht schlau werden. Sie hingegen kann es schaffen. Und einen Weg finden, uns alle zu retten.

»Lass dir das bloß nicht zur Gewohnheit werden«, warne ich Hektor, als er sich mir erneut mit dem Taschenmesser nähert.

»Ich kann mir auch ein schöneres Hobby vorstellen.«

Polina braucht Blut von mir, nur ein bisschen. Ich versteh es, aber das heißt nicht, dass ich es toll finde. Isabel und Aayana stehen um uns herum, während ich den Arm ausstrecke, was das Ganze noch makaberer macht. Obwohl ich das eigentlich nicht will, schiele ich hinüber zu meinem Klon und frage mich, was sie denkt. Ist sie froh, dass nun ich es bin, die aufgeschnitten wird, die man bluten lässt? Ist es für sie eine kleine Rache? Weil sie mir in gewisser Weise jetzt mit gleicher Münze heimzahlen kann, was wir ihr und ihresgleichen antun?

Diesmal genügt ein kleiner Schnitt in meinen Handballen. Wie in Zeitlupe quillt dunkles Blut über meine blasse Haut. Zuvor habe ich sie gründlich mit Seife abgeschrubbt und praktisch in Desinfektionsmittel gebadet.

Aayana nähert sich mit einer münzrunden Glasplatte und drückt sie auf die Wunde. Auch sie haben wir zuvor desinfiziert. Kurze Zeit später sind sowohl die durchsichtige Platte als auch mein Handballen blutverschmiert. Aayana verschließt die Platte steril in einem kleinen MediPlast-Kästchen, Hektor klebt mir ein Pflaster über die Wunde. Der MediSchaum ist diesmal nicht nötig.

»Und jetzt?«, frage ich.

»Jetzt kontaktiere ich einen Kurier, der das Zeug zu den von Halmens bringt«, teilt uns Aayana mit.

»Du solltest ...«, Hektor zögert, »ihr auch die Ampulle mitgeben, die du von Dad bekommen hast.«

Sofort verkrampfe ich mich. »Wenn das Mittel mir helfen kann ...«

»Falls das Mittel helfen kann, ist es erst recht wichtig, dass Polina es untersucht.«

Ich beiße mir auf die Unterlippe, weil mir das ganz und gar nicht gefällt. Dann blicke ich in die Runde. Aayana ist damit beschäftigt, auf ihrem Elastoscreen herumzutippen, Isabel schaut mich erwartungsvoll an. So, als wolle sie mir die Chance geben, das Richtige zu tun. Und wenn ich mich falsch entscheide, reißt sie mir den Kopf ab. Jedenfalls glaube ich, dass es das ist, was in ihr vorgeht, denn so würde es mir gehen. Und, ob es mir nun gefällt oder nicht, so unähnlich sind wir beiden uns gar nicht.

Seufzend krame ich in der Hosentasche nach der Ampulle. Nachdem ich sie herausgefischt habe, fällt es mir schwer – verdammt schwer –, sie in Isabels Hände gleiten zu lassen.

»Ich hab Angst«, sage ich leise, zu niemand Bestimmten.

»Ich weiß«, antwortet Isabel. Sonst nichts.

Kapitel 33

»Ihr könnt ruhig duschen«, schlägt Aayana uns kurz darauf vor. Hektor hat nachgegeben und ein paar Tropfen der Medizin in ein kleines Gefäß umgefüllt, das unsere Gastgeberin ihm gegeben hat. Nur für den Notfall.

»Oder euch aufs Ohr legen. Es wird ein bisschen dauern, bis der Kurier auftaucht.«

»Warum?«, fragt Isabel nervös. Das Warten passt ihr nicht.

Weil wir alle nach Wald und Dreck stinken, möchte ich am liebsten zu ihr sagen, aber ich halte mich zurück.

»Weil ich mir sicher bin, dass ihr nicht irgendjemanden mit dem Blut und euren Unterlagen durch die Stadt schicken wollt. Sondern jemanden, dem wir vertrauen können.«

»Gibt's so jemanden da draußen überhaupt?«

»Oh ja«, antwortet Aayana, aber sie blickt nicht Isabel an, sondern Hektor.

»Du hast doch nicht Boyd um Hilfe gebeten?«, fragt der.

Doch Aayana nickt. »Natürlich. Wen sonst?«

Diese Nachricht muss Hektor erst einmal verdauen. Jetzt ist er es, der wie ein eingesperrtes Tier im Baumhaus auf und ab geht, nicht Isabel. Die beiden sind genetisch betrachtet halt doch verwandt.

Sofort schelte ich mich für diesen Gedanken selbst. Nur um dann festzustellen, dass ich ihn nicht mehr so unangenehm empfinde wie noch vor ein paar Stunden. Unangebracht, ja. Aber nicht unangenehm.

Meine Muskeln spannen sich an und ich muss ein frustriertes Knurren unterdrücken. Das ist nicht gut. Ich schiele kurz hinüber zu meinem Klon. Wenn ich ihren Körper will, sind solche Gedanken pures Gift.

Sie bemerkt, dass ich in ihre Richtung blicke, und runzelt die Stirn. Deshalb konzentriere ich mich wieder voll und ganz auf meinen Bruder. Hektor wirkt nicht aufgebracht oder wütend, sondern vielmehr nervös. Eigentlich nicht typisch für ihn. Wenn andere in der Nähe sind, gibt er sich gern unerschütterlich. In der Öffentlichkeit trägt er bevorzugt eine überlegene Miene zur Schau und ist nie um einen blöden Spruch verlegen. Verletzlich zeigt er sich selten und eigentlich nie, wenn so viele andere Menschen um ihn herum sind.

Aayana kann ihn schließlich dazu überreden, eine heiße Dusche zu nehmen und er verschwindet für eine halbe Stunde im Bad.

Nach ihm bin ich an der Reihe.

Sauber und in frischen Klamotten komme ich aus dem Badezimmer zurück und Aayana reicht mir ein Handtuch, das ich um meine nassen Haare wickeln kann. Anschließend verschwindet Isabel im Bad und Aayana nach draußen, um ein paar Lebensmittel zu besorgen. Hoffentlich kein Kakerlaken-Protein. Bis Boyd auftaucht, dauert es noch etwas über eine Stunde.

»Warum habt ihr euch getrennt?«, flüstere ich.

Wir liegen auf einer breiten Schaummatratze und blicken uns direkt in die Augen.

Hektor schweigt. So lange, dass ich schon fürchte, er würde nicht antworten, ehe mein Klon aus der Dusche kommt, aber ich brauche diesen Moment, der nur uns beiden gehört.

»Er hat mit mir Schluss gemacht«, erzählt er schließlich.

»Warum?«

»Das kannst du dir doch denken. Das Klonprogramm. Deine Verlobung. Er hat natürlich erraten, dass das eine Farce ist und politisch motiviert. Als er mich darauf angesprochen hat, konnte ich es nicht leugnen. Mann, haben wir gestritten. Er hat verlangt, dass ich mich sofort von Mom und Dad distanziere. Hätte ich vielleicht sogar tun sollen, was? Aber ich bin ausgetickt. Und er ist ausgetickt. Und das war's dann.«

»Wann war das?«

»Am Tag vor deinem Unfall.« Hektor unterbricht den Blickkontakt, seine Augen starren ins Leere. »Innerhalb weniger Stunden habe ich die beiden Menschen verloren, die mir am meisten bedeuten.«

Vorsichtig strecke ich die Hand aus und berühre seine Wange mit meinen Fingerspitzen, wie ich es auch früher getan habe. Mein kleiner Bruder. Mein armer kleiner Bruder.

»Warum hast du mir nichts davon erzählt?«, frage ich sanft und er blickt mich wieder an.

»Warum hast du mir nichts von *dir* und Julian erzählt?«

Nun bin ich es, die den Blick abwenden muss und der das Atmen schwerfällt. »Ich kann nicht glauben, dass er tot ist.«

Tränen brennen in meinen Augen und Hektor rückt näher an mich heran, nimmt mich in den Arm. »He«, raunt er mir zu. »Du weinst doch nicht um diesen Mistkerl. Er wollte dich umbringen.«

Jetzt beginnen die Tränen wirklich zu fließen. Ich kann nichts dagegen tun.

»Ich versteh das nicht«, gestehe ich ihm und schluchze hemmungslos. »Ich versteh das alles nicht.« Und damit meine ich nicht nur Julian.

Hektor hält mich im Arm und lässt mich weinen. Er lässt mich weinen, bin mir die Augen zufallen.

»Ela, wach auf.« Eine dunkle Stimme zupft an meinem Bewusstsein. Doch sie flüstert nur und ist weit entfernt.

»Ela, Boyd ist gleich da.«

Ela ... Elektra! Ein Adrenalinstoß jagt durch meinen Körper, ich richte mich auf, presse die Hand auf meinen Oberarm und reiße die Augen auf. Hektor Hamilton beugt sich über mich, doch er hat kein Messer in der Hand und wir treiben auch nicht auf dem Fluss durch die Nacht.

Stattdessen flutet Dämmerlicht einen Raum, den ich schon wieder nicht kenne. Ich liege auf einer weichen Matratze, die leicht nach Wassermelone riecht. Vor mir steht ein gläserner Couchtisch, überfüllt mit schmutzigem Geschirr, und weiter hinten sehe ich einen Schreibtisch, Holoscreens und physische Bildschirme. Kabel liegen wie Stolperfallen überall auf dem Boden. Es sieht nicht ungemütlich, aber einfach aus. Sicher befinden wir uns nicht in einer der Wohnungen der Hamiltons.

»Isabel?« Meine Stimme klingt rau, als wäre ich ein bisschen erkältet.

»Hier.« Meine Schwester schiebt Hektor zur Seite und setzt sich neben mich auf das Bett.

»Wo sind wir?«

»In Sicherheit.« Isabel greift nach einer Tasse und drückt sie mir in die Hand. Sie fühlt sich warm an. »Tee«, ermutigt sie mich. »Früchtetee.«

Ich nippe daran. Das Aroma von roten Beeren ist eine Spur zu süß für mich, aber ich genieße die Wärme des Getränks und den säuerlichen Nachgeschmack auf der Zunge.

»Mist«, murmelt Hektor.

»Was denn?«, fragt Isabel.

»Genau davor hatte sie Angst.« Als ich den Kopf hebe, sehe ich, dass er mich dabei anschaut. »Einzuschlafen und nicht mehr aufzuwachen.«

Isabel schnaubt. »Du meinst, wie es Kelsey vorher passiert ist?«

Mir fällt ein, was vorhin geschehen ist: der Tracker. Das Taschenmesser auf dem Boot. Die Stelle auf dem Arm, an die ich vorhin instinktiv gegriffen habe! Jetzt spüre ich den dumpfen Schmerz, der von ihr ausgeht. Vorsichtig schiebe ich den Ärmel eines weiten Kapuzenpullis zurück, den ich vorher noch nie gesehen habe. Von einer Wunde entdecke ich keine Spur. Dass Hektor den Tracker entfernt hat – oder es zumindest versucht hat –, erkennt man nur am MediSchaum, der eine große Stelle Haut bedeckt. Er wirkt wie helle Knetmasse, die viel zu dick aufgetragen wurde. Eine weitere Narbe, für die ein Hamilton verantwortlich ist.

Die Narbe selbst stört mich nicht. Seit Jahren mache ich mir nichts mehr aus meinem Aussehen. Doch der Gedanke, wieder von einem von ihnen verletzt worden zu sein …

»Wo sind wir? Was ist passiert?«

»In Sicherheit«, bekräftigt Isabel noch einmal, während Hektor zur Wohnungstür geht und nach draußen verschwindet. Als er zurückkommt, ist er nicht allein. Und meine Schwester hat mir inzwischen erzählt, was in den letzten Stunden passiert ist.

Eine junge Frau und ein junger Mann kommen mit Hektor zurück. Sie hat dunkle Haut, er ist weiß.

Als er Isabel und mich auf der Couch sitzen sieht, bleibt er stehen und verschränkt die Arme. »Heftig.«

Die Fremde zuckt mit den Schultern und deutet in unsere Richtung. »Setz dich.«

»Keine Zeit«, antwortet er knapp.

Hektor scheint sich unwohl zu fühlen. Abwechselnd schielt er zum Durchgang in die Küche, dann wieder zu dem Typen. Die Hände hat er sich in die viel zu engen Hosentaschen geschoben, seine Schultern wirken angespannt.

»Also?« Die Stimme des Fremden klingt überraschend tief. »Wer von euch beiden ist Elektra?«

»Keine«, kontert Isabel direkt und steht auf.

Boyd starrt sie einen Augenblick lang an, dann hebt er eine Augenbraue und dreht sich zu Hektor um. »Heftig«, sagt er noch einmal.

»Heftig«, bestätigt der, senkt aber den Blick.

»Danke.« Isabel geht zu den anderen hinüber und streckt ihm die Hand entgegen. »Dass du uns hilfst.«

Er stößt ein Geräusch aus, das gleichzeitig Lachen und Schnauben ist, und greift nach ihrer Hand.

»Isabel«, sagt sie.

»Boyd«, antwortet er.

»Ich weiß.«

»Du bist ein Klon.«

»Ich bin ein Klon.«

»Heftig.«

»So, nachdem wir jetzt geklärt hätten, wie heftig das alles ist, könnten wir bitte zum Punkt kommen?« Das Mädchen mit der wilden Frisur lässt sich mit einem Ächzen auf eines der Sitzkissen fallen. »Boyd, setz dich. Ihr anderen auch.«

Boyd arbeitet als Kurier. So viel entnehme ich der Unterhaltung, die um mich herum stattfindet und zu der ich selbst kein Wort beitrage. Er ist gekommen, um eine Blutprobe von mir und die medizinischen Unterlagen, die sich in Priamos Hamiltons Aktentasche befunden haben, zu Polina von Halmen zu bringen. Nicht selbst allerdings, weil Isabel, Hektor und Aayana – das Mädchen – Angst haben, dass er dabei erwischt werden könnte. Wir gehen davon aus, dass unser Erzeuger das Haus der von Halmens beobachten lässt.

»Ich treffe mich mit einer Kollegin vor dem Olympus«, erklärt Boyd. »Sie liefert das Zeug dann direkt ab.«

»Wer?«, fragt Hektor misstrauisch.

»Du kennst sie nicht.«

»Ist sie ...«

»Hektor!« Es klingt wie eine Ermahnung. »Vertraust du mir?«

Die beiden starren sich an und plötzlich wird es still. Aayana blickt auf den Fußboden, Isabel neben mir hält den Atem an.

»Ja.« Hektor spricht so seltsam gepresst, dass seine Stimme fast keinen Ton hat. Er räuspert sich. »Ja«, wiederholt er dann, mehr er selbst. Und noch einmal: »Ja, natürlich.«

Wieder hängt das Schweigen schwer in der Luft. Dann zucken Boyds Mundwinkel. »Dann ist ja alles in Ordnung.«

An der Art, wie sich Hektor abwendet, um Boyd nicht mehr ins Gesicht blicken zu müssen, kann ich ablesen, dass für ihn gar nichts in Ordnung ist.

Er schnappt sich die braune Aktentasche seines Vaters und zieht einen Papierstapel daraus hervor. Den überreicht er Boyd, der diesen wiederum in seinem Rucksack verstaut.

Isabel tritt zu den beiden und übergibt ein kleines schwarzes Kästchen, in dem vermutlich mein Blut ist, und die Ampulle mit der Medizin von Priamos. Aayana reicht ihm außerdem ein silbergraues Metallkästchen.

»Ich melde mich bei dir, wenn ich die Sachen übergeben habe«, verspricht Boyd Aayana, geht zu ihr hinüber und drückt sie kurz an sich. Dann schultert er seinen Rucksack.

»Danke«, antwortet sie.

»Danke«, murmeln auch wir.

Boyd wendet sich Hektor zu. »Damit wir uns nicht falsch verstehen. Den Auftrag lege ich dir nur aus. Du bezahlst mich, sobald du wieder zu Hause bist, verstanden?«

Hektor nickt, und ich frage mich zwangsläufig, wann das sein wird. Wann wird Hektor wieder nach Hause fahren? Zu einem Vater, den er bestohlen hat und vor dem er geflohen ist. Weil er sich für Isabel und mich entschieden hat und gegen seine Eltern.

Überrascht stelle ich fest, dass er Aubrey doch auf eine gewisse Weise ähnelt. Die Art, wie er verlegen den Kopf senkt. Hektor Hamilton hat ein gutes Herz. Erstaunlich.

Hektor begleitet Boyd nach draußen, und Aayana und Isabel schauen den beiden so interessiert hinterher, dass ich nicht mehr an mich halten kann. »Was ist los mit den beiden?«

»Die beiden waren mal ein Paar«, verrät Isabel.

»Oh.« Hektor steht auf Jungs? Wieder muss ich an Aubrey denken. Und dann an Isabel und unser Gespräch auf einem Balkon im dreiundzwanzigsten Stock. *Du darfst nicht mit Aubrey schlafen*, hat sie mich damals beschworen. *Weil er genetisch gesehen unser Bruder ist.*

Wieder spüre ich, wie sich mein Magen zusammenzieht, als hätte man mir einen Fausthieb verpasst.

Weil er genetisch gesehen unser Bruder ist.

»Hektor ist noch nicht ganz über die Trennung hinweg«, holt mich Isabel in die Wirklichkeit zurück, und für eine Sekunde weiß ich nicht, wovon sie spricht.

»Boyd ebenso wenig«, behauptet Aayana.

»Ach ja? Er hat doch mit Hektor Schluss gemacht, nicht umgekehrt.«

»Ja, aber nicht, weil er es wollte.«

Isabel schnaubt. »Er wollte es nicht und hat es trotzdem getan?«

»Eine Trennung ist nie einfach.« Aayana dreht sich um und zieht eines der Stäbchen aus dem Haar, mit dem sie ihre Frisur festgesteckt hat. Es ist ein Pinsel!

Sie stellt sich vor die Leinwand und öffnet den Farbkasten, der auf dem Regal daneben liegt. »Vor allem nicht von einem Hamilton«, fügt sie hinzu, während sie den Pinsel in leuchtendes Silber taucht.

»Du musst es ja wissen«, antwortet ihr Isabel, entschuldigt sich aber sofort. »Tut mir leid. Das geht mich nichts an.«

»Stimmt.« Aayana beginnt, kleine Silbersterne auf die dunkel eingefärbte Leinwand zu malen. »Dass es mit Hektor und mir nicht geklappt hat, lag an vielen Gründen. Boyd hat mit ihm wegen seiner Familie und wegen der Firma Schluss gemacht. Jetzt sieht die Sache vielleicht schon ganz anders aus.«

»Meinst du wirklich?« In Isabels Stimme schwingt Hoffnung mit. Als spiele es für sie eine Rolle, was sich zwischen Hektor Hamilton und irgendeinem Jungen abspielt. Als hätten wir nicht dringendere Probleme.

Kapitel 34

»Du hast dir ja Zeit gelassen«, zieht Aayana Hektor auf, als er eine Weile später zurückkommt.

Ich stehe am Fenster und blicke hinaus in den orange und violett gefärbten Himmel. Isabel hat angeboten, mir etwas zu essen zu machen, nachdem sie mich auf das Laufende gebracht hat, aber ich habe keinen Appetit. Meine Narbe tut weh. Nicht die neue am Oberarm. Was auch immer für Zeug mir Isabel auf die Wunde gespritzt hat, es scheint auch den Schmerz zu stillen. Die Narbe von meiner Nierenoperation hingegen plagt mich. Vielleicht zieht sie aber auch nur so unangenehm, um mich daran zu erinnern, dass dieser Körper immer noch mir gehört. Egal, was Elektra und Priamos Hamilton sagen.

Im Zimmer hinter mir fragen Aayana und Isabel abwechselnd Hektor nach seinem Gespräch mit Boyd aus und mir schnürt sich die Kehle zusammen. Ist ihnen egal, was mit mir passiert? Von Aayana und Hektor Hamilton erwarte ich nichts anderes, aber von meiner Schwester …

Schweiß bildet sich auf meiner Stirn. Mit den Fingern taste ich zwischen den Blumentöpfen auf dem Fensterbrett nach dem Knopf, mit dem sich die Scheiben hochfahren lassen. Meine Bewegungen sind so fahrig, dass ich beinahe eine Bromelie zu Boden fege. Gerade noch rechtzeitig bekomme ich den Übertopf zu packen, nur ein bisschen Erde rieselt auf den Boden. »Mist!«

»Was machst du da?« Aayana steht plötzlich neben mir, greift hinter die dunklen Gardinen und endlich hebt sich die Scheibe. Laue Abendluft strömt ins Zimmer und ich atme in tiefen Zügen ein.

Aayana nimmt mir die Bromelie aus der Hand und mustert mich skeptisch. »Alles in Ordnung?«

»Ich brauche frische Luft.« *Ich muss hier raus*, meine ich eigentlich.

Ich war nie der große Freiluftfan. Im Institut habe ich die Innenräume nur verlassen, wenn es sein musste: Beim Sport – wir hatten verdammt viel Sport im Institut, und trotzdem bin ich nicht gut darin –, oder um Isabel zu begleiten. Allerdings saß ich dann auf dem Rasen und habe ihr zugesehen, wie sie ihre Runden auf der Außen-Rennbahn drehte. Jetzt sitzt sie hier neben Hektor Hamilton und stopft Nüsse in sich hinein, während ich es drinnen nicht mehr aushalte. Wie konnte das alles nur passieren? Wie konnte sich Isabel nur so verändern?

»Lass uns ein Stück spazieren gehen.« Ich klinge forscher, als ich es zunächst beabsichtigt habe.

Isabel sieht mich an. »Ich bin mir nicht sicher, ob das …«

»Bitte. Du hast gesagt, für den Moment sind wir hier sicher.«

Ihr Blick verändert sich. »Nur wir beide?«

Ich nicke.

»Na gut.«

Aayana schärft uns ein, die Köpfe gesenkt zu halten, während sie uns durch Sonnenheim führt. Priamos mag nach Asien gereist sein, aber dank seiner Credits hat er mehr als ein Paar Augen, die nach uns Ausschau halten können. Wir kommen an einem Koiteich mit üppig wuchernden Seerosen und einem verlassenen Wildtiergehege vorbei, ehe wir den Rand der Siedlung erreichen. So weit das Auge reicht, breitet sich dort ein Maisfeld aus.

»Ihr findet wieder zum Baumhaus?« Aayana blickt uns unschlüssig an, als sei es keine gute Idee, Isabel und mich allein zu lassen. Als wir nicken, dreht sie sich um und geht den Weg zurück, den wir gekommen sind.

Ich strecke den Arm aus und fahre mit der Hand über die seidige Fahne eines Maiskolbens.

Isabel tritt hinter mich. »Zea mays ist eine einhäusig getrenntgeschlechtliche Pflanze aus der Familie der Süßgräser«, murmelt sie und beinahe muss ich lächeln. Das macht sie schon immer. Irgendwie beruhigt es sie, sich den biologischen Aufbau von Pflanzen und Tieren einzuprägen. Mir ist das deutlich schwerer gefallen. Aber ich saß die ganzen Jahre neben ihr im Unterricht und ein bisschen was ist auch hängen geblieben. »Sie stammt ursprünglich aus dem ehemaligen Südamerika«, füge ich deshalb hinzu.

Dann breitet sich Schweigen aus.

»He«, Isabel greift nach meiner Hand. »Ich weiß, dass das alles gerade sehr verwirrend für dich sein muss und es aussieht, als ob ich … als ob mir das Institut und die anderen völlig egal wären. Aber das sind sie nicht.«

»Sicher?« Ich sehe genau, dass das Isabel verletzt, aber ich nehme es nicht zurück. Wenn es das ist, was es braucht, um sie wachzurütteln, ist das eben so.

»Natürlich nicht. Für was hältst du mich?«

Ein Kloß bildet sich in meinem Hals. Das ist schwerer, als ich gedacht hätte. Ich *liebe* Isabel. Sie ist meine andere Hälfte und wir haben unser Leben lang aufeinander aufgepasst. Dass jetzt ich es bin, die sie infrage stellt. Die ihr wehtut, damit sie begreift, was aus ihr geworden ist, erscheint mir unerträglich.

»Du bist seit drei Monaten hier draußen. Du lebst seit zwei Monaten mit einem Mann zusammen, den du gerade erst kennengelernt hast. Du reist mit ihm durch die Welt, besichtigst fremde Städte und Badestrände. Was soll ich denn da glauben?!«

»Das ist unfair«, verteidigt sie sich, aber sie kann mir dabei nicht in die Augen sehen. Weil sie weiß, dass es das nicht ist.

»Das sind Dinge, die du *mit mir* machen wolltest!«, platzt es aus mir heraus, während Tränen in mir aufsteigen. Ich muss mir auf die Unterlippe beißen, um sie zurückzudrängen.

»Darum geht es?«, fragt Isabel ungläubig.

»Nein«, lüge ich sie an. »Es geht darum, dass ich von dir erwartet hätte, dass du Himmel und Hölle in Bewegung setzt, um das Klon-Programm zu beenden.«

»Und wie hätte ich das deiner Meinung nach tun sollen?« Sie schnaubt und wirft sich die Haare in den Nacken. »Weißt du überhaupt, wie viele Institute es gibt? Und wie viele Arschlöcher ihr halbes Vermögen in uns investiert haben? Was glaubst du, was passiert, wenn ein ausrangierter Klon sich an sie wendet und sie bittet, das doch besser sein zu lassen?«

»Und deshalb machst du lieber gar nichts?«

»Ich mache nicht gar nichts. Ich gehe mit Phillip und seinem Vater politische Strategien durch. Wenn wir das Klon-Programm kippen wollen, müssen wir behutsam vorgehen. Es gibt da eine Vereinigung, die OAC – das steht für Organisations Against Clones. Mit denen habe ich mich schon ein paar Mal getroffen.«

»Oh, ach so, na dann.«

»Sei nicht so selbstgerecht, Kelsey. Was hättest du denn an meiner Stelle getan?«

»Mich nicht von dem erstbesten gut aussehenden Kerl ins Bett zerren lassen und darüber alles andere vergessen, jedenfalls.«

Isabels Augen flammen auf und ihre Finger zucken. Ich wette, sie würde mir jetzt am liebsten eine Ohrfeige verpassen. Das glaube ich, weil ich ihr nämlich selbst gerade gern eine kleben würde.

»Ich habe *nichts* vergessen«, presst sie schließlich mühsam hervor. Auch ihre Augen schimmern feucht.

Die Kelsey im Institut würde jetzt nachgeben. Die Kelsey vor der Operation würde Isabel in den Arm nehmen und sie trösten und ihr sagen, dass wir das schon alles packen würden. Die Kelsey nach der Operation würde vielleicht einfach den Kopf senken und darauf warten, dass der Sturm über uns vorbeizieht.

Aber keine dieser Kelseys bin ich mehr. »Das ist nicht gut genug. Wenn wir uns an die Online-Medien oder an die Vlogger wenden ...«

»Hast du eine Ahnung, wie viele Aktionäre inzwischen Vlogger finanzieren? Oder eine Idee davon, wie viele Menschen es gibt, die Angst davor haben, was passiert, wenn wir zwanzig werden? Sie fürchten sich davor, dass wir ganz normal unter ihnen herumlaufen, ›als wären wir echte Menschen‹.«

»Wir sind echte Menschen!«

»Ich weiß das, aber es ihnen klarzumachen, das geht nicht über Nacht.« Isabel stöhnt frustriert auf. »Es gibt Vorschläge, uns eine komplette Gesichtshälfte zu tätowieren, damit man uns sofort erkennt.«

Bei ihren Worten versteife ich mich, doch Isabel ist noch lange nicht fertig. »So einen Tracker, wie Hektor ihn dir auf dem Boot aus dem Arm geschnitten hat, den werden wir alle bekommen.«

»Warum sollten sie das tun?«

»Weil viele hier draußen einfach nur Idioten sind, die sich von zwei Dingen beeinflussen lassen: von Angst und von Geld.«

»Es muss doch auch Menschen geben, die anders sind. Die uns helfen werden.«

»Die gibt es. Phillip und seine Eltern. Hektor, Aayana, vielleicht sogar Sabine. Aber es sind zu wenig. Wenn wir etwas bewirken wollen, brauchen wir einen Plan.«

»Diese Organisation?«

»Die OAC?« Isabels Lachen klingt bitter. »Es gibt dort Mitglieder, die sich dafür starkmachen, die Institute zu schließen. Und sämtliches ›Klonmaterial‹ zu vernichten, ›ehe es zu spät ist‹.«

Ich versuche zu schlucken, aber das fällt mir schwer. Der Kloß in meinem Hals fühlt sich inzwischen so dick an wie der Maiskolben in meiner Hand. »Wir können die anderen doch nicht hängen lassen.« Vanessa, Tobias ... Aubrey?

»Das werden wir nicht«, verspricht Isabel endlich. »Aber das muss warten. Zuerst müssen wir *dich* retten.«

»Warum?«

Warum warten, meine ich. *Warum geht nicht beides auf einmal?* Isabel versteht mich aber vollkommen falsch.

»Weil es meine Schuld ist«, bricht es aus ihr heraus und sofort wendet sie sich ab. Keinen Ton gibt sie mehr von sich, aber ihr Oberkörper beginnt zu beben, heftiger und immer heftiger.

»Isabel?« Betroffen berühre ich sie an der Schulter. Sie zuckt zusammen und geht in die Knie. Mit den Armen umschlingt sie sich selbst und beugt sich vor und zurück. Entsetzt beobachte ich, wie sie die Kontrolle verliert.

»Es ist meine Schuld!«, stößt sie zwischen Schluchzern hervor. »Ich habe darauf bestanden, dass er dich holen lässt. Ich habe dir erzählt, wer Aubrey in Wirklichkeit ist, auf dem Balkon. Wenn ich den Mund gehalten hätte ...«

Meine Wut auf Isabel verraucht so schnell, wie sie gekommen ist. Ich knie mich hinter sie, lege mein Kinn auf ihre Schulter und ziehe sie an mich. Ich halte sie fest, während ihr Körper weiter von Schluchzern geschüttelt wird, und wünschte, ich könnte ihr die Schuldgefühle nehmen.

»Du bist nicht dafür verantwortlich.« Es dauert, bis ich zu ihr durchdringe. »Es ist *nicht* deine Schuld. Priamos Hamilton ist ein Monster. Er hat einen Körper als Ersatz für den seiner Tochter gebraucht ...«

»… und wenn ich nicht zu Phillip gezogen wäre, hätte er vermutlich schon längst meinen genommen.«

Und wenn Medea Miles' Blick an diesem Tag vor ein paar Jahren vielleicht zuerst Isabels Akte gestreift hätte, wäre ihr eine Niere entnommen worden und nicht mir. Ich weiß, dass meine Schwester sich manchmal auch dafür die Schuld gibt.

»Das ist Unsinn«, versichere ich ihr deshalb fest.

Die Hamiltons sind unsere Feinde, begreife ich endlich wieder, nicht wir selbst. Wir sind es, die gemeinsam kämpfen müssen; die sich gegenseitig vertrauen müssen. Isabel tut, was sie kann. Die Sache ist nur die: Gemeinsam ist man immer stärker als allein.

Ich helfe Isabel, sich aufzurichten, und beobachte, wie sie sich mit den Fingern die Tränenspuren aus dem Gesicht wischt. Erst dann fällt mein Blick auf die roten Tropfen auf ihrem T-Shirt.

Erst dann spüre ich das Brennen in meiner Nase.

Erst dann begreife ich, dass ich schon wieder blute.

Die Blutung ist nicht besonders heftig. Isabel stützt mich, während wir uns vor das Maisfeld setzen und ich den Kopf in den Nacken lege. Der Schmerz in meinem Kopf ist leise und dumpf. Allerdings klingt er nicht so schnell ab wie die Blutung. Wir beschließen, das alles für uns zu behalten, erst mal.

»Warum grinst du so?«, fragt Isabel misstrauisch, als wir zurückkommen.

Hektor müsste gar nicht antworten. Seine Augen strahlen wie winzige Supernoven. »Er hat geantwortet«, gesteht er trotzdem.

»Du schreibst mit ihm? Hältst du das für klug?«
»Warum nicht?«
Isabel seufzt. »Ich will dir ja nicht die Laune vermiesen …«

»Dann lass es«, unterbricht Hektor sie brüsk, aber das hat Isabel noch nie aufgehalten.

»… was ist, wenn dein Dad ihn beobachten lässt?«

Hektor versteift sich. Nach einem kurzen Zögern schaltet er den Holoscreen aus und rollt mit dem Schreibtischstuhl nach hinten.

»Boyd und ich hatten seit Monaten keinen Kontakt, warum sollte er?« Er greift nach einer Keramikschüssel, stochert in etwas herum, das wie Müsli aussieht, und lässt den Löffel wieder sinken. »Außerdem wird Dad sich kaum auf dem Messenger einloggen, auf dem wir uns schreiben.«

»Wie willst du dir da so sicher sein?«

»Weil es ein Messenger für Schwule ist, habe ich recht?« Aayana kommt aus der Küche zurück, eine Kanne mit dampfendem Kaffee in der Hand. Der Geruch breitet sich sofort im ganzen Raum aus. Er ist fast schon betäubend.

»Habt ihr euch dort kennengelernt?«, fragt Isabel und kommt zum Tisch zurück. Bestimmt kann sie es gar nicht abwarten, dieses schwarze Gebräu zu schlürfen. Ich war nie ein großer Kaffeefan, Tee war mir immer lieber. Momentan erwäge ich jedoch ernsthaft, eine Tasse zu trinken. Vielleicht vertreibt das ja die Kopfschmerzen.

»Nein«, beantwortet Hektor Isabels Frage.

Aayana erweist sich als auskunftsfreudiger. »Sie haben sich hier kennengelernt.«

»Bei dir?«

»In Sonnenheim. Auf einer Grillparty im ehemaligen Seehundgehege. Keine Sorge, wir hätten uns so oder so über kurz oder lang getrennt.«

»Ich bin erst *danach* mit Boyd zusammengekommen«, verteidigt sich Hektor. Und plötzlich erinnere ich mich: Die drückend-schwüle Hitze an diesem Sommerabend; der Geruch nach Bier und verbrannten Maiskolben; die dröhnende Popmusik, die von den Felswänden des Geheges widerhallt und einen ewigen Sommer verspricht. Viel zu viele Menschen um mich herum, der Schweiß auf meiner Stirn und die Erkenntnis, dass ich mit meinen Pandora-High-Heels definitiv die falsche Schuhwahl getroffen habe. Ich bin nur Hektor zuliebe mitgekommen ...

»Alles in Ordnung?«, fragt Aayana und blickt mich mit gerunzelter Stirn an.

Sie steht jetzt am Esstisch, hat die Kaffeekanne abgestellt und hält einen Apfel in der Hand. Hektor befindet sich neben ihr. Ich habe gar nicht mitbekommen, dass er aus dem Schreibtischstuhl aufgestanden ist.

»Ich erinnere mich«, murmle ich, während ich versuche, meine wirren Gedanken zu sortieren.

Die anderen drei starren mich an, als hätte ich etwas total Verrücktes gesagt.

Ich habe etwas total Verrücktes gesagt.

Mein Körper beginnt zu zittern, ohne dass ich es verhindern kann. Die Erinnerung an die Grillparty im Seehundsgehege, es ist nicht meine. Und trotzdem besitze ich sie.

Einen Moment lang habe ich geglaubt, ich sei Elektra Hamilton.

Kapitel 35

Polina von Halmen meldet sich ganz früh am nächsten Morgen. Die Sonne ist noch nicht aufgegangen, aber es dämmert bereits. In den Zweigen vor den Fenstern zwitschern die Vögel. Ich fühle mich wie gerädert. Die Kopfschmerzen sind zwar abgeklungen, doch verschwunden sind sie nicht. Ganz unwillkommen sind sie mir nicht. Sie haben mir geholfen wach zu bleiben. Und wenn ich etwas nicht möchte, dann ist das, zurück in die Bewusstlosigkeit zu sinken und Elektra das Feld zu überlassen.

Als Aayanas Holoscreen sich zunächst mit einem Knistern in der Luft über ihrem Schreibtisch materialisiert und dann mit einem leisen Piepen auf eine ankommende Videobotschaft aufmerksam macht, bin ich als Erste auf den Beinen und starre auf das blau flackernde Energiefeld. Freund oder Feind? Kann ich erleichtert aufatmen oder muss ich mich verstecken?

»Polina von Halmen«, murmelt Aayana verschlafen, nachdem sie die Treppe vom Zwischenboden heruntergeklettert und zum Schreibtisch gegangen ist. »Wenn ihr wollt, dass sie euch sieht, müsst ihr rüberkommen.«

Isabel, die gerade noch tief und fest geschlafen hat, streicht sich die Haare aus dem Gesicht und überbrückt die Distanz zu Aayana im Stechschritt. Hektor, dessen türkisfarbene Haare nach allen Seiten abstehen, schenkt mir ein scheues Lächeln und lässt mir den Vortritt.

»Bist du dir sicher, dass sie es ist?«, frage ich Aayana misstrauisch, während Hektor sich hinter dem Schreibtisch erfolglos nach einer Sitzgelegenheit umsieht.

»Drei-Faktor-Authentifizierung«, erklärt Aayana. »Ein bisschen altmodisch, funktioniert aber immer noch.« Sie drückt ihre Hand in ein dunkelblaues Gelkissen und die VidCall-App auf dem Holoscreen entsperrt sich.

Eine Frau in mittleren Jahren erscheint. Sie ist hübsch: kinnlange Locken, von einem orangefarbenen Haarband aus dem Gesicht gehalten, Lachfalten um die Augen, ein Lächeln auf dem Gesicht, auch wenn es müde ausfällt. Phillip steht hinter ihr und legt ihr eine Hand auf die Schulter. Als er uns – Korrektur: Isabel – entdeckt, lächelt er so strahlend, dass beinahe die Schatten unter seinen Augen verschwinden.

»Polina. Phillip.« Isabels Stimme nimmt einen warmen Klang an, den ich von früher nicht kenne. Wieder verspüre ich einen kleinen Stich Eifersucht.

»Geht es euch gut?«, fragt der Märchenprinz. Wenigstens hat er den Anstand, sich auch nach uns zu erkundigen. Die anderen nicken und murmeln irgendwelche Belanglosigkeiten, ich hingegen presse meine Lippen zu einem dünnen Strich zusammen.

»Hast du etwas herausgefunden?« Jetzt klingt Isabel nervös, und ich spüre, wie ihre Hand nach meiner tastet. Als unsere Finger sich verschränken, senke ich kurz den Kopf. Es ist unfair, sie alle so schlecht zu beurteilen. Sie stehen und sitzen bei Tagesanbruch vor einem Holoscreen, weil sie mir helfen möchten. Obwohl die meisten mich gar nicht oder erst kurz kennen. Mich, einen Klon.

Polina von Halmen seufzt, Isabels Griff verstärkt sich und mir sinkt das Herz in die Hose.

»Nicht viel«, gesteht sie und ich muss mich beherrschen, mich nicht loszureißen und davonzustürmen. Was ist nur los mit mir? So aufgebracht kenne ich mich nicht.

»Die Schrift auf den Dokumenten«, erklärt Phillip an Polinas Stelle, »ist kodiert.«

Polina von Halmen richtet ihren Blick genau auf mich. »Ich vermute, es handelt sich dabei um deine Krankenakte.«

»Wie kommst du darauf?« Isabels Griff verstärkt sich so sehr, dass es beinahe wehtut.

»Die Aufteilung des Dokuments, die Linienführung, die Zahlenkolonnen. Das erinnert mich an die medizinischen Datenblätter, die wir früher angelegt haben.«

›Wir‹, das müssen Polina, Priamos und ihre Kollegen gewesen sein. Isabel hat mir davon erzählt, dass Phillips Mutter vor Jahren für die Firma der Hamiltons gearbeitet hat.

»Und was jetzt?«

»Keine Angst, den Code bekomme ich schon geknackt.« Sie greift nach einem Elastoscreen, der vor ihr liegt, aktiviert ihn mit einem Fingerdruck und dreht dann den Bildschirm in die Kamera. »Das hier macht mir mehr Sorgen.«

»Sind das Gehirne?«, fragt Hektor.

Das sind sie. Dadurch, dass wir Polinas Bildschirm selbst nur im Holoscreen sehen können, wirken die 3D-Abbildungen der Cerebren seltsam flach, wie Illustrationen in einem Lehrbuch.

Das ist aber nicht das Einzige, was an ihnen befremdlich wirkt. Drei Gehirne, in einer Ansicht von oben und nebeneinander angeordnet, leuchten uns entgegen. Fronttallappen, Temporallappen, Kleinhirn und Okzipitallappen, die einzelnen Bestandteile sind allesamt sehr gut erkennbar. Gelbe und orangefarbene Flecken von unterschiedlicher Größe und Intensität zeigen die Gehirnaktivität zum Zeitpunkt der jeweiligen Aufnahme. Die Stellen, an denen es kaum Aktivität gibt, sind cremefarben. So weit kenne ich das alles auch aus den Lehrvideos im Institut.

Was ich nicht kenne, sind diese anderen Stellen: Einige von ihnen sehen weniger aus wie ein Gehirnscan und eher wie schimmelig gewordener Blumenkohl: großflächige weiße Stellen, die von dunkelgrau-grünlichen Punkten übersät sind. Andere hingegen leuchten in einem ins Violett gehenden Rot. Vor allem das Cerebrum ganz rechts sieht richtig übel aus.

»Wem gehören die?«, frage ich mit belegter Stimme, obwohl ich die Antwort bereits kenne.

»Sie zeigen alle ein einziges Gehirn, jeweils zu unterschiedlichen Zeitpunkten.« Bedauern schleicht sich in Polinas Gesichtsausdruck und ich spüre, wie meine Knie weich werden. Ich muss Isabel loslassen und mich an der Lehne von Aayanas Bürostuhl festhalten, damit meine Beine nicht unter mir wegknicken. Polina dreht den Elastoscreen zu sich, swiped mit ihrem Zeigefinger über den Bildschirm und dreht ihn dann wieder zur Kamera.

2066-VI-002 steht in der unteren Ecke unter den Scans. Meine offizielle Bezeichnung, die auf dem medizinischen Datenblatt steht, das bei meiner Schöpfung angelegt wurde: 2066 für das Jahr, in dem man mich aus den Stammzellen von Elektra Hamilton gezüchtet hat. VI für die sechste Charge, mit der man versucht hat, einen perfekten Klon von ihr zu produzieren. 002 weil ich das zweite Objekt aus dieser Charge war.

Die Abbildung ganz links ist die älteste. Polina erklärt uns, dass der Scan fast wie ein normales Gehirn im Ruhezustand aussieht: ein paar gelbe und orangene Felder, wenig Aktivität. Sie spricht von Neuronen und Synapsen und weist auf ein winziges Datum auf dem Bildschirm, demzufolge der Scan – denn darum handelt es sich wohl – vom 15. Mai 2083 stammt. Ein oder zwei Tage also, nachdem ich Isabel besuchen durfte. Ein oder zwei Tage, nachdem mich Priamos Hamilton und Dr. Schreiber ...

Weil ich nicht darüber nachdenken will, konzentriere ich mich auf Polina von Halmens ruhige Stimme. Das ist jetzt ohnehin wichtiger. Der mittlere Scan stammt vom 2. Juli, der letzte wurde nur einen Tag später gemacht. Die roten Stellen, so Polina, deuten auf extrem große Gehirnaktivität hin.

»Du sagst das so, als sei das etwas Schlechtes.« Isabel nagt wieder einmal an ihrem Daumennagel.

Polina im Holoscreen wirft einen langen Blick auf die Papiere vor sich, dann nickt sie und blickt uns an. »Ich bin keine Neurologin. Doch ich denke, wir können davon ausgehen, dass Priamos hier Elektras Bewusstsein in Kelseys Gehirn geladen hat.« Sie deutet auf den zweiten Scan im Elastoscreen, das Gehirn mit den vielen orange und rot eingefärbten Stellen. »Ich weiß nicht, wie ihm das tatsächlich gelungen ist. Ich vermute, die übersteigerte Gehirnaktivität liegt daran, dass Elektras Bewusstsein und Kelseys Bewusstsein sich gegenseitig zu dominieren versuchten. Und das immer noch tun.«

Sie wird noch ernster. »Wir dürfen wohl annehmen, dass es nie Priamos' Plan gewesen ist, zwei verschiedene Bewusstseine in einem Menschen zu vereinen. Unser Gehirn ist dazu langfristig gar nicht in der Lage. Wie wir auf den Scans vor uns sehr deutlich sehen.«

»Was heißt das?«, fragt Hektor.

»Das Gehirn ist überlastet.«

Polinas Worte vertreiben sämtliche Wärme aus meinem Körper. Sie fährt fort: »Stellt euch das Gehirn wie eine Leitung vor, durch die zu viel Strom fließt. Die Kabel sind nicht dafür ausgelegt. Sie halten der Energie eine kurze Zeit stand. Aber dann ...«

»Sie überhitzen«, murmelt Aayana. »Es gibt einen Kurzschluss und die Kabel verschmoren.«

Meine Finger beginnen zu zucken, und ich stecke sie schnell in die Hosentaschen, ehe die anderen es bemerken. »Deshalb diese Kopfschmerzen.«

Polina nickt. »Hast du noch weitere körperliche Symptome, Kelsey?«

»Nasenbluten«, verrät Isabel, weil ich zögere.

»Etwas Zeit bleibt uns noch.« Polina verzieht ihre Lippen zu einem schmalen Lächeln, von dem ich nicht glaube, dass es irgendjemanden von uns überzeugt. »Seht ihr den dritten Scan hier?« Es ist das Cerebrum mit den Blumenkohl-Stellen. »Die Gehirnaktivität ist extrem heruntergefahren.«

»Eine Reaktion auf den Kampf der beiden Persönlichkeiten?« Aayana klingt fasziniert. »Eine Art Waffenstillstand?«

»Es gibt auch kaum gelbe Flecken«, weist Hektor auf das Wesentliche hin.

»Ihr habt beide recht.« Polina lässt den Elastoscreen sinken. »Allerdings nehme ich an, dieser Waffenstillstand wurde von außen forciert.« Sie hebt etwas vom Schreibtisch auf und hält es in die Höhe. Die kleine Phiole von Priamos Hamilton. »Ich war heute Nacht noch im Labor einer Freundin – keine Angst, sie weiß nicht, worum es geht. Sie hat das hier für mich untersucht, während ich mir Kelseys Blutwerte angeschaut habe.«

»Und?« Isabel wirkt so angespannt, als ginge es um ihren Körper. Erst, als mir das bei ihr auffällt, bemerke ich, wie verkrampft ich bin.

»Die Blutwerte sind unauffällig, aber das hier ...« Polina wedelt mit der Phiole vor der Kamera herum.

»Gift?«, vermutet Isabel.

Polina schüttelt den Kopf.

»Kann es mir helfen ... ich selbst zu bleiben?«, frage ich.

»Möglich. Du solltest damit aber sehr vorsichtig sein.«

»Warum?«

»Habt ihr die hellen Flecken mit den dunklen Punkten auf dem letzten Scan gesehen? Ich nehme stark an, das Medikament hat das ausgelöst.«

Mir wird schlecht, als ich mir das Bild des schleimigen schwarzen Blumenkohls in Erinnerung rufe. Es waren nur winzige Stellen, aber trotzdem.

»Und weiter?«, fragt Hektor.

»Sagt euch *Killerbee* etwas?«

»Nein«, antwortet Isabel und ich schüttle den Kopf. Doch plötzlich erinnere ich mich an etwas: leuchtend gelbe Papierschnipsel, die jemand in meine aufgehaltene Handfläche fallen lässt.

Ich blinzle verwirrt und das Bild ist verschwunden. Allerdings spüre ich nun wieder ein Stechen im Hinterkopf.

»Das ist eine synthetische Droge.« Diesmal hat Phillip das Wort ergriffen. »Sie ist noch recht frisch auf dem Markt, aber bei jungen Leuten sehr beliebt, weil sie Trancezustände auslöst, entspannt und fast keine Nebenwirkungen hat.«

»Jedenfalls keine, die man sofort merkt«, schiebt Hektor hinterher.

»Sie ist gefährlich«, warnt Polina uns eindringlich. »Nicht nur, weil sie hochgradig abhängig macht. Sondern auch, weil sie den Herzrhythmus beeinträchtigen kann und mit der Gehirnchemie spielt. Sowohl die Medics als auch die Behörden warnen davor, diese Droge zu nehmen. Allerdings leider recht erfolglos.«

Mein Bauch verknotet sich immer mehr und die Schmerzen in meinem Hinterkopf werden mit jedem Atemzug schlimmer und breiten sich wellenartig aus.

»Diese Flüssigkeit«, Polina hält erneut die Phiole in die Kamera, »enthält zu einer großen Menge die gleichen Bestandteile wie Killerbee.«

»Aber …«, stammelt Hektor, »aber das heißt … also wenn ihr recht habt … dann …«

»Dann wollte dein Vater«, bestätigt Phillip, »deine Schwester unter Drogen setzen.«

Kapitel 36

Auf Zehenspitzen schleiche ich den Flur entlang zu Dads Arbeitszimmer. Affig, ich weiß. Es ist mitten in der Nacht. Meine Eltern schlafen zwei Stockwerke über mir. Sie können mich nicht hören, ob ich nun schleiche oder nicht. Hundert Mal habe ich mich schon nachts aus dem Haus gestohlen, um mich mit Julian zu treffen. Nie haben sie etwas bemerkt.

Vielleicht liegt es am schlechten Gewissen, denn auch, wenn ich mir etwas anderes einrede: Ich weiß genau, wie falsch das ist, was ich vorhabe. Und wie gefährlich.

Beinahe lautlos schwingt die Tür nach innen auf. Erst, nachdem ich sie hinter mir geschlossen habe, atme ich auf. Kurz überlege ich, Licht zu machen, doch dann beschließe ich, mich auf meine ILs zu verlassen. Dank ihrer Nachtsichtfunktion schälen sich die Möbel und Gegenstände um mich herum blass aus der Dunkelheit.

Erst als ich hinter Dads Schreibtisch stehe, blinzle ich drei Mal, um das Menüfeld der IntelliLenses zu aktivieren.

»Apps«, flüstere ich. »Lichtstärke. Um vierzig Prozent erhöhen.«

Sobald ich alles genau erkennen kann, versuche ich, die Schublade aufzuziehen. Natürlich ist sie verschlossen. Ich habe nichts anderes erwartet. Aber es wäre schön gewesen, wenn ich mich geirrt hätte.

Mit einer Hand greife ich nach dem altmodischen Tintenfässchen auf Dads Schreibtisch, um es zur Seite zu schieben, mit der anderen fische ich eine kleine Schlüsselkarte aus meiner hinteren Hosentasche.

Seit drei Jahren habe ich sie nicht mehr benutzt. Hoffen wir, dass sie noch funktioniert. Entschlossen schiebe ich sie in den kleinen Schlitz auf der Tischoberfläche, der bisher vom Tintenfass verdeckt gewesen ist. Die Karte leuchtet kurz an ihren Rändern rötlich auf. Dann höre ich das Klicken, mit dem das Schloss entriegelt. Ich ziehe. Vorsichtig. Als mein Blick auf die kleinen gelben Plättchen von Marcus fällt, atme ich erleichtert auf.

Geschafft!

Ich bin keine Idiotin. Mir ist klar, dass sie gefährlich sind. Doch Marcus hat mir versprochen, dass sie nicht süchtig machen. Ich brauch sie nur noch einmal, ein letztes Mal. Sie werden mich stark machen, mutig. Mutig genug, mein jetziges Leben hinter mir zu lassen und ein neues zu beginnen. Mit Julian. Irgendwo außerhalb der Neuen Union, wo meine Eltern mich nicht finden können.

Ich wünschte, ich hätte die Kraft, das auch zu tun, ohne mir die kanariengelben Glücksbringer auf der Zunge zergehen zu lassen. Aber ich weiß, dass ich diesen kleinen Push brauche, um mich tatsächlich auf das einzulassen, was Julian ausgeheckt hat.

»Denk nicht daran, was du verlierst«, rufe ich mir seine Worte ins Gedächtnis. »Denk daran, was du gewinnst. Wir brauchen das Geld deiner Familie nicht. Wir brauchen deine Familie nicht. Wir können ganz neu anfangen, irgendwo, wo uns niemand kennt. Du wirst endlich frei sein.«

»Und«, hat er hinzugefügt, als ich gezögert habe, »in ein paar Jahren, wenn Gras über die Sache gewachsen ist, kannst du deine Brüder kontaktieren. Es wird schon alles gut werden, du wirst sehen. Solange wir nur zusammen sind.«

Ich will ihm glauben. So sehr.

Gleichzeitig weiß ich natürlich, dass es so einfach nicht ist. Julian wird sicher ohne ein Vermögen auf dem Konto auskommen, aber kann ich das tatsächlich auch? Und meine Familie ist nicht gerade dafür bekannt, den schwarzen Schafen aus ihrer Mitte zu verzeihen.

Vielleicht bin ich nicht so mutig wie Phaedres Mom. Doch diese Plättchen können mich das werden lassen. Für eine Weile.

Als ich die Finger nach Marcus' Drogen ausstrecke, fliegt die Zimmertür auf.

»Licht!«, *befiehlt die Stimme meines Vaters und die Deckenlampen leuchten auf.*

Blut schießt mir in die Wangen und ich stolpere einen Schritt von der Schublade weg. Fuck!

»Ich wusste es«, *Dad klingt triumphierend und gleichzeitig traurig.*

»Nachtsicht-App schließen«, *befehle ich leise und blicke in seine Richtung.*

Dads Gesicht. Er sieht so enttäuscht aus.

Was jetzt?

»*Was denn? Hast du heute keine schlaue Antwort für mich?*« *Dad kommt näher, blickt auf die Schlüsselkarte, die in seinem Schreibtisch steckt, und schnalzt mit der Zunge.* »*Meine Tochter, eine Lügnerin, eine Drogensüchtige. Und jetzt auch noch eine Diebin?*«

Seine Worte versetzen mir Stiche ins Herz, aber ich will verdammt sein, wenn ich ihn das merken lasse. »*Ich bin keine Diebin. Die Plättchen gehören mir.*«

»*Und der Schmuck deiner Mutter in deiner Reisetasche?*«

Er weiß es. Fuck! »*Hast du mir nachspioniert?!*«

»*Was hast du vor?*«

»*Mein Leben leben!*«

Dad lacht, doch es klingt nicht so, als ob er meine Antwort komisch findet. »*Und was für ein Leben soll das sein? An der Seite dieses Versagers?*«

Mein Puls beginnt zu rasen. Mein Herz hämmert so schnell, dass ich sein Schlagen in meinen Ohren höre. Er hat es herausgefunden.

»*Er ist kein Versager*«, *stoße ich schließlich mühsam hervor. Wie kann er das sagen? Julian ist der jüngste Stallmeister, den wir jemals hatten. Meine Eltern haben immer große Stücke auf ihn ge-*

halten. *Aber eine Affäre mit der Tochter des Hauses ändert natürlich alles.* »Er …«, *fahre ich fort, aber Dad unterbricht mich.*

»Er ist ein kleiner, mieser Dealer. Er arbeitet auf einem Rummelplatz.«

Plötzlich bekomme ich wieder Luft. Dad spricht nicht von Julian. Sondern von Marcus! *Er glaubt tatsächlich, ich hätte mich in Marcus verliebt.*

»Hat er überhaupt jemals die Schule fertig gemacht?«, *höhnt Dad.*

Diesmal beschleunigt sich mein Herzschlag aus einem anderen Grund. »Du hast nicht die geringste Ahnung, was für ein Mensch er ist. Er arbeitet nicht auf einem Rummel, sondern in einem Freizeitpark. Und …«

»Er verkauft Drogen, Elektra!«

»Das macht er für seine Schwester. Weil seine Familie die Credits braucht, um ihre Behandlung zu bezahlen.«

»Und dafür riskiert er das Leben anderer Menschen? Du wärst beinahe wegen dieser Drogen gestorben!«

Während ich noch nach einer Antwort suche, greift Dad über den Schreibtisch und schnappt sich die gelben Plättchen. »Du wirst nicht dein Leben für so einen Idioten wegschmeißen, hörst du?«

Ich könnte ihn erwürgen dafür, wie er mit mir spricht. Wie er mir vorschreibt, was ich zu tun und was ich zu lassen habe. Wie er mein Leben zu kontrollieren versucht. Damit muss Schluss sein, ein für alle Mal. »Was willst du dagegen tun? Mich einsperren?«, *frage ich scharf.* »Mich in Ketten vor den Traualtar schleifen lassen?«

Er steckt die Drogen in die Tasche seines beigen Morgenmantels. »Das wird nicht nötig sein.«

Der siegessichere Klang seiner Stimme lässt mir das Blut in den Adern gefrieren.

»Was hast du getan?«, *flüstere ich und komme hinter dem Schreibtisch hervor. Mein Vater ist ein Mensch, dem viele Mittel recht sind. Leere Drohungen gehören dazu allerdings nicht.*

»Was«, *frage ich tonlos, als ich vor ihm stehe.* »Hast. Du. Getan?«

Dad spannt mich auf die Folter. Er weicht einen Schritt zurück, verschränkt die Arme und mustert mich kühl. »Was nötig war«, *sagt er dann.*

»Was soll das heißen?«

»Er wird uns keinen Ärger mehr machen. Mir nicht und dir auch nicht.«

»Dad?!«

Er lässt sich Zeit mit einer Antwort. Seelenruhig nimmt er meinen Platz hinter dem Schreibtisch ein, wirft die Drogen wieder in die Schublade, schließt sie, zieht die Schlüsselkarte aus dem Schlitz auf der Tischoberfläche – und zerbricht sie vor meinen Augen.

Anschließend setzt er sich in seinen XChair und schiebt das beschissene Tintenfässchen auf seinen Platz. Meine Knie sind so weich geworden, dass ich sämtliche Kräfte mobilisieren muss, um nicht einzuknicken.

»Er sitzt im Gefängnis«, *teilt mir Dad schließlich mit.*

Ich glaube, mich verhört zu haben. »Was?!«

»Und dort wird er bleiben. Es sei denn, ich lasse die Anklage gegen ihn fallen, die ich vorhin eingereicht habe.«

»Das kannst du nicht«, *beschwöre ich ihn.* »Er hat ...«

»Nichts getan?« *Demonstrativ richtet mein Vater seinen Blick auf die geschlossene Schublade. Dann schaut er mir direkt in die Augen. Sein Blick ist hart wie geschliffenes Glas.* »Ich kann und ich habe. Genügend Beweise hast du in deiner Handtasche ja mit nach Hause gebracht.«

»Tu das nicht, Dad, bitte. Marcus' Schwester geht es wirklich nicht gut. Seine Familie braucht die Credits.«

»Bedauerlich, ich weiß. Aber ich sehe keine Möglichkeit, wie ich in dieser Situation helfen könnte.« *Er macht eine Pause.* »Du hingegen schon.«

Ich schwanke und greife schnell nach der Lehne des Stuhles neben mir.

»Setz dich«, *schlägt Dad vor.*

Ich schüttle den Kopf.

»Dann bleib stehen, auch gut. Wir sind ohnehin gleich fertig.«

»Dad, bitte.« Ein bisschen verachte ich mich dafür, dass meine Stimme so schwach klingt, so flehend.

»Ich wünschte, das alles wäre nicht nötig gewesen, Liebling.« Er klingt jetzt sanft, so ruhig, als wäre nichts geschehen. Als führten wir eine ganz normale Unterhaltung. Ich kann nicht glauben, wie gefühlskalt mein eigener Vater sich gibt. Und ich habe immer gedacht, der Drache sei in unserer Familie die Eiskönigin.

»Du ahnst ja nicht, was für mich auf dem Spiel steht«, fährt er fort.

Ich schnaube. »Für dich?«

Kurz erstarrt er. »Für die Familie, meine ich.«

Dad senkt kurz den Kopf, als müsse er sich sammeln. Ehe ich reagieren kann, spricht er weiter. »Es ist ganz einfach: Du lässt deine Hände von jetzt an von Drogen. Und du unterzeichnest den Verlobungsvertrag mit Phillip von Halmen. Im Gegenzug lasse ich die Anklage gegen diesen Junkie fallen. Und wenn du kein Theater machst, lege ich sogar noch ein hübsches Sümmchen für die Behandlung seiner Schwester obendrauf.«

Das sind keine beschissenen Klone aus deinen Instituten, *würde ich ihn am liebsten anbrüllen.* Du handelst gerade mit dem Leben echter Menschen!

Wie kann er nur? Wie nur kann er das wirklich tun?

»Ich …« Es ist anstrengend, selbst dieses eine Wort aus meiner Kehle herauszupressen. Sie kommt mir zugeschnürt vor, als hätte er ein Band aus Eisen um meinen Hals gelegt, das sich immer mehr zuzieht.

Dads Blick bleibt fest. Er flackert nicht. Er starrt mich an. Er will eine Antwort.

»Du wirst diesen Jungen nie wieder sehen«, warnt er mich, während seine Hand mit einem Briefbeschwerer aus Kristall spielt. »Niemals wieder, Lexi, verstanden? Oder Marcus wird sich wünschen, einfach im Gefängnis geblieben zu sein.«

Ich merke, wie ich innerlich abzusterben beginne.

Die Hoffnung, die in mir geleuchtet hat, als ich Moms Schmuck gestohlen und in meine Reisetasche gepackt habe, als ich mit der alten Schlüsselkarte hierher geschlichen bin, als Julian mir seinen Plan unterbreitet hat, erlischt.

Der Ausgang dieses Spiels stand von Anfang an fest, das hätte mir klar sein müssen. Was für eine Närrin ich doch bin. Alles, was mir jetzt noch bleibt, ist den Schaden zu begrenzen. Marcus trifft keine Schuld an all dem. Ich kann ihn nicht im Gefängnis versauern lassen. Und, was noch wichtiger ist, ich darf nicht zulassen, dass Dad dahinterkommt, dass ich nicht mit ihm abhauen wollte, sondern mit Julian.

Julian hat in seinem Leben schon so viel verloren. Ich kann nicht zulassen, dass Dads Zorn sich auf ihn richtet. Meine Familie würde ihn zerstören.

Ich kann nicht mit ihm abhauen. Jetzt nicht mehr.

Um ihn zu retten, muss ich ihn verlassen. Ich muss es beenden, so schnell wie möglich.

Er wird ausrasten, ich weiß. Aber sein Zorn wird verrauchen. Ich werde ihm sagen, er soll von hier verschwinden, ohne mich. Und wenn es bedeutet, dass ich ihn anlügen und ihm sagen muss, dass ich ihn nicht liebe.

Geschlagen senke ich den Kopf. Ich wünschte, ich könnte stattdessen den Mann anlügen, der mir gegenübersitzt. Mein Vater hätte es verdient.

Wie er bin ich eine Hamilton. Trotzdem kann ich nicht gegen ihn gewinnen.

»Einverstanden«, flüstere ich deshalb.

Keine Ahnung, wen ich in diesem Moment mehr hasse: ihn. Oder mich selbst.

Kapitel 37

Als ich aufwache, wird mein Körper von Krämpfen geschüttelt. »… ruhig«, höre ich jemanden sagen. Hektor? »Ganz ruhig! Es ist alles in Ordnung.«

Jemand packt mich an den Oberarmen, was nur noch mehr Panik in mir auslöst. Mein Kopf dröhnt, als habe ein riesiger Klöppel ihn mit einem Glockenkorpus verwechselt. Mein ganzes Gesicht tut weh. Und die Helligkeit schmerzt, wenn ich die Augen öffne.

»Was ist los?« Die Stimme einer Frau.

»Siehst du doch«, faucht der andere. Eindeutig Hektor. »Gib mir den Rest von der Medizin!«

Ich öffne den Mund, um zu fragen, was passiert ist, aber alles, was ich herausbekomme, ist ein jämmerliches Wimmern. Wieder prallt der Klöppel an meinem Hinterkopf auf und sendet Schmerz in Wellen durch mein Gehirn. Ich kann es nicht verhindern: Tränen schießen mir in die Augen.

»Das ist alles«, sagt die Frau. Isabel!

»Mund aufmachen!« Hektor klingt ungewohnt herrisch. Wenn es mir nicht so beschissen ginge, könnte ich darüber lachen.

Seinem Befehl Folge zu leisten, ist schwieriger als gedacht. Und das liegt nicht daran, dass ich mir grundsätzlich nicht gern von Hektor etwas sagen lasse. Glühender Draht schneidet durch meinen Verstand. Über den Schmerz hinweg fällt es mir schwer, mich zu konzentrieren. Und mein Körper zuckt immer noch, als habe man ihn unter Strom gesetzt. Ich kann mich nicht beruhigen, ich kann es nicht kontrollieren.

»Mund auf!«

Hektors Finger krallen sich um meinen Kiefer und drücken fest zu. Ich reiße die Augen auf und sehe sein Gesicht über mir, verschwommen wie durch Wasser.

Weine ich?

Ein seltsamer Geschmack breitet sich in meinem Mund aus: bitter und gleichzeitig süß. Sofort darauf wird meine Zunge taub.

»Mehr ist nicht mehr da«, murmelt Hektor.

»Und jetzt?«, fragt eine andere Frauenstimme; Aayana.

»Warten und hoffen wir.«

Die Taubheit breitet sich aus. So jedenfalls fühlt es sich an. Angenehm kühl dringt sie in meine Nervenbahnen vor, steigt in ihnen erst nach oben in den Kopf, dann nach unten, durch meine Gliedmaßen. Der Schmerz ebbt ab, erstaunlich schnell. Mein Körper beruhigt sich und wird matter und matter. Kann ich meine Finger noch bewegen?

Scheißegal, ob sie mich lähmt oder nicht, Hauptsache dieser furchtbare Schmerz verschwindet. Meine Atmung wird langsamer, beruhigt sich.

Ich beruhige mich.

Plötzlich saugt meine Lunge mit einer gewaltigen Kraftanstrengung Luft ein, ein seltsames Geräusch, halb Wimmern, halb Stöhnen, kommt tief aus meinem Hals, dort, wo der Kehlkopf sitzt. Mit dem Sauerstoff kehrt Leben in meine Glieder zurück. Ich spüre meine Finger wieder, kann den Kopf drehen, mich aufrichten. Mein Sichtfeld weitet sich und ich erkenne meine Umgebung klar.

Ich richte mich auf und muss husten.

»Scheiße.«

Hektor legt die Hand auf meinen Rücken und stützt mich. »Wie geht es dir?«

Ich zucke die Achseln. Ich weiß es nicht.

Aayana geht neben mir auf die Knie und will mir einen nassen Lappen ins Gesicht drücken.

»Was soll das?«, fauche ich.

»Du bist voller Blut.«

Hektor nimmt Aayana den Lappen ab und wischt mir damit sanft über Wange, Mund und Nase. Erst jetzt spüre ich das Brennen in meinen Nebenhöhlen.

»Wenn du sie nur streichelst, wirst du das nicht wegbekommen.«

Hektor will etwas erwidern, aber bevor die beiden einen Streit vom Zaun brechen können, schnappe ich mir das Tuch und reibe mir damit das Gesicht ab.

»Blute ich noch?«, frage ich anschließend und berühre mit meinem rechten Zeigefinger die Haut unter meinen Nasenlöchern.

»Ich glaube nicht«, antwortet Hektor.

»Was ist passiert?« Ich blicke mich um, sehe erst Hektor an, dann Aayana, dann Isabel, die mit vor der Brust verschränkten Armen zwei Schritte entfernt steht.

Sie ist die Einzige, die mir antwortet. »Du bist eingeschlafen.«

Ich bin eingeschlafen. Ich bin eingeschlafen, obwohl ich es nicht wollte. Und jetzt sind fast 24 Stunden vergangen!

»Was jetzt?« Ratlos blicke ich in die Runde. Hektor, Isabel und Aayana haben mir erzählt, was Polina von Halmen herausgefunden hat. Auch, dass es vermutlich keine gute Idee war, die Medizin von Dad zu mir zu nehmen, obwohl das unleugbar geniales Zeug ist. Die Kopfschmerzen sind fast ganz verschwunden. Und Kelsey auch.

Polina von Halmen versucht jetzt, das Medikament zu replizieren, ohne dass es Langzeitschäden an meinem Gehirn verursacht. Was hat sich Dad dabei gedacht? Oder war ihm egal, was mit diesem Gehirn passiert, weil er ohnehin vorhatte, mein Bewusstsein in den Körper von Isabel zu übertragen?

Möglichst unauffällig schiele ich zu ihr hinüber. Sie sitzt mit angezogenen Beinen auf der Couch und knabbert an ihrem Daumennagel.

»Was schon?«, erwidert Hektor endlich. »Wir warten.«

»Auf keinen Fall!« Isabel greift nach ihrer Kaffeetasse. »Wir müssen deinem Vater zuvorkommen.«

»Und wie?« Hektor verschränkt die Arme vor der Brust und lehnt sich gegen die Wand.

»Ich hab die halbe Nacht darüber nachgedacht«, gibt Isabel zu. Da konnte wohl jemand keinen Schlaf finden, denke ich säuerlich. Im Gegensatz zu mir.

»Wir müssen an die Öffentlichkeit gehen. Alle Karten auf den Tisch legen«, fährt sie fort. »Nur dann können wir auf Augenhöhe mit deinem Vater reden und uns sicher sein, dass er nicht heimlich einen von uns verschwinden lässt. Zuerst dachte ich, wir sollten Aayana bitten, ein Video von uns ins Netz zu schleusen.« Ich muss mich beherrschen, nicht frustriert aufzustöhnen. Das ist ihr genialer Plan? Hamilton Corp. verfügt über eine ganze Abteilung, deren Angestellte nichts anderes tun, als täglich unerwünschte NetVids zu löschen. Die Öffentlichkeit weiß nur so viel über unsere Familie, wie wir möchten. Dem Himmel sei Dank erweist sich mein Klon als nicht ganz so naiv: »Dann wurde mir klar, dass dein Vater das Video vermutlich nicht nur relativ schnell zu ihr würde zurückverfolgen können, sondern dass das nichts bringt. Vermutlich würde uns niemand glauben, dass es echt ist.«

Womit sie recht hat. Es wäre ein Leichtes zu behaupten, ein solches Video wäre Fake. Dad hat die Verbindungen, um es genau als solches offiziell »enttarnen« zu lassen, erstellt offenbar von seiner gelangweilten Tochter oder von einem Konkurrenten, der das Klon-Programm kippen will. Vielleicht behauptet er auch, ich sei entführt und dazu gezwungen worden, ein solches Video aufzunehmen. Würde Phillips Vater hinter ihm stehen?

»Wir haben aber noch eine andere Möglichkeit«, sagt Isabel jetzt und da werde ich hellhörig. »Mirandas Spendengala heute Abend.«

Zunächst glaube ich, Isabel scherzt, doch es ist ihr todernst. »Dort lassen wir die Bombe platzen.«

Kapitel 38

Isabels Plan ist einfach und genial und ein bisschen verrückt: Phillip wird Tante Mira anrufen und ihr mitteilen, dass ich es mir noch einmal überlegt habe und doch auf der Gala eine kurze Rede halten werde. Keine Ahnung, wie er das schaffen will. Soweit ich weiß, hat sie ihm, als sie erfahren hat, dass er mit meiner Cousine Schluss gemacht hat, um in den Eheschließungsvertrag mit mir einzuwilligen, einen »erbärmlichen Schlappschwanz« genannt. Aber das lass ich mal seine Sorge sein. Wenn Isabel sich direkt meldet, ist die Gefahr zu groß, dass unser Aufenthaltsort auffliegt.

Wichtig ist, dass ich die Rede halte und, wie Isabel es so schön ausgedrückt hat, »die Bombe platzen lasse«. Und zwar während mein Klon neben mir steht und zumindest die Zuschauer im Saal bezeugen können, dass das alles kein Trick ist. Neben Kollegen, Bekannten, Freunden und Geschäftspartnern von Tante Mira wird auch jede Menge Presse anwesend sein. Wenn wir Glück haben, übertragen die live und wir sind schon kurze Zeit später überall in den Abendnachrichten. Geschieht ihm nur recht. *Das* sollen die Angestellten von Dad dann mal zu vertuschen versuchen.

»Damit ruinieren wir die Firma endgültig.« Es sind große Worte, doch Hektor wirkt ruhig.

In meinem Kopf dreht sich alles.

»Jetzt heißt es alles oder nichts.«

Klar, für Isabel ist es leicht, alles zu riskieren. Sie hat dabei nichts zu verlieren.

Ich verschränke die Arme, sie verdreht die Augen.

»Er wird dich schon nicht sterben lassen. Du bist seine kostbare Tochter. Mit unserem Auftritt können wir ihn dazu zwingen, die beste Lösung für alle zu finden. Und die Institute zu schließen.«

Die anderen Klone. Schon klar. Darum geht es ihr in Wirklichkeit.

»Kelsey würde es so wollen«, sagt sie noch. Ich frage mich, ob sie dadurch mich oder sich selbst überzeugen will.

»Bist du dabei?« Die Augen von Hektor, Aayana und Isabel richten sich auf mich.

Ich schlucke.

Dad erwartet von mir, die perfekte Tochter zu sein und allein bei dem Gedanken an ein Leben, wie er es von mir erwartet, sträuben sich mir die Nackenhaare.

Ich will frei sein. Ich will nicht ihn darüber bestimmen lassen, wer ich bin.

Doch ich will auch keine Märtyrerin für das Klon-Programm sein. Schön und gut, wenn die Regierung Hamilton Corp. schließt. Doch was ist, wenn der Preis für die Rettung von Isabels Freunden mein Leben ist?

»Ela«, bittet mich Hektor. Mein Schweigen dauert offenbar bereits zu lang.

Langsam nicke ich. »Ich bin dabei.«

Wenn ich dafür Dankbarkeit von meinem Klon erwarte, bin ich auf dem Holzweg. Alles, was ich von Isabel ernte, ist ein misstrauischer Blick.

Die nächsten Stunden über tüfteln wir an dem Plan. Das Schwierigste wird sein, auf die Gala zu kommen und dort bis zur Rede zu bleiben, ohne dass Dads Leute uns abfangen. Sobald er Wind davon bekommt, dass wir uns alle im Stadttheater einfinden, werden sie uns dort auflauern. Immerhin: Solange er in China ist, haben wir eine Chance.

Es wäre gelogen zu behaupten, ich fühlte mich inzwischen wohl dabei, meinen Dad zu hintergehen. Doch egal, wie sehr ich mich bemühe, ich bekomme die Bilder nicht aus meinem Kopf, von Dad im Arbeitszimmer. Oder von Kelsey, wie sie mich, ich meine sie, auf die Metallliege schnallen. Ebenso wenig wie das Gefühl, dass Dad auch mich schon längst hintergangen hat.

»In dem Ding kannst du jedenfalls nicht auf der Gala aufkreuzen.« Angewidert zupfe ich am Saum des dunkelblauen Kleides herum, in dem Isabel in Prometheus Lodge aufgetaucht ist. Es hat die Nacht im Wald nicht überstanden. Überall klebt Schlamm und Dreck am Stoff. Selbst wenn wir den Fummel waschen würden, sind da immer noch die Risse, die er bei unserer Flucht abbekommen hat. Nein. Das Kleid ist hinüber.

»Und ich bezweifle, dass Aayana etwas Passendes besitzt, das sie uns leihen könnte.« Ich wende mich unserer Gastgeberin zu. »Ist nicht böse gemeint.«

»Hab ich auch nicht so aufgefasst«, behauptet Aayana. Meine Worte perlen an ihr ab wie Regentropfen an einer Glasscheibe.

»Was also dann?«, fragt Hektor. »Ich kann kaum nach Hause fahren und euch was aus dem Kleiderschrank holen. Weder in die Villa, noch in die Stadtwohnung von Isabel und Phillip.«

»Ihr seid schon zusammengezogen?« Ich spüre, dass sich meine Augenbraue hebt, als ich meinem Klon einen Blick zuwerfe.

»Mit deinem Vater unter einem Dach habe ich es nicht mehr ausgehalten«, kontert sie.

Ich kann es ihr nicht verübeln, geht mir auch manchmal so. Wobei mir früher eher der Drache auf die Nerven gegangen ist.

Früher. Vor ein paar Tagen hat sie mir Milch ans Bett gebracht. Sie hat sich mit Dad gestritten.

»Meint ihr, Mom …«, beginne ich, doch ich führe den Satz nicht zu Ende.

Hektor und Isabel blicken sich an. »Zu gefährlich«, bescheidet sie schließlich.

»Was dann?«

Aayana seufzt tief. »Warum fragt ihr nicht einfach mich?« Sie nimmt einen ihrer Elastoscreens vom Schreibtisch. »Es stimmt, für eine Gala habe ich nichts Passendes im Schrank. Freundinnen von mir vermutlich schon.«

Ein paar Stunden später kommt Aayana mit zwei Kleiderschutzhüllen über dem Arm zurück ins Baumhaus. Hektor, Isabel und ich verzweifeln gerade darüber, eine Rede zu verfassen: *Sie glauben, ich sei Elektra Hamilton*«, wird Isabel zu Tante Miras Gästen sagen, nachdem sie die üblichen Eingangsfloskeln hinter sich gebracht hat. »*Das ist ein Irrtum.*«

Dann werde ich aus den Schatten treten. »*Ich bin Elektra Hamilton. Und das ist mein Klon.*«

Abwechselnd möchten wir dann über das Klonprogramm sprechen, über Dads Pläne bezüglich der Geist-zu-Geist-Transplantation und davon, wie die Klone leben. ›Was sie durchmachen‹, hat Isabel es formuliert. Wenn alles klappt, wird Polina von Halmen zur gleichen Zeit irgendwelche Gehirnscans von mir ins Netz stellen, auf die sie auf dem Elastoscreen aus Dads Aktentasche gestoßen ist. Wir wollen die Menschen beunruhigen.

Jedenfalls wenn man uns lässt. Wenn nichts schiefgeht. Wenn uns die Leute meines Dads nicht vorher erwischen und aus dem Verkehr ziehen, noch ehe wir den Mund aufmachen können. Unsere einzige Chance ist, dass wir das Überraschungsmoment auf unserer Seite haben.

Immer wieder mustert Isabel mich. Ob sie ahnt, was mir unwillkürlich durch den Kopf geht? Dass ich mich frage, ob das nicht *mein* Überraschungsmoment und *meine* große Chance ist? Falls ich die Zuschauer auf der Gala auf *meine* Seite ziehe, sie davon überzeuge, mir zu helfen, Kelsey aus diesem Körper zu vertreiben, weil er dem Gesetz nach mir gehört ... Gleichzeitig könnte ich dafür sorgen, die Marionettenfäden durchzuschneiden, die meine Familie mir angelegt hat.

Doch je länger wir an der Rede feilen, desto abwegiger erscheint mir das. Es sind nicht nur Blitzlichter von Kelseys Erinnerungen, die mir ein schlechtes Gewissen machen. Im Grunde genommen sind es Hektors gütige Augen. Mein Bruder ist fest davon überzeugt, dass wir Isabel helfen müssen. Jetzt muss ich ihm vertrauen, dass wir wirklich eine Lösung finden können, bei der weder Kelsey, noch ich draufgehen. In der Vergangenheit habe ich viel zu selten auf ihn gehört.

»Wie weit seid ihr?« Aayana blickt über unsere Schultern auf den Holoscreen, wo uns die Versatzstücke unserer Rede grün entgegenleuchten. Sie fallen noch erschreckend mager aus.

»Das ist schwieriger als gedacht«, grummelt Hektor.

»Vermutlich würde es schneller gehen, wenn du nicht alle zehn Minuten nachschauen würdest, ob dein Loverboy dir geschrieben hat.« Weniger vorwurfsvoll als amüsiert deute ich auf den Elastoscreen, den Aayana meinem Bruder geliehen hat, damit er über eine sichere Verbindung mit Boyd chatten kann.

»Er ist nicht mein Loverboy«, protestiert Hektor, doch es klingt halbherzig. Sie wollen sich morgen zum Mittagessen treffen. Falls alles gut geht heute Abend. Ich freue mich, dass Hektor und Boyd sich wieder einander nähern. Trotzdem bin ich froh, dass Hektor ihm nichts von unseren Plänen erzählt hat. Je weniger Leute davon wissen, desto besser.

»Tut mir leid, ich fürchte, ich bin auch keine Hilfe.« Aayana hat die Kleiderhüllen auf zwei Sitzkissen gelegt und öffnet ein

Fenster, um frische Luft in die Wohnung zu lassen. »Ich bin keine große Redenschwingerin.«

Isabel greift nach einem der kleinen goldfarbenen Würfel, die unter dem Holoscreen auf Aayanas Schreibtisch liegen, und dreht ihn zwischen ihren Fingern. »Ich wünschte, Kelsey wäre jetzt hier. Sie ist richtig gut im Redenschwingen. Im Gegensatz zu mir.«

Die Umgebung verschwimmt und plötzlich blicke ich in das Gesicht eines fremden Mannes mit grauen Haaren und einem sorgsam gestutzten Bart. Nein, der Mann ist nicht fremd, es ist mein Englischlehrer, Mr. Hoskins. Er steht auf unserer runden Drehbühne inmitten der holographischen Schlosskulisse und den Requisiten aus Pappe. Isabel steht neben mir, nur ist sie viel jünger als jetzt, fast noch ein Kind, und ich bin nicht ich, sondern …

»Nun, Kelsey, ich höre?« Mr. Hoskins verschränkt die Arme.

»Es ist deshalb unfair, wenn Sie Vanessa die Rolle wegnehmen, weil es nicht ihre Schuld ist, dass sie die Probe verpasst. Mr. Nyström lässt sie und Roberta nachsitzen, weil er nicht weiß, wer von wem abgeschrieben hat.«

»Mr. Nyström lässt Vanessa und Roberta nachsitzen, weil sie sich weigern, zuzugeben, wer von wem abgeschrieben hat. Das ist sein gutes Recht. Und wenn Vanessa deshalb ihre Rolle nicht einüben kann …« Er zuckt mit den Schultern.

»Egal, ob sie nun abgeschrieben haben sollte oder nicht: Wenn Vanessa nachsitzen muss, ist sie dafür schon bestraft worden. Wenn Sie ihr die Rolle nun auch noch wegnehmen – eine Rolle, Mr. Hoskins, die sie schon fast auswendig kann –, dann bestrafen Sie sie zum zweiten Mal für das gleiche Vergehen. Für eine Tat, die sie vielleicht gar nicht begangen hat.«

Meine Sicht verschwimmt, alles wird gleißend hell, als ob ich direkt in die Sonne gesehen hätte, und ich hebe den Arm vor meine Augen. Dumpf kündigen sich die Kopfschmerzen wieder an. Als mich jemand an der Schulter berührt, zucke ich zusammen.

»Alles in Ordnung?« Isabel.

Ich bin wieder im Baumhaus.

»Nein. Ich glaube ... die Schmerzen kommen wieder.«

»Jetzt schon?« Hektor lässt den Elastoscreen auf den Tisch vor sich fallen und runzelt die Stirn.

»Geht schon«, lüge ich und sauge tief Luft ein. Ein paar Sekunden lang konzentriere ich mich nur aufs Atmen, bis ich das Gefühl habe, wieder ganz ich selbst zu sein.

Entschlossen balle ich die Hände und gehe hinüber zu den Sitzkissen. »Kann ich das Kleid anprobieren?«

Aayana nickt. »Das solltet ihr beide. Wenn eins nicht passt, müssen wir uns was anderes einfallen lassen.«

Isabel und ich blicken uns an. Aus einem Impuls heraus greife ich nach einer der Hüllen und halte sie ihr entgegen. »Na los«, sage ich schroff, als rede ich mit einem Dienstmädchen und drücke sie ihr in die Hand. »Du kannst mitkommen.«

Dann verschwinde ich im Bad.

Ich bin selbst etwas überrascht, dass Isabel mir tatsächlich folgt. Betont unbekümmert gehe ich in die hintere Ecke des winzigen Raums, um ihr Platz zu machen, und gebe vor, sie nicht dabei zu beobachten, wie sie den Bügel der Kleiderhülle an einem Haken aufhängt. Wir sprechen nicht miteinander.

Stattdessen öffnen wir die Reißverschlüsse der Hüllen vor uns. Das Kleid in meiner ist dunkelrot. Das Licht, das durch das Dachfenster in den Raum fällt, scheint auf den Stoffbahnen zu schimmern. Wieder blicke ich hinüber zu Isabel und sehe, wie sie ihr Kleid aus der Hülle befreit, schwarz wie die Nacht. Das Oberteil zieren filigrane Spiralen, gestickt mit silbernem Faden.

Wir wechseln Blicke.

»Du solltest das tragen«, sage ich schließlich und halte ihr das rote Kleid entgegen. »Mit diesem Körper fülle ich es kaum aus.«

Isabel betrachtet den tiefen Ausschnitt meines Kleides und dann mich. Sie nickt, wir tauschen und dann drehen wir uns den Rücken zu.

Der schwarze Stoff gleitet sanft wie Fingerspitzen über mich. Meine Haut – Kelseys Haut – hebt sich fast milchweiß von ihm ab. Als ich ihre astdürren Arme betrachte und die Erhebung aus getrocknetem MediSchaum, wünschte ich mir, Aayana hätte mir ein Kleid mit Ärmeln besorgen können. Schon allein wegen des Wulsts am Oberarm, wo Hektor mir den Tracker aus dem Fleisch geschnitten hat. Doch daran ist nun nichts zu ändern.

Mit der rechten Hand taste ich nach dem kleinen, im Stoff versteckten Knopf, mit dem sich der Verschlussmechanismus auslösen lässt. Das Gefühl, dass sich das Kleid immer enger um meinen Oberkörper schmiegt, während sich die Reißverschlusszähnchen nach und nach von selbst miteinander verhaken, genieße ich. Es ist, als würde ich eine Rüstung anlegen, als wäre ich wieder ein bisschen mehr ich selbst und weniger Kelsey.

Doch dann drehe ich mich um, blicke meinen Klon an und habe das Gefühl, als stünde mir die wahre Elektra gegenüber.

Plötzlich fällt es mir schwer zu atmen. Vielleicht ist das Kleid doch zu eng?

»Rot steht dir«, presse ich hervor, weil ich nicht bereit bin, die Kontrolle zu verlieren.

Isabel schenkt mir ein kurzes Lächeln. »Rot ist meine Lieblingsfarbe.«

Na klar. Ich schnaube. »Meine auch«, gebe ich schließlich zu.

»Oder zumindest war sie das mal«, fährt Isabel fort und hebt mit beiden Händen die glänzenden Stoffbahnen. »Jetzt lässt mich der Anblick nur noch an Blut denken.«

»Wie dramatisch. Das hätte glatt von Tante Mira kommen können. Steckt in dir auch eine Schauspielerin?«

Isabel blickt mich ernst an. »Zumindest ist es mir gelungen, der Welt vorzuspielen, du zu sein.«

Ich zucke zusammen und sie fährt fort. »Keine Angst, ich will dein Leben gar nicht. Je früher du deine Identität zurückbekommst, desto besser.«

Das entlockt mir nur ein müdes Schnauben.

»Du glaubst mir nicht?« Isabel lässt den Stoff ihres Kleides los und ich verschränke die Arme vor der Brust.

»Wenn ich wieder ich bin, was ist dann mit Kelsey? Drei Menschen. Zwei Körper.«

Isabels Augen werden groß. Erst da wird mir bewusst, was ich gesagt habe. Menschen. Nicht Klone.

»Wir werden eine Lösung finden«, bestimmt sie. »Polina hat deinen Vater dabei unterstützt, das Klonprogramm zu entwickeln. Da wird sie es doch auch schaffen, einen Ausweg aus dieser vertrackten Situation zu finden.«

»Wunschdenken.«

»Vielleicht. Aber etwas anderes bleibt uns nicht, oder?«

Ich nehme mir die Zeit und mustere Isabel genauer, vielleicht zum ersten Mal, seit wir uns begegnet sind, richtig. Ihre verschränkten Arme, der durchgestreckte Rücken, das gehobene Kinn, die funkelnden Augen.

Sie ist eine Kämpferin, wird mir klar, genau wie ich. Und auf einmal stört mich diese Gemeinsamkeit mit meinem Klon gar nicht.

Ich gehe zwei Schritte auf sie zu. »Denk nicht an Blut«, sage ich und deute auf den Stoff ihres zornigroten Ballkleids. »Denk an Feuer.«

Heute Nacht werden wir Seite an Seite brennen.

Kapitel 39

Was brennt, ist eine Stunde später mein Kopf.

Nichts hilft: keine Schmerztabletten, kein Spaziergang an der frischen Luft, erst recht nicht Aayanas schrecklicher Pulverkaffee.

Alle blicken immer wieder besorgt in meine Richtung. Hektor fragt mich, ob ich »die Gala wirklich durchziehen« will. Als ob wir eine andere Wahl hätten.

Die Abendsonne färbt den Himmel violett, als wir aufbrechen. Diesmal müssen wir uns nicht zu Fuß durch die Gegend schlagen, sondern sitzen in einem Magnetaxi. Früher habe ich mir nie Gedanken gemacht, woher die Credits auf meinem Elastoscreen kommen. Mein Konto war immer gedeckt. Wie ärgerlich, schon wieder Aayanas Unterstützung annehmen zu müssen.

Schon in Ordnung, hat sie Hektor versichert. *Das geht auf mich. Mit schönen Grüßen an deinen Vater.* Ich muss zugeben, sie ist cooler, als ich dachte.

Nicht cool hingegen ist die Perücke auf meinem Kopf. Meine eigentlichen Haare haben wir so fest geflochten und festgesteckt, dass meine Kopfschmerzen kein Wunder sind. Darüber hat mir Aayana einen hellblonden Schopf gezogen. Keine Ahnung, warum sie ihn besitzt und wer ihn alles schon getragen hat, aber er wirkt erstaunlich überzeugend. Als ich mich zum ersten Mal damit im Spiegel gesehen habe, wäre ich beinahe nach hinten umgekippt. Blond sehe ich dem Drachen ähnlich. Verdammt ähnlich.

Die anderen haben es natürlich auch sofort bemerkt, aber die Klappe gehalten, nachdem sie meine eindeutigen Blicke aufgefangen haben.

Am liebsten hätte ich mir die Perücke sofort vom Kopf gerissen. Wir sind jedoch alle der Meinung, dass es nicht ratsam ist, wenn zwei »Elektra Hamiltons« auf der Gala eintreffen. Außerdem fallen die langen Haare über die MediSchaum-Erhebung an meinem Oberarm.

Im Gegensatz zu mir trägt Hektor keine Perücke. Da jedoch seine türkisfarbenen Haare zu auffällig für heute Abend gewesen wären, hat er sie gefärbt: schokobraun. Fast schon unschuldig sieht er damit aus. Und genau das haben wir damit auch bezweckt.

Zu dritt drängen wir uns auf die Rückbank des Magnetaxis: Isabel, Hektor und ich. Aayana begleitet uns nicht. Sie hält in Sonnenheim Stellung, wird Polina dabei helfen, die Gehirnscans im Netz zu leaken, und dafür sorgen, dass sich das Video online verbreitet, das Hektor von unserer Rede aufnehmen will.

Falls alles gut geht.

Mehrere Straßenzüge vom Stadttheater entfernt treffen wir uns mit Phillip. Isabel stürzt mehr aus dem Magnetaxi, als dass sie aussteigt. Sie fallen sich in die Arme, als hätten sie sich eine Million Jahre nicht gesehen.

Ich wechsle einen Blick mit Hektor. »Das mit den beiden ist ja tatsächlich ernst.«

Er zuckt mit den Schultern. »Du weißt doch, wie man sagt: Wo die Liebe hinfällt.«

Mir läuft es kalt den Rücken hinunter. Ja, das weiß ich. Es ist seltsam, Isabel und Phillip dabei zu beobachten, wie sie sich aneinanderschmiegen. Es erinnert mich an all die gestohlenen

Momente mit Julian. Heimliche Küsse – und mehr – im Stall, einmal sogar diese verrückte Nacht in meinem Zimmer. Sein warmer Atem auf meiner Haut, während wir von unserer gemeinsamen Zukunft träumten.

Der Atem eines Mörders.

Scheint so, als sei ich von lauter Leuten umgeben, für die das Leben eines anderen Menschen nicht zählt.

Und das Leben eines Klons?, durchzuckt mich schmerzhaft schneidend ein Gedanke. *Wie viel ist dir das Leben eines Klons wert, Elektra?*

»Komm.« Hektor greift nach meiner Hand, als sei alles in Ordnung.

Widerwillig lösen sich Isabel und Phillip voneinander. Er starrt mich an. »Oh. Wow. Du siehst aus wie …«

»Sprich jetzt bloß nicht weiter«, warne ich ihn, vielleicht eine Spur zu scharf.

»Blond steht dir«, sagt er stattdessen und greift durch die Tür in das Magnetaxi hinter sich.

»Hier.« Er drückt Hektor eine dunkle Jeans und ein blütenweißes Hemd in die Hand. Dass mein Bruder diese Langweiler-Klamotten kommentarlos entgegennimmt und sich in eine dunkle Ecke verkriecht, um sich umzuziehen, unterstreicht, wie verrückt unsere Situation tatsächlich ist.

Wir haben beschlossen, gemeinsam im Stadttheater aufzutauchen. Zum einen halten wir das für sicherer. Falls Dad und seine Leute uns auflauern, wird es ihnen schwerer fallen, uns unbehelligt auf die Seite schaffen zu lassen. Zum anderen besitzen Hektor und ich keine Einladungen. Na ja, genau genommen habe ich eine und Isabel nicht, aber da sie für die erste Hälfte des Abends weiter Elektra spielt, wird sie auch diejenige sein, die am Empfang keine Probleme bekommt. Ich sehe mit der überdimensionierten Sonnenbrille und den blonden Haaren hoffentlich noch weniger aus wie ich selbst als ohnehin schon. Isabel wird behaupten, sie habe Hektor mitgebracht, und Hektor eben mich: eine Freundin. Seine Freundin? Völlig egal. Die Presse erfindet sowieso ihre eigene Geschichte. Jedenfalls bis sie die Wahrheit erfährt.

Nachdenklich betrachte ich Isabel, die mit Phillip vorangeht. Auch für sie wird nach diesem Abend nichts mehr so sein, wie es einmal war. Ob sie weiß, auf was sie sich einlässt? Sie behauptet, sie tut das alles für ihre Schwester. Doch für unser Problem mit dem Körper, den wir teilen, haben wir noch immer keine Lösung gefunden.

Das Stadttheater liegt direkt neben dem Seymour Palace, dem Hotel, in dem meine Verlobungsfeier stattfinden sollte. Stattgefunden hat – nur eben ohne mich. Dreiundneunzig Stockwerke hoch, dominiert es den Stadtkern. Dagegen sieht das Theatergebäude mickrig aus. Eine Handvoll breiter Stufen führen zu seinem Eingang hinunter, der halb unterirdisch liegt. Er ist direkt neben einen kreisrunden Teich gebaut, in dem Lavafische schwimmen. Wie orangerot leuchtende Volleybälle mit winzigen Flossen treiben sie durch das Wasser. Natürlich sind sie nicht echt. Lavafische sind Roboter. Der ganze Teich ist das Werk irgendeines weltberühmten Künstlers, dessen Namen ich schon wieder vergessen habe. Die Fische können so programmiert werden, dass sie in verschiedenen Farben leuchten. Wenn der Regisseur das wünscht, können sie in das Theatererlebnis mit eingebaut werden. Denn das ist das Geheimnis des Stadttheaters: Das Gebäude selbst befindet sich nicht neben dem Teich, sondern darunter. Die Bühne besitzt eine Glasdecke, die man verdunkeln oder durchsichtig machen kann. Wenn gewollt, kann man durch sie direkt hinauf auf den Grund des Teiches sehen. Die in den Fluten tanzenden Lavafische werden dann zu schwachen Miniatursonnen in einem Himmelsozean. Als Kind habe ich hier eine Aufführung der kleinen Meerjungfrau gesehen, in der die Szenen unter Wasser direkt unter der Decke spielten. Die Schauspieler wurden an Drähten und Seilen hinaufgezogen. Die Geschehnisse an Land fanden hingegen am Boden statt. Ich war ziemlich beeindruckt, auch wenn ich nicht verstanden habe, warum die kleine Meerjungfrau bereit war, ihre Stimme – und ihre Heimat – aufzugeben, um einem Menschen in ein anderes Leben zu folgen. Vielleicht war ich damals zu jung für diese Geschichte. Oder ich war schlauer als heute.

Die Stufen der Rolltreppe, die nach unten führen, sind goldgefärbt, das Foyer mit weinrotem Teppich ausgelegt. An der Garderobe stehen bereits zahlreiche Gäste in edler Abendkleidung und augenblicklich kommt mir meine Perücke doch billig vor. Obwohl das Licht gedämpft ist, nehme ich meine Sonnenbrille nicht ab. Sollen sie mich doch für überspannt halten.

Aufgeregt gleitet mein Blick über die Menge. Wird jemand da sein, den ich kenne? Meine Freundinnen sind nicht gerade theaterbegeistert.

Erst nach einer Weile begreife ich, dass es sich nicht bei allen Leuten um Menschen handelt. Über den Raum verteilt spielen holografische Avatare kleine Szenen aus denkwürdigen Theaterstücken nach. Vor der einen oder anderen Aufzeichnung hat sich eine kleine Zuschauertraube gebildet.

Auch ein Abbild von Tante Mira ist darunter, allerdings wurde es aufgezeichnet, als sie noch deutlich jünger war. Nein, nicht *ein* Abbild. Drei, jeweils aus unterschiedlichen Stücken. Typisch meine Tante. Selbst auf einer Spendengala schafft sie es, sich in den Mittelpunkt zu rücken.

»Lexi!«, reißt mich eine hohe Stimme aus meinen Gedanken. Instinktiv drehe ich den Kopf und sehe, wie meine Cousinen Juliet und Rosalind nacheinander Isabel umarmen. »Schön, dass du es geschafft hast«, sagt Rosalind, die einen attraktiv aussehenden Asiaten im Schlepptau hat; ihren neuen Freund. Als sie Phillip begrüßt, wird ihre Stimme zehn Grad frostiger.

Während ich noch überlege, ob ich Hektor bitten soll, sich eine Weile mit mir zu verdrücken, rettet uns ausgerechnet der Drache. Sie wirft einen Blick auf uns, begrüßt meine Cousinen und Rosalinds Freund und behauptet dann, Tante Mira habe nach ihnen gefragt. Mit einem bedauernden Lächeln verabschieden sich die drei und ich atme auf.

Erleichtert und beunruhigt blickt sie erst mich an, dann mustert sie uns einen nach dem anderen.

»Hektor?!« Irritiert starrt sie seine schokoladenbraunen Haare an, als seien die das Seltsamste an uns.

»Mom.« An Hektors Miene lässt sich nicht ablesen, was er denkt.

Der Blick des Drachen sucht meinen. »Begleitest du mich bitte kurz auf die Toilette?«

Mom entscheidet sich für eine der hinteren Toiletten im Untergeschoss. Nachdem sie sich davon überzeugt hat, dass wir allein hier sind, zieht sie mich in die Arme und drückt mich so fest, als wolle sie mir die Rippen brechen. Als ihre Schultern zu beben beginnen, begreife ich, dass sie weint. Unsicher schmiege ich mich an sie.

»Mir geht es gut«, versichere ich ihr, obwohl das so eigentlich nicht stimmt. Die Kopfschmerzen sind immer noch da.

Während wir uns aneinanderpressen, wird die Tür zum Toilettenbereich aufgerissen und Hektor kommt in den Raum gestürmt. Isabel und Phillip folgen ihm zögernd.

»Was soll das denn?« Mom lässt mich los und starrt die drei an. Ich auch.

Hektor verschränkt die Arme. »Ich passe auf, dass meiner Schwester nichts passiert.«

»Das ist die Damentoilette.«

Trotz allem muss ich ein Grinsen unterdrücken. Als ob das unser größtes Problem wäre. Und als ob das Hektor jemals aufgehalten hätte. Doch das war schon immer eine von Moms größten Sorgen, nicht wahr? Was sollen bloß die Leute denken?

Phillip allerdings scheint sich das Gleiche zu fragen. Fast schon verschüchtert steht er hinter Isabel und wirft immer wieder unsichere Blicke zur Tür.

Ich verdrehe die Augen, laufe an ihnen vorbei und zerre einen großen Pflanzenkübel so vor die Tür, dass man von außen die Klinke nicht mehr herunterdrücken kann. Isabel zuckt zusammen, ich streiche mir eine störrische blonde Perückensträhne aus dem Gesicht und drehe mich wieder um. »So. Jetzt können wir reden.«

»Hier?!«

»Ich kann mich auch mit einem Stimmverstärker auf die Bühne stellen, damit niemand was verpasst.« Meine Handflächen beginnen zu kribbeln, als ich daran denke, dass mir genau das in weniger als einer halben Stunde bevorsteht.

»Was macht ihr hier?«, fragt Mom. »Was habt ihr vor?«

»Auf welcher Seite stehst du?« Ich blicke ihr direkt in die Augen. Überdeutlich bin ich mir der Anwesenheit von Isabel, Phillip und Hektor bewusst. Es ist gut, dass sie da sind. Wenn es hart auf hart kommt, sind wir vier gegen eine. Und sie weiß das offenbar auch.

»Was ist das für eine Frage?«

Ich lasse nicht locker. »Die wichtigste.«

Jetzt will ich es wissen, Mom. Ein für alle Mal. Im Frühjahr hast du dich gegen mich gestellt und wolltest mich zwingen, mich mit Phillip zu verloben. Würdest du dich heute wieder so entscheiden, nach allem, was geschehen ist?

»Ihr seid meine Kinder.«

Für diese Antwort habe ich nur ein müdes Lächeln übrig. Ich bin schon immer ihre Tochter gewesen. Und Hektor ihr Sohn. Trotzdem hat sie uns die letzten Jahre überdeutlich gezeigt, dass ihr unser Wohlergehen scheißegal ist, solange wir nur brav das tun, was für die Familie und die Firma gut ist. Und für die Firma ist das, was wir heute Abend vorhaben, ganz und gar nicht gut.

Das Schweigen dehnt sich aus, mit solchem Druck, dass es die Atemluft aus dem Raum verdrängt.

»Sie hat recht«, zieht Isabel da plötzlich die Aufmerksamkeit aller auf sich. »Ich glaube Sabine. Wir hatten Startschwierigkeiten. Aber ich habe sie mit Nestor gesehen ...« Sie wendet sich direkt an meine Mom. »Es gibt für dich nichts Wichtigeres als deine Kinder.«

Schon wieder verschleiern Tränen Moms Augen. So nah am Wasser ist sie sonst nicht gebaut. Heißt das, dass wir ihr trauen können? Kann mein Klon meine Mom besser einschätzen als ich, die ich mein ganzes Leben mit ihr unter einem Dach gelebt habe? Warum fällt es mir so schwer, mir dahingehend sicher zu sein? Fuck, ich *wünschte*, ich wäre mir sicher, dass Mom uns nicht ans Messer liefert.

Sind wir ihr wichtiger als Dad und Hamilton Corp.?

Bin ich ihr wichtiger?

Und was ist mit Isabel? Wenn Hektor sie als »Schwester« bezeichnet, was sieht dann Mom in ihr?

Die nächsten zehn Minuten verbringen wir damit, uns auf einer abgeschlossenen Toilette im Stadttheater auszusprechen. Mom behauptet, Dad sei nicht er selbst, seit wir verschwunden sind.

»Er ist Hals über Kopf nach China geflogen.«

»Warum das?«

Sie zuckt mit den Schultern. »Er hat mit Dr. Schreiber telefoniert und ist sofort aufgebrochen. Noch nicht mal einen Koffer hat er gepackt.«

»Und er hat keine Idee, wo wir sind?«

»Er hat alle abgeklappert. Boyd, Fawcett. Selbst Tabitha.«

»Malone?!« Als ob ich jemals bei Tabitha Malone übernachten würde. Sie wäre vermutlich die Erste, die mich ans Messer liefert.

Mom nickt. »Jetzt begreife ich immerhin, warum er die Polizei nicht eingeschaltet hat. Und warum er mir nicht wirklich erzählt hat, was tatsächlich geschehen ist.«

Danach bestürmt Mom uns mit Fragen, immer wieder streift sie mit ihren Fingern meine Hand, meinen Arm oder meine Schulter, als müsse sie sich versichern, dass ich auch wirklich da bin. Ein so emotionales Verhalten kenne ich gar nicht von ihr.

Nein, denke ich da plötzlich. Das stimmt nicht. *Mom hat schon immer eine weiche Seite gehabt. Ich habe sie nur seit Jahren nicht mehr gesehen.*

Als wir ihr erzählen, dass Dad auf uns geschossen hat, dreht sie beinahe kurz durch. »Ich bring ihn um!« Sie brüllt so laut, dass Hektor und Phillip Angst haben, man würde sie noch außerhalb der Toilette hören. Daraufhin senkt sie zwar ihre Stimme, aber ihr Zorn ist nicht verloschen. »Ich werde ihn mit meinen eigenen Händen erwürgen.«

Zwei Mal versucht jemand von draußen, in die Toilette zu kommen, doch meine improvisierte Barrikade hält stand.

Isabel und Hektor erzählen Mom abwechselnd, was in Prometheus Lodge passiert ist. Ich verdrücke mich ans Waschbecken und beobachte das Geschehen hinter mir ab und an im Spiegel. Die meiste Zeit blicke ich jedoch mir in die Augen und frage mich, wo Kelsey gerade steckt. Ob sie mitbekommt, was gerade um sie herum geschieht. Was sie davon hält? Und was ich davon halte? Ob ich bereit bin für das, was wir besprochen haben? Und wohin mich dieser Weg führen wird, den ich gemeinsam mit meinem Bruder, meinem Nicht-Verlobten und meinem Klon beschreite?

Vor einigen Monaten habe ich darum gekämpft, ein selbstbestimmtes Leben führen zu können, losgelöst von der Verpflichtung meines Familiennamens. Dad hat mir prophezeit, das sei mein Untergang.

Und vielleicht ist es genau das.

Wie wird das alles ausgehen?

Schafft es Dad doch noch, seinen Willen zu bekommen? So wie immer.

Und was geschieht, wenn er verliert? Was geschieht dann mit mir? Die Wahrheit ist doch die, selbst wenn wir gewinnen, verliert eine von uns: Kelsey oder ich. Welche von uns beiden wird es sein?

Kurz vor Beginn der Gala sind endlich unsere Tränen getrocknet und wir alle haben Entscheidungen getroffen. Ganz sicher bin ich mir immer noch nicht, ob ich dem Drachen trauen kann. Am liebsten hätte ich ihr den Elastoscreen abgenommen. Phillip sitzt neben ihr in der ersten Reihe des Zuschauerraums. Er soll dafür sorgen, dass sie keine Dummheiten macht. Das Theater ist bis auf den letzten Platz gefüllt. Im Orchestergraben spielt die Kapelle ein überraschend schwungvolles Instrumentalstück und im Schatten hinter den Vorhängen stehen Tante Mira, diverse Leute, die ich nicht kenne, darunter der Intendant des Theaters, Isabel, Hektor und ich.

Man sollte meinen, Tante Mira oder irgendjemand sonst würde fragen, wer ich bin und was ich hier suche, aber niemand beachtet uns. Die Wangen meiner Tante sind gerötet und sie sieht tatsächlich nervös aus. So kenne ich sie gar nicht. Ist ja nicht so, als sei sie nicht schon Dutzende Male auf dieser Bühne aufgetreten. Vielleicht liegt das daran, dass irgendein bekannter Regisseur im Publikum sitzt, der später mit ihr sprechen will. »Denk nur«, hat sie Isabel vorhin zugeraunt. »Er will mich vielleicht als Hauptrolle in einem Actionfilm besetzen!

Schwer vorstellbar, ich weiß. Andererseits war ich doch schon immer für Überraschungen gut, nicht wahr?«

Arme Tante Mira, egal, was ich gleich sage: der Abend wird so ganz anders laufen, als sie das erwartet. Mit einer Überraschung, die ihr sicher nicht schmecken wird.

Tante Mira schwadroniert und schwadroniert und kommt mit ihrer Rede einfach nicht zum Ende. Mit jedem ihrer Sätze, werde ich nervöser. Eine eiserne Faust presst meinen Magen zusammen, meine Hände fühlen sich eiskalt an und die dumpfen Kopfschmerzen nagen an mir. Noch einmal überprüfe ich, dass wir auch alle Nadeln, mit denen wir Aayanas Perücke festgesteckt hatten, entfernt haben, dass ich sie auf der Bühne problemlos vom Kopf bekomme. Dann schiele ich nach oben und beobachte die orangeglühenden Lavafische im Teich dabei, wie sie ihre Bahnen über unseren Köpfen ziehen. Das hat beinahe etwas Hypnotisches. Ehe ich mich in diesem beruhigenden Anblick verlieren kann, richte ich meine Aufmerksamkeit auf den Zuschauerraum, der heute nicht abgedunkelt ist, sondern von gedämpftem Licht erhellt wird. Mom rutscht unentwegt hin und her und wirft immer wieder verstohlene Blicke auf ihren Elastoscreen. Phillip sitzt mit steinernem Gesicht und kerzengerade neben ihr. Seine Miene lässt sich nicht lesen. Hektor und Isabel, die mit mir im Schatten des Bühnenaufgangs warten, geht es vermutlich ähnlich wie mir. Isabel sieht jedenfalls aus, als müsse sie sich gleich übergeben.

»Wenn Tante Mira so weitermacht und von jedem einzelnen ihrer Auftritte im Stadttheater erzählt, stehen wir um Mitternacht noch hier«, zischt Hektor zwischen zusammengebissenen Zähnen.

»Hoffentlich war es kein Fehler, Mom zu vertrauen«, flüstere ich leise. Ich weiß, wir brauchen jede Hilfe, die wir bekommen können. Und ich will ja glauben, dass sie es ehrlich meint. Aber was ist, wenn sie Dad eine Message schreibt und hier gleich ein Regiment an Sicherheitsbeamten einfällt, um … ja, um was zu tun? In aller Öffentlichkeit können sie uns doch nicht abführen, oder?

Mir ist schlecht. Ich habe richtig Schiss davor, mit Isabel auf die Bühne zu treten. Trotzdem wünsche ich mir einfach nur, es hinter mich zu bringen. Es soll vorbei sein. Damit kommen kann, was auch immer kommt. Ich bin es leid, Angst zu haben. Ich will einfach wissen, was *danach* passiert.

Als Isabel den Mund öffnet, um Hektor zu antworten, geschieht es: Die Glasdecke über uns explodiert.

Kapitel 40

Glassplitter und Wassermassen regnen auf uns herab. Aus allen Richtungen stürzen Schreie auf mich ein, während ich panisch den Kopf einziehe und versuche, ihn mit meinen Armen zu schützen, ehe die Scherben, das Wasser oder einer der Lavafische mich treffen. Ein hohes Pfeifen setzt in meinem Ohr ein und drängt alle anderen Geräusche zurück.

Verdammte Scheiße!

Es dauert zwei Sekunden oder drei, bis ich merke, dass ich noch lebe, trocken und unversehrt bin und mich jemand sanft an der Schulter berührt. Hektor. Ich schiele nach oben: die Glasdecke ist unversehrt. Arglos schwimmen die leuchtenden Fische weiter im Teich.

Habe ich mir alles nur eingebildet?

Bin *ich* dabei, durchzudrehen?

Nein, um mich herum herrscht Aufregung. Über das Fiepen in meinem Ohr hinweg höre ich dumpf das laute Gemurmel von Stimmen.

Hektor blickt mich besorgt an und reicht mir ein Taschentuch. Erst da bemerke ich, dass dieses verdammte Nasenbluten zurück ist. Während ich mir den hellen Stoff an die Nase drücke und den Kopf in den Nacken lege, vernehme ich Tante Miras nervöses Lachen.

»Entschuldigen Sie unseren kleinen Streich, meine Damen und Herren«, erklärt sie dem Publikum. »Sie wurden soeben

Zeuge einer Demonstration der neusten Errungenschaft unseres Stadttheaters: ein Holo-Generator!«

Ist das ihr fucking Ernst?!

Das Gemurmel im Publikum wird laut. Offensichtlich fanden viele Gäste die Darbietung ebenso wenig lustig wie ich. Tante Mira beeilt sich weiterzusprechen. »War diese künstliche Illusion nicht absolut überzeugend, meine Damen und Herren?« Mit jedem Wort nimmt das Pfeifen in meinen Ohren etwas ab und ich verstehe sie besser. »Denken Sie nur, wie sehr diese Technik unser Theater bereichern wird. Es wird die Leute in Scharen anlocken. Und Sie haben das möglich gemacht, mit Ihren Spenden.« Mein Herzschlag beruhigt sich etwas, Tante Mira räuspert sich erneut. »Entschuldigen Sie unseren kleinen Streich«, wiederholt sie und dankt dem Holo-Programmierer für die gelungene Darbietung. Schnell im Programm weitermachen, bevor es zu unangenehm wird, denkt sie sich vermutlich.

Das war echt voll daneben, Tante Mira.

Und auf einmal begreife ich: Ich war auf dem besten Weg, so zu werden wie sie. Eine egoistische Diva, die auf nichts als ihren eigenen Vorteil bedacht ist, und der die Gefühle der Menschen um sie herum völlig egal sind.

Und so jemand will ich nicht mehr sein.

Wenn ich auf die Bühne gehe, und …

»Wo ist Phillip?!«, fragt Isabel plötzlich panisch.

Ich blicke ins Publikum. Tatsächlich. Der Platz neben Mom ist leer. Sie spielt nervös mit ihrer Perlenkette und starrt auf die Bühne, als würde sie versuchen, uns in den Schatten auszumachen.

Was ist da los?

Ausgerechnet jetzt beschließt Tante Mira, ihre Rede zu beenden. »Begrüßen Sie nun mit mir meine Nichte Elektra Hamilton!«, teilt sie den Zuschauern mit.

Da taucht Phillip im Aufgang zur Bühne auf, die Augen schreckgeweitet. »Priamos ist nicht in China. Und ich weiß, was er vorhat!«

Das Publikum beginnt zu klatschen. Tante Mira dreht sich zur Seite und blickt nach hinten, wartet darauf, dass Isabel die Bühne betritt. Doch die ist wie versteinert, eine Hand nach Phillip ausgestreckt, der zu uns eilt.
Ich … weiß nicht, was wir tun sollen. »Nur einen kleinen Moment!«, kreische ich nach vorne. Es klingt ziemlich hysterisch. Weil ich kurz vor einem Nervenzusammenbruch stehe.
Der Intendant, der in der Nähe von Tante Mira steht, offensichtlich auch.
»Die Krankenakten, die wir nicht lesen konnten …« Phillips Atem geht stoßweise. »Es sind nicht die von Kelsey. Es sind seine eigenen.«
»Was?!«, fragen Hektor, Isabel und ich gleichzeitig.
»Meine Nichte ist in den letzten Monaten ein großer Fan des Theaters geworden …«, hören wir Tante Mira dem Publikum erzählen.
»Meine Mutter hat mich gerade angerufen«, erklärt Phillip uns. »Die Ergebnisse auf den medizinischen Datenblättern … Es tut mir leid, ich weiß gar nicht, wie ich es sagen soll.«
»Wir müssen auf die Bühne!«, drängt Isabel.
»Euer Vater ist krank. Sehr krank.«
»Was?!« Hektor taumelt einen Schritt zurück, er kann wahrscheinlich ebenso wenig begreifen wie ich.
»… ist besonders schön, wenn junge Leute ihre Liebe zur darstellenden Kunst entdecken …« Satzfetzen von Tante Miras improvisierter Rede spülen über uns hinweg, während ich zu verarbeiten versuche, was Phillip da gerade erzählt.
»Meine Mutter sagt, den Daten zufolge hat er nur noch wenige Wochen zu leben. Maximal.«

»Es sei denn«, flüstert Isabel, »er lässt sein Bewusstsein in einen anderen Körper transferieren.«

»Woher weißt du, dass er nicht nach Asien geflogen ist?«, fragt Hektor verwirrt.

»Meine Mutter hat einen Maulwurf im Institut.«

»Was?!«

»Seit wir das mit den … Körpern herausgefunden haben.«

Ich habe keine Ahnung, wovon er redet. Bei seinen nächsten Worten krampft sich mein Herz jedoch zusammen. »Sie hat mit ihm gesprochen. Er sagt, Priamos hat *heute Abend* einen Termin mit Medea Myles.«

»Das …« Hektor stolpert fast über die Worte. »Warum hat sie ihn jetzt kontaktiert?«

Phillip stöhnt. »Auf dem Elastoscreen waren noch mehr medizinische Datenblätter«, erklärt er dann. »Eines davon ist von mir.«

Wir starren uns alle an. In Hintergrund höre ich Tante Mira plappern, aber ich nehme nicht wahr, was sie sagt. Jetzt glaube ich wirklich, dass ich mich übergeben muss. Das Pfeifen in meinem Ohr setzt wieder ein und die Kopfschmerzen werden heftiger. Kann dieser Albtraum noch schlimmer werden?

»Er will dich?«, fragt Hektor stumpf.

»Das glaube ich nicht«, murmelt Isabel. »Wir müssen ins Institut. Er will einen schlafenden Prinzen.«

Ich drehe noch durch. Ich habe keinen blassen Schimmer, was sie *damit* meint.

»Nein«, Phillip klingt geschlagen. »Ihr müsst auf die Bühne.«

Isabels Hand schiebt sich in meine. Ich weiß, was ich zu tun habe. Mit ihr auf die Bühne gehen, die Perücke und die Sonnenbrille abnehmen und den Menschen offenbaren, was um sie herum wirklich geschieht.

Seite an Seite werden wir brennen, habe ich Isabel heute Morgen versprochen und ich werde sie nicht enttäuschen. Allerdings fühle ich mich betäubt, sieht man mal von den hämmernden Schmerzen unter meiner Schädeldecke ab. Ob sich mein Gehirn ausgerechnet jetzt dazu entschieden hat zu kollabieren? Sich vollständig in einen verschimmelten Blumenkohl zu verwandeln? Unsicheren Schrittes lasse ich mich von Isabel vorwärtsziehen.

Sie tritt ins Rampenlicht. Es ist so weit. Als sie sich räuspert und das Mikrofon übersteuert, breitet sich ein lang gezogener Ton schallwellenartig aus. Die Kerzenflamme in meinem Inneren flackert für den Bruchteil einer Sekunde hell auf. Dann erlischt sie.

Ich blinzle verwirrt. Die Welt um mich herum scheint in Dunkelheit gehüllt. Mein Kopf schmerzt so stark, dass ich mich beherrschen muss, nicht laut aufzustöhnen. Nur langsam schälen sich Schemen aus der gleißenden Helligkeit. Ich bemerke, dass ich eine Brille trage, eine Sonnenbrille, und nehme sie ab.

Neben mir steht Isabel vor einem Mikrofon. Sie trägt ein spektakuläres Kleid aus roter Seide. Sie sieht wunderschön aus. Auch ich trage ein Kleid, aber es ist schwarz, nicht rot.

Und wir stehen beide auf einer Bühne. Scheinwerfer tauchen uns in gleißendes Licht.

Ich wünschte, Kelsey wäre jetzt hier, höre ich Isabels Stimme in meinem Kopf. *Sie ist richtig gut im Redenschwingen.* Was meint sie damit? Ich habe seit Jahren nicht vor Publikum gesprochen! Sie erwartet doch nicht …? Will sie etwa …

Mirandas Spendengala, erinnere ich mich an einen weiteren Satz aus ihrem Mund. Wer ist Miranda? Ach ja, meine Tante. *Ihre* Tante! Elektras!

Dort lassen wir die Bombe platzen.

Ich bin nicht Elektra!

Und sie ist nicht ich!

Trotzdem erinnere ich mich plötzlich an ein Gespräch, das ich nicht geführt habe. An Isabels Plan, der Welt zu verraten, wie wir Klone wirklich leben. Was Priamos Hamilton vorhat.

Und es geschieht jetzt.

Die Knie sacken unter mir weg, ich kann mich gerade noch fangen.

Isabel – die echte Isabel, nicht die in meiner Erinnerung – schaut mich besorgt an. Dann weiten sich ihre Augen sogar noch mehr. Sie begreift.

Kelsey, formen ihre Lippen stumm.

Sie schaut nach vorne ins Publikum, dann wieder zu mir, dann hinter sich. Als ich ihrem Blick folge, sehe ich Hektor und Phillip am Rand der Bühne in den Schatten stehen. Sie beobachten uns mit besorgten Mienen.

»Ich kann das nicht«, flüstere ich Isabel zu.

Meine Schwester beißt sich auf die Lippen. Dann beugt sie sich zu mir und flüstert mir ins Ohr: »Du musst allen sagen, was los ist. Wer du bist. Was sie mit uns im Institut machen. Was Priamos vorhat.«

Ich schüttle den Kopf.

»Du musst«, flüstert sie hektisch und drückt meine Hand. »Du kannst das, Kelsey. Du bist stark genug. Ich glaube an dich. Du musst das auch.«

Schweiß bricht aus. Es ist nicht nur das starke Scheinwerferlicht. Es ist mein klopfendes Herz. Die Ahnung dessen, was auf mich zukommt. Was ich tun muss.

Isabel lässt meine Hand los und wendet sich dem Publikum zu.

»Meine Damen und Herren!« Ihre Stimme klingt fest und selbstsicher. »Ich danke Ihnen für Ihre Geduld. Ich weiß, Sie erwarten, dass ich Ihnen jetzt davon erzähle, wie ich meine Liebe zum Theater fand, insbesondere zu den Aufführungen in diesem wunderbaren Haus, das Ihre finanzielle Unterstützung, Ihre Hilfe benötigt.«

Sie macht eine Pause. Das Publikum wirkt angespannt. Ein paar einzelne Besucher murren, werden aber von den Personen neben ihnen zum Schweigen gebracht. Alle hängen an Isabels Lippen. Selbst Miranda Stone und der Intendant. Und auch die Journalisten und Presseleute, die Isabel und mich teils mit offenen Mündern begaffen, teils ihre Elastoscreens auf uns richten und jedes unserer Worte aufzeichnen. Vielleicht sogar live übertragen.

»Die Menschen hier vom Stadttheater sind jedoch nicht die Einzigen, die Ihre Hilfe brauchen. Es gibt da Menschen, die Ihre Unterstützung noch viel dringender benötigen. Einer davon bin ich.«

Sie blickt zur Seite zu Miranda Stone und zum Intendanten, die offenbar völlig verwirrt sind und nicht wissen, was sie tun sollen.

»Bitte lasst mich sprechen.« Sie wendet sich dem Publikum und der Presse zu. »Bitte hört mich an. Ich weiß, Sie glauben, ich sei Elektra Hamilton. Aber das bin ich nicht. Ich bin ihr Klon.«

Menschen stehen von ihren Sitzen auf, Rufe hallen durch den Saal, die Stimmung droht zu kippen. Doch die Elastoscreens der Reporter sind weiter auf uns gerichtet, als Isabel in mein Haar greift und daran zieht. Plötzlich hält sie blonde Strähnen in der Hand. Eine Perücke. Achtlos lässt sie sie zu Boden fallen.

Das Raunen im Publikum wird lauter.

Isabel glaubt, dass ich stark bin. Stark genug. Doch ich fühle mich so hilflos.

Es ist Sabine Hamilton, die für die nächste Überraschung sorgt. Sie ist auf ihren Sitz geklettert. Die Pumps hat sie ausgezogen, barfüßig steht sie auf dem dunklen Samtpolster. Den Rücken dreht sie der Bühne zu. »Hört ihr zu!« Sie ruft so laut, dass sie tatsächlich halbwegs das Stimmengewirr übertönt, das den Saal erfüllt. »Bitte seid still. Es ist wichtig, was sie zu sagen hat. Was *sie* zu sagen haben. Meine Tochter *und* ihr Klon!«

Sabine Hamilton hat nicht begriffen, dass Elektra nicht hier auf der Bühne steht, sondern ich. Doch das ist egal.

»Hört ihnen zu«, ruft Sabine über die Menge hinweg. Es klingt nicht wie eine Bitte, sondern wie ein Befehl. Zwei mal. Drei mal. »Hört ihnen zu! Ich habe es viel zu lang nicht getan.«

»Wir brauchen Ihre Hilfe.« Isabel steht wieder ganz nah am Mikrofon. Das Publikum wird langsam ruhiger. Anspannung liegt in der Luft, aber sie lassen sie sprechen.

Sie lassen uns sprechen.

»Auf meinem medizinischen Datenblatt steht die Nummer 2066-VI-003. Doch mein richtiger Name ist Isabel. Seit fast fünf Monaten, seit dem Unfall meines Originals, lebe ich in der Öffentlichkeit als Elektra Hamilton.«

Wieder werden Stimmen laut, doch Isabel spricht einfach weiter. »Ich würde Ihnen gern alles erklären, doch das kann ich jetzt nicht. Eigentlich haben wir geplant, dass mein Original selbst Ihnen allen berichtet, was geschehen ist und warum Sie, ja Sie, Hamilton Corp. unbedingt aufhalten müssen. Doch … die Situation … Elektra Hamilton ist im Mai beinahe gestorben. Nicht bei Ihrer Verlobungsfeier, wie Sie jetzt vielleicht glauben, weil Sie durch die Medien von dem Giftanschlag und dem anschließenden Prozess erfahren haben. Sondern schon einige Wochen früher. Sie lag mehrere Monate im künstlichen Koma. Bis es ihrem Vater gelungen ist, ihr Bewusstsein in den Körper meiner Schwester zu transferieren.«

Das Gemurmel schwillt wieder an. Ich hoffe, wir übertragen noch immer live.

Isabel wendet sich mir zu. Einen Augenblick lang schauen wir uns an. *Du schaffst das*, scheint sie mir stumm sagen zu wollen. Sie erwartet, dass ich übernehme.

Am liebsten möchte ich den Kopf schütteln, möchte sie bitten, weiterzusprechen. Sie macht das gut. Sie kann das schaffen. Sie kann uns alle retten, so, wie sie es schon immer versucht hat. Sie ist ein Orkan. Ich bin ein Flüstern.

Doch Isabel lächelt nur. Sie tritt vom Mikrofon weg, macht mir Platz. Meine Glieder verkrampfen sich. Isabel geht auf mich zu und haucht mir einen Kuss auf die Wange.

»Du musst uns retten, Kelsey«, flüstert sie mir zu. »Während ich Priamos aufhalte.«

Mir wird schwindlig, alles dreht sich um mich herum. Ich will nach ihr greifen, doch sie ist schon weg. Während das Publikum vor uns lautstark nach Antworten verlangt, verschwindet Isabel im Eilschritt von der Bühne. Sie läuft auf Hektor und Phillip zu.

Und ich ... gehe zum Mikrofon.

Jetzt kommt es darauf an. Nicht nur mein Schicksal ruht auf meinen Schultern, sondern auch das von Aubrey, Vanessa und all den anderen Klonen. Ich darf nicht versagen.

Seltsamerweise löst diese Erkenntnis nicht nur Druck in mir aus, sondern schenkt mir auch Mut.

Bevor ich mich ans Publikum wende, schaue ich auf die blonde Perücke, die achtlos auf dem Boden liegt. Ich lasse die Sonnenbrille fallen. In meinem Inneren, dort, wo mein Herz ist, scheint sich wie von selbst eine Kerzenflamme zu entzünden. Sie scheint immer stärker, strahlt immer heller und heller, bis ich selbst in Flammen stehe.

Endlich finde ich wieder den Mut, meine Stimme zu erheben.

Kapitel 41

»Das hier ist kein Scherz«, beginne ich. »Keine Showeinlage zu Ihrem Vergnügen. Es ist unser bitterer Ernst. Ich bin nicht Elektra Hamilton. Ich bin ein Klon. Isabel, die Sie gerade kennengelernt haben, ist meine Schwester, auch wenn Sie gern behaupten, dass Klone keine Geschwister haben. Dass wir nur Kopien sind. Keine echten Menschen. Doch wir sind mehr als Spiegelbilder und Marionetten. Glauben Sie mir: Wir haben Gefühle ebenso wie Sie. Wir empfinden Freude, Leid, Trauer, Liebe, Wut. Schmerzen.

Wenn ich mein Kleid ausziehen würde, sähen Sie eine lange Narbe, die ich von einer Operation zurückbehalten habe, bei der man mir eine Niere entnommen hat. Damals war ich 14. Man hat mich mit Riemen an einen Operationstisch festgeschnallt. Ich habe geweint und die Medics angefleht, mir das nicht anzutun. Die Narbe schmerzt noch immer, vor allem wenn das Wetter umschwingt.« Ich lächle traurig. »Aber das wissen Sie natürlich, und das hat Sie noch nie gestört. Dafür bin ich ja schließlich da. Dafür wurde ich gezüchtet. Warum sollte es das also heute?

Vielleicht, weil ich jetzt meinen Körper mit meinem Original teile. Mein Erzeuger, Priamos Hamilton, CEO von Hamilton Corp., arbeitet derzeit an der Möglichkeit, den Geist einer Person in das Gehirn einer anderen Person zu übertragen. Ich bin das Ergebnis.

Gern würde ich Sie fragen, ob Sie wirklich bereit sind, für einen gesunden, jungen neuen Körper mit dem Leben eines anderen Menschen zu bezahlen. Doch ich fürchte, auch hier kennen wir die Antwort bereits. Sie mögen es nicht sein, doch viele Menschen sind es.

Um Ihr schlechtes Gewissen zu beruhigen, sperren Sie uns in Institute weg. Damit Sie uns nicht sehen müssen. Damit Sie sich einreden können, wir seien nicht menschlich. Oder es ginge uns gut.

Das ist nicht der Fall.

Leider weiß ich auch, dass, egal wie viel Mitleid Sie gerade für mich empfinden, es Menschen gibt, die dennoch bereit sind, uns weiter wie Schlachtvieh zu behandeln, wenn sie sich nur damit selbst retten können. Deshalb erzähle ich Ihnen jetzt davon, was die Geist-zu-Geist-Transplantation mit einem Körper macht.

Ich leide unter ständigen Kopfschmerzen, Nasenbluten und bekomme immer öfter Krämpfe. Auf Scans sieht mein Gehirn aus wie schimmeliger Blumenkohl. Meine medizinischen Daten weisen darauf hin, dass mein Körper die Bewusstseinsübertragung nicht mehr lange aushält.

Ich werde sterben.

Und mit mir mein Original.

Das Klonprogramm ist falsch.

Hören Sie auf, uns wie geistlose Fleischklumpen zu behandeln, wie lebende Organbehälter. Wir sind mehr. Wir verdienen mehr.

Wir sehen nicht nur aus wie Sie. Wir sind genauso wie Sie. Und wie Sie sehen, kann eine von uns mühelos unter Ihnen leben, ohne dass das auch nur irgendjemandem auffällt.

Wir können an der Stelle unseres Originals zu einer Bank gehen und unser ganzes Vermögen auf ein Alt-Schweizer Nummernkonto transferieren lassen.

Wir können anstelle unseres Originals sein Kind vom Spielplatz holen, ohne dass ein Fremder begreift, dass wir nicht die echte Mutter oder der echte Vater sind.

Meine Schwester, Isabel, hat sich sogar mit dem Freund von Elektra Hamilton verlobt, ohne dass einem der Gäste irgendetwas komisch vorkam.

Wir wollen das alles nicht.
Wir wollen nur leben.
In Frieden.
Bitte helfen Sie uns dabei.«

Als ich ende, herrscht einige Atemzüge lang Totenstille. Dann stürzen mir die Fragen der Presseleute entgegen wie Wellen, die sich an Felsen brechen.

Zu meiner eigenen Überraschung stelle ich fest, dass ich zwar angespannt bin, mich die Menschenmasse vor mir aber nicht in Panik versetzt. Ich mag kein Fels sein, aber ich halte dem Ansturm stand. Ich will mich nicht wie eine Schnecke in ihr Haus verkriechen und darauf warten, dass die Fluten mich mal hierhin, mal dorthin tragen.

Was immer als Nächstes kommt. Ich halte das aus. Weil die Welt mich gehört hat, egal was noch geschieht.

Mein Mund verzieht sich zu einem leisen Lächeln. In diesem Moment erreicht mich Phillip, legt mir einen Arm um die Schulter und will mich von der Bühne ziehen.

Das Publikum brüllt protestierend.

»Was ... Was war denn das?«, stammelt Miranda Stone, die ebenfalls neben mir auftaucht.

»Die Wahrheit«, antwortet Phillip kühl. »Gibt es einen Raum, in dem wir uns verstecken können?« Er deutet in die Schatten hinter der Bühne.

Miranda Stone blickt ihn an, schaut ratlos ins Publikum, dann auf mich, dann wieder auf ihn. Sie weiß nicht, was sie tun soll.

»Mira«, faucht Sabine Hamilton, die nun ebenfalls auf der Bühne auftaucht. »Wir brauchen deine Hilfe. Jetzt.«

Während die ersten Presseleute sich anschicken, zum Bühnenaufgang zu eilen, vermutlich, weil sie Angst haben, dass ich sonst verschwinde und mit mir ihre nächste große Story. Doch das ist unnötig. Ich will ja mit ihnen reden. Gern werde ich ihnen alles erzählen. Und es wird definitiv mehr sein, als sie eigentlich hören wollen.

Bevor einer der Reporter jedoch seinen Weg auf die Bühne findet, kommt Miranda Stone zu Besinnung, gibt uns mit einem Wink zu verstehen, ihr zu folgen und verschwindet hinter den nachtblauen Samtvorhängen.

Mrs. Stone bringt uns in eine winzige Abstellkammer, die von mehreren altmodischen Glühbirnen beleuchtet wird und die man abschließen kann. Sie besitzt keine Fenster. Zwischen hohen Metallregalen eingepfercht zu sein, die mit allerhand Requisiten und Kostümen überquellen, gefällt mir nicht. Sofort schnürt sich mein Brustkorb zu. Ich bin mir sicher, Phillip will mich beschützen, aber dieses Gefühl des Eingesperrtseins ist so überwältigend.

Mrs. Stone hat uns allein gelassen. Sie hat versprochen, sich um die Reporter und das Publikum zu kümmern und niemandem zu verraten, wo wir gerade sind.

Phillip geht in dem schmalen Raum auf und ab. Er kann in jede Richtung nur zehn oder zwölf Schritte machen, dann muss er umdrehen. Er ist nervös. Er ist bei mir geblieben, um mich zu beschützen, während Hektor Isabel ins Institut begleitet. Ins Institut!

Sabine Hamilton sitzt in ihrem schicken fliederfarbenen Kleid auf dem unbequem aussehenden Rand einer Plastikkiste, hält eine Flasche Wasser in der Hand und mustert mich mit unbewegter Miene. Hatte sie wirklich keine Ahnung, dass ihr Mann nicht nach Asien geflogen ist, wie Phillip behauptet?

»Du bist nicht Elektra«, sagt sie schließlich.

Sie hat meine Rede gehört. Das ist ihr also nicht eben erst klar geworden. Doch vielleicht weiß sie nicht, was sie sonst sagen soll. Worüber unterhält man sich mit der Person, die genetisch betrachtet die eigene Mutter ist, die man jedoch überhaupt nicht kennt?

»Du warst das, in Prometheus Lodge.« Mrs. Hamilton klingt traurig.

Wieder nicke ich.

»Wo ist meine Tochter jetzt? Kann sie mich hören?«

Sie steht auf und kommt auf mich zu. Phillip bleibt stehen und beobachtet uns. Über die Schulter der Frau vor mir werfe ich ihm einen kurzen Blick zu. Dann konzentriere ich mich auf Mrs. Hamilton.

»Ich glaube nicht. Ich weiß es nicht. Wenn sie … die Kontrolle übernimmt, kann ich es jedenfalls nicht.« Das stimmt nicht ganz. Ich kann mich an Isabels Vorschlag mit der Rede erinnern. Aber eben erst jetzt, wo ich wach bin.

Zögerlich streckt sie den Arm aus. Ihre Hand schwebt wenige Zentimeter vor meinem Gesicht. Ihre Finger zittern. Ihre Stimme auch. »Darf ich?«

Ich zucke zurück und weiche aus. Die Vorstellung ihrer perfekt manikürten Finger und Nägel, die über meine Wange streichen, widert mich an. Ein Schatten huscht über Sabine Hamiltons Gesicht. Doch so schnell, wie er gekommen ist, verschwindet er auch wieder. Ihre Züge werden glatt wie Marmor. Ich kann die Verwandlung beinahe sehen.

Doch ich beherrsche diesen Trick auch.

Oder zumindest habe ich das geglaubt. Ich will mich dazu zwingen, mein Herz ruhiger schlagen zu lassen, nichts mehr zu fühlen. Aber heute gelingt mir das nicht. Das verräterische

Muskelgewebe in meiner Brust zieht sich schnell und krampfhaft zusammen, weil ich mir Sorgen um Isabel mache, um meine Freunde im Institut.

»Was hat mein Mann vor?« Sabine setzt sich wieder.

Phillip kommt zu mir herüber und stellt sich neben mich. »Das weißt du wirklich nicht?«

Sie schnaubt. »Würde ich dann hier bei euch sitzen?« Ihre Stimme nimmt einen bitteren Klang an. »Er hat mir noch nicht einmal erzählt, dass meine Tochter nicht wirklich tot ist.«

»Sabine ...«

»Er will sie retten. Ich weiß.«

»Und du nicht?«

»Natürlich will ich das.«

»Um jeden Preis?«

»Sie ist meine Tochter, Phillip. Mein Baby. Wenn du Kinder hast, wirst du das verstehen.«

Noch einmal zieht sich mein Herz schmerzhaft zusammen. Sabine Hamilton ist Elektras Mutter. Nicht meine. Das weiß ich. Ich wusste es die ganze Zeit. Und doch ... Und doch ...

»Deine Mutter würde mich verstehen«, behauptet sie jetzt.

Phillip widerspricht heftig: »Priamos ist überhaupt nicht wie meine Mom!«

Sabine blickt ihn zweifelnd an, schweigt jedoch.

»Wer sind diese *Prinzen*?« Ich habe nicht geplant, mich in ihre Unterhaltung einzumischen. Doch die Frage platzt aus mir heraus, ehe ich mich zurückhalten kann. Vielleicht, weil ich ausloten will, was mich erwartet. Bestünde die Möglichkeit, Elektras oder mein Bewusstsein in einen männlichen Körper verpflanzen zu lassen? Wäre mir mein Aussehen wichtig, solange ich leben kann? Denn leben will ich. Ich will leben! Das weiß ich endlich.

Und Aubrey kann ich ohnehin nicht haben, da er genetisch betrachtet mit mir blutsverwandt ist. Was soll's also?

Bevor er antwortet, schiebt Phillip ein paar Requisiten zur Seite und lehnt sich gegen das Regal. »Es sind keine echten Prinzen«, beginnt er. »Isabel nennt sie nur so.«

Sein Blick wandert hinüber zu Sabine, und als ich ihm folge, sehe ich, dass sie ihn ebenso angespannt beobachtet wie ich. »Also gut«, fährt er fort. »Es sind … Klone. Von Phillip.«

Klone im Institut? Das ergibt Sinn. Klone von ihm? Das kann nicht sein. Ich kenne alle im Institut. Und eine genetische Kopie von Phillip von Halmen ist nicht dabei. Warum spricht er in der dritten Person von sich?

Phillip räuspert sich. »Vor meiner … Bevor ich auf die Welt kam, arbeitete meine Mutter noch für Hamilton Corp. als Wissenschaftlerin. Sie war am Klonprogramm beteiligt. Sie war damit einverstanden, Stammzellen ihres Sohnes für die Klonforschung zu spenden.«

Wie enttäuschend. Die Frau, die versucht, mir das Leben zu retten, ist im Grunde auch nicht anders als all die anderen.

»Vermutlich hat sie geahnt, dass sie sie eines Tages brauchen würde.«

Ich unterbreche ihn nicht. Es fällt ihm augenscheinlich schwer genug, weiterzusprechen. »Das Bruckner-Seeberg-Syndrom ist eine seltene Erbkrankheit, die bereits mehreren Angehörigen meiner Familie das Leben gekostet hat. Ich bin als kleines Kind daran erkrankt. Oder eigentlich nicht ich, sondern der richtige Phillip.«

Ich starre ihn an. Polina von Halmen hat mit Priamos Hamilton am Klonprogramm gearbeitet. Sie hat Hamilton Corp. Stammzellen ihres Sohnes überlassen. »Bist du ein Klon?«

Phillip nickt.

Mein Blick sucht den von Sabine Hamilton, doch die senkt ihren Kopf betreten. Hat sie das die ganze Zeit gewusst?

»Hat Priamos das Bewusstsein von Phillip in deinen Körper transferiert?«

»Nein. Das nicht. Ich ... Der ursprüngliche Phillip ist gestorben, als er noch ein Kleinkind war. Meine Eltern haben daraufhin mich bei sich aufgenommen. Ich war noch jung genug, um mich an nichts anderes zu erinnern.«

Entsetzt starre ich ihn an. Ein Kind zu begraben und ein anderes bei sich aufzunehmen, als wäre nichts geschehen? Das klingt nicht weniger falsch und grausam als das, was die Hamiltons tun. Was ist verkehrt mit den Herzen dieser Menschen, dass sie glauben, uns austauschen zu können wie einen defekten Elastoscreen?

»Weiß Isabel ...?«, frage ich.

»Ja«, schneidet er mir das Wort ab. »Ich habe es selbst erst vor ein paar Monaten erfahren, kurz nach unserer Verlobung. Meine Eltern haben es mir nie erzählt. Erst, als Isabel uns von meinen Klonen erzählt hat, die bewusstlos im Keller des Instituts liegen, ist alles ans Licht gekommen. Meine Eltern wussten nicht, dass es noch mehr von uns gibt.«

Klone im Keller des Instituts? Ich weiß nicht, wovon er spricht. Wie lange hat Isabel schon Geheimnisse vor mir? Andererseits habe auch ich ihr nie erzählt, wie erbärmlich ich mich seit der Operation wirklich fühle.

»Das sind die schlafenden Prinzen«, murmelt Sabine Hamilton. Für einen Augenblick habe ich wahrhaftig vergessen, dass sie mit uns in dieser Abstellkammer sitzt. »Was will er mit ihnen?«

Phillip stößt sich vom Regal ab und beginnt wieder, im Raum auf und ab zu gehen. »Dein Mann ist nicht ins Institut gefahren, um Elektra zu retten. Sondern sich selbst.«

Fasziniert und mit einer gewissen Genugtuung beobachte ich, wie Sabine den Mund aufmacht, um etwas zu sagen, doch offenbar keine Worte findet. Wie ein Fisch auf dem Trockenen teilen und schließen sich ihre Lippen, während ihr Hirn sich anstrengt, zu verarbeiten, was Phillip ihr mitzuteilen versucht.

Gerade, als ich glaube, sie würde sich fangen, erwacht der Elastoscreen in ihren Händen zum Leben und meldet einen eingehenden Call. Zehn Minuten später sitze ich zwischen ihr und Phillip eingepfercht auf dem Rücksitz eines Magnetaxis auf dem Weg nach Prometheus Lodge.

Kapitel 42

Wieder und wieder durchlebe ich im Magnetaxi den Call von Isabel mit seiner schrecklichen Nachricht. Ich sehe das Hologramm, das sich flackernd über Sabine Hamiltons Elastoscreen aufbaut: Isabels angstgeweitete Augen, Hektors betretenes Gesicht und, im Hintergrund, Direktorin Myles, die mit ihren Armen ihren Oberkörper umschlingt und den Kopf gesenkt hält. Isabel und Hektor haben direkt aus ihrem Büro angerufen. Der Anblick des wuchtigen Schreibtischs hat mich schauern lassen. Nie ist etwas Gutes geschehen, wenn ich dieses Zimmer gesehen habe. Und Isabels folgende Worte bestätigten meine schlimmsten Befürchtungen. »Wir sind zu spät gekommen.«

»Die Klone …?« Phillips Stimme zitterte leicht, doch Isabel schüttelte den Kopf.

»Sie sind noch alle da, unangetastet in ihren Plastiksärgen.«

Das hat mich überrascht und noch nervöser werden lassen. Wie konnten die Prinzen noch da sein? Was hat Priamos vor? Und warum war Isabel dann zu spät?

»Dad hat ein anderes Opfer gefunden.« Hektors Stimme klang seltsam gebrochen, als hätten wir schon verloren. Eine eisige Hand griff in meine Brust.

»Aubrey.« Wieder und wieder höre ich Isabel seinen Namen flüstern. »Priamos hat Aubrey mitgenommen.«

Mein Herz schlägt panisch in meiner Brust, ein gefangener Schmetterling in einer Kugel aus Glas. Es spielt keine Rolle, dass ich Aubrey niemals auf die Art haben kann, wie ich mir das wünsche. Ich liebe ihn, und das ist alles, was zählt. Der Gedanke, dass Priamos im Begriff ist, ohne mit der Wimper zu zucken das Leben eines der wenigen Menschen auszulöschen, die mir wahrhaftig etwas bedeuten, sollte mich zornig und wütend machen, und das tut es auch. Vor allem aber habe ich Angst. Es ist ein kaltes, lähmendes Gefühl, das mir die Luft abschnürt und mich handlungsunfähig zu machen droht.

Zu spät, wispert eine boshafte Stimme in meinem Kopf. *Du kommst zu spät.*

Vielleicht ist es die von Elektra.

Rastlos werfe ich Blicke aus dem Fenster, sehe Häuserreihen an uns vorbeiziehen. Es dauert eine Weile, bis ich begreife, dass sich Phillips Hand in meine gestohlen hat und sie aufmunternd drückt.

Ich bin nicht allein, begreife ich. Aber was nützt das schon, wenn ich *zu spät* bin?

In der Nordstadt hält das Magnetaxi an, damit Sabine in ein anderes steigen kann. Sie fährt weiter zum Firmengelände von Hamilton Corp., um sich dort mit Isabel und Hektor zu treffen. Phillip und ich fahren nach Prometheus Lodge. Wir wissen nicht, welches Ziel Priamos mit Aubrey ansteuert. Den medizinischen Flügel seiner Firma oder sein Ferienhaus. Meine Kehle schnürt sich noch weiter zu, als ich mir vorstelle, wie er und sein schrecklicher Doktor Aubrey auf eine Metallliege schnallen. Wie viel Vorsprung genau hat Priamos Hamilton? Direktorin Myles hat von einer knappen halben Stunde gesprochen. Aber was ist, wenn sie lügt?

Was ist, wenn sich Aubrey und Priamos in eben diesem Moment immer noch im Institut befinden?!

Nein, das darf ich nicht denken. Aubrey ist entweder im Hamilton Corp.-Firmengebäude und Sabine wird dafür sorgen, dass Hektor und Isabel dieses auch wirklich betreten können. Oder er befindet sich in Prometheus Lodge. Und dorthin begleitet mich Phillip. Bevor sie ausgestiegen ist, hat ihm Sabine ihren Elastoscreen überlassen, mit dem wir die Haustür des Waldhauses öffnen können.

Sie hat darüber auch versucht, ihren Mann zu erreichen. Doch der hat ihre Kontaktanfragen ignoriert. Wie schön wäre es, wenn das daran läge, dass Aubrey ihn mit einem Kinnhaken bewusstlos geschlagen hätte.

Die Fahrt durch die Nacht erscheint mir endlos. Die elektrischblauen Lichter im Cockpit des Magnetaxis sind zwar gedämpft, aber nachdem wir die Stadt verlassen haben und uns dem Wald nähern, schmerzen auch sie grell in meinen Augen. Das Klügste wäre, von ihnen wegzusehen, doch die blinkenden Lichter, die anzeigen, wie der Bordcomputer sich mit denen anderer Magnetaxis synchronisiert, ziehen mich magisch an. Ehe ich es mich versehe, kehren die Kopfschmerzen zurück. Sie pulsieren mit den blauen Lichtern um die Wette und ich möchte frustriert aufschreien. Doch ich bleibe stumm. Als hätte ich meine Stimme schon wieder verloren.

Das Magnetschienennetz endet mehrere Hundert Meter vor dem Haus mitten im Wald. Im Dunkeln hetzen Phillip und ich den schmalen Weg entlang, der nach Prometheus Lodge führt. Ich brauche beide Hände, um den Stoff des vermaledeiten Abendkleides zu raffen, das ich trage. Immerhin bin ich dankbar dafür, dass Elektra bei ihrem Auftritt auf der Gala flache Schuhe getragen hat, sonst wäre das alles hier ein einziges Desaster. Auch so schon ist es schwer genug, nicht aus dem Tritt zu kommen.

Phillip und ich reden kaum miteinander. Licht spenden uns nur der sich abnehmende Mond und die Sterne am Himmel. Den Elastoscreen wollen wir nicht aktivieren, um uns nicht schon aus der Ferne zu verraten.

Als wir um die Biegung des Waldweges eilen, lässt mich ein ohrenbetäubendes Kreischen aufschreien. Mit heiserem Krächzen fliegen schwarze Schemen aus dem Geäst auf und dicht über unsere Köpfe hinweg. Vögel waren das, mindestens zwei. Plötzlich muss ich an die beiden Raben denken, die ich vor ein paar Tagen von Elektras Zimmer aus beobachtet habe.

»Alles in Ordnung?«, flüstert Phillip nervös und stützt mich mit der Hand. Ich nicke, und weil er das im Dunkeln schlecht sehen kann, sage ich »Ja«.

Obwohl das eigentlich nicht stimmt.

Auf ihren Schwingen, fällt mir eine Zeile aus einem alten Buch ein, *tragen Raben die Seelen der Toten ins Himmelreich.*

Ich hoffe, hoffe, hoffe, es ist nicht Aubreys Seele, nach der sie Ausschau halten. Oder meine.

Noch einmal fliegen die Vögel über uns hinweg. Ihr unheimliches Krähen bringt etwas in mir zum Vibrieren. Und für einen Moment habe ich das Gefühl, als würden die Raben ihre dolchartigen, langen Krallen und Schnäbel in mein Gehirn graben.

Der Schmerz ist überwältigend. Ohne Phillips festem Griff wäre ich sicher in die Knie gegangen. Irgendetwas in mir droht zu zerreißen, verschiebt sich, will sich verändern. Vielleicht hat sich mein Gehirn ausgerechnet diesen Moment ausgesucht, um nicht mehr mitzuspielen.

Etwas Zeit bleibt uns noch, hat Polina von Halmen uns versprochen. So viele Stunden ist das noch gar nicht her. Es klang nicht so, als sei diese Zeit so schnell aufgebraucht. Aber was, wenn doch? Was, wenn doch!?

Nicht jetzt, beschwöre ich mich selbst. Etwas muss ich noch durchhalten. Und wenn es nur eine Stunde ist.

»Geht es wieder?« Phillip lässt mich vorsichtig los, ich schwanke kurz, behalte aber mein Gleichgewicht. Meine Sicht flackert wie eine defekte Glühbirne.

»Ja«, lüge ich und wir machen uns wieder auf den Weg.

Prometheus Lodge liegt wie ein gewaltiger Spielzeugklotz aus Glas und Plastik vor uns. Das Mondlicht schimmert auf seiner glatten Fassade. Als wir an die Tür treten, huscht erneut ein schwarzer Schemen auf uns zu. Diesmal ist es Phillip, der einen erschrockenen Laut ausstößt. Ich habe instinktiv begriffen, dass es sich bei den beiden tanzenden Leuchtflecken, die auf uns zueilen, um die Augen der Katze handeln.

McGonagall. Sie streicht um unsere Beine.

»Verschwinde«, flüstere ich ihr zu, doch das stört sie gar nicht. Sie schlüpft unter mein Kleid, ihr Fell kitzelt meine Haut. Dann lugt sie mit dem Köpfchen zwischen den Stoffbahnen hervor und blickt mich fragend an.

Kurz entschlossen beuge ich mich nach unten und hebe sie hoch. Es fühlt sich seltsam an, das warme Fellbündel im Arm zu halten. McGonagall schnurrt kurz, dann hält sie still, schmiegt sich an mich und scheint völlig zufrieden mit der Situation zu sein.

Wir wenden uns wieder der Haustür zu. Als Phillip Sabine Hamiltons Elastoscreen vor den Scanner hält, wage ich kaum zu atmen. Was, wenn Priamos seine Frau ausgesperrt hat? Doch bereits den Bruchteil einer Sekunde später summt der Scanner leise und die Tür öffnet sich mit einem Klicken.

Wieder wechseln wir einen Blick. Jetzt zählt's.

Niemals hätte ich geglaubt, noch einmal freiwillig hierher zurückzukommen. Düster und lauernd verschluckt uns der Hausflur wie der Schlund eines gefährlichen Tiers. Tatsächlich bin ich dankbar für die Katze in meinen Armen. Sie gibt keinen Laut von sich, schnurrt nicht einmal. Sie scheint ebenso angespannt wie wir. Aber ihr Gewicht und die Körperwärme, die sie verströmt, schenken mir Trost. Und das ist fast so gut wie Zuversicht.

Prometheus Lodge scheint verlassen zu sein. Trotzdem wage ich es kaum zu atmen. Ein Geruch wie von Rosen hängt in der Luft, fast schon überwältigend schwer. Mein Sichtfeld wird bei jedem dritten Schritt kurz schwarz, als hätte jemand das Licht in einem fensterlosen Raum ausgeknipst.

Seltsamerweise ist es die Angst, die mich vorantreibt. Einerseits nagt sie mit spitzen Zähnen am Rand meines Bewusstseins, droht sich wie das Monster aus einer Kindergeschichte haushoch über mich aufzutürmen, um mich ganz zu verschlingen. Andererseits weiß ich, dass ich es mir, wenn ich mich jetzt von ihr aufhalten lasse, nie verzeihen werde.

Wie von selbst finden meine Füße den Weg durch den dunklen Flur, ganz so, als sei ich ihn schon tausend Mal gegangen.

Und bin ich das nicht auch?

Ich spitze die Ohren. Alles, was ich höre, ist Phillips schneller Atem. Nein, halt, da ist noch mehr. Höre ich da nicht ein Klappern? Ja, ich bin mir fast sicher. Wir sind nicht allein!

Ich habe es gehofft und mich gleichzeitig davor gefürchtet.

Ruhig, befehle ich meiner Angst.

Wir haben den Flur halb durchquert, als die Katze in meinen Armen sich anspannt. Im Stockwerk unter uns öffnet sich eine Tür. Licht flammt auf und blendet mich. Ich höre Schritte, Phillip neben mir flucht.

Als ich endlich wieder sehen kann, steht Dr. Schreiber vor uns auf der Treppe.

Fuck.

»Nicht schon wieder«, murmelt Phillip.

Da erkenne ich, dass der Medic eine Pistole in der Hand hält. Entschlossen schiebe ich mich vor meinen Begleiter.

»Hände hoch!«, befiehlt Dr. Schreiber.

»Du wirst mich nicht erschießen.« Meine Stimme klingt selbstbewusster, als ich mich fühle. Ich beschließe, mich weder von meinen Kopfschmerzen, von meiner flackernden Sicht noch von diesem Speichellecker vor mir in die Knie zwingen zu lassen.

»Ich *will* dich nicht erschießen.« Dr. Schreiber wirkt ungerührt. »Und jetzt geh zur Seite.« Erinnerungsfetzen zucken durch meinen Kopf. Die klebrige rote Folie in seiner Hand. Die Plastikröhre mit den Schläuchen.

Das Mädchen, das zu schwach ist, sich gegen ihn zu wehren.

Dieses Mädchen bin ich nicht mehr; darf ich nicht mehr sein.

Phillip legt mir eine Hand auf die Schulter, wie um mir zusätzliche Kraft zu geben. Er glaubt an mich. Kurz drücke ich McGonagall fester an mich, doch sie beschwert sich nicht. Sie maunzt nicht mal. Nur kurz spüre ich ihre spitzen Krallen auf meiner Haut.

»Das werde ich nicht tun. Ich will *zu meinem Vater*.« Meine Stimme bebt nur ein kleines bisschen. Phillips Finger auf meiner Haut versteifen sich, doch er lässt nicht los.

»Er ist nicht dein Vater.« Mit ausgestreckter Waffe kommt Dr. Schreiber langsam auf uns zu.

Ich weiche nicht zurück. Keinen Zentimeter. »Ich bin Elektra.«

Dr. Schreiber bleibt kurz stehen und mustert mich. »Ist das so?«

Obwohl es mich Anstrengung kostet, zwinge ich meine Lippen, sich zu einem Lächeln zu verziehen.

Der Idiot vor mir lässt die Hand etwas sinken, nur wenige Zentimeter, doch das genügt.

Es tut mir leid, was ich jetzt tun muss, sehr leid sogar, doch ich hoffe, alles geht gut und ihr passiert dabei nichts.

»Zerkratz ihm das Gesicht!«, rufe ich, während ich McGonagall durch die Luft werfe. Sie faucht, ihr Katzenkörper streckt und dreht sich in der Luft und ich hoffe, sie fährt ihre Krallen aus.

Dr. Schreiber jault auf und taumelt nach hinten, als McGonagall auf ihn einschlägt. In ihr Fauchen mischt sich ebenfalls Jaulen, aber es klingt selbstzufrieden, kämpferisch.

Die Pistole kracht zu Boden.

»Hilf ihr!«, bitte ich Phillip und dann bin ich schon an Dr. Schreiber und der Katze vorbei, renne, immer mehrere Stufen auf einmal nehmend, die Treppe hinunter. Gleich ist das Spiel aus. So oder so.

Kapitel 43

Ich bin darauf vorbereitet, was mich hinter der Tür des Arbeitszimmers erwartet. Und ich bin es nicht.

Das Licht ist gedimmt. In den Duft von Holz und Leder mischt sich der scharfe Geruch von Desinfektionsmittel. Die Holo-Wand ist ausgeschaltet. Leise, unregelmäßige Piepgeräusche schwappen von dort zu mir herüber, Laute, die an verdrängten Erinnerungen kratzen und dafür sorgen, dass sich sämtliche Härchen auf meinem Arm aufstellen. In der hinteren Hälfte des Raumes stehen neben dem Metallgestell mit der durchsichtigen Röhre und dem Schaltpult zwei schmale Krankenhausbetten. In einem liegt ein schmächtiger, braunhaariger Junge, reglos und mit geschlossenen Augen.

»Aubrey!«

Elektroden kleben an seinen Schläfen. Dutzende dünne Silberfäden spinnen sich von ihnen bis hinüber zum Schaltpult. Ein Schlauch, der viel zu groß dafür aussieht, steckt in seinem Mund. Weitere schlauchartige Kabel kommen aus seinen Nasenlöchern und seinen Armen.

»Du bist es«, krächzt Priamos Hamilton, der in dem anderen Bett liegt. Auch an seine Stirn sind Elektroden und Silberfäden angeschlossen und dünne Plastikschläuche quellen aus seinen Nasenlöchern. Selbst an den Armen trägt er sie. Nur der Schlauch in seinem Mund fehlt noch. Der liegt unbeachtet neben ihm auf dem Bett.

Mit nichts als einer grauen Trainingshose bekleidet liegt er dort. Seine Haut wirkt faltig, die Brusthaare sind grauer als sein Haupthaar. Schnell wende ich mich ab und wieder Aubrey zu.

»Wo ist Dr. Schreiber?«, fragt Priamos, der dank der Elektroden, Fäden und Schläuche nicht aus dem Bett aufstehen kann. Ich zwinge mich dazu, ihn zu ignorieren, und greife nach Aubreys Hand.

»Hey«, flüstere ich leise und hoffe darauf, zu spüren, dass auch er meine Finger fest umfasst. Dass er mich hört.

Über unseren Köpfen hören wir einen dumpfen Schlag. Es klingt so, als ob etwas – oder jemand – zu Boden ging. Ich hoffe, es ist Dr. Schreiber.

»Beschäftigt.« Priamos' Stimme klingt matt, aber auch seltsam rau. Sie erinnert mich an das Krächzen der Raben im Wald.

Ich würde ja gern daran glauben, dass sie schon über dem Haus kreisen, um seine Seele zu holen. Doch Priamos Hamilton hat keine Seele. »Aubrey«, flüstere ich dem jungen Mann im Bett vor mir zu, der eindeutig eine unschuldigere Version von Hektor ist. »Wach auf.«

Tränen steigen mir in die Augen, während ich sanft versuche, an den Schläuchen zu ziehen, die in seiner Nase stecken. Sie bewegen sich kaum und herauszerren will ich sie nicht. Wer weiß, welchen Schaden ich damit anrichte.

»Aussichtslos.« Nun spricht Priamos seltsam leise. Ich hebe den Kopf und sehe, dass er auf sein Kissen zurückgesunken ist. »Du kommst zu spät.« Er ist schwach. Offensichtlich muss er sich anstrengen, die Augen offen zu halten.

Ich weigere mich, an das zu glauben, was Priamos Hamilton behauptet. Es ist nicht zu spät. Es darf nicht zu spät sein. Nicht, nachdem wir so weit gekommen sind.

Wieder rumpelt es über unseren Köpfen. Ist Phillip stark genug, es mit Dr. Schreiber aufzunehmen. Wie viel Zeit bleibt mir? Entschlossen blicke ich Priamos Hamilton an, der mich unter halb gesenkten Lidern beobachtet.

»Du wirst mir helfen, unsere Bewusstseine wieder voneinander zu trennen.«

Es klingt wie ein Befehl. Ganz so, als würde ich selbst daran glauben, dass es mir gelingen würde, ihn dazu zu bringen.

Priamos lacht leise. »Das wollte ich von Anfang an.«

Ich verschränke die Arme.

»Elektra?«, fragt er unsicher.

Ich lächle kalt, lasse meine Zähne kurz aufblitzen, antworte jedoch nicht. Ein schrecklicher Teil meiner selbst genießt seine Unsicherheit, seine Wehrlosigkeit.

»Viel Zeit bleibt uns nicht mehr«, fährt Priamos fort.

»Falsch.« Langsam gehe ich um Aubreys Bett herum, nähere mich meiner Nemesis. »Dir bleibt nicht mehr viel Zeit.«

»Du hast es herausgefunden? Beeindruckend.«

»Polina hat uns geholfen.«

Er nickt, schweigt.

Wut wallt in mir auf. »Warum *sein* Körper?« Ich deute auf Aubrey. »Warum nicht einer von Phillips Klonen?«

Priamos schnaubt. »Das wäre einfacher gewesen, nicht wahr?«

»Und weniger eklig«, stoße ich hervor, obwohl das eigentlich eine Lüge ist. Egal, welchen Körper Priamos Hamilton für seine Zwecke erwählt: es ist Missbrauch.

»Hektor hat sich nie für die Firma interessiert, das weißt du so gut wie ich.«

Ich erstarre.

»Du musst dir keine Sorgen machen«, fährt er fort. »Schlussendlich ist es ein Segen für ihn. Er bekommt eine anständige Summe Credits, vielleicht ein neues Gesicht, und dann kann er das Leben leben, das er möchte, schön weit weg von hier.«

Mir wird eisig kalt. »Du willst seine Identität annehmen?«

»Als *Hektor* kann ich die Firma weiterführen. Mein Lebenswerk ist noch nicht beendet.«

»Angst, zu sterben?« Ich kann nicht verhindern, dass sich Hohn in meine Stimme stiehlt.

»Das muss ich nicht.« Priamos' Augen blitzen listig. »Die Übertragung hat bereits begonnen.«

Bei seinen Worten verwandelt sich mein Magen in Stein. Nein!

»Es ist nicht mehr aufzuhalten.« Er klingt bei diesen schrecklichen, schrecklichen Worten ganz friedlich.

»Nein«, flüstere ich und stolpere auf den Schaltkasten zu. Von ihm gehen die Piep- und Pfeifgeräusche aus, der schreckliche Instrumentalsoundtrack dieses Horrortrips, aus dem ich endlich aussteigen möchte.

»Doch.« Priamos klingt zufrieden. »Erst müssen wir mir helfen. Dann helfe ich dir.«

Hilflos blicke ich auf die blinkenden Lichter des Displays vor mir. Auf die Schalter und Drehknöpfe. Auf die sich bewegenden Balkendiagramme und Wellenlinien aus grünem Licht, deren Bedeutung sich mir völlig verschließt.

»Der Schlauch …«, stammele ich hilflos und blicke hinüber zu der dicken Plastikröhre in seiner Hand.

»Der hier?« Priamos klingt ganz entspannt. »Brauch ich nicht. Der ist nur zur Beatmung. Und lange werde ich ohnehin nicht mehr in diesem Körper bleiben.« Er lacht, so leise, dass ich es kaum höre.

Wieder flackert meine Sicht und ich spüre, wie sich tief aus meinen Eingeweiden eine ungeheure Wut nach oben frisst. Er wird nicht gewinnen. Er wird nicht gewinnen! Die Krallen der Phantomkrähe ignorierend, die sich immer noch in meinen Kopf zu bohren drohen, setze ich alles auf eine Karte. Ich greife nach vorne und lege mit zusammengebissenen Zähnen den großen Schaltknopf am Pult um.

Der ganze Schrank beginnt zu surren und ich trete erschrocken einen Schritt zurück.

Priamos lacht.

Er lacht?!

Geist-zu-Geist-Transplantation gestartet, meldet das Display direkt vor meinen Augen.

Kapitel 44

Er hat mich reingelegt! Dieses Arschloch hat mich reingelegt. Es war noch nicht zu spät. Sie hatten die Maschine noch nicht mal gestartet. *Ich* habe das gerade getan.

»Nein!«

Das Display vor mir flackert und wird schwarz. Zuerst glaube ich, es läge am Schaltpult. Aber als ich spüre, wie sich Vogelkrallen immer tiefer in das weiche Gewebe meines Hirns graben und beginnen, es brutal zu zerfetzen, begreife ich. Ich verliere das Bewusstsein. Ich verliere den Verstand. Warmes Blut läuft mir aus der Nase und über die Lippen.

Und Priamos lacht noch immer leise, genießt meine Hilflosigkeit.

»Nein!«, brülle ich noch einmal.

Es ist mir scheißegal, dass mir Blut über das Kinn läuft und zu Boden tropft. Es ist mir scheißegal, dass es vielleicht das Letzte ist, was ich tue. Es ist mir scheißegal, dass der Mann vor mir im Bett mein Vater / mein Erzeuger ist. Genug ist genug.

Unbarmherzig lege ich den Schalter erneut um. Die Maschine jault protestierend auf. Das hohe Piepen, das sie ausstößt, schmerzt in meinen Ohren.

»Nein!«

Zuerst glaube ich, ich selbst habe das noch einmal gerufen, aber die Stimme gehört jemand anderem. Einem Mann. Dr. Schreiber kommt in den Raum getaumelt.

Aber diesmal ist er es, der zu spät kommt. Er ist weit entfernt, viel zu weit entfernt.

Für mich sind es nur zwei Schritte. Dann stehe ich neben dem schmalen Krankenhausbett, in dem der Mann liegt, der in den letzten Monaten so vielen Menschen wehgetan hat.

Marcus.
Aubrey.
Isabel.
Julian!
Mir.

Die Leben anderer Menschen sind ihm völlig egal. Alles, was für ihn zählt, ist er selbst. Vielleicht glaubt er das selbst nicht, aber so ist es doch.

»Elektra?«, flüstert Priamos ungläubig, als ich meine Hand nach den dünnen Silberfäden ausstrecke, die die Elektroden an seinem Kopf mit dem Schaltpult verbinden. Sie graben sich in meine Haut, als ich meine Finger um sie schließe. Ist mir egal. Das Gefühl betäubt nicht mal ansatzweise den Schmerz in meinem Kopf. Oder in meinem Herzen.

»Das wüsstest du gern«, antworte ich ihm und spüre, wie sich Tränen mit dem Blut in meinem Gesicht vermischen.

»Lexi …«

Ich bringe es zu Ende, ehe ich es mir anders überlegen kann. Keine Ahnung, welche Konsequenzen darauf folgen werden, ob es überhaupt etwas bringt. Aber ich habe mich entschieden, also tue ich es: Mit einem kräftigen Ruck reiße ich an den brennenden Silberfäden.

Priamos schreit.
Dr. Schreiber schreit.
Ich schreie.
Dann wird alles schwarz.

(Zwei Wochen später)

Epilog

Es ist ein sonniger Abend. Wir sitzen auf der Dachterrasse von Prometheus Lodge und essen gemeinsam zu Abend. Hektor steht mit Aubrey am Grill. Es ist seltsam, die beiden nebeneinander zu sehen. Obwohl sie uns den Rücken zudrehen, fällt es nicht schwer, sie auseinanderzuhalten. Aubrey wirkt viel in sich gekehrter. In seinen Bewegungen nimmt er sich mehr zurück. Die beiden sind noch nicht so weit, dass man sie Freunde nennen könnte, doch ein Anfang ist gemacht.

Der Geruch der schwelenden Holzkohle und des gebratenen Fisches dreht mir den Magen um, doch ich lasse mir nichts anmerken. Der Abend ist zu schön, mild und friedlich, und ich habe mir vorgenommen, ihn zu genießen. Es wird der letzte dieser Art für eine lange Zeit sein.

McGonagall streift um meine Beine. Seit *dieser Nacht* weicht sie nicht mehr von meiner Seite. Vielleicht riecht sie aber auch nur den auf dem Grill brutzelnden Fisch. Ihr bereitet dieser Geruch sicher keine Übelkeit.

Ich blicke kurz hinüber zu Isabel, die ebenfalls Hektor und Aubrey beobachtet. Ob sie auch an Vanessa und Alex und Tobi denkt und die anderen Klone … die anderen Menschen im Institut? Sie wissen noch nicht, was vor ein paar Wochen geschehen ist. Sie ahnen noch nicht, was sie erwartet. Wir haben beschlossen, das vorerst für uns zu behalten, bis wir ganz sicher sind, dass unser Plan aufgeht.

Macht mich das zur Hypokritin? Begehe ich den gleichen Fehler wie Isabel vor einigen Monaten? Oder ist es gar kein Fehler?

Ich weiß es nicht. Ich weiß nur, dass das Klon-Programm bald Geschichte sein wird. Jedenfalls bis irgendein anderer Irrer es wiederaufleben lässt. Doch die Institute von Hamilton Corp. werden geschlossen. Die Menschen dort werden befreit, bekommen neue Zuhause. Wie das alles aussehen wird, wissen wir heute noch nicht.

Deswegen ist Medea Myles heute Abend hier. Sie isst nicht nur mit uns zu Abend, sondern will mit uns diskutieren, wie es weitergehen soll. Wird aus der Gefängniswärterin der Klone jetzt die Leiterin eines Waisenhauses?

In der Villa wird es auf alle Fälle voller werden. Der Drache hat uns mitgeteilt, dass unsere Familie größer werden soll. Sie will, dass wir die anderen Klone bei uns aufnehmen. Alle: die anderen Elektras, Aubreys und Nestors. Selbst ihren eigenen Klon und den von Priamos.

Das wird seltsam werden und es klingt auch reichlich schräg. Doch auf gewisse Weise bin ich froh, dass sie bereit ist, Verantwortung für die Taten zu übernehmen, die sie an der Seite ihres Mannes gebilligt hat.

Wir alle sind dankbar dafür, dass Phillip nichts passiert ist. Dr. Schreiber hat ihn nur bewusstlos geschlagen. Inzwischen sitzt der wegen Körperverletzung und seiner Mitwirkung an den Geist-zu-Geist-Übertragungen in Untersuchungshaft.

Nestor, müde vom Spielen, kuschelt sich auf Sabines Schoß zusammen. Was er wohl von seinen »neuen Geschwistern« halten wird? Mit Isabel hatte er ja keine Probleme.

Mir gegenüber verhält er sich hingegen scheu. Was mir wehtut, denn ich erinnere mich nur allzu gut an all die Momente, die er sich in meine Arme gekuschelt hat und in denen ich ihm die Geschichte vom Walross und dem Seestern erzählt habe.

Er spürt vermutlich, dass ich nicht mehr die Schwester bin, die er über Jahre hinweg kennengelernt hat. Nicht ganz jedenfalls. Einerseits weniger. In vielerlei Hinsicht jedoch mehr.

Es ist seltsam, sich mit jemand anderem den Körper zu teilen, doch nicht mehr so angsteinflößend und schrecklich wie noch vor einigen Wochen.

Wir sind Kelsey und Elektra. Klon und Original. Und es fällt uns immer schwerer, die Erinnerungen und Empfindungen der einen von denen der anderen zu trennen. Vielleicht liegt das an dem Medikament, das Polina entwickelt hat. Ich blicke in ihre Richtung. Sie sitzt neben Isabel und Phillip und ist mit Tante Mira in ein Gespräch vertieft.

Seit der Spendengala sind sich Tante Mira und der Drache kein einziges Mal an die Gurgel gegangen, was vielleicht das größte Wunder ist. Mira und ihr Mann haben versprochen, uns bei unserem Vorhaben zu unterstützen: den Blick der Welt auf das menschliche Klonen zu verändern.

Vielleicht lieben die beiden auch einfach nur die Öffentlichkeit und die Publicity, die damit einhergeht. Mir soll es recht sein, wenn es unsere Pläne vorantreibt. Die Zeit rennt uns nämlich – wieder einmal – davon. Denn eines kann Polinas Medikament nicht: meinen Körper retten. Inzwischen fällt mir selbst das Gehen schwer. Auf die Dachterrasse habe ich es nur geschafft, weil Hektor mich das letzte Stück getragen hat.

Sabine hat die Leitung von Hamilton Corp. übernommen. Kadmos sah sich gezwungen, »nach den schockierenden Ereignissen auf der Spendengala« seinen Vorstandsposten aufzugeben. Und Priamos ... ist indisponiert.

In ihrer ersten Presseerklärung hat Mom bekannt gegeben, dass sie Polina von Halmen als Leiterin ihres neuen wissenschaftlichen Stabs eingestellt hat und dass sie gedenkt, in neue Forschungsgebiete zu investieren. Das Klon-Programm soll rückabgewickelt werden. Wie auch immer das aussehen wird.

Die Aktien der Firma sind seither natürlich im Keller. Doch noch haben die Hamiltons genug Credits auf den Konten, um sich deshalb keine Sorgen zu machen.

Als Hektor mit einer Platte Grillgemüse neben mir auftaucht, schüttle ich den Kopf. »Keinen Hunger«, murmle ich und ernte sofort einen typischen Isabel-Blick; wie damals im Institut.

»Iss etwas«, ermuntert mich auch Tante Mira. »Auf leeren Magen trinkt es sich schlecht.«

»Erstens trinke ich nicht«, kontere ich, »zweitens bekomme ich bei Aayana sicher auch etwas zu essen.« Wir wollen nachher noch nach Sonnenheim, wo eine Open-Air-Party stattfinden wird. »Hilfst du mir noch mal nach unten?«, bitte ich meinen Bruder. »Ich möchte mich etwas ausruhen.«

Die anderen protestieren halbherzig, stören sich aber nicht daran, dass ich mich zurückziehe. Das sind sie inzwischen gewohnt. Ich brauche viel Schlaf. Einzig Polina wirkt ein bisschen besorgt, sagt jedoch nichts.

Während er mir nach unten in sein Zimmer hilft, berichtet Hektor von den Musikern, die später auflegen werden. Seine Augen glänzen, wie sie es immer tun, wenn er an Boyd denkt. Natürlich wird auch er auf der Party sein.

Seit jener Nacht, in der mein Dad ... in der Priamos ... seither schlafe ich nicht mehr in meinem alten Zimmer, sondern in Hektors. Ihm macht es nichts aus. Er hat mir geholfen, das neue Bett hier aufzubauen, das schräg unter seinem Hochbett steht. Er selbst übernachtet in meinem alten Zimmer. Lang kann die Situation sicher nicht mehr so bleiben, doch für den Moment ist sie gut.

»Lässt du mich ein bisschen allein?«, bitte ich ihn und er drückt mir einen Kuss auf die Stirn.

»Verschlaf nicht.« Er schnappt sich meinen Elastoscreen. Nachdem er kurz darauf herumgetippt hat, wirft er ihn auf das kleine Tischchen neben meinem Bett. »Der Wecker klingelt in einer Stunde. Stell ihn nicht einfach weiter.«

Wir grinsen uns an, aber unser Lächeln fällt schwach aus. Ich weiß, dass er sich Sorgen um mich macht. Das muss er nicht. Eine Lösung muss her, und zwar schneller, als Polina eine finden kann, das wissen wir alle. Deshalb habe ich mich entschieden. Nachdem Hektor gegangen ist, blicke ich noch lange auf die Zimmertür, hinter der er verschwunden ist, während meine Hände sich um die schmale Plastikphiole verkrampfen, die ich in meiner Hosentasche verborgen halte.

Ich liege entspannt auf dem Rücken, atme langsam und tief ein und aus und versuche, an nichts zu denken, ganz so, als würde ich meditieren. So gelingt es mir manchmal, die Kopfschmerzen auszusperren, die mich immer noch quälen, und in mein Unterbewusstsein abzutauchen.

Wir machen das oft und inzwischen sind wir gut darin geworden. Es dauert nicht lange, und wir stehen uns gegenüber, zwei lebendige Spiegelbilder, Kelsey und Elektra. Es gäbe einiges zu sagen, Gutes und Schlechtes, doch inzwischen haben wir beide so viele Erinnerungen der jeweils anderen geteilt, dass das nicht mehr notwendig ist.

Also lächeln wir uns an.

Du hast dich entschieden?, fragt sie.

Ja. Ich nicke.

Wir haben noch etwas Zeit. Polina wird etwas finden, das uns besser hilft, das uns rettet.

Tatsächlich glaube ich das auch. Polina von Halmen ist großartig. Doch auch sie kann keine Wunder vollbringen. Es ist ein Schritt-für-Schritt-Prozess und den Großteil des Weges ist sie noch nicht gegangen.

Sie braucht Zeit.

Und wir beide wissen, wie wir die ihr verschaffen können. Uns.

Ich habe mich inzwischen an dich gewöhnt, sagt sie. *Wer hätte das gedacht.*

Ich schnaube, tue so, als rede sie Unsinn, dabei geht es mir ganz genauso. *Du schaffst das schon.*

Fakt ist, wenn wir beide überleben wollen, brauchen wir einen zweiten Körper.

Der Drache hat uns ihren angeboten, doch das ist Wahnsinn und es würde niemandem etwas bringen. Und den von Priamos wollen wir nicht. Seit drei Wochen, seit wir die Übertragung gestoppt haben und ihm die Elektroden von der Haut gerissen haben, liegt er im Koma. Aubrey konnten wir dadurch retten, Priamos haben wir vielleicht dadurch zerstört. Auch etwas, das die Zeit zeigen wird.

Trotz allem besucht der Drache ihn noch regelmäßig. Die beiden haben sich einmal geliebt, egal, was danach geschehen ist. Sie hat jedoch darauf bestanden, die Leitung der Firma unwiederbringlich in ihre und Hektors Hände zu legen, und deshalb vertrauen wir ihr.

Es gäbe noch die Körper der schlafenden Prinzen, doch ich bin kein Mann und will auch keiner werden. Vielleicht denke ich anders darüber, wenn ich wieder aufwache.

Zeit, sich schlafen zu legen, sage ich.

Mein Spiegelbild und ich blicken uns an.

Danke, flüstert sie. Sie muss es nicht aussprechen, ich weiß, was sie damit meint. *Danke, dass du mir mein Leben rettest.* Ihre Gedanken sind meine Gedanken.

Ich rette damit unser beider Leben.

Es ist wahr. Ich erkaufe uns dadurch Zeit. Es ist nicht so, dass ich Todessehnsucht hätte.

Du musst aufpassen damit, höre ich Polinas Stimme wieder in meinem Ohr. *Ein paar Tropfen davon, und das dominante Bewusstsein legt sich schlafen. Zu viel davon, und es wacht eine ganze Zeit lang nicht mehr auf.*

Wird es mich umbringen?, habe ich gefragt.

Polina hat den Kopf geschüttelt. *Das nicht. Aber wenn's übel endet, schläfst du für ein halbes Jahr oder länger. Und du wirst furchtbare Kopfschmerzen bekommen.*

Vielen Dank auch. Furchtbare Kopfschmerzen bin ich gewöhnt.

Bevor ich es mir anders überlegen kann, drücke ich mein Spiegelbild noch einmal an mich.

Stell nichts Dummes mit unserem Körper an, während ich weg bin, warne ich sie.

Ehe sie antworten kann, schlage ich die Augen auf.

Ich bin wieder ich.

Entschlossen schraube ich den Verschluss von dem kleinen Röhrchen in meiner Hand, führe es an die Lippen, und trinke es aus. Schluck für Schluck.

(Eine Stunde später)

Epilog 2

Dumpfe Stimmen dringen durch die Dunkelheit.
»… den Wecker nicht gehört?«
Ich treibe durch Schwärze. Es fällt mir schwer, meine Augen zu öffnen.
»Oh Shit! Polina!!«
Alles fühlt sich ruhig und sanft und warm an. Die Kopfschmerzen sind weg und zum ersten Mal seit einer Ewigkeit bin ich wieder ganz für mich, ganz allein.
Unruhe entsteht um mich herum, doch das kümmert mich nicht. Ich lasse mir Zeit damit, aufzuwachen. Ich spüre, wie mich jemand an den Schultern schüttelt, und brumme protestierend. Man lässt mich los. Mein Bett ist so warm. Das Kissen ist so weich.
Weint da jemand?
Schläfrig öffne ich die Augen.
Die anderen stehen um mich herum: Hektor, Aubrey, Phillip, Polina, der Drache und Isabel. Nur Nestor und Tante Mira fehlen.
Nein, es fehlt noch jemand.
Meine andere Hälfte. Sie hat das ganze Fläschchen ausgetrunken. Adrenalin pumpt durch meine Adern und ich richte mich auf.
»Lexi?«, fragt der Drache.
»Kelsey?«, fragt Isabel.

Ich schaue ihnen ins Gesicht, einem nach dem anderen. »Es ist alles in Ordnung«, verspreche ich ihnen. »Mir geht es gut.«

(Acht Monate später)

Epilog 3

Jemand flüstert meinen Namen.
»Wach auf.«
Mir kommt es vor, als würde ich aus einem tintenschwarzen Ozean auftauchen. Meine Glieder sind schwer, mein Herz schlägt ganz langsam in meiner Brust.
»Sie kommt zu sich!«, sagt jemand aufgeregt. Ist das Hektor? Ich strecke meinen Körper, öffne meinen Mund und gähne. Es kommt mir vor, als hätte ich ewig geschlafen.
Dann öffne ich die Augen.
Zuerst blendet mich die Helligkeit, doch langsam nehme ich meine Umgebung deutlicher wahr.
Nein, irgendwie sehe ich alles doppelt. Zwei Mal sehe ich Hektor vor mir. Und zwei Mal mich selbst.
Nein. Natürlich sehe ich nicht alles doppelt. Neben mir sitzen Hektor und Aubrey. Und Isabel und ... ich. Jetzt erkenne ich die kleinen Unterschiede: andere Frisuren, unterschiedlich volle Gesichtszüge.
»Ich bin zurück«, murmle ich. Meine Stimme klingt heiser ... und so gar nicht nach mir.
»Ja«, Isabel streckt die Hand aus und streicht mir eine Strähne hinter das Ohr. »Wir haben einen Körper für dich gefunden. Jetzt ist alles gut.«

ENDE

Was in BECOMING ELEKTRA geschah

Isabel und ihre Schwester Kelsey wachsen abgeschottet von der Außenwelt in einem Internat für Klone auf und warten darauf, dass sie an ihrem zwanzigsten Geburtstag in die Freiheit entlassen werden. Falls sie nicht vorher auf einem OP-Tisch sterben. Denn Klone sind nichts anderes als menschliche Ersatzteillager für die reiche Elite.

Kelsey war erst vierzehn Jahre alt, als man ihr eine Niere entnommen hat, um sie ihrem gleichaltrigen Original, Elektra Hamilton, zu transplantieren.

Jetzt, drei Jahre später, kommen Elektras Eltern Priamos und Sabine ins Institut, um Isabel zu holen. Allerdings aus anderen Gründen als zunächst angenommen. Elektra ist bei einem Reitunfall gestorben. Das darf jedoch niemand erfahren. Um ein geschäftliches Abkommen mit dem Politiker Frederic von Halmen zu sichern, sollen dessen Sohn Phillip und Elektra sich miteinander verloben. Und weil die echte Elektra unter der Erde ruht, soll Isabel ihren Platz einnehmen. Im Gegenzug dafür verspricht man ihr ein Leben in Luxus und die ersehnte Freiheit für Kelsey.

Isabel ist jedoch kaum in der Villa der Hamiltons angekommen, als sie erkennt, dass sie vom Regen in die Traufe geraten ist. Die Hamiltons brauchen sie. Doch bis auf den kleinen Nestor will niemand aus der Familie sie um sich haben. Elektra ist zudem nicht verunglückt, sondern wurde ermordet.

Während Isabel der Außenwelt vorspielen muss, jemand anderes zu sein, und sie und ihr zukünftiger Verlobter sich langsam näherkommen, muss sie herausfinden, wer Elektra tot sehen will, bevor derjenige wieder zuschlägt.

Steckt die Organization Against Clones dahinter, eine Vereinigung, die den Aufstieg der Hamiltons unbedingt aufhalten will? Elektras Tante Mirabella? Der Stallmeister Julian, mit dem Elektra offenbar eine heimliche Affäre hatte? Oder gar Phillip selbst? Nach und nach wird Elektras Bruder Hektor zu Isabels wichtigsten Verbündeten. Er unterstützt sie dabei, die schwierigen Wochen bis zur Verlobung zu überstehen, und hilft ihr, sich selbst gegenüber Elektras bester Freundin Phaedre nicht zu verraten.

Langsam wähnt sich Isabel in Sicherheit und die aufkeimende Romanze zwischen ihr und Phillip gibt ihr Kraft, eigene Zukunftspläne zu schmieden. Doch dann erteilt ihr Priamos eine bittere Lektion. Er erlaubt ihr zwar ein heimliches Treffen mit ihrer Schwester Kelsey. Als diese ihr jedoch offenbart, dass sie sich in einen anderen Klon – Aubrey – verliebt hat, sieht Isabel sich gezwungen, Kelsey die ganze Wahrheit zu verraten: dass Elektra tot ist und sie, Isabel, deren Platz eingenommen hat. Denn Aubrey ist der Klon von Hektor Hamilton und damit genetisch betrachtet ihrer beider Bruder.

Für diesen Regelbruch geht Priamos zum Äußersten: Er lässt Kelsey umbringen, damit sie seine Pläne nicht ausplaudern kann. Isabel bricht zusammen.

Nach einer bitteren Trauerphase beschließt sie, Phillip die Wahrheit über sich zu verraten und den Kampf gegen die Firma der Hamiltons aufzunehmen, die das Klon-Programm kontrolliert. Phillip reagiert überraschend verständnisvoll. Er liebt Isabel aufrichtig und behält ihr Geheimnis für sich.

Kurz vor ihrer Verlobung offenbart sich allerdings doch noch Elektras Mörder: Julian, der Stallmeister, ist so besessen von seiner Geliebten, dass er ihren Verlust nicht überwinden kann. Mit vor Wahnsinn glänzenden Augen gesteht er Isabel, dass er Elektra während eines Streits mit einem Stein erschlagen hat. Er nennt es einen Unfall; der hinzukommende Priamos macht jedoch kurzen Prozess. Er bricht Julian das Genick und lässt dessen Leiche verschwinden.

Isabels Schicksal scheint sich zu wenden. Sie erpresst von Priamos sensible Firmendaten, um sich abzusichern. Dann zieht sie zu Phillip.

Auf ihrer eigenen Verlobungsfeier muss sie jedoch erkennen, dass sie noch immer nicht alle Intrigen durchschaut hat. In einem dramatischen Showdown versucht ausgerechnet Phaedre, ihre ehemals beste Freundin, sie aus Eifersucht zu vergiften. Isabel kommt nur knapp mit dem Leben davon.

Sie beschließt, den Kampf um die Befreiung der Klone in die nahe Zukunft zu verschieben, und sich erst einmal von den Strapazen der zurückliegenden Wochen zu erholen, indem sie mit Phillip die Welt bereist.

Was sie nicht ahnt:

Priamos hat Kelsey gar nicht umbringen lassen. Er hält sie in einem unterirdischen Labor gefangen. Auch Elektra ist nicht tot, sondern liegt nur im Koma. Um sie zu retten, hat Priamos Hamilton einen verwegenen Plan geschmiedet. Mittels eines neu entwickelten medizinischen Verfahrens, der Geist-zu-Geist-Transplantation, will er Elektras Bewusstsein in den Körper von Kelsey übertragen und seine Tochter somit von den Toten auferstehen lassen ...

Triggerwarnung:

Im Kapitel 17 befindet sich unsere Hauptfigur an einem Punkt, an dem ihr ihre Situation ausweglos erscheint. Sie spielt mit dem Gedanken, ihr Leben zu beenden. Noch in der gleichen Szene entscheidet sie sich dagegen. Falls dich das Lesen ihrer Gedankengänge triggern könnte, empfehlen wir dir, Kapitel 17 zu überspringen. Du kannst der Handlung dennoch folgen.

Bitte denk daran: Egal, wie aussichtslos dir deine Situation erscheint oder wie schlecht es dir geht – es gibt Menschen, die dir helfen möchten und können. Bitte lass zu, dass sie genau das tun, und ruf die Telefonseelsorge unter 0800 1110 111 an oder schau auf www.telefonseelsorge.de vorbei.

LESEPROBE »Rowan & Ash«

Ein Jahr zuvor in Gwilen

Als das Château der Dubois' hinter mir zurückblieb, atmete ich auf. Ein sanfter Wind zerzauste mir das Haar und zupfte an meinen Kleidern. Mit jedem Schritt fühlte ich mich leichter. Am Fuß des kleinen Hügels, der das bebaute Land von der Meeresküste trennte, schlüpfte ich aus meinen Schuhen und Socken und krempelte meine Hosenbeine nach oben. Dann kletterte ich den Hang hinauf. Das Dünengras kitzelte an meinen Beinen. Auf der anderen Seite des Abhangs setzte ich mich auf den Boden und legte Schuhe und Socken ab. Ich zog meine Beine an, stützte mein Kinn auf die Knie und blickte hinaus auf den Strand und das Meer. Die Sonne stand tief, aber noch glitzerte ihr Licht auf dem Wasser. Andächtig sog ich die Schönheit der Küste in mir auf. Dass die Gwilener Tuath und Briann anders nannten, dass sie hier Mutter und Sohn waren und nicht Mann und Frau, änderte nichts an der Tatsache, dass der Gott und die Göttin mit dem Herzogtum Fennistére einen der schönsten Landstriche geschaffen hatten, den ich je gesehen hatte. Alles hier wirkte so friedlich. Nicht einmal der Wind, der mir immer wieder kleine Sandkörnchen ins Gesicht blies, störte mich.

Dann sah ich sie: eine Gestalt, die wie ein Seehund in der Nähe des Strandes durch das Wasser pflügte, obwohl es sich dabei eindeutig um einen Menschen handelte. Mit beeindruckender Geschwindigkeit schnitt er durch das Meer. Abwechselnd tauchten sein Kopf und seine Schultern und Arme aus den schaumgekrönten Wellen.

Ich weiß nicht, wie lange ich ihn beobachtete. Erst als ich begriff, dass er auf den Strand zuhielt, riss ich meinen Blick von ihm los. Hektisch blickte ich die Küstenlinie hinauf und hinunter, um zu sehen, ob *mich* jemand sah. Oder jemand auf den Schwimmer wartete. Aber nein. Außer uns beiden war niemand zu sehen.

Im Meer richtete sich der Fremde auf und watete auf das Ufer zu. Sein Oberkörper war durchtrainiert wie der eines Kämpfers. Am Strand blieb er stehen und schüttelte kräftig den Kopf, sodass glitzernde Wassertropfen nach allen Seiten flogen. Dann bückte er sich und griff nach einem hellen Stoffbündel. Himmel, er sah aus wie die zum Leben erwachte Statue eines andersweltlichen Kriegers. Mit dem Stoffbündel in der Hand richtete er sich wieder auf und blickte sich um.

Als er meiner Gegenwart gewahr wurde, hob er den Arm zum Gruß. Der Schreck fuhr mir in alle Glieder. Mit hochrotem Kopf sah ich mich schnell noch einmal nach allen Seiten um. Aber da war niemand außer uns. Also erwiderte ich unsicher die Geste.

Noch während ich überlegte, was ich als Nächstes tun sollte – aufstehen und gehen oder bleiben und warten –, warf sich der Fremde das Stoffbündel über die Schulter und kam auf mich zu.

Hexendreck! Und nun?! Mir war noch nie aufgefallen, dass einem gleichzeitig die Handflächen schweißnass und der Mund staubtrocken werden konnte. Was wollte der Fremde?

Hatte er meine neugierigen Blicke bemerkt? Kam er auf mich zu, um mich zur Rede zu stellen? Wenn ich wenigstens besser Gwilenisch sprechen könnte. Was machte ich überhaupt noch hier? Ich sollte gehen. Meine Hände gruben sich in die weiche Erde. Meine Beine hingegen schienen wie gelähmt.

Hektisch blickte ich auf den Teppich aus Krähenbeere, die den sandigen Boden des Hügels fast vollständig bedeckte. Als würde ich zwischen den kriechenden Pflanzen und ihren schwarzen Früchten Antworten finden. Um jetzt zu fliehen, war es ohnehin zu spät. Der Fremde war fast bei mir.

»Guten Abend«, sagte er auf Gwilenisch, als er vor mir stand, und streckte mir die Hand entgegen.

»Seid gegrüßt.« Fast stolperte ich über meine Antwort, aber ich ergriff seine Hand und schüttelte sie wie ein Bauer. Seine Finger waren noch nass vom Schwimmen im Meer, aber sein Griff war fest.

Ich zwang mich, ihm ins Gesicht zu sehen. Ein Lächeln lag ihm auf den Lippen. War es spöttisch? Freundlich? Ich war mir nicht sicher. Sein Haar klebte nass an seinem Kopf, ein starker Kontrast zu seiner braun gebrannten Haut. *Heiliger Tuath.*

Der Fremde hob die Augenbrauen und blickte dann demonstrativ hinunter auf meine Hand, die noch immer in seiner lag. Ich ließ los, als hätte ich mich verbrannt. Er ging nicht darauf ein. »Ihr seid nicht aus Gwilen«, sagte er stattdessen und setzte sich wie selbstverständlich neben mich.

»Aus Iriann«, krächzte ich und hasste es, wie unsicher meine Stimme klang.

»Iriann?«, fragte er überrascht und wechselte mühelos in meine Muttersprache. »Meine Schwester liebt die Insel. Sie hat mir viel von dort erzählt.«

»Eure Schwester? Lebt sie in Iriann?«

Er schüttelte den Kopf. »Nicht mehr.« Erst glaubte ich, er wolle noch mehr sagen, doch er lächelte nur versonnen und richtete den Blick auf das Meer. »Die See soll an euren Küsten rauer sein«, sagte er schließlich.

Ich nickte. »Rund um unsere Hauptstadt gibt es viele Riffe. Die Wellen brechen sich an der Steilküste unter unserem Königspalast.« Nach einem Moment des Zögerns fügte ich hinzu: »Es sieht wunderschön aus.«

»Schöner als das hier?« Der Fremde deutete auf den Strand.

Ich zuckte mit den Achseln. »Nicht unbedingt schöner. Aber anders.«

»An euren Küsten hat sich schon mancher Gwilener die Zähne ausgebissen.«

»Wohl eher den Schiffsrumpf aufgerissen. *Die See schützt uns*, heißt es in einem unserer Lieder.«

»Die See? Nicht Elfenmagie?«

»Die Elfen sind schon vor langer Zeit verschwunden.«

Falls ihm auffiel, dass meine Stimme traurig klang, ließ er es sich nicht anmerken. Seine Finger stahlen sich zwischen die Krähenbeeren und suchten im Sand nach einem kleinen Stein. Als er einen gefunden hatte, holte er weit aus und warf ihn Richtung Meer. Im Westen war die Sonne schon halb hinter den Wogen verschwunden.

»Als Kind wollte ich immer Artefaktjäger werden«, verriet er plötzlich.

Ich blickte überrascht zu ihm hinüber und auch er drehte mir den Kopf zu.

»Wirklich. Ich habe jedem erzählt, dass ich nach Iriann reisen und mächtige Artefakte finden werde: Waffen, die ihren Besitzer unbesiegbar machen, Zauberringe und einen Sattel, der dafür sorgt, dass man nie vom Pferd fällt.«

Ich lachte. »Ein solches Artefakt gibt es nicht. Jedenfalls habe ich nie davon gehört.«

»Das könnt Ihr auch nicht. Ich muss es doch schließlich erst noch finden.«

»Seid Ihr so ein schlechter Reiter?«

»Nein. Ich wollte ihn meiner kleinen Schwester schenken. Sie hat Angst vor Pferden.«

»Die, die in Iriann gelebt hat.«

»Nein, eine andere. Ich habe zwei Schwestern.«

»Ich auch.«

»Brüder?«

»Einen.«

»Ich habe drei.«

Wir verstummten. Meine Unsicherheit, die ich für kurze Zeit vergessen hatte, kehrte zurück. Aufstehen und gehen? Bleiben?

»Wie heißt Ihr?«, fragte ich. *Wer seid Ihr?*, wollte ich eigentlich wissen.

Der Fremde lächelte mich an; seine Augen blitzten. »Ash.«

»Ash? In meiner Sprache bedeutet das *Asche*.«

»Ich weiß. Verratet Ihr mir auch Euren Namen?«

»Rowan«, entfuhr es mir, ehe mir klar wurde, dass ich mir einen hätte ausdenken können.

»Und was macht Ihr in Gwilen, Rowan aus Iriann?«
»Ich begleite Lord O'Brien bei seinem Besuch auf Château Dubois.« Das war nicht gelogen. Lord O'Brien war mein Onkel.
Ash blickte hinüber zum Schloss. »Gefällt es Euch?«
»Es ist prächtig! Ich habe selten in so weichen Betten geschlafen.«
»Und was macht Ihr dann hier am Strand?«
»Ich bin vor einer jungen Dame geflohen.«
»Ist ihr Verhalten zu vereinnahmend?«
»Allerdings. Sie ist ziemlich zudringlich. Sie ist neun.«
»Ahhh …«
Wir grinsten uns an.
»Ja. Und was macht Ihr hier?«, fragte ich ungewohnt mutig.
»Vielleicht bin ich ja auch geflohen.«
Ash schaute mich direkt an. Seine Augen waren blaugrau wie der Himmel vor einem Sturm und sein Blick so intensiv, dass er mir bis in mein Innerstes zu dringen schien. Die Härchen auf meinen Unterarmen stellten sich auf. Am liebsten hätte ich meine Frage zurückgezogen, aber dazu war es zu spät.
»Ich«, begann Ash, brach aber ab. Obwohl er es gewesen war, der meinen Blick gesucht hatte, wandte er den Kopf wieder nach vorne und blickte hinaus aufs Meer. »Die Sonne geht gleich unter«, sagte er plötzlich. »Ich muss gehen.« Abrupt stand er auf und klopfte sich Sand und Schmutz von der Hose. Verunsichert blickte ich ihn an.
»Ihr bleibt noch?«
»Ja«, antwortete ich, völlig überrumpelt von seinem Stim-

mungsumschwung. Es war schwierig, im Gegenlicht der niedrig stehenden Sonne seine Gesichtszüge zu deuten. Noch immer machte er keine Anstalten, das Hemd, das ihm achtlos über der Schulter hing, überzustreifen.

Wieder streckte er mir die Hand entgegen. »Es hat mich gefreut, Euch kennenzulernen, Rowan aus Iriann.«

Fest erwiderte ich seinen Händedruck. »Mich auch.«

Er nickte mir zu, dann drehte er sich um und ging langsam den Hügel hinunter. Auf halber Höhe blieb er noch einmal stehen und wandte mir den Kopf zu.

»Ich liebe die Abendstunden hier am Meer«, sagte er. »In denen man den Strand nur für sich hat. Ich komme oft zum Schwimmen hierher.« Kurz zögerte er. »Vielleicht laufen wir uns in den nächsten Tagen noch einmal über den Weg?«

Ich nickte kurz, weil ich meiner Stimme nicht traute. Ash lächelte, dann wandte er sich um und lief weiter. Möglichst unauffällig sog ich Luft durch die Nase ein, um meinen galoppierenden Puls zu beruhigen. Sicher hatte er die Worte nicht so gemeint, wie ich sie verstand. Verstehen wollte.

Ich blickte ihm nach, bis er um eine Küstenbiegung verschwunden war. *Schade*, durchzuckte es mich, aber gleich darauf schalt ich mich einen Narren.

Es war nichts geschehen. Ich war einem Fremden am Strand begegnet, der gern in den ruhigen Abendstunden im Meer schwamm. Seinem durchtrainierten Oberkörper zufolge war er Kämpfer oder Fischer. Nach allem, was ich von ihm wusste, wartete daheim bereits seine Frau auf ihn.

Es ist nichts geschehen, wiederholte ich in Gedanken.

Am nächsten Abend ging ich wieder zum Strand.

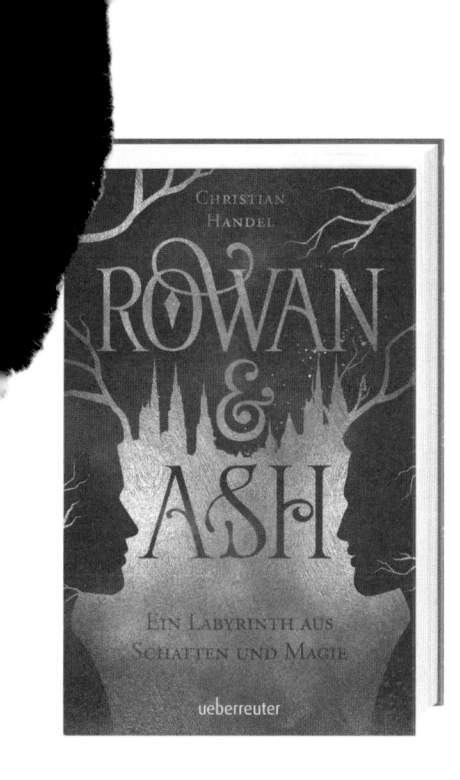

Christian Handel
Rowan & Ash
Ein Labyrinth aus Schatten und Magie

416 Seiten
Hardcover mit Schutzumschlag
ISBN 978-3-7641-7105-6

Ab 14 Jahre

ebook

Ein Liebespaar, das alle Herzen im Sturm erobern wird

Sein Weg? Vorherbestimmt! Seine Verlobung? Arrangiert! Seine Gefühle? Verboten! Tritt ein in eine Welt voll dunkler Magie und geheimer Sehnsucht! Seit seinem dritten Lebensjahr ist Rowan O'Brien mit der Kronprinzessin von Iriann verlobt. Für seine Familie bedeutet die Heirat viel, versprechen sich die O'Briens mit der Verbindung doch eine Rückkehr an die Macht. Aber im Vorfeld der Hochzeit sorgen Gerüchte für Verstimmung: Rowans enge Freundschaft mit der gleichaltrigen Magierschülerin Raven wird von missgünstigen Stimmen aufgebauscht und großgeredet. Dabei empfindet Rowan nichts als Freundschaft für Raven. Die Wahrheit ist viel komplizierter: Rowan liebt keine andere Frau. Sondern den Königssohn Ash.

www.ueberreuter.de
Folgt uns bei Facebook & Instagram